Um caminho
para a liberdade

Um caminho para a liberdade

Jojo Moyes

Tradução de Ana Rodrigues, Catharina Pinheiro,
Julia Sobral Campos e Maria Carmelita Dias

Copyright © Jojo's Mojo Ltd, 2019

TÍTULO ORIGINAL
The Giver of Stars

PREPARAÇÃO
Ilana Goldfeld
Marcela de Oliveira

REVISÃO
Milena Vargas
Juliana Pitanga

DIAGRAMAÇÃO
Ilustrarte Design

CIP-BRASIL. CATALOGAÇÃO NA PUBLICAÇÃO
SINDICATO NACIONAL DOS EDITORES DE LIVROS, RJ

M899c
   Moyes, Jojo, 1969-
     Um caminho para a liberdade / Jojo Moyes ; tradução de Ana Rodrigues ... [et al.]. - 1. ed. - Rio de Janeiro : Intrínseca, 2019.
     368 p. ; 23 cm.

   Tradução de: The giver of stars
   ISBN 978-85-510-0545-3
   ISBN 978-85-510-0425-8 [ci]

   1. Romance inglês. I. Rodrigues, Ana. II. Título.

19-58370
                                              CDD: 823
                                              CDU: 82-31(410.1)

Vanessa Mafra Xavier Salgado - Bibliotecária - CRB-7/6644

[2019]
Todos os direitos desta edição reservados à
EDITORA INTRÍNSECA LTDA.
Rua Marquês de São Vicente, 99, 6 º andar
22451-041 – Gávea
Rio de Janeiro – RJ
Tel./Fax: (21) 3206-7400
www.intrinseca.com.br

Para Barbara Napier
Que me deu estrelas quando eu precisei.

E para as bibliotecárias do mundo todo.

Prólogo

20 de dezembro de 1937

Escute: quando se entra cinco quilômetros na floresta, logo abaixo de Arnott's Ridge, o silêncio é tão denso que parece até difícil atravessá-lo. Os pássaros não piam ao amanhecer, nem mesmo no auge do verão, e muito menos agora, quando o ar gelado é tão úmido que chega a endurecer as poucas folhas corajosamente agarradas aos galhos. Nada se move em meio aos carvalhos e às nogueiras; animais selvagens afundam na terra, as peles macias aglomeradas em cavernas estreitas ou troncos ocos. A neve é tão profunda que as pernas do burro somem até a altura dos jarretes, e volta e meia ele vacila e dá uma resfolegada desconfiada, procurando pedras soltas e buracos sob a brancura infinita. Apenas o córrego estreito mais à frente segue resoluto, a água límpida murmurando e borbulhando sobre o leito de pedra, rumo a um ponto final que ninguém aqui jamais avistou.

Margery O'Hare tenta mexer os dedos dentro das botas, mas estão dormentes há muito tempo, e ela estremece ao pensar na dor que vai sentir quando aquecê-los. Três pares de meias de lã, e, àquela temperatura, daria no mesmo se estivesse descalça. Ela acaricia o pescoço do burro, tirando com as luvas grossas e masculinas os cristais que se formam no pelo espesso do companheiro.

— Charley, meu garoto, o rango vai ser reforçado esta noite — diz ela, e observa as orelhas enormes do animal se voltarem para trás.

Ela se remexe, ajustando o alforje, conferindo o equilíbrio do burro enquanto descem em direção ao córrego.

— Melaço quente no jantar para você. Talvez eu até coma um pouco também.

Mais seis quilômetros, ela pensa, desejando ter comido mais no café da manhã. Atravessar a escarpa dos índios, subir a trilha de pinheiros amarelos, depois mais dois pequenos vales, e a velha Nancy apareceria, entoando cânticos como sempre fazia, a voz nítida e alta ecoando pela floresta conforme ela caminha — balançando os braços feito uma criança — para encontrá-la.

— Não precisa andar oito quilômetros para me encontrar — diz ela a Nancy a cada quinzena. — É o nosso trabalho. Por isso estamos a cavalo.

— Ah, vocês, garotas, já fazem coisas demais.

Ela sabe o real motivo. Assim como sua irmã Jean, acamada na minúscula casinha de madeira em Red Lick, Nancy não pode sequer conceber a possibilidade de perder a leva seguinte de histórias. Tem sessenta e quatro anos, três dentes bons e uma quedinha por caubóis bonitos.

— Aquele Mack McGuire faz meu coração estremecer que nem lençol no varal. — Ela une as mãos e ergue os olhos para o céu. — Do jeito que Archer descreve ele, nossa, parece que está saindo das páginas do livro e me jogando naquele cavalo. — Ela se inclina para a frente, como se contasse um segredo. — E não é só naquele cavalo que eu ficaria feliz de montar. Quando eu era mais moça, meu marido dizia que eu tinha um traseiro e tanto!

— Não duvido, Nancy — responde ela toda vez, e a outra explode em uma gargalhada, batendo nas coxas, como se nunca tivesse dito aquilo.

Um galho se quebra ali perto, e as orelhas de Charley se agitam. Com orelhas daquele tamanho, deve conseguir ouvir até o que acontece em Louisville.

— Por aqui, garoto — diz ela, afastando-o de um afloramento rochoso. — Vai ouvir a voz dela em um minuto.

— Indo para algum lugar?

Margery vira o rosto abruptamente.

Ele cambaleia um pouco, mas seu olhar não vacila. Ela percebe a espingarda engatilhada, que ele carrega feito um tolo, com o dedo no gatilho.

— Vai olhar para mim agora, é, Margery?

Ela mantém a voz firme, a cabeça a mil.

— Estou vendo você, Clem McCullough.

— *Estou vendo você, Clem McCullough.*

Ele cospe ao repetir a frase, como uma criança malcriada no pátio da escola. Seu cabelo está eriçado de um lado, como se tivesse amassado ao dormir.

— Você me olha de cima, empinando esse seu nariz. Olha como se eu fosse uma sujeira no seu sapato. Como se você fosse especial.

Ela nunca teve medo de muita coisa, mas conhece os homens das montanhas bem o bastante para saber que não deve arrumar confusão com um bêbado. Sobretudo um bêbado com uma arma na mão.

Faz uma rápida lista mental de pessoas que pode ter ofendido — Deus sabe que não são poucas —, mas McCullough? Além do óbvio, não consegue pensar em nada.

— Qualquer desavença que sua família tinha com meu pai foi enterrada junto com ele. Sou a única que restou e não estou interessada em rixas de família.

McCullough está bem no caminho dela agora, as pernas enterradas na neve, o dedo ainda no gatilho. Sua pele tem o tom arroxeado de alguém embriagado demais para perceber o frio que está sentindo. Provavelmente também está embriagado demais para acertar a mira, mas ela não quer se arriscar.

Margery ajusta o peso, desacelerando o animal, e olha para o lado. As margens do córrego são bem íngremes, com árvores demais para que ela consiga passar. Teria que convencê-lo a se afastar ou passar por cima dele, e a tentação de escolher a segunda opção é grande.

As orelhas do burro se voltam para trás. No silêncio, ela ouve o próprio coração batendo, pancadas insistentes nos ouvidos. Distraída, se dá conta de que talvez nunca tenha ouvido o coração bater tão alto.

— Estou só fazendo meu trabalho, Sr. McCullough. Ficaria agradecida se me deixasse passar.

Ele franze a testa, percebendo o insulto disfarçado sob a menção exageradamente polida de seu nome, e, quando o velho move a arma, ela percebe o erro.

— Seu *trabalho*... Se acha tão importante e superior. Sabe do que você precisa? — Ele cospe ruidosamente, aguardando a resposta. — Eu disse: sabe do que precisa, garota?

— Imagino que a minha ideia do que preciso seja muito diferente da sua.

— Ah, você tem resposta para tudo. Acha que a gente não sabe o que vocês andam fazendo? Acha que a gente não sabe o que vocês andam espalhando entre as mulheres decentes e devotas? A gente sabe o que estão aprontando. Você tem o diabo no corpo, Margery O'Hare, e só tem um jeito de tirar o diabo de uma garota feito você.

— Bem, eu com certeza adoraria ficar para descobrir, mas estou ocupada com a minha rota, então quem sabe a gente não continua isso...

— Cale a boca! — McCullough ergue a arma. — Cale a porra dessa sua boca.

Ela fica quieta.

Ele avança dois passos, as pernas abertas e firmes.

— Desça desse burro.

Charley se mexe, inquieto. O coração de Margery parece uma pedra de gelo na boca. Se ela se virar e fugir, ele vai atirar. A única rota é seguindo o córrego; o chão da floresta é pedregoso e difícil de atravessar, a mata é fechada demais para que consiga abrir caminho. Não há ninguém em um raio de quilômetros, ela se dá conta, ninguém a não ser a velha Nancy avançando lentamente pela montanha.

Ela está sozinha, e ele sabe disso.

A voz dele fica mais grave.

— Eu disse: desça *agora*.

Ele dá mais dois passos na direção dela, esmagando a neve ruidosamente.

E eis então a pura verdade, para ela e todas as outras mulheres por ali: não importa quão inteligente você seja, quão esperta, quão independente — pode sempre ser superada por um homem idiota com uma arma. O cano da espingarda está tão perto que ela observa os dois buracos negros sem fim. Com um grunhido, ele larga a arma de repente, deixando-a pender na alça às suas costas para segurar as rédeas dela. O burro empina, de forma que a moça se debruça desajeitadamente em seu pescoço. Ela sente McCullough agarrar sua coxa com uma das mãos, enquanto estende a outra em direção à arma. Seu hálito está azedo de álcool, e a mão, muito suja. Cada célula do corpo de Margery se retesa com o toque.

E então ela ouve a voz de Nancy ao longe.

Ah, a paz que tantas vezes abandonamos!
Ah, que dor inútil carregamos...

Ele levanta a cabeça. Ela ouve um *Não!*, e alguma parte distante de si percebe com surpresa que o som saiu da própria boca. Os dedos do homem a agarram e puxam, e ele leva o braço estendido à sua cintura, desequilibrando-a. No ímpeto determinado dele, no hálito repulsivo, ela sente seu futuro transformar-se em algo sombrio e terrível. Mas o frio o deixou sem jeito, e ele se atrapalha ao tentar pegar a arma outra vez, virando de costas para ela, e é nesse instante que ela vê sua chance. Enfia a mão esquerda no alforje e, quando ele vira o rosto, ela larga as rédeas, segura o outro canto com a mão direita e bate o livro pesado com toda a força — *pá* — bem na cara dele. A arma dispara, um som potente ecoando nas árvores, e ela ouve a cantoria ser brevemente silenciada, os pássaros alçando voo, formando no céu uma nuvem escura e trêmula de asas agitadas. Quando McCullough cai, o burro dá um pinote e se joga para a frente, assustado, cambaleando por cima dele, e Margery arqueja, segurando-se no pito da sela.

Então ela segue pelo leito do rio, a respiração presa na garganta, o coração disparado, confiando nos passos seguros do burro para se manter firme na água congelante e agitada, sem ousar olhar para trás e ver se McCullough conseguiu se levantar para ir atrás dela.

1

Três meses antes

Todos que se abanavam diante da loja ou ao passar pela sombra das árvores de eucalipto concordavam que estava insanamente quente para o outono. O salão comunitário de Baileyville estava impregnado com um cheiro forte de sabão de soda cáustica e perfume velho, corpos amontoados em seus vestidos de popelina e ternos de verão. O calor chegara a atravessar até mesmo as paredes, fazendo as tábuas de madeira rangerem e suspirarem em protesto. Colada às costas de Bennett enquanto ele passava pela fileira lotada, desculpando-se conforme as pessoas se levantavam com um suspiro mal disfarçado, Alice podia jurar que sentia o calor de cada corpo transferir-se para o seu toda vez que alguém se movia para deixá-los passar.

Desculpe. Desculpe.

Bennett finalmente alcançou dois lugares vazios, e Alice se sentou, as bochechas coradas de vergonha, ignorando os olhares de soslaio dos que os rodeavam. Bennett olhou para a própria lapela, retirando um fiapo inexistente, depois para a saia dela.

— Você não trocou de roupa? — murmurou ele.

— Você disse que estávamos atrasados.

— Não disse isso para você vir com roupas de ficar em casa.

Ela tentara fazer um escondidinho, uma forma de incentivar Annie a servir algum prato que não fosse do Sul. Mas as batatas ficaram verdes, ela não havia conseguido aumentar a temperatura do fogão, e tinha respingado gordura nela quando deixou a carne cair na chapa. Bennett chegou procurando por ela (Alice havia, é claro, perdido a noção do tempo) e não conseguiu entender de jeito nenhum por que ela não podia simplesmente deixar os afazeres culinários para a governanta quando algo importante ia acontecer.

Alice colocou a mão sobre a maior mancha de gordura na saia e resolveu deixá-la ali durante a hora seguinte. Porque aquilo com certeza levaria uma hora. Ou duas. Ou — piedade, Senhor — três.

Igrejas e reuniões. Reuniões e igrejas. Às vezes, Alice van Cleve sentia que só trocara um cotidiano tedioso por outro. Naquela mesma manhã, na igreja, o pastor McIntosh passara quase duas horas discursando sobre os pecadores, que aparentemente planejavam a dominação ímpia da cidadezinha, e agora, se abanando, parecia tão pronto para retomar a fala que chegava a ser perturbador.

— Recoloque os sapatos — murmurou Bennett. — Alguém pode ver.

— É esse calor — disse Alice. — Meus pés são ingleses. Não estão acostumados a essa temperatura.

Embora não estivesse olhando para o marido, sentiu a repreensão dele. Mas estava com muito calor e cansada demais para ligar, e a voz do pastor era tão entediante que ela só captava meia dúzia de palavras — *germinar... rebanho... praga... sacolas de papel...* — e não conseguia se importar muito com o resto.

A vida de casada, disseram, seria uma aventura. Viajar para uma terra nova! Afinal, havia se casado com um americano. Comidas novas! Uma cultura nova! Novas experiências! Ela se imaginara em Nova York, de terninho elegante, em restaurantes movimentados e calçadas lotadas. Enviaria cartas para casa se gabando das novas experiências. *Ah, Alice Wright? Não foi ela que se casou com aquele americano lindo? Sim, recebi um cartão-postal dela — esteve no Metropolitan Opera ou no Carnegie Hall...* Ninguém tinha lhe avisado que haveria tantas visitas a tias idosas com conversa fiada e louça chique, tantos remendos e costuras inúteis ou, pior ainda, tantos sermões mortalmente entediantes. Sermões e reuniões sem fim, com décadas de duração. Ah, como aqueles homens gostavam de ouvir a própria voz! Ela tinha a impressão de que levava uma bronca de horas quatro vezes por semana.

Os Van Cleve haviam parado em nada menos do que treze igrejas a caminho dali, e o único sermão de que Alice gostara fora o que ouvira em Charleston, onde o pregador falou durante tanto tempo que a congregação finalmente perdeu a paciência e decidiu se unir para "calá-lo com música" — começaram a cantar até engolir a voz do pastor, para que ele entendesse o recado, e, um tanto mal-humorado, encerrasse a pregação. Suas tentativas de falar mais alto em meio à cantoria determinada que só aumentava foram em vão, e fizeram Alice rir. Conforme havia constatado, os ouvintes em Baileyville, Kentucky, pareciam decepcionantemente absortos.

— Coloque-os de volta, Alice. Por favor.

Seu olhar cruzou com o da Sra. Schmidt, em cuja sala tomara chá duas semanas antes, e Alice logo virou o rosto para a frente, tentando não parecer simpática *demais* para que ela não pensasse em convidá-la de novo.

— Bom, obrigado, Hank, pelas dicas de como armazenar sementes. Tenho certeza de que vamos botar as lições em prática. — Enquanto Alice deslizava novamente os pés para dentro dos sapatos, escutou o pastor acrescentar: — Ah, não se levantem ainda, senhoras e senhores. A Sra. Brady pediu um minutinho de sua atenção.

Alice sabia muito bem o que aquela frase significava, e tirou os sapatos outra vez. Uma senhorinha de meia-idade foi até o púlpito — o tipo que seu pai descreveria como "bem acolchoada", com enchimento firme e curvas sólidas, dignos de um sofá de qualidade.

— É a respeito da biblioteca móvel — disse a senhora, abanando o pescoço delicadamente com um leque branco e ajeitando o chapéu. — Gostaria de chamar a atenção de vocês para alguns *acontecimentos* recentes. Estamos todos cientes dos efeitos... hum... *devastadores* que a Depressão teve neste grande país. Tanta atenção tem sido dedicada à sobrevivência que muitos outros aspectos de nossa vida tiveram de ser deixados de lado. Alguns de vocês talvez estejam a par dos esforços *formidáveis* do presidente e da Sra. Roosevelt para restaurar a atenção à alfabetização e ao aprendizado. Bem, no início da semana, tive o privilégio de tomar um chá com a Sra. Lena Nofcier, presidente do Serviço de Bibliotecas da Associação de Pais e Alunos do Kentucky, e ela nos disse que, como parte de seus projetos, a WPA, agência que cuida da administração do progresso de obras públicas, instituiu um sistema de bibliotecas móveis em diversos estados, inclusive aqui no Kentucky. Alguns de vocês talvez já tenham ouvido falar na biblioteca que montaram no Condado de Harlan, certo? Bem, ela se mostrou *imensamente* bem-sucedida. Sob o amparo da própria Sra. Roosevelt e da WPA...

— Ela é da igreja episcopal.

— O quê?

— Roosevelt. É da igreja episcopal.

Uma das bochechas da Sra. Brady sofreu um pequeno espasmo.

— Bem, não vamos julgá-la por isso. É nossa primeira-dama e está tentando fazer coisas ótimas pelo nosso país.

— Era melhor que estivesse tentando se colocar em seu lugar, não agitando as coisas por aí.

Um homem com uma papada enorme vestindo um terno de linho claro concordou com a cabeça e olhou ao redor, buscando apoio.

Do outro lado da congregação, Peggy Foreman inclinou-se para ajeitar a saia bem no momento em que Alice notou sua presença, o que deu a impressão de que Alice a encarava fazia tempo. Peggy fez uma careta e empinou o pequeno nariz, então murmurou algo para a moça ao lado. Esta, por sua vez, se virou e lançou o mesmo olhar desagradável para Alice, que se recostou no banco tentando conter o rubor que subia pelas bochechas.

Alice, você não vai se adaptar se não fizer amizades, Bennett repetia, como se ela pudesse convencer Peggy Foreman e seu time de caras azedas.

— Sua namoradinha está me amaldiçoando a distância de novo — murmurou Alice.

— Ela não é minha namoradinha.

— Bem, ela certamente achava que era.

— Eu já disse: éramos jovens. Eu conheci você e... Bem, o resto é passado.

— Gostaria que dissesse isso a ela.

Bennett se aproximou um pouco.

— Querida, reclusa desse jeito, eles vão achar que você é meio... esnobe.

— Sou inglesa, Bennett. Não fomos feitos para ser... *acolhedores*.

— Só acho que quanto mais você interagir, melhor será para nós dois. Papai também acha.

— Ah. Ele acha, é?

— Não faça isso.

A Sra. Brady dirigiu-lhes um olhar severo.

— Como eu ia dizendo, devido ao sucesso de tais empreitadas nos estados vizinhos, a WPA liberou fundos para criarmos a nossa própria biblioteca itinerante aqui no Condado de Lee.

Alice reprimiu um bocejo.

No aparador de casa havia uma foto de Bennett com o uniforme de beisebol. Tinha acabado de fazer um *home run* e exibia uma expressão peculiar de intensidade e alegria, como se naquele instante vivenciasse uma experiência transcendental. Ela desejou que ele a olhasse daquele jeito de novo.

Mas, quando se permitia pensar no assunto, Alice van Cleve percebia que seu casamento tinha sido consequência de uma série de acontecimentos aleatórios, que começou com um cachorro de porcelana em pedaços, resultado de uma partida de *badminton indoor* entre ela e Jenny Fitzwalter (estava chovendo — o que mais poderiam fazer?), e se intensificou com a perda de sua vaga na escola de secretariado devido a constantes atrasos, até o dia do escândalo indecoroso que fez com o chefe de seu pai durante uma reunião de Natal. (*Mas ele colocou a mão no meu traseiro enquanto eu estava servindo os canapés!*, protestou Alice. *Não seja vulgar, Alice*, disse a mãe, estremecendo). Essas três ocasiões — além de um incidente envolvendo os amigos de seu irmão Gideon, muito ponche com rum e um tapete destruído (ela não percebeu que o ponche era alcoólico! Ninguém disse!) — levaram seus pais a sugerirem o que eles chamavam de *período de reflexão*, que equivalia a *manter Alice dentro de casa*. Ela os ouvira conversar na cozinha. *Ela sempre foi assim. É igual à sua tia Harriet*, dissera o pai com desdém, o que fez a mãe passar dois dias inteiros sem falar com ele, como se a ideia de Alice ser um produto exclusivo de sua linhagem genética fosse ofensiva demais para suportar.

Assim, durante o longo inverno, enquanto Gideon ia a bailes e festas intermináveis, passava fins de semana inteiros na casa de amigos ou farreando em Londres, Alice foi aos poucos excluída das listas de convidados e passou a ficar o tempo todo em casa, trabalhando de má vontade em algum bordado torto. Suas únicas saídas consistiam em acompanhar a mãe em visitas a parentes idosos ou a reuniões do Instituto da Mulher, onde os assuntos costumavam ser bolo, arranjos de flores e *A Vida dos Santos* — como se estivessem tentando literalmente *matá-la* de tédio. Ela parou de pedir detalhes a Gideon, pois só piorava seu ânimo. Em vez disso, jogava cartas emburrada, roubava no Monopoly de mau humor e se sentava com o cotovelo na mesa da cozinha e o rosto apoiado nas mãos, escutando o rádio que prometia um mundo muito além das preocupações sufocantes do seu.

Portanto, dois meses depois, quando Bennett van Cleve surgiu sem aviso, em uma tarde de domingo, no festival de primavera do ministério — com seu sotaque americano, seu maxilar quadrado e o cabelo louro, carregando ares de um mundo a milhares de quilômetros de Surrey —, francamente, poderia ter sido o Corcunda de Notre Dame e ela acharia que se mudar para uma torre de igreja com sinos tocando era mesmo uma excelente ideia, muito obrigada.

Os homens olhavam muito para Alice, e Bennett logo ficara encantado com aquela jovem inglesa elegante, de grandes olhos castanhos e cabelo louro volumoso e ondulado, cuja voz nítida e articulada era diferente de tudo que já ouvira em Lexington e que, como notara seu pai, poderia muito bem ser uma princesa britânica, a julgar pelos modos requintados e a maneira refinada com que segurava uma xícara de chá. Quando a mãe de Alice comentou que de fato tinham uma duquesa na família, por um casamento duas gerações antes, Van Cleve pai quase enfartou de alegria.

— Uma duquesa? Uma duquesa real? Ora veja! Ah, Bennett, sua querida mãe teria adorado isso, não é?

Pai e filho visitavam a Europa com um grupo de missionários do Ministério Integrado do Kentucky do Leste a fim de observar como os fiéis exercem a fé fora dos Estados Unidos. O próprio Sr. Van Cleve havia financiado a viagem de diversos participantes, em homenagem à falecida esposa, Dolores, fato que costumava alardear nas pausas entre as conversas. Podia ser um homem de negócios, mas aquilo não significava nada, *nada*, se não trabalhasse sob os auspícios de Deus. Alice achou que ele demonstrara certa decepção com as pequenas e um tanto tépidas expressões de fervor religioso na St Mary's — e a congregação sem dúvida fora pega de surpresa pelos rugidos fervorosos do pastor McIntosh sobre fogo e enxofre (a pobre Sra. Arbuthnot teve que ser levada por uma porta lateral para respirar um pouco de ar fresco). Mas a falta de devoção dos britânicos, observou o Sr. Van Cleve, era mais do que compensada por suas igrejas e catedrais, além de toda a sua *história. E a história em si não era uma experiência espiritual?*

Alice e Bennett, enquanto isso, estavam ocupados com a própria experiência, um pouco menos sagrada. Despediram-se de mãos dadas e com calorosas expressões de afeto, do tipo que são acentuadas pela perspectiva de separação iminente. Trocaram cartas durante a passagem de Bennett por Rheims, Barcelona e Madri. As cartas alcançaram um ponto particularmente intenso quando ele chegou a Roma, e, na volta, só os familiares mais distantes ficaram surpresos com o pedido de casamento. Alice, com o entusiasmo de um passarinho que vê a porta de sua gaiola se abrir, hesitou por meio segundo antes de dizer sim, sim, aceitava o pedido de seu apaixonado — e então deliciosamente bronzeado — americano. Quem não aceitaria o pedido de um homem lindo, de maxilar quadrado, que a olhava como se ela fosse feita de fios de seda? Todos os demais haviam passado os últimos meses olhando-a como se ela estivesse contaminada.

— Nossa, você é perfeita — dizia Bennett, segurando o pulso fino da amada entre o indicador e o polegar, os dois jovens sentados no balanço do jardim dos pais dela, as golas erguidas para se protegerem da brisa, enquanto os pais de ambos observavam da janela da biblioteca, cada um secretamente aliviado por suas próprias razões. — É tão delicada e refinada. Como um puro-sangue.

O "refinada" se destacava em seu sotaque americano.

— E você é absurdamente lindo. Feito uma estrela de cinema.

— Mamãe teria adorado você. — Ele passou o dedo por sua bochecha. — É como uma boneca de porcelana.

Seis meses depois, Alice podia apostar que ele já não a via como uma boneca de porcelana.

Casaram-se logo, justificando a pressa com a necessidade do Sr. Van Cleve de retornar aos negócios. Alice teve a impressão de que seu mundo sofrera uma reviravolta; sua felicidade e empolgação foram tão intensas quanto havia sido seu abatimento durante o longo inverno. A mãe de Alice fez as malas da filha com a mesma alegria quase indecorosa com que contara a todos em seu círculo sobre o adorável genro americano, cujo pai era um rico industrialista. Talvez tivesse sido melhor se ela demonstrasse um pouco de tristeza com a mudança de sua única filha para um lugar nos Estados Unidos que ninguém jamais havia visitado. Mas Alice também ficara igualmente animada, raciocinou ela. O irmão era o único que parecia triste de verdade, e ela tinha quase certeza de que superaria aquilo no próximo fim de semana fora.

— Vou visitar você, é claro — disse ele.

Os dois sabiam que era mentira.

A lua de mel de Bennett e Alice consistira na viagem de cinco dias de navio até os Estados Unidos. Em seguida, os dois pegaram a estrada de Nova York até o Kentucky. (Ela havia pesquisado "Kentucky" na enciclopédia e ficou encantada com todas aquelas corridas de cavalo. Tudo indicava que era uma festividade que durava o ano inteiro.) Ela dava gritinhos de empolgação por tudo: o carro enorme deles, o tamanho do transatlântico, o pingente de diamante que Bennett comprara de presente para ela na Burlington Arcade em Londres. Nem se incomodou de ter o Sr. Van Cleve como acompanhante durante todo o percurso. Afinal, teria sido uma grosseria deixar o velho sozinho, e ela estava tão empolgada por deixar Surrey, com seus domingos em salas de visita silenciosas e a atmosfera de repressão permanente, que não se importava com nada.

Se Alice sentia-se vagamente insatisfeita com o Sr. Van Cleve grudado neles que nem carrapato, reprimia o sentimento, fazendo o possível para ser a versão adorável de si mesma que os dois homens pareciam esperar. No transatlântico entre Southampton e Nova York, ela e Bennett conseguiam passear sozinhos pelo deque depois do jantar, enquanto o pai cuidava dos negócios ou conversava com os velhos na mesa do capitão. O braço forte de Bennett a puxava para perto, então ela erguia a mão esquerda com a nova aliança de ouro e se maravilhava ao pensar que ela, Alice, era *uma mulher casada*. Quando chegassem ao Kentucky, dizia a si mesma, seria *devidamente* casada, já que não teriam mais de ficar os três no mesmo quarto, separados apenas por uma cortina.

— Não é exatamente o enxoval que eu tinha em mente — sussurrou ela, com sua camisola e uma calça de pijama.

Não se sentia confortável vestindo menos que isso desde que o Sr. Van Cleve, ainda semiadormecido, confundira a cortina do quarto com a porta do banheiro.

Bennett beijou sua testa, sussurrando em resposta:

— Eu não ficaria à vontade com meu pai tão perto, de qualquer jeito.

Colocou a grande almofada entre eles (*ou talvez eu não consiga me controlar*) e ficaram deitados lado a lado, de mãos dadas, inocentemente, no escuro, a respiração alta em meio à vibração do imenso navio.

Ao se lembrar, percebia que a viagem havia sido impregnada de anseios reprimidos, com beijos furtivos atrás de botes salva-vidas, sua imaginação voando enquanto as ondas do mar quebravam lá embaixo. *Você é tão linda... Tudo vai ser diferente quando chegarmos*, ele murmurava em seu ouvido, e ela olhava aquela face belamente esculpida e enfiava o rosto no pescoço cheiroso de Bennett, perguntando-se por quanto tempo suportaria.

Então, depois da interminável jornada de carro e das paradas com o ministro tal e o reverendo não sei das quantas durante todo o trajeto de Nova York ao Kentucky, Bennett anunciara que não morariam em Lexington, como ela havia imaginado, mas em uma cidadezinha um pouco mais ao sul. Pegaram a estrada e continuaram adiante até que as vias se tornaram ruas estreitas de terra, e os edifícios, escassos, sob a sombra de montanhas cobertas de árvores. *Tudo bem*, dissera ela, escondendo a decepção ao ver a rua principal de Baileyville, com um ou outro edifício de tijolos e suas ruas estreitinhas que davam em lugar nenhum. Ela gostava bastante do campo. E poderiam fazer passeios até a cidade, como quando sua mãe ia a Simpsons in the Strand, certo? Ela lutou para ser igualmente otimista diante da descoberta de que, pelo menos durante o primeiro ano, morariam com o Sr. Van Cleve (*Não posso deixar papai sozinho enquanto ele não se recuperar da perda de mamãe. Por ora não, ao menos. Não fique desanimada, querida. É a segunda maior casa da cidade. E vamos ter nosso próprio quarto.*). Então, quando finalmente ficaram juntos no quarto, é claro, as coisas desandaram de tal maneira que ela nem sabia ao certo se tinha palavras para explicar.

Com o mesmo ranger de dentes com que suportara o colégio interno e as aulas de equitação, Alice tentava se adaptar à vida na pequena cidade no Kentucky. Era uma mudança cultural *e tanto*. Com muito esforço, podia detectar certa beleza rústica na paisagem, com aquele céu imenso, as estradas vazias na luz inconstante, as montanhas com milhares de árvores por onde circulavam ursos selvagens de verdade, e as copas sobrevoadas por águias. Ela ficava impressionada com o tamanho de tudo, as vastas distâncias que pareciam ser uma constante ali, como se tivesse que ajustar toda a sua perspectiva. Mas, na verdade, como descreveu semanalmente para Gideon em suas cartas, todo o resto era basicamente impossível.

Ela achava asfixiante a vida na grande casa branca, apesar de Annie, a governanta quase muda, livrá-la da maior parte das tarefas domésticas. A casa de fato era uma das maiores da cidade, porém abarrotada de móveis antigos e grandalhões, todas as superfícies cobertas com fotografias ou ornamentos da falecida Sra. Van Cleve, ou com uma variedade inacreditável de bonecas de porcelana, objetos que os dois homens descreviam como "os preferidos de mamãe", caso Alice tentasse mudá-los de lugar. A influência piedosa e exigente da Sra. Van Cleve pairava sobre a casa como uma mortalha.

Sua mãe não teria gostado dessa arrumação das almofadas, não é, Bennett?
Ah, não. Mamãe tinha uma opinião muito forte sobre a mobília.
Mamãe realmente amava seus salmos bordados. O pastor McIntosh chegou a dizer que não conhecia uma mulher em todo o Kentucky que bordasse melhor que ela.

Ela achava autoritária a presença constante do Sr. Van Cleve: ele decidia o que faziam, o que comiam, até mesmo a rotina de seus dias. Era incapaz de ficar fora do que quer que estivesse acontecendo, mesmo que fosse apenas ela e Bennett ouvindo gramofone no próprio quarto, onde entrava sem bater.

— Estamos ouvindo música, é? Ah, vocês deveriam colocar Bill Monroe. Nada supera o velho Bill. Vamos lá, rapaz, tire esse jazz barulhento e coloque o Bill.

Se bebesse uma ou duas doses de *bourbon*, as declarações se tornavam grosseiras e rápidas, e Annie logo encontrava motivos para se esconder na cozinha antes que ele se irritasse e começasse a colocar defeito no jantar. *Ele está de luto*, Bennett murmurava. Não dava para culpar um homem por não querer ficar sozinho com seus pensamentos.

Ela logo descobriu que Bennett nunca discordava do pai. Nas poucas ocasiões em que Alice se manifestara, com muita delicadeza, dizendo que não, na verdade nunca foi muito chegada em costela de porco — ou que considerava jazz um estilo muito empolgante —, os dois largaram seus garfos olhando para ela com o mesmo choque e reprovação que ela causaria se tirasse a roupa e dançasse em cima da mesa. *Por que tem que ser tão do contra, Alice?*, sussurrava Bennett enquanto seu pai se levantava para berrar ordens para Annie. Não demorou a perceber que era mais seguro não expressar qualquer opinião.

Fora de casa, não era muito melhor: os moradores de Baileyville a observavam com o mesmo olhar questionador que lançavam a qualquer coisa "estrangeira". A maior parte da população da cidade era formada por camponeses; pareciam ter passado a vida toda em um raio de poucos quilômetros, e sabiam tudo a respeito uns dos outros. Aparentemente, havia estrangeiros na Mineradora Hoffman, que abrigava cerca de quinhentas famílias de mineradores do mundo inteiro, os quais trabalhavam sob a supervisão do Sr. Van Cleve. Mas a maioria dos mineradores morava em casas fornecidas pela empresa de mineração, frequentava as lojas, a escola e o médico da empresa, e era pobre demais para ter veículos ou cavalos, então raramente ia até Baileyville.

Toda manhã, Bennett e o pai iam com o automóvel do Sr. Van Cleve até a mina e voltavam pouco depois das seis. Entre uma coisa e outra, Alice se via perdendo horas em uma casa que não era sua. Tentou fazer amizade com Annie, mas, com uma mistura de silêncio e ares muito atarefados, a mulher dera a entender que não tinha intenção de conversar. Alice se oferecera para cozinhar, mas Annie informara que o Sr. Van Cleve era muito *exigente* com sua dieta e só gostava de comidas do Sul, supondo, corretamente, que Alice não sabia cozinhar nada daquilo.

A maioria das residências plantava as próprias frutas e vegetais, e poucas não tinham pelo menos um ou dois porcos ou um bando de galinhas. Havia um armazém geral com imensos sacos de farinha e açúcar dispostos na entrada, as prateleiras repletas de latas. E havia um único restaurante: o Nice'N'Quick, cuja porta verde exibia uma placa que instruía de forma séria que *o uso de sapatos é obrigatório*, e que servia especialidades nas quais ela nunca tinha ouvido falar, como tomates verdes fritos, couve-galega e coisas que chamavam de biscoitos mas eram na verdade um meio-termo entre pastel e bolinho. Ela própria tentou prepará-los certa vez, ignorando os protestos de Annie. Só que eles não saíram do forno macios e fofinhos, como os da governanta, mas tão duros que faziam barulho ao bater no prato (Alice jurava que havia sido maldição dela).

Fora convidada para tomar chá várias vezes por algumas mulheres da cidade e tentara puxar assunto, mas percebeu que tinha pouco a dizer, já que era péssima em costura — que, ao que tudo indicava, era a principal preocupação do lugar — e não sabia nada sobre os nomes mencionados nas fofocas. Depois do primeiro, todo chá parecia começar obrigatoriamente com a história dos biscoitos duros de Alice (as outras mulheres haviam achado aquilo hilário).

No fim das contas, era mais fácil ficar sentada na cama do quarto que dividia com Bennett relendo as poucas revistas que trouxera da Inglaterra, ou escrevendo mais uma carta para Gideon em que não deixasse transparecer sua infelicidade.

Aos poucos se deu conta de que trocara uma prisão domiciliar por outra. Certos dias, achava que seria incapaz de suportar mais uma noite assistindo ao pai de Bennett ler as escrituras na cadeira de balanço ruidosa da varanda (*A palavra de Deus deve ser todo o estímulo mental de que necessitamos, não era isso que mamãe dizia?*), enquanto sentia o cheiro dos panos mergulhados em óleo que queimavam para manter os mosquitos afastados e remendava as partes gastas das roupas do sogro (*Deus odeia desperdício... Essa calça tem apenas quatro anos, Alice. Ainda tem muito tempo de uso pela frente*). Alice resmungava mentalmente que se Deus precisasse ficar sentado na penumbra costurando as calças de outra pessoa, provavelmente teria comprado um modelo novo na Arthur J Harmon's de Lexington, mas se contentava em dar um sorrisinho amarelo e cerrar mais os olhos, concentrando-se nos pontos. Enquanto isso, Bennett tinha frequentemente a expressão de alguém que de algum jeito fora enganado e não sabia ao certo o que ou como acontecera.

— Que diabo é uma biblioteca itinerante, afinal?

Alice foi arrancada de seu devaneio por uma cutucada brusca de Bennett.

— Fizeram uma no Mississippi, usando barcos — disse uma voz ao fundo do salão.

— As bibliotecárias remam com os livros para cima e para baixo no rio.

— Bem, não vão conseguir colocar barcos nos nossos riachos. São rasos demais.

— Acredito que a ideia seja usar cavalos — disse a Sra. Brady.

— Vão andar a cavalo pelo rio? Maluquice.

A primeira leva de livros chegara de Chicago, continuou a Sra. Brady, e outros mais estavam a caminho. Haveria um vasto acervo de ficção, desde Mark Twain a Shakespeare, além de livros práticos com receitas, dicas domésticas e lições sobre educação infantil. Haveria até algumas revistas em quadrinhos — revelação que inspirou gritinhos de empolgação em algumas crianças.

Alice olhou o relógio de pulso, perguntando-se quando conseguiria tomar sua raspadinha. A única vantagem daquelas reuniões era que não ficavam presos em casa a noite toda. Já estava com medo de como seriam os invernos, época em que teriam mais dificuldade de encontrar motivos para escapar.

— Que homem tem tempo de sair por aí a cavalo? Precisamos trabalhar, não podemos ficar passeando só para entregar a última edição da *Ladies' Home Journal*.

Houve um burburinho abafado de risadas.

— Bem que Tom Faraday gosta de olhar roupas íntimas femininas no catálogo da Sears. Soube que passa horas no banheiro quando pega um!

— Sr. Porteous!

— Não são homens, são mulheres — disse alguém.

Houve um breve silêncio.

Alice virou-se para ver quem havia falado. Uma mulher estava encostada nas portas dos fundos com um sobretudo de algodão azul-escuro, de mangas arregaçadas. Estava de culote e suas botas eram gastas. Devia ter uns trinta e tantos ou quarenta e poucos anos, seu rosto era bonito e o cabelo longo e escuro estava preso em um coque apressado.

— São as mulheres que cavalgam. Entregando os livros.

— Mulheres?

— Sozinhas? — A voz era masculina.

— Até onde sei, Deus deu duas pernas e dois braços para elas, que nem deu para os homens.

Uma breve agitação perpassou a plateia. Alice olhou com mais atenção, intrigada.

— Obrigada, Margery. No Condado de Harlan são seis mulheres, e há todo um sistema já em funcionamento. Como eu disse, queremos fazer algo semelhante aqui. Já temos duas bibliotecárias, e o Sr. Guisler gentilmente nos emprestou alguns cavalos. Gostaria de aproveitar essa oportunidade para agradecer a generosidade dele.

A Sra. Brady fez um gesto para que a mulher mais jovem se aproximasse.

— Muitos de vocês já conhecem a Srta. O'Hare...

— Ah, sim, conhecemos os O'Hare, com certeza...

— Então devem saber que ela vem trabalhando durante as últimas semanas para ajudar a organizar as coisas. Temos também Beth Pinker... Levante-se, Beth. — Uma moça com sardas, nariz arrebitado e cabelo louro-escuro levantou-se, envergonhada, depois voltou a se sentar. — Ela já começou a trabalhar com a Srta. O'Hare. Um dos muitos motivos para convocar esta reunião é que precisamos de mais mulheres com noção básica de literatura e da sua organização para que possamos avançar com esse projeto cívico dos mais importantes.

O Sr. Guisler, o negociante de cavalos, levantou a mão e ficou de pé.

— Bom, acho que é uma boa ideia — disse ele com uma firmeza tranquila, após hesitar por um momento. — Minha mãe lia muitos livros, e ofereci meu velho celeiro para que fizessem a biblioteca. Acredito que todas as boas pessoas aqui reunidas deveriam apoiar o projeto. Obrigado.

Ele sentou-se novamente.

Margery O'Hare apoiou-se na mesa diante de todos e olhou firmemente para o mar de rostos à frente. Alice notou um murmúrio vago de descontentamento entre os presentes, e que parecia ser sobre a mulher. Notou também que Margery O'Hare parecia não dar a mínima para aquilo.

— Temos um grande condado para atender — acrescentou a Sra. Brady. — Não daremos conta só com duas mulheres.

Uma mulher na parte da frente do salão falou:

— E o que significaria? Essa coisa de bibliotecária a cavalo?

— Bem, envolveria cavalgar até algumas das casas mais remotas e fornecer material de leitura para aqueles que talvez não possam ir até as bibliotecas do condado devido a, digamos, problemas de saúde, fragilidade ou falta de transporte.

Ela baixou a cabeça para olhar por cima de seus óculos meia-lua.

— Acrescento que isso ajudará a disseminar a educação e levará conhecimento a lugares onde talvez estejam muito carentes disso. Nosso presidente e sua esposa acreditam que esse projeto tem a capacidade de transformar conhecimento e aprendizado novamente em prioridade na vida dos moradores de áreas rurais.

— Não vou deixar minha mulher subir montanha nenhuma — disse alguém ao fundo.

— Você tem é medo de que ela não volte mais, não é, Henry Porteous?

— Podem levar a minha. Vou ficar é muito feliz se ela sair cavalgando e não voltar!

Uma risada se espalhou pelo cômodo.

A Sra. Brady ergueu a voz, frustrada.

— Senhores. Por favor. Estou pedindo que algumas moças contribuam para o nosso bem cívico e se inscrevam. A WPA vai fornecer os cavalos e os livros, e vocês só precisariam se comprometer a fazer as entregas pelo menos quatro dias na semana. Às vezes será preciso começar de madrugada e alguns dias de trabalho serão mais longos, devido à topografia do nosso lindo condado, mas acredito que será muito recompensador.

— Então por que você mesma não vai? — indagou alguém no fundo.

— Eu faria, mas, como muitos de vocês sabem, estou à mercê do meu quadril. O Dr. Garnett me disse que percorrer grandes distâncias a cavalo seria desafiador para meu físico. O ideal seria encontrar voluntárias mais jovens.

— Não é seguro uma moça andar por aí sozinha. Sou contra.

— Boa coisa não é. As mulheres têm é que cuidar da casa. Daqui a pouco vão querer que sejam mineradoras, dirijam caminhões...

— Sr. Simmonds, se não consegue enxergar que há uma diferença imensa entre um caminhão e um exemplar de *Noite de Reis*, que Deus ajude a economia do Kentucky, porque não sei onde vamos parar.

— As famílias têm que ler a Bíblia. Nada mais. Quem vai ficar de olho no que estão distribuindo por aí, afinal? Vocês sabem como o pessoal lá do Norte é. Podem espalhar todo tipo de ideia maluca.

— São livros, Sr. Simmonds. Os mesmos que ajudaram o senhor a aprender quando menino. Se bem que, se não me falha a memória, o senhor preferia puxar as tranças das meninas a ler.

Outra onda de risadas da plateia.

Ninguém se moveu. Uma mulher olhou para o marido, mas ele fez que não com a cabeça discretamente.

A Sra. Brady ergueu a mão.

— Ah, esqueci de mencionar. É uma oportunidade *paga*. A remuneração será cerca de vinte e oito dólares por mês. Então, quem gostaria de se inscrever?

Houve um breve burburinho.

— Não posso — disse uma mulher de cabelo ruivo com um penteado extravagante. — Não com quatro crianças de menos de cinco anos em casa.

— Não entendo por que o governo está desperdiçando o dinheiro que é fruto do nosso suor distribuindo livros para pessoas que nem sabem ler — acrescentou Jowly Man. — A metade nem vai para a igreja.

A voz da Sra. Brady começou a ficar levemente desesperada.

— Uma experiência de um mês. Vamos lá, moças. Não posso voltar e dizer à Sra. Nofcier que ninguém em Baileyville quis se voluntariar. O que ela pensaria de nós?

Ninguém falou. O silêncio se prolongou. À esquerda de Alice, uma abelha bateu preguiçosamente na janela. As pessoas começaram a se remexer nos bancos. A Sra. Brady observou a assembleia, sem se deixar abater.

— Vamos lá. Não vamos deixar que o incidente da angariação de fundos para os órfãos se repita.

De repente, foi como se muitos pares de sapatos precisassem de atenção imediata.

— Ninguém? Mesmo? Bem... Izzy vai ser a primeira, então.

Uma jovem pequena, quase perfeitamente esférica, semiescondida na plateia lotada, levou as mãos à boca. Alice viu, mais do que ouviu, a boca da jovem emitir o protesto:

— Mãe!

— Já temos uma voluntária. Minha menina não vai ter medo de cumprir seu dever pelo nosso país, não é, Izzy? Mais alguém?

Ninguém falou.

— Nenhuma de vocês? Não consideram aprender importante? Não acham que proporcionar acesso à educação às famílias mais humildes é necessário? — Ela fuzilou o grupo com o olhar. — Bem. Não era a reação que eu tinha imaginado.

— Eu me voluntario — disse Alice, em meio ao silêncio.

A Sra. Brady estreitou os olhos, fazendo sombra com a mão.

— É a Sra. Van Cleve?

— Sim. Alice.

— Não pode se inscrever — sussurrou Bennett, nervoso.

Alice se inclinou para a frente.

— Meu marido estava agora mesmo me dizendo que acredita muito na importância do dever cívico, assim como sua falecida mãe, portanto ficarei feliz de ser voluntária.

Sentiu um formigamento na pele quando os olhares de todos se voltaram para ela.

A Sra. Brady se abanou com mais vigor.

— Mas... Você não conhece bem a geografia daqui, querida. Acho que não seria muito sensato.

— É — sibilou Bennett. — Você não conhece a geografia, Alice.

— Eu mostro o caminho para ela. — Margery O'Hare cumprimentou Alice com um leve movimento de cabeça. — Faremos as rotas juntas por uma ou duas semanas. E ela ficará com os endereços mais próximos até que aprenda.

— Alice, eu... — sussurrou Bennett.

Ele parecia agitado e olhou de relance para o pai.

— Sabe cavalgar?

— Desde os quatro anos.

A Sra. Brady mudou o peso do corpo da ponta dos pés para os calcanhares, satisfeita.

— Bem, então pronto, Srta. O'Hare. Já tem mais duas bibliotecárias.

— É um começo.

Margery O'Hare sorriu para Alice, que retribuiu o sorriso antes mesmo de perceber o que fazia.

— Bem, não acho de modo algum que seja uma boa ideia — falou George Simmonds. — E vou escrever para o governador Hatch amanhã mesmo para dizer isso a ele. Acredito que enviar mulheres por aí sozinhas seja uma receita para o desastre. E só consigo ver nessa ideia mal concebida a fomentação de pensamentos ímpios e mau comportamento, com ou sem primeira-dama. Passar bem, Sra. Brady.

— Passar bem, Sr. Simmonds.

A congregação começou a se levantar em massa.

— Vejo você na biblioteca segunda-feira de manhã — disse Margery O'Hare, ao saírem à luz do dia, e apertou a mão de Alice. — Pode me chamar de Marge.

A mulher olhou para o céu, colocou um chapéu de couro de abas largas e foi até um grande burro, que cumprimentou com a mesma surpresa entusiasmada que cumprimentaria uma velha amiga que encontrasse por acaso.

Bennett ficou olhando a cena.

— Sra. Van Cleve, não faço ideia do que acha que está fazendo.

Ele teve de repetir duas vezes antes que ela se lembrasse de que agora aquele era o seu nome.

2

Baileyville não era diferente das outras cidadezinhas do sul da Appalachia. Aninhada entre dois cumes, tinha duas ruas principais com uma mistura intrincada de edifícios de tijolo e madeira, ligadas por um V, do qual brotavam inúmeros caminhos e trilhas sinuosos que levavam, no nível mais baixo, a vales distantes e, no mais alto, a casas na montanha, espalhadas pelos cumes cobertos de árvores. As casas próximas do riacho abrigavam as famílias mais respeitáveis, já que era mais fácil ganhar a vida de forma legítima nas terras mais planas e mais tranquilo esconder um alambique clandestino nas partes mais altas e selvagens. Porém, à medida que o século avançara rastejando, a chegada de mineiros e supervisores — as mudanças sutis na demografia da cidadezinha e de seu condado — significava que já não era possível julgar quem era quem com base na altura da estrada em que moravam.

A Biblioteca a Cavalo da WPA de Baileyville ficaria situada na última casa de madeira de Split Creek, à direita da rua principal, em uma estrada que abrigava funcionários administrativos, lojistas e os que ganhavam a vida negociando principalmente o que cultivavam. Fora construída diretamente no chão, ao contrário de muitos dos outros edifícios, situados sobre palafitas para protegê-los das enchentes de primavera. Parcialmente sombreada por um imenso carvalho à esquerda, a estrutura media cerca de quinze passos por doze. Pela frente, entrava-se por um pequeno lance de escada de madeira bamba, e pelos fundos, por uma porta de madeira, que outrora, de tão larga, permitia a entrada de vacas.

— Vai ser um bom jeito de conhecer todos na cidade — dissera ela aos homens da casa durante o café da manhã, quando Bennett questionou mais uma vez a sensatez da decisão da esposa de pegar o trabalho. — É isso que você queria, não? Assim, não fico empatando o caminho de Annie o dia todo.

Havia descoberto que, se exagerasse o sotaque inglês, era mais improvável que discordassem dela. Nas últimas semanas, passara a soar quase como um membro da realeza.

— E, é claro, vou poder observar quem está precisando de sustento religioso!

— Nisso ela tem razão — observou o Sr. Van Cleve, tirando um pedaço de gordura de bacon da lateral da boca e colocando-o cuidadosamente no canto do prato. — Pode fazer isso até os bebês chegarem.

Alice e o marido evitaram contato visual.

Agora ela se aproximava do lugar, chutando a terra solta na estrada. Alice colocou a mão na testa para fazer sombra e semicerrou os olhos. Uma placa recém-pintada anunciava a Biblioteca a Cavalo dos EUA, WPA, e ela ouvia o barulho alto de marteladas lá dentro. O Sr. Van Cleve tinha sido muito bonzinho na noite anterior e acordou determinado a encontrar defeitos em tudo que qualquer um fizesse em sua casa. Inclusive respirar. Ela saíra na ponta dos pés para evitá-lo, vestira o culote, depois se vira cantando baixinho durante a caminhada de um quilômetro até a biblioteca, aproveitando a simples alegria de poder estar em qualquer outro lugar que não aquela casa.

Ela ficou a alguns passos de distância, tentando enxergar, então percebeu o ronco baixo de um motor se aproximando, junto a outro som mais irregular que ela não conseguia identificar. No fim, deparou-se com um caminhão, e notou a expressão chocada no rosto do motorista.

— Ei! Cuidado!

Alice virou a tempo de ver um cavalo galopando pela estrada estreita em sua direção, sem montaria, os estribos balançando, as rédeas emaranhadas nas patas finas. Quando o caminhão desviou para evitá-lo, o cavalo se esquivou, tropeçando, e Alice caiu estatelada no chão.

Ainda estava tentando recobrar completamente a consciência, mas achava que tinha visto alguém de macacão passar por ela, o som de uma buzina e um barulho de cascos. *Ei... Ei, calma. Calma, camarada...*

— Ai.

Ela esfregou o cotovelo, a cabeça dolorida pelo impacto. Quando enfim se sentou, viu que a alguns metros um homem segurava as rédeas do cavalo e passava a mão em seu pescoço, tentando acalmá-lo. Os olhos do animal estavam arregalados, as veias saltavam do pescoço como um mapa em alto relevo.

— Aquele idiota! — Uma jovem seguia correndo pela estrada na direção deles. — O velho Vance buzinou de propósito, e ele me jogou na estrada.

— Você está bem? Foi uma queda e tanto.

Alice aceitou a mão estendida, ficando de pé novamente. Ela piscava, parada, analisando o homem à sua frente: alto, de macacão e camisa quadriculada, os olhos bondosos e afáveis. Um prego ainda pendia de sua boca, e ele o colocou no bolso antes de apertar a mão de Alice.

— Frederick Guisler.

— Alice van Cleve.

— A noiva inglesa.

A mão dele era áspera.

Beth Pinker apareceu ofegante e se colocou entre eles. Pegou as rédeas da mão de Frederick Guisler resmungando.

— Scooter, o que aconteceu com seu maldito cérebro?

O homem se virou para ela.

— Eu avisei, Beth. Você não pode sair a galope com um puro-sangue. Isso o deixa agitado como uma mola, sem resistência. Primeiro, faça passeios de vinte minutos, e então ele estará preparado para o resto do dia.

— Quem tem tempo para um passeio? Tenho que estar em Paint Lick ao meio-dia. Droga, ele abriu buracos nos meus melhores culotes. — Beth puxou o cavalo para o bloco de montagem, ainda resmungando baixinho, depois se virou abruptamente. — Ah, você é a garota nova? Marge pediu para lhe avisar que está chegando.

— Obrigada. — Alice, que estava se distraindo com as pedrinhas no chão, levantou a palma da mão.

Enquanto eles observavam, Beth conferiu os alforjes, praguejou de novo, deu a volta no cavalo e partiu para a estrada, em um meio-galope de lado.

Frederick Guisler se virou de volta para Alice, balançando a cabeça.

— Tem certeza de que está bem? Posso buscar água para você.

Alice tentou se mostrar indiferente, como se seu cotovelo não estivesse latejando e ela não tivesse acabado de perceber que havia um pouco de terra em seu lábio superior.

— Estou bem. Vou só... vou só esperar aqui na entrança.

— Na entrada? — Ele sorriu.

— É, isso — disse Alice.

Frederick Guisler voltou a seus afazeres. Precisava marcar as paredes da biblioteca para colocar prateleiras rústicas de pinho, pois havia caixas de livros esperando para ocupá-las. Uma parede já estava coberta com uma variedade de exemplares, todos cuidadosamente etiquetados, e uma pilha em um canto indicava que alguns já haviam sido devolvidos. Ao contrário da casa dos Van Cleve, a pequena construção parecia algo com propósito, passava a sensação de que estava prestes a se tornar útil.

Enquanto estava sentada espanando a sujeira das roupas, duas moças passaram por ela do outro lado da rua, ambas com saias de anarruga e chapéus de aba larga, na tentativa de se proteger ao máximo do sol. Olharam para o outro lado da rua, deliberando. Alice sorriu e ergueu a mão com a intenção de cumprimentá-las, mas as duas fizeram caretas e se viraram. Alice suspirou: aquelas eram provavelmente amigas de Peggy Foreman. Às vezes ela achava que deveria fazer uma placa para pendurar no pescoço: *Não, eu não sabia que ele tinha uma paixonite.*

— Fred contou que você levou um tombo antes mesmo de subir no cavalo. Demora um tempo para pegar o jeito.

Alice olhou para cima e viu Margery O'Hare olhando para baixo, diretamente para ela. Estava montada em um cavalo grande e feio, de orelhas longas demais, e puxava um pônei menor, marrom e branco.

— Hum... Bem, eu...

— Você já montou um burro?

— Isso é um burro?

— Com certeza. Mas não diga a ele. Ele acha que é um garanhão da Arábia. — Margery estreitou os olhos para Alice sob o chapéu de abas largas. — Você pode experimentar esta paint, a Spirit. É uma eguinha agitada, mas tem o passo firme que nem meu Charley aqui, e não para por nada. A outra moça não vem.

Alice ficou de pé e acariciou o focinho branco da eguinha. O animal semicerrou os olhos. Seus cílios eram metade brancos, metade marrons, e ela exalava um aroma doce de grama. Alice foi imediatamente transportada para os verões que passara montando na propriedade de sua avó em Sussex. Aos quatorze anos, era livre para escapar por dias inteiros, e ninguém lhe dizia o tempo todo como deveria se comportar.

Você é impulsiva demais, Alice.

Ela se debruçou na égua e cheirou os pelos macios das orelhas.

— Então, vai fazer amor com ela? Ou vai montar e cavalgar?

— Agora? — perguntou Alice.

— Está esperando permissão da Sra. Roosevelt? Vamos, há uma longa caminhada pela frente.

Sem aguardar, ela deu meia-volta com o burro, e Alice teve que dar um jeito de montar na pequena égua em movimento.

Durante a primeira meia hora, Margery O'Hare falou pouco, e Alice a seguiu em silêncio, se esforçando para se adaptar ao estilo muito diferente de equitação. Margery não mantinha a coluna reta, os calcanhares para baixo e o queixo para cima, feito as garotas com quem ela montava na Inglaterra; seus membros ficavam relaxados, balançando como um broto de árvore enquanto conduzia o burro para cima e para baixo das colinas, absorvendo cada movimento. Falava mais com ele do que com Alice, brigando ou cantando para o animal, e, de vez em quando, virava o corpo para gritar, como se acabasse de lembrar que tinha companhia:

— Tudo certo aí atrás?

— Sim! — gritava Alice, tentando não vacilar quando a égua fazia mais uma tentativa de voltar para a cidade.

— Ah, ela só está testando você — disse Margery depois que Alice deixou escapar um gritinho. — Quando mostrar a ela quem manda, vai ficar doce como melaço.

Sentindo o animal protestar sob seu peso, Alice não se convenceu, mas não queria reclamar, caso Margery decidisse que a inglesa não estava apta ao trabalho. Elas seguiram pela cidadezinha, passando por exuberantes hortas repletas de milho, tomates, verduras enquanto Margery levantava o chapéu para as poucas pessoas que cruzavam a pé. A égua e o burro relincharam e recuaram quando um imenso caminhão de madeira passou, mas então, de repente, estavam fora da cidade, subindo uma trilha estreita e íngreme. Margery desacelerou um pouco quando a trilha se alargou, para que pudessem cavalgar lado a lado.

— Então você é a moça da Inglaterra.

A pronúncia era carregada de sotaque.

— Sou. — Alice se abaixou para desviar de um galho baixo. — Já esteve lá?

Como Margery mantinha o rosto voltado para a frente, Alice precisava se esforçar para escutá-la.

— O máximo que fui para o leste foi Lewisburg. Onde morava minha irmã.

— Ah, ela se mudou?

— Ela morreu.

Margery estendeu o braço para quebrar um galho fino e arrancou suas folhas, largando as rédeas sobre o pescoço do burro.

— Sinto muito. Você tem outros parentes?

— Tinha. Uma irmã e cinco irmãos. Só que agora sou só eu.

— Mora em Baileyville?

— Um pouquinho mais longe. Na casa onde nasci.

— Só morou em um lugar a vida inteira?

— É.

— Não tem curiosidade?

— De quê?

Alice deu de ombros.

— Não sei. De saber como seria ir para outro lugar?

— Por quê? É melhor lá onde você nasceu?

Alice pensou no silêncio esmagador da sala de estar de seus pais, no rangido baixo do portão de entrada, no pai encerrando o automóvel, no seu assobio desafinado entredentes todo sábado de manhã, na reorganização minuciosa de garfos de peixe e colheres em uma toalha de mesa meticulosamente passada a ferro aos domingos. Olhou para os intermináveis pastos verdes, as imensas montanhas que se erguiam por todos os lados. Acima dela, um falcão voou e piou no vazio do céu azul.

— Talvez não.

Margery desacelerou para que Alice pudesse acompanhá-la.

— Tenho tudo de que preciso aqui. Eu me viro bem, e as pessoas costumam me deixar em paz. — Ela se debruçou e alisou o pescoço do burro. — É disso que eu gosto.

Alice ouviu uma barreira sutil em suas palavras e ficou calada. Elas percorreram os quilômetros seguintes em silêncio, Alice consciente de como a sela já machucava a parte de trás de seus joelhos, o calor do dia se instalando em sua cabeça descoberta. Margery indicou que iam virar à esquerda em uma clareira.

— Vamos ter que acelerar um pouco aqui. É melhor você se segurar, caso ela queira dar meia-volta outra vez.

Alice sentiu a pequena égua disparar. Subiam uma longa trilha de pedrinhas que ficava cada vez mais escura até chegarem nas montanhas, os animais esticando o pescoço e baixando o focinho devido ao esforço de avançar pelos trechos íngremes e pedregosos entre as árvores. Alice respirou o ar mais fresco, com seus aromas doces e úmidos da floresta, observou a trilha salpicada de luz fraca diante delas e as árvores criando um teto de catedral com suas copas bem altas, de onde se ouvia o canto dos pássaros. Alice se apoiou no pescoço do cavalo e se sentiu, de repente, inesperadamente feliz. Quando desaceleraram, ela percebeu que tinha um sorriso enorme no rosto, cujo surgimento não havia notado. Era uma sensação arrebatadora, como alguém subitamente capaz de mexer um membro perdido.

— Esta é a rota Nordeste. Mas seria mais fácil dividirmos em oito.

— Nossa, é tão bonito... — disse Alice.

Alice observou as imensas rochas cor de areia que pareciam surgir do nada, formando abrigos naturais. Ao seu redor, as pedras emergiam quase na horizontal, em estratos grossos ao lado da montanha, ou formavam arcos que haviam resistido por séculos ao vento e à chuva. Ali em cima, ela estava afastada da cidade, de Bennett e do sogro não só pela geografia. A impressão era a de ter aterrissado em outro planeta, onde a gravidade não funcionava da mesma forma. Ela passou a ouvir com perfeição os grilos na grama, o silencioso e lento planar dos pássaros, o balanço preguiçoso dos rabos dos cavalos enquanto espantavam as moscas de suas ancas.

Margery foi com o burro para debaixo de uma saliência e fez um gesto para que Alice se aproximasse.

— Está vendo ali? Aquele buraco? Sabe o que é aquilo?

Alice fez que não com a cabeça.

— Os índios moíam milho em buracos como esses. Se olhar para lá, vai ver dois trechos gastos na pedra onde o velho cacique descansava o traseiro enquanto as mulheres trabalhavam.

Alice sentiu as bochechas corarem e conteve um sorriso. Olhou para as árvores, o estado de espírito relaxado se esvaindo.

— Eles... Eles ainda estão por aqui?

Margery a avaliou por baixo do chapéu de abas largas por um momento.

— Acho que está segura, Sra. Van Cleve. Eles costumam almoçar neste horário.

Elas pararam para comer seus sanduíches sob o abrigo de uma ponte ferroviária, então cavalgaram pelas montanhas a tarde inteira. As trilhas eram sinuosas e davam voltas, portanto Alice não sabia ao certo onde tinham estado ou aonde iam. Era difícil saber para que lado ficava o norte com as copas das árvores cobrindo tudo acima da cabeça delas, escondendo tanto o sol quanto a sombra. Ela perguntou a Margery onde poderiam parar para fazer as necessidades, e a outra acenou com a mão.

— Em qualquer árvore que você quiser, é só escolher.

Sua nova companhia era de poucas palavras, concisa, e parecia falar basicamente de quem estava ou não morto. Ela própria disse ter sangue Cherokee nas veias.

— Meu bisavô se casou com uma Cherokee. Tenho cabelo de Cherokee e o nariz reto. Todo mundo tinha a pele meio escura na minha família, apesar de a minha prima ter nascido albina.

— Como ela é?

— Não viveu mais que dois anos. Foi picada por uma cobra. Todo mundo achou que ela só estava fazendo manha até ver a picada. Claro, já era tarde demais. Ah, você vai ter que tomar cuidado com cobras. Sabe algo sobre elas?

Alice fez que não.

Margery pestanejou, como se fosse impensável que alguém não soubesse nada sobre cobras.

— Bem, as peçonhentas normalmente têm a cabeça em forma de pá, sabe como é?

— Entendi. — Alice esperou um momento. — Uma daquelas de ponta quadrada? Ou uma das que escavam com as extremidades pontiagudas? Meu pai até tem uma pá de dreno, que...

Margery suspirou.

— Acho melhor ficar longe de todas as cobras por enquanto.

À medida que se afastavam do riacho, Margery volta e meia saltava do burro e amarrava pedaços de barbante vermelho em troncos de árvores, usando um canivete para cortar o fio, ou mordendo e cuspindo as pontas. Aquilo, segundo ela, mostraria a Alice como voltar para a trilha aberta.

— Está vendo a casa do velho Muller ali na esquerda? A fumaça de lenha? Ali moram ele, a esposa e quatro filhos. Ela não sabe ler, mas o filho mais velho sabe e vai ensinar para ela. Muller não gosta nada da ideia da família aprendendo, mas entra na mina de manhã e só sai de noite, então tenho trazido livros para eles mesmo assim.

— Ele não vai se importar?

— Não vai saber. Vai chegar, tirar a sujeira do corpo, comer a comida que a esposa tiver preparado e dormir quando o sol se pôr. É difícil lá embaixo, eles voltam cansados. Além disso, ela guarda os livros no baú de vestidos. Ele não olha lá dentro.

Pelo visto, Margery vinha administrando uma biblioteca clandestina sozinha havia semanas. Passaram por belas casinhas de palafita, casebres minúsculos abandonados — que davam a impressão de que sairiam voando na primeira brisa forte —, casas caindo aos pedaços com barraquinhas de frutas e legumes à venda do lado de fora; e, diante de cada lugar, Margery explicou quem eram os moradores, se sabiam ler, qual o melhor jeito de levar o material a eles e em quais casas era preferível nem pisar. Nas dos destiladores, na maioria dos casos. Eles produziam álcool ilegal em alambiques escondidos na floresta. Havia os que faziam isso e matariam quem os visse, e os que o bebiam e de quem não era seguro se aproximar. Ela parecia saber tudo sobre todos, e distribuía cada pedacinho de informação em tom tranquilo e lacônico. Aquela era a casa de Bob Gillman — ele perdeu o braço em uma das máquinas de uma fábrica em Detroit e voltou a morar com o pai. Aquela era a casa da Sra. Coghlan — o marido batia nela o tempo todo, até que um dia voltou para casa cego de um olho; ela o prendeu na cama e ficou em cima dele com uma chibata até que ele jurasse que nunca mais tocaria nela. Foi ali que os dois alambiques haviam explodido com um estrondo tão alto que se ouviu em dois condados. Os Campbell ainda culpavam os Mackenzie e, vez ou outra, quando estavam bêbados, passavam pela casa uns dos outros atirando.

— Você nunca fica com medo? — perguntou Alice.

— Medo?

— Aqui em cima, sozinha. Pelo que diz, é como se qualquer coisa pudesse acontecer.

Margery fez uma expressão de quem nunca tinha pensado naquilo.

— Eu cavalgo por essas montanhas desde antes de aprender a andar. Fico longe da confusão.

Alice talvez tenha exibido uma expressão cética.

— Não é difícil. Sabe quando tem um monte de animal reunido em torno de um olho-d'água?

— Hum, na verdade, não. Não temos muitos olhos-d'água em Surrey.

— Se você vai para a África, vê o elefante bebendo água ao lado do leão, que está perto do hipopótamo, e o hipopótamo está do lado da gazela. E ninguém incomoda ninguém. Sabe por quê?

— Não.

— Porque estão se avaliando. E aquela velha gazela vê que o leão está todo relaxado, e que só quer beber um pouco de água. E o hipopótamo está tranquilo, então cada um cuida da própria vida e deixa os outros viverem. Mas se forem jogados em numa planície logo depois do anoitecer, aquele mesmo leão vai estar à espreita com um brilho nos olhos... Aí, as gazelas sabem que têm que fugir, e rápido.

— Existem tipos de leões, como as cobras?

— A gente avalia as pessoas, Alice. Imagine que você vê alguém lá longe, um minerador voltando para casa, e percebe pelo passo que ele está cansado e só quer voltar, encher a pança e ficar de pernas para o ar. Mas e se visse esse mesmo minerador do lado de fora de uma festa segurando uma garrafa de *bourbon* pela metade em uma sexta-feira, olhando mal-encarado? Você sabe que tem que sair fora, certo?

Cavalgaram em silêncio por mais um tempo.

— Então... Margery?

— Ahn.

— Se o máximo a leste onde você esteve foi... Onde era mesmo? Lewisburg? Como sabe tanto sobre os animais na África?

Margery fez seu burro parar e olhou para Alice.

— Você está realmente fazendo essa pergunta?

Alice a encarou.

— E quer que eu faça de você uma bibliotecária?

Foi a primeira vez que Alice viu Margery rir. Ela gargalhou feito uma coruja e continuou sem conseguir conter o riso por metade do caminho de volta até Salt Lick.

— Como foi hoje?

— Foi bem, obrigada.

Ela não queria falar sobre como as costas e as coxas doíam tanto que quase chorara ao se sentar na privada. Ou sobre as minúsculas casinhas pelas quais tinham passado, em que pôde ver que a parte interna das paredes estava coberta de folhas de jornal, que, segundo Margery, serviam "para proteger do vento no inverno". Precisava de tempo para assimilar a proporção da terra que percorrera, a sensação — enquanto seguiam uma rota horizontal pela paisagem vertical — de estar em uma região selvagem pela primeira vez na vida, de verdade, os enormes pássaros, o veado saltitante, os minúsculos lagartos azuis. Achou melhor não mencionar o homem desdentado que as xingara na estrada, ou a jovem mãe exausta com quatro crianças pequenas correndo do lado de fora, nuas como vieram ao mundo. Mas o dia havia sido tão extraordinário, tão precioso, que no fundo ela não queria dividir nada com os dois homens.

— É verdade que estava cavalgando com Margery O'Hare? — perguntou o Sr. Van Cleve, tomando um gole de sua bebida.

— É. E com Isabelle Brady. — Não mencionou que Isabelle não tinha aparecido.

— É bom ficar longe dessa O'Hare. Ela é problema.

— Como assim?

Alice percebeu o olhar furtivo de Bennett: *não fale nada*.

O Sr. Van Cleve apontou o garfo para ela.

— Ouça o que estou dizendo, Alice. Margery O'Hare vem de uma família ruim. Frank O'Hare era o maior destilador clandestino daqui até o Tennessee. Você é nova demais para entender o que isso significa. Ela pode se esconder atrás de livros e palavras chiques agora, mas por dentro ainda é a mesma, imprestável que nem os outros. Estou falando, nenhuma moça decente por aqui tomaria chá com ela.

Alice tentou imaginar Margery O'Hare se preocupando em tomar chá com alguma moça. Pegou o prato de pão de milho da mão de Annie e se serviu de uma fatia antes de passá-lo adiante. Percebeu que estava faminta, apesar do calor.

— Por favor, não se preocupe. Ela só está me mostrando onde entregar os livros.

— Só estou dizendo. É bom não passar muito tempo com ela. Não vai querer que os hábitos dessa mulher a contaminem.

Ele pegou duas fatias de pão de milho e enfiou metade de uma delas direto na boca, mastigando por um instante, de boca aberta. Enojada, Alice virou o rosto.

— Que tipo de livros são esses, afinal?

Alice deu de ombros.

— Só... livros. Tem Mark Twain e Louisa May Alcott, algumas histórias de caubóis e livros que ensinam a cuidar da casa, receitas e coisas assim.

O Sr. Van Cleve balançou a cabeça.

— Metade daquelas pessoas não sabe ler nem uma palavra. O velho Henry Porteous acha que é um desperdício de dinheiro e de impostos, e devo dizer que estou quase de acordo. E, como falei, qualquer esquema envolvendo Margery O'Hare não pode ser boa coisa.

Alice estava prestes a defender Margery, mas um apertão firme de seu marido por baixo da mesa a dissuadiu.

— Não sei. — O Sr. Van Cleve limpou o molho do canto da boca. — Tenho certeza de que minha mulher não teria aprovado um esquema desses.

— Mas ela acreditava em atos de caridade, pelo que Bennett contou — disse Alice.

O Sr. Van Cleve lançou um olhar para Alice do outro lado da mesa.

— Acreditava, sim. Era uma mulher devota.

— Bem — continuou Alice, após um instante. — De fato acredito que, se incentivarmos famílias ímpias a ler, podemos incentivá-las a se voltar para as escrituras, para a Bíblia, e isso só pode ser bom para todo mundo.

Seu sorriso era doce e enorme. Ela se debruçou na mesa.

— Pode imaginar todas aquelas famílias, Sr. Van Cleve, por fim conseguindo compreender a palavra de Deus com uma leitura correta da Bíblia? Não seria maravilhoso? Estou certa de que sua mulher só teria palavras de incentivo para algo assim.

Houve um longo silêncio.

— Bem, sim — concordou o Sr. Van Cleve. — Nisso talvez você tenha razão.

Ele assentiu, indicando que o assunto estava encerrado, pelo menos por ora. Alice viu seu marido murchar de leve, aliviado, e desejou não odiá-lo por isso.

Depois de três dias, sendo ela de família ruim ou não, Alice logo percebeu que preferia estar com Margery O'Hare do que com quase qualquer outra pessoa no Kentucky. Margery não falava muito. Não tinha nenhum interesse nas fofocas — veladas ou não — que pareciam alimentar as conversas das mulheres durante os chás e as sessões intermináveis de costura que Alice frequentara até então. Não se interessava pela aparência de Alice, por suas ideias ou sua história.

Margery ia aonde queria, dizia o que pensava, não escondia nada com eufemismos educados que os outros achavam tão imprescindíveis.

Ah, essa é a maneira inglesa? Muito interessante.

E o Sr. Van Cleve Júnior não se incomoda de sua esposa cavalgar sozinha por essas montanhas, é? Minha nossa.

Bem, talvez você o esteja persuadindo a fazer as coisas do modo inglês. Que... original.

Alice percebeu, intrigada, que Margery se comportava *feito um homem*.

Era um pensamento tão extraordinário que ela se pôs a observar a mulher a distância, tentando entender como a outra chegara àquele tão maravilhoso estado de libertação. Mas não tinha coragem o bastante — ou talvez ainda fosse inglesa demais — para perguntar.

Alice chegava à biblioteca pouco depois das sete da manhã, com o orvalho ainda espesso na grama, tendo recusado a carona de Bennett e deixando-o tomar café com o pai. Cumprimentava Frederick Guisler, que com frequência encontrava conversando com algum cavalo — do mesmo jeito que Margery fazia —, depois dava a volta até os fundos, onde Spirit e o burro estavam amarrados, a respiração de ambos esfumaçando o ar frio da manhã. As prateleiras da biblioteca já estavam quase prontas, repletas de livros doados de lugares distantes como Nova York e Seattle. (A WPA solicitara livros às bibliotecas, e os embrulhos marrons chegavam duas vezes por semana.) O Sr. Guisler consertara uma velha mesa doada por uma escola de Berea para que tivessem onde colocar o imenso caderno de couro que registrava a entrada e a saída dos livros. As páginas estavam sendo preenchidas rapidamente; Alice descobriu que Beth Pinker partia às cinco da manhã, e, antes do encontro diário delas, Margery já havia feito uma cavalgada de duas horas, deixando livros em residências remotas nas montanhas. Alice olhava nos registros por onde ela e Beth haviam passado.

Quarta-feira, 15.
As crianças Farley, Crystal — quatro revistas em quadrinhos.

Sra. Petunia Grant, casa dos professores em Yellow Rock — duas edições da "Ladies'" Home Journal *(fevereiro e abril 1937), uma edição de* Diamante Negro, *de Anna Sewell (manchas de tinta nas páginas 34 e 35).*

Sr. F. Homer, Wind Cave — uma edição de Folk Medicine, *de D. C. Jarvis.*

As Irmãs Fritz, Último celeiro, White Ash — uma edição de Cimarron, *de Edna Ferber,* Magnificent Obsession, *de Lloyd C. Douglas (nota: três páginas finais faltando, capa manchada de água).*

Os livros raramente eram novos, e muitas vezes tinha as páginas ou a capa faltando, descobriu ela ao ajudar Frederick Guisler a guardá-los nas estantes. Era um homem de trinta e tantos anos, magro, castigado pelo sol, que herdara trezentos hectares do pai e que, como ele, criava e treinava cavalos, incluindo Spirit, a pequena égua que Alice montava.

— Essa daí é cheia de opinião — comentou ele, acariciando o pescoço da égua. — Se bem que nunca conheci uma égua que não fosse.

Seu sorriso tinha ares conspiratórios, como se na realidade não estivesse falando sobre cavalos.

Todos os dias durante aquela primeira semana, Margery mapeava a rota que seguiriam, e elas partiam na tranquilidade da manhã, Alice inebriada pelo ar da montanha após o abafamento sufocante da casa dos Van Cleve. Debaixo do sol, à medida que o dia avançava, o calor se erguia do solo em ondas tremeluzentes, e era um alívio subir as montanhas, onde as moscas e os insetos não zumbiam sem parar no seu rosto. Nos trechos mais distantes, Margery descia do burro para amarrar o barbante no tronco de uma a cada quatro árvores por que passavam, para que Alice conseguisse encontrar o caminho de volta quando fosse sozinha, apontando para os pontos de referência e as formações rochosas mais peculiares para ajudá-la.

— Se não conseguir achar o caminho, Spirit vai fazer isso para você. Ela é esperta à beça.

Alice estava se acostumando à égua de pelo marrom e branco. Sabia exatamente onde Spirit tentaria dar meia-volta e onde gostava de acelerar o passo. Já não gritava, agora se debruçava no pescoço da égua, fazendo carinho até que o animal abanasse as orelhinhas para a frente e para trás. Tinha uma vaga ideia de onde dava cada trilha, e até desenhou alguns mapas, que enfiava no culote, acreditando que seria capaz de achar o caminho para as casas sozinha. Sobretudo, passara a saborear o tempo nas montanhas, o silêncio inesperado da paisagem vasta, a imagem de Margery à sua frente, se abaixando para desviar de alguns galhos, apontando para as casas remotas que surgiam como estruturas naturais nas clareiras da floresta.

— Tente expandir sua perspectiva, Alice — dizia Margery, a voz sendo carregada pela brisa. — Não tem muito por que se preocupar com o que a cidade pensa de você. Não dá para fazer nada a respeito, de qualquer maneira. Mas se tentar expandir sua perspectiva, aí, sim, vai ver que existe um mundo inteiro de coisas bonitas.

Pela primeira vez em quase um ano, Alice não se sentia observada. Não havia ninguém para comentar sobre seu modo de se vestir ou de se portar, ninguém lhe lançava olhares curiosos de esguelha, tentando ouvir qualquer coisa que ela dissesse. Começava a entender por que Margery estava tão determinada a fazer com que as pessoas "a deixassem em paz". Alice foi arrancada de seus pensamentos quando Margery parou de repente.

— Lá vamos nós, Alice. — A companheira desceu do burro perto de um portão frágil, onde galinhas ciscavam aleatoriamente perto da casa e um grande porco farejava uma árvore. — Hora de conhecer os vizinhos.

Alice a acompanhou, descendo da égua e prendendo as rédeas no portão. Os cavalos logo baixaram a cabeça e começaram a pastar, enquanto Margery erguia uma das bolsas da sela, chamando Alice com um gesto. A casa era decrépita, o revestimento de tábuas, caído como um sorriso torto. As janelas tinham uma camada de poeira, escurecendo o interior, e havia uma leiteira de ferro lá fora, sobre as brasas de uma fogueira. Era difícil acreditar que alguém morava ali.

— Bom dia! — disse Margery, indo até a porta. — Olá?

Depois de um silêncio profundo, ouviu-se o ranger de uma tábua, e um homem surgiu na porta com uma espingarda apoiada no ombro. Vestia um macacão que não via água fazia tempos, e um cachimbo de barro apareceu sob o bigode espesso. Atrás dele, chegaram duas jovens, inclinando a cabeça na tentativa de espiar as visitantes. Ele olhou para fora, desconfiado.

— Como vai, Jim Horner?

Margery entrou na área cercada (impossível chamar aquilo de jardim) e fechou o portão depois que Alice passou. Pareceu não notar a arma, ou, se notou, ignorou. Alice sentiu o coração acelerar um pouco, mas seguiu sem contestar.

— Quem é essa? — perguntou o homem.

— É Alice. Está me ajudando com a biblioteca itinerante. Queria saber se podemos falar com o senhor sobre o que temos aqui.

— Quero comprar nada, não.

— Bom, sorte a nossa então, porque não estamos vendendo nada. Vai levar cinco minutos. Mas será que pode trazer um copo de água? Está quente à beça aqui fora.

Com toda a calma, Margery tirou o chapéu e abanou o rosto. Alice estava prestes a dizer que tinham acabado de beber uma garrafa inteira de água havia menos de um quilômetro, mas se conteve. Horner olhou para ela por um instante.

— Esperem aí fora — disse ele enfim, apontando para um longo banco na frente da casa.

Ele murmurou algo para uma das meninas, uma criança magricela de trança, que desapareceu na casa escura, voltando depois com um balde, a testa franzida diante da tarefa.

— Ela vai buscar água.

— Pode fazer a gentileza de trazer para minha amiga também, Mae? — pediu Margery à menina.

— Seria muito gentil, obrigada — disse Alice, e o homem levou um susto com seu sotaque.

Margery acenou com a cabeça para ela.

— Ah, é a moça da Inglaterra. — Novamente, o sotaque carregado. — A que casou com o filho de Van Cleve, sabe?

O homem olhou impassivelmente de uma para outra, a arma ainda no ombro. Alice se sentou com cuidado no banco enquanto Margery continuava a falar, a voz baixa e tranquila, como uma melodia. Era como se dirigia a Charley quando o burro ficava, como ela dizia, "genioso".

— Então, não sei se ouviu falar na cidade, mas a gente tem uma biblioteca de livros agora. É para quem gosta de histórias, ou para ajudar nossas crianças a ter um pouco de instrução, principalmente as que não vão para a escola aqui na montanha. Então passei para saber se você quer pegar alguns livros para suas filhas.

— Já disse que elas não leem.

— É, disse, então eu trouxe uns fáceis, só para elas começarem. Esses aqui têm figuras e todas as letras, assim elas podem aprender. Nem precisam ir para a escola. Podem fazer bem aqui, em casa.

Entregou a ele um dos livros com figuras. Ele baixou a arma e o segurou com cuidado, como se fosse algo explosivo, e folheou.

— Preciso da ajuda das meninas com a colheita e a conserva.

— Mas é claro. É uma época de muito trabalho.

— Não quero que fiquem distraídas.

— Entendo. Não pode deixar que nada atrapalhe a conserva. Devo confessar que parece que o milho vai ficar bem bom este ano. Não que nem ano passado, né? — Margery sorriu quando a menina voltou, curvada pelo peso do balde com água até a metade. — Obrigada, querida. — Ela esticou a mão e a menina encheu uma velha lata de alumínio. Margery bebeu com avidez e entregou a lata a Alice. — Boa e fresca. Agradeço muito.

Jim Horner empurrou o livro de volta para Margery.

— Eles querem dinheiro por essas coisas.

— Bem, essa é a beleza da coisa, Jim. Nada de dinheiro, nada de inscrição, nada disso. A biblioteca só existe para as pessoas tentarem ler um pouco. Quem sabe aprenderem um pouco se pegarem gosto pela coisa.

Jim Horner olhou a capa do livro. Alice nunca ouvira Margery falar tanto de uma só vez.

— Quer saber? Que tal eu deixar esses aqui, só essa semana? Não precisa ler, mas pode dar uma olhada, se quiser. Vamos passar de novo segunda-feira que vem e pegamos de volta. Se gostar, manda as crianças me avisarem que eu trago mais. Se não gostar, é só deixar os livros numa caixa em frente ao portão e não insistimos. Que tal?

Alice olhou para a casa. Um segundo rosto, menor, desapareceu imediatamente na penumbra.

— Acho que não.

— Para falar a verdade, estaria me fazendo um favor. Porque assim eu não preciso carregar os malditos livros de volta, montanha abaixo. Nossa, como nossas bolsas estão pesadas hoje! Alice, terminou de beber água? Não queremos tomar mais tempo desse cavalheiro. Bom ver você, Jim. E obrigada, Mae. Você cresceu como um pé de feijão desde a última vez que te vi!

Quando chegaram ao portão, a voz de Jim Horner ficou mais alta e firme.

— Não quero mais ninguém vindo até aqui e incomodando a gente. Não quero ser incomodado e não quero que incomodem minhas filhas. Elas já têm muito o que fazer.

Margery nem se virou. Apenas ergueu a mão.

— Está certo, Jim.

— E não precisamos de caridade nenhuma. Não quero mais ninguém da cidade vindo aqui. Nem sei por que vocês vieram.

— Vamos passar em todas as casas daqui até Berea. Mas entendido.

A voz de Margery ecoava pela colina à medida que se aproximavam dos cavalos.

Alice olhou para trás e viu que ele havia levado a arma ao ombro outra vez. Ela ouvia seu coração batendo nos ouvidos, e acelerou o passo. Tinha medo de olhar para trás de novo. Quando Margery subiu no burro, Alice pegou as rédeas, montou em Spirit apesar das pernas trêmulas, e só quando calculou que estavam longe demais de Jim Horner para que ele tentasse atirar é que se permitiu soltar o ar. Chutou a égua até ficar ao lado de Margery.

— Minha nossa. Eles são todos terríveis assim?

Percebeu que suas pernas estavam praticamente líquidas.

— Terríveis? Alice, dessa vez correu muito bem.

Alice ficou sem saber se ouvira direito.

— Da última vez que fui até Red Creek, Jim Horner atirou no meu chapéu.

Margery virou-se para ela e inclinou o chapéu, mostrando o buraquinho no topo. Depois, o recolocou na cabeça.

— Vamos, vamos acelerar um pouco. Quero levar você para conhecer Nancy antes da nossa parada para o almoço.

3

... e mais do que tudo, a imensidão de livros que poderia ler à vontade tornava a biblioteca um motivo de felicidade para ela.

— Louisa May Alcott, *Mulherzinhas*

Alice tinha dois roxos nos joelhos, um no tornozelo esquerdo e bolhas em lugares onde não sabia que poderia haver bolhas. Um punhado de picadas infeccionadas atrás da orelha direita, quatro unhas quebradas (um tanto imundas, precisava admitir) e queimaduras de sol nas mãos e no nariz. Um arranhão de cinco centímetros no ombro direito feito por uma árvore de galhos baixos e uma marca no cotovelo esquerdo onde Spirit a mordera quando ela tentou dar um tapa em uma mosca-varejeira. Alice espiou seu rosto sujo no espelho, perguntando-se o que as pessoas na Inglaterra achariam daquela mulher toda arrebentada.

Mesmo depois de duas semanas, Isabelle Brady ainda não havia se juntado à pequena equipe de bibliotecárias, e ninguém nem tocava no assunto, então Alice tampouco se sentia à vontade para perguntar. Frederick não se manifestava muito, a não ser para oferecer café ou ajudá-la com Spirit, e Beth — a irmã do meio de oito irmãos — entrava e saía da biblioteca com a energia de uma criança, cumprimentava todos pela manhã, animada, jogava a sela no chão e reclamava quando não conseguia encontrar seus *malditos alforjes*. O nome de Isabelle não aparecia nos cartõezinhos na parede nos quais marcavam os horários de começo e fim de cada turno. Volta e meia, um grande carro verde-escuro passava por ali com a Sra. Brady ao volante, e Margery acenava, mas nenhuma palavra era trocada. Alice começou a achar que colocar o nome da filha havia sido apenas uma estratégia da Sra. Brady para encorajar a adesão de outras moças.

Assim, houve certa surpresa quando o veículo parou lá na tarde de quinta-feira, seus imensos pneus jogando areia e sujeira nos degraus. A Sra. Brady era entusiasmada ao volante, ainda que facilmente distraída, propensa a espantar uma onda de pedestres quando virava o rosto para acenar para alguém ou quando desviava bruscamente de um gato na rua.

— Quem é?

Margery manteve a atenção nas duas pilhas de livros devolvidos das quais cuidava, tentando avaliar quais exemplares não estavam mais em condições de serem emprestados. Não adiantava nada emprestar um livro com a última página faltando, coisa que já havia acontecido uma vez. *Desperdício de tempo*, fora a resposta do meeiro que o recebera. *A Boa Terra*, de Pearl S. Buck. *Nunca mais leio livro nenhum*.

— Deve ser a Sra. Brady.

Alice, que estava cuidando de uma bolha no calcanhar, espiou pela janela, tentando permanecer fora de vista. Observou a Sra. Brady fechar a porta do motorista e parar para cumprimentar alguém do outro lado da rua. Então, viu uma mulher mais jovem sair do banco do passageiro, um rabo de cavalo ruivo com cachos bem definidos. Isabelle Brady.

— São as duas — falou Alice, baixinho.

Ela calçou a meia outra vez, com um calafrio.

— Devo dizer que estou surpresa.

— Por quê? — perguntou Alice.

Isabelle deu a volta no carro e parou ao lado da mãe. Alice notou que a moça mancava e que a parte de baixo de sua perna esquerda estava envolvida por um suporte de metal e couro, o sapato na extremidade lembrando um pequeno tijolo preto. Ela não usava bengala, mas girava um pouco o corpo a cada movimento, e a concentração — ou talvez o desconforto — estava estampada em seu rosto sardento durante todo o trajeto.

Alice recuou; não queria ser pega observando as duas subirem lentamente os degraus. Ouviu murmúrios, então a porta se abriu.

— Srta. O'Hare!

— Boa tarde, Sra. Brady. Isabelle.

— Sinto muito por Isabelle ter demorado tanto a começar. Ela tinha... algumas coisas para resolver antes.

— Ficamos felizes em ter você aqui, de qualquer jeito. A Sra. Van Cleve já está quase pronta para sair por aí sozinha, então, quanto mais, melhor. Mas vou ter que arrumar um cavalo para você, Srta. Brady. Não sabia quando ia aparecer.

— Não sei montar bem — falou Izzy, baixinho.

— Imaginei. Nunca vi você cavalgando. Então o Sr. Guisler vai emprestar seu velho companheiro, Patch. Apesar de um pouco pesado, é um doce, não vai assustar você nem um pouco. Sabe o que está fazendo e vai no seu ritmo.

— Não sei montar — disse Izzy com um tom de irritação na voz.

Olhou com ares de rebeldia para a mãe.

— É só porque nunca tentou, querida — retrucou a mãe, sem olhar para ela. A Sra. Brady uniu as mãos. — Então, que horas chegamos amanhã? Izzy, vamos ter que levar você a Lexington para comprar um culote novo. Tem comido tanto que não cabe mais no antigo.

— Bem, Alice sai às sete, então por que não chegam nesse horário? Podemos começar um pouco mais cedo enquanto estamos dividindo as rotas.

— Você não está me ouvindo... — começou Izzy.

— Vemos vocês amanhã — interrompeu a Sra. Brady, dando uma olhada no pequeno ambiente. — É bom ver que já avançaram bastante aqui. Soube pelo pastor Willoughby que as meninas McArthur leram seus trechos da Bíblia sem qualquer ajuda no último domingo, graças aos livros que vocês levaram para elas. Maravilha. Tenham uma boa tarde, Sra. Van Cleve, Srta. O'Hare. Agradeço muito às duas.

A Sra. Brady acenou para as mulheres e saiu da biblioteca com a filha. Ouviram o rugido do motor quando ela ligou o carro, então um ruído de derrapagem e um grito assustado quando a Sra. Brady pegou a rua.

Alice olhou para Margery, que deu de ombros. Ficaram sentadas em silêncio até o barulho do motor sumir.

— Oi, Bennett.

Alice foi até o degrau da varanda, onde seu marido estava sentado com um copo de chá gelado. Viu que a cadeira de balanço estava vazia, uma imagem rara.

— Onde está seu pai?

— Jantando com os Lowe.

— Com aquela mulher que nunca para de falar? Nossa, ele vai ficar lá a noite inteira. Me impressiona a Sra. Lowe conseguir tomar fôlego suficiente para comer! — Ela afastou o cabelo da testa. — Ah, tive um dia extraordinário. Fomos a uma casa no meio do nada e juro que o homem queria atirar em nós. Não atirou, é claro...

Ela desacelerou, percebendo que o olhar de Bennett tinha se voltado para suas botas sujas. Alice olhou para baixo e notou o culote também enlameado.

— Ah. Isso. Sim. Errei o caminho por um córrego, meu cavalo tropeçou e eu voei longe. Foi bem engraçado, na verdade. Em determinado momento achei que Margery ia desmaiar de tanto rir. Por sorte fiquei seca rapidinho, mas *espere* só para ver meus hematomas. Estou toda roxa.

Ela correu pelos degraus e se abaixou para beijá-lo, mas Bennett virou o rosto.

— Você ultimamente anda com um cheiro horrível de cavalo — disse ele. — Talvez seja melhor se lavar. O cheiro tende a... grudar em você.

Alice sabia que ele não dissera aquilo para magoá-la, mas magoou.

Ela cheirou o próprio ombro.

— Tem razão — falou, forçando um sorriso. — Estou com cheiro de caubói! O que acha de eu me lavar, vestir algo bonito e depois irmos passear de carro perto do rio? Posso fazer um piquenique para nós dois com coisas gostosas. Annie não deixou um pouco daquele bolo de melaço? E sei que ainda temos um pedaço de presunto. Por favor, querido. Só eu e você. Faz semanas que não saímos só nós dois.

Bennett levantou-se da cadeira.

— Na verdade, eu... hum... estou indo jogar com os rapazes. Fiquei só esperando você voltar para avisar. — De frente para o marido, Alice notou que ele estava com a calça branca que usava para jogar. — Vamos para o campo dos Johnson.

— Ah. Está bem. Vou com você e assisto, então. Prometo que me lavo rapidinho.

Ele esfregou a cabeça.

— Acho que é uma coisa só de homens. As esposas não vão.

— Eu fico quieta, Bennett querido, não vou atrapalhar vocês.

— Não é bem por isso...

— Só adoraria ver você jogar. Parece tão... *feliz* quando joga.

O olhar de Bennett voltou-se para ela e depois se afastou, de uma forma que deu a entender que ela falara demais. Ficaram em silêncio por um instante.

— Como eu disse. É uma coisa só de homens.

Alice engoliu em seco.

— Entendo. Fica para a próxima, então.

— Isso! — Liberado, ele aparentou uma felicidade repentina. — Um piquenique seria ótimo. Talvez possamos convidar alguns dos rapazes também. Pete Schrager? Você gostou da esposa dele, não foi? Patsy é divertida. Vocês duas vão virar amigas próximas, sem dúvida.

— Ah. Sim. Imagino que sim.

Ficaram parados um de frente para o outro por um momento um pouco constrangedor. Então, Bennett esticou a mão e se aproximou para beijá-la. Mas dessa vez foi Alice quem deu um passo para trás.

— Tudo bem, não precisa. Nossa, estou fedendo mesmo! É horrível! Como você aguenta?

Ela se afastou, depois deu meia-volta e subiu correndo, pulando degraus, para que ele não visse seus olhos se encherem de lágrimas.

Alice havia estabelecido uma espécie de rotina desde que começara a trabalhar. Acordava às cinco e meia, se lavava e se vestia no banheirinho do corredor (era grata por esse banheiro, pois percebera que metade das casas de Baileyville ainda tinha "casinhas" — ou coisa pior — onde os moradores faziam suas necessidades). Bennett dormia como se estivesse morto, nem se mexia enquanto ela calçava as botas. Ela se abaixava para dar um beijo suave na bochecha do marido, então descia a escada na ponta dos pés. Na cozinha, pegava os sanduíches que preparara na noite anterior e alguns dos "biscoitos" que Annie deixara no aparador, enrolava-os em um guardanapo e os comia a caminho da biblioteca, que ficava a um quilômetro. Alguns dos rostos que avistava em sua caminhada tinham se tornado familiares; camponeses em carroças, homens em caminhões, fazendo seu percurso rumo aos imensos terreiros, e o mineiro esquisito que se atrasava e saía correndo levando o almoço em uma sacola. Ela passara a cumprimentar as pessoas que reconhecia — o pessoal no Kentucky era muito mais sociável do que em Londres, onde uma pessoa que saudasse um estranho com muita simpatia levantaria suspeitas. Alguns falavam com ela do outro lado da rua: *Como está a biblioteca?* E ela respondia: *Ah, muito bem, obrigada.* Sempre sorriam, mas às vezes ela suspeitava que só falavam com ela porque achavam seu sotaque engraçado. De qualquer forma, era bom ter a sensação de que começava a fazer parte de algo.

Certas vezes, Alice passava por Annie, de cabeça baixa, andando rápido a caminho da casa — para seu constrangimento, Alice não sabia ao certo onde a governanta morava —, e acenava alegremente, mas Annie se contentava em balançar a cabeça, sem sorrir, como se Alice tivesse transgredido alguma regra tácita do regulamento entre empregador/empregado. Ela sabia que Bennett só se levantaria depois que Annie chegasse, levando uma bandeja com café até seu quarto — coisa que também já teria feito para o Sr. Van Cleve. Quando os dois estivessem vestidos, os talheres estariam postos e haveria ovos, bacon e mingau aguardando por eles na mesa. Às quinze para as oito, eles pegariam o conversível do Sr. Van Cleve a caminho da Hoffman.

Alice tentou não pensar demais na noite anterior. Sua tia preferida lhe dissera certa vez que o melhor jeito de viver era não se torturar pensando nas coisas, então ela guardou aqueles acontecimentos em uma mala e a enfiou em um armário mental, como já fizera com inúmeras malas antes. Não havia razão para se agarrar ao fato de Bennett ter saído para beber depois do jogo de beisebol e voltado tarde da noite, caindo no sono na sala, de onde ela ouvira seus roncos convulsivos até o amanhecer. Não havia motivo para ficar pensando muito sobre como já estavam casados fazia mais de seis meses, tempo mais que suficiente para ela reconhecer que aquele talvez não fosse um comportamento normal para recém-casados. Assim como não havia razão para enfiar minhocas na cabeça só porque estava claro que nenhum dos dois tinha a menor ideia de como conversar sobre o que estava acontecendo. Sobretudo quando ela nem sequer sabia o *que* estava acontecendo. Nada que vivera até então lhe deu o vocabulário ou a experiência necessários. E não havia ninguém em sua vida com quem pudesse se abrir. Sua mãe acreditava que qualquer conversa sobre assuntos corporais — mesmo que fosse sobre fazer as unhas — era *vulgar*.

Alice respirou fundo. Não. Era melhor se concentrar na rua à frente, no dia longo e árduo com seus livros e seus registros, seus cavalos e suas florestas verdes exuberantes. Melhor não pensar demais em nada, apenas cavalgar pelo máximo de tempo possível, dedicar-se à nova tarefa, memorizar rotas, anotar endereços e nomes e organizar livros. Assim, quando voltasse para casa, teria forças apenas para jantar, tomar um longo banho de banheira e, finalmente, cair na cama.

Era uma rotina, havia constatado, que parecia funcionar para ambos.

— Ela está aqui — disse Frederick Guisler, que passou por Alice enquanto ela entrava.

Ele inclinou seu chapéu, apertando os olhos.

— Quem?

Alice largou a bolsa com seu almoço e espiou a janela dos fundos.

— Srta. Isabelle. — Ele pegou o casaco e foi até a porta. — Deus sabe que ela não deve participar do Kentucky Derby tão cedo. Tem café lá atrás, Sra. Van Cleve. Comprei um pouco de creme para a senhora, já que parece preferir assim.

— É muito gentil da sua parte, Sr. Guisler. Devo admitir que não consigo beber café preto puro como Margery. O dela é tão forte que quase dá para cortar com uma faca.

— Pode me chamar de Fred. E, bem, Margery faz as coisas do jeito dela, como você sabe.

Ele assentiu ao fechar a porta.

Alice amarrou um lenço no pescoço para protegê-lo do sol e se serviu de uma xícara de café, depois deu a volta até os fundos, onde os cavalos estavam amarrados em um pequeno cercado. Ali, viu Margery debruçada, segurando o joelho de Isabelle Brady enquanto a jovem agarrava a sela de um cavalo marrom robusto. O animal estava imóvel, o maxilar trabalhando com tranquilidade em um punhado de grama, como se já estivesse ali havia algum tempo.

— Você tem que dar um pulinho, Srta. Isabelle — dizia Margery, entredentes. — Se não consegue colocar o sapato no estribo, vai ter que pular até lá. Só um, dois, três e... opa!

Nada se moveu.

— Pule!

— Eu não pulo — rebateu Isabelle, irritada. — Não sou uma bola de borracha.

— Se apoie em mim, depois um, dois, três, e passe a perna para lá. Vamos. Estou segurando.

Margery segurava com firmeza a perna imobilizada de Isabelle. Mas a garota parecia incapaz de dar impulso. Margery ergueu o rosto e avistou Alice. Sua expressão era deliberadamente neutra.

— Não vai dar — disse a menina, se empertigando. — Não consigo. E não adianta tentar.

— Bem, a verdade é que é uma caminhada e tanto até as montanhas, então vai ter que arranjar um jeito de subir nele. — Margery esfregou discretamente a lombar.

— Eu disse a mamãe que era má ideia. Mas ela não quis me ouvir.

Isabelle viu Alice, e isso pareceu deixá-la ainda mais irritada. O cavalo se mexeu, quase pisando no seu pé, e ela gritou, cambaleando ao tentar sair do caminho.

— Ah, seu animal burro!

— Isso foi um pouco grosseiro — disse Margery. — Não dê ouvidos, Patch.

— Não consigo subir. Não tenho força. Essa situação toda é ridícula. Não sei por que minha mãe não quer me ouvir. Por que não posso só ficar dentro da biblioteca?

— Porque precisamos de você entregando livros.

Foi então que Alice notou as lágrimas no canto dos olhos de Isabelle Brady, como se aquilo não fosse só malcriação, mas uma expressão genuína de angústia. A jovem olhou para o lado, esfregando o rosto com a mão pálida. Margery também tinha visto as lágrimas — as duas se entreolharam brevemente, constrangidas. Margery esfregou os cotovelos para tirar a poeira da blusa. Alice bebeu um gole de café. O som de Patch mastigando, no seu ritmo distraído, era o único ruído que rompia o silêncio.

— Isabelle? Posso fazer uma pergunta? — indagou Alice após um instante. — Quando está sentada, ou andando distâncias curtas, você precisa do suporte?

O silêncio voltou subitamente, como se aquela palavra fosse *proibida*.

— Como assim?

Ah, olha eu de novo, pensou Alice. Mas já era tarde demais.

— O suporte da perna. Digo, se a gente tirar, e tirar suas botas, você consegue usar... hum... botas de montaria normais? Pode subir pelo outro lado de Patch, usando a outra perna. E talvez só deixar os livros no portão em vez de subir e descer do cavalo como nós. Ou então, se não tiver que andar muito, faz diferença?

Isabelle franziu a testa.

— Mas eu... Eu não tiro. Tenho que usar o dia todo.

Foi a vez de Margery franzir a testa, pensando.

— Mas não vai estar de pé, certo?

— Bem. Não — concordou Isabelle.

— Quer que eu veja se temos outras botas? — perguntou Margery.

— Quer que eu use as botas de outra pessoa? — questionou Isabelle, hesitante.

— Só até sua mãe comprar um par bem chique em Lexington.

— Qual é o seu tamanho? Tenho um par sobrando — ofereceu Alice.

— Mas mesmo se eu conseguir subir, minha... Bem, uma perna é... Mais curta. Não vou ficar equilibrada.

— É por isso que temos estribos ajustáveis. A maioria das pessoas por aqui monta meio torta, tendo bebido ou não — disse Margery, sorrindo.

Talvez tenha sido porque, por ser inglesa, Alice se dirigia a Isabelle no mesmo tom direto que usava com os Van Cleve quando queria algo. Ou talvez tivesse sido a novidade de ouvir que não precisava usar o suporte. Em todo caso, uma hora depois, Isabelle Brady estava montada em Patch, as mãos agarradas às rédeas com toda a força, e o corpo rígido de medo.

— Não vão rápido demais, não é? — indagou ela, a voz trêmula. — Eu não quero mesmo ir rápido.

— Você vem, Alice? Parece um bom dia para darmos uma volta na cidade, passando pela escola e tudo o mais. Contanto que não deixemos Patch dormir, vamos ter um bom dia. Tudo certo, meninas? Vamos.

Isabelle não disse quase nada durante a primeira hora de cavalgada. Alice, que ia atrás, ouvia um gritinho ou outro quando Patch tossia ou mexia a cabeça. Então Margery se virava para trás e gritava algo encorajador. Mas só depois de cerca de seis quilômetros Alice viu Isabelle voltar a respirar normalmente, e ainda assim a moça parecia ao mesmo tempo furiosa e infeliz, os olhos brilhando com lágrimas, por mais que mantivessem o passo sonolento.

Apesar da vitória de colocar Isabelle no cavalo, Alice era incapaz de imaginar como aquilo poderia funcionar. A jovem não queria estar ali. Não conseguia andar sem o suporte. Visivelmente, não gostava de cavalos. Até onde sabiam, tampouco gostava de livros. Alice se perguntou se ela voltaria no dia seguinte, e, quando cruzava olhares com Margery, sabia que a mulher se perguntava o mesmo. Alice sentiu falta de quando cavalgavam só as duas juntas, os silêncios fáceis, a sensação de aprender algo com cada fala de Margery. Sentia falta dos galopes empolgantes pelas trilhas mais planas, uma incentivando a outra, aos gritos, enquanto tentavam decidir como atravessar rios e cercas, da satisfação ao pular um buraco coberto de pedregulhos. Talvez fosse mais fácil se a garota não estivesse tão emburrada, mas seu humor parecia encobrir a manhã, e nem mesmo aquele sol glorioso e a brisa suave podiam aliviar o clima. *O mais provável é que tudo volte ao normal amanhã*, disse Alice a si mesma, tranquilizada por essa ideia.

Já eram quase nove e meia quando chegaram à escola, uma pequena construção de tábuas de madeira, de um único cômodo, não muito diferente da biblioteca. Do lado de fora, havia um gramadinho meio pisoteado e um banco debaixo de uma árvore. Algumas crianças estavam sentadas do lado de fora, de pernas cruzadas, debruçadas sobre pequenas lousas, e era possível ouvir outras lá dentro repetindo a tabuada em um coro desafinado.

— Vou esperar aqui fora — disse Isabelle.

— Não vai, não — retrucou Margery. — Fique no jardim. Não precisa descer do cavalo se não quiser. Sra. Beidecker? Está aí?

Uma mulher surgiu na porta, seguida de um clamor infantil.

Enquanto Isabelle, com a expressão revoltada, as seguia até o jardim, Margery desceu do burro e apresentou as duas à professora, uma moça com cabelo louro cuidadosamente cacheado e de sotaque alemão, que, segundo Margery explicou depois, era filha de um dos supervisores da mina.

— Tem gente do mundo todo lá — disse. — Todas as línguas que puder imaginar. A Sra. Beidecker aqui fala quatro.

A professora, que se disse felicíssima em vê-las, levou a turma inteira, com quarenta e tantos alunos, para cumprimentar as mulheres, acariciar os animais e fazer perguntas. Margery pegou em seu alforje uma seleção de livros infantis que haviam chegado no início da semana, explicando a trama de cada um conforme ia distribuindo. As crianças se empurravam para pegá-los, em seguida, abaixavam a cabeça para examiná-los, sentadas em grupos na grama. Uma delas, aparentemente sem medo do burro, pisou no estribo de Margery e espiou dentro do alforje vazio para conferir se ela não havia esquecido algum.

— Senhorita? Senhorita? Você tem mais livros?

Uma menina com alguns dentes ainda nascendo e cabelo dividido em duas tranças olhava para Alice.

— Esta semana, não. Mas prometo que vamos trazer mais semana que vem.

— Pode trazer uma revista em quadrinhos para mim? Minha irmã leu uma revista em quadrinhos e era muito boa. Tinha piratas, uma princesa e mais um montão de coisas.

— Vou tentar — disse Alice.

— Você fala que nem uma princesa — comentou a menina, tímida.

— E você parece uma princesa — respondeu Alice, e a menina saiu correndo dando uma risadinha.

Dois meninos que deviam ter uns oito anos passaram por Alice e foram até Isabelle, que aguardava no portão. Perguntaram seu nome, e ela respondeu sem sorrir, com uma única palavra.

— É seu cavalo, senhorita?
— Não.
— Tem um cavalo?
— Não. Não gosto muito de cavalos.

Ela fez uma careta, mas os meninos pareceram não notar.

— Qual é o nome dele?

Isabelle hesitou.

— Patch — respondeu, enfim, olhando para trás como que se preparando para ser corrigida.

Um menino contou ao outro, todo empolgado, sobre o cavalo do tio que, aparentemente, conseguia pular um carro de bombeiros como se nada fosse, e o outro contou que montara um unicórnio de verdade certa vez na feira do condado, com chifre e tudo. Então, tendo acariciado o focinho de Patch por alguns minutos, os dois pareceram perder o interesse e, despedindo-se de Isabelle, foram para onde seus colegas olhavam os livros.

— Não é maravilhoso, crianças? — indagou a Sra. Beidecker. — Essas moças incríveis vão trazer livros para nós toda semana! Então temos que cuidar bem deles, não dobrar as lombadas e não jogá-los nas nossas irmãs, sabe, William Bryant. Mesmo que elas cutuquem nosso olho. Vemos vocês semana que vem, moças! Muito agradecida!

As crianças acenaram, animadas, as vozes em um crescendo de despedidas, e, quando Alice olhou para trás, poucos minutos depois, alguns dos rostos pálidos ainda espiavam, acenando com entusiasmo pelas janelas. Alice observou Isabelle olhando para os pequenos e notou um meio sorriso no rosto da jovem; nasceu lentamente e era melancólico, nada alegre, mas ainda assim um sorriso.

Elas cavalgaram em silêncio rumo às montanhas, seguindo em fila indiana pelas trilhas estreitas na margem do riacho, Margery à frente mantendo o ritmo regular. Volta e meia, ela chamava as duas e mostrava pontos de referência, talvez esperando que Isabelle se distraísse ou enfim expressasse algum entusiasmo.

— Sim, sim — disse Isabelle com indiferença. — Aquela formação é a Handmaiden's Rock. Eu sei.

Margery se remexeu em sua sela.

— Conhece a Handmaiden's Rock?

— Papai me levava para caminhar nas montanhas assim que me recuperei da pólio. Por horas, todos os dias. Ele acreditava que, se eu usasse bem minhas pernas, elas ficariam do mesmo tamanho.

As três pararam em uma clareira. Margery desceu do burro e pegou uma garrafa de água e algumas maçãs em seu alforje. Distribuiu as frutas e bebeu um gole da garrafa.

— Então não funcionou — comentou Margery, indicando a perna de Isabelle. — O negócio de caminhar.

Os olhos de Isabelle se arregalaram.

— Nada vai funcionar — retrucou ela. — Sou aleijada.

— Você não é aleijada — afirmou Margery, esfregando uma maçã na jaqueta. — Se fosse, não poderia andar nem cavalgar. Está claro que pode fazer as duas coisas, mesmo um pouco cambada para um lado.

Margery ofereceu água para Alice, que bebeu com vontade e passou a garrafa para Isabelle, que negou com um gesto de cabeça.

— Você deve estar com sede — protestou Alice.

Isabelle apertou os lábios. Margery a olhou com firmeza. Finalmente, pegou um lenço, limpou o gargalo da garrafa e a entregou para Isabelle, limitando-se a revirar os olhos discretamente para Alice.

Isabelle levou a garrafa até a boca, fechando os olhos enquanto bebia. Devolveu a garrafa e pegou um lencinho de renda no bolso para limpar a testa.

— Está muito quente hoje — comentou.

— É. E não tem coisa melhor na terra do que o frescor das montanhas — observou Margery, caminhando até o riacho para encher a garrafa outra vez e depois fechando bem a tampa. — Dê duas semanas para mim e para Patch, Srta. Brady, e prometo que, com ou sem perna, não vai querer estar em nenhum outro lugar do Kentucky.

Isabelle não parecia convencida. As três comeram suas maçãs em silêncio, deram os miolos aos cavalos e a Charley e montaram de novo. Dessa vez, Alice notou que Isabelle subiu sozinha, sem reclamar. Cavalgou por um tempo atrás dela, observando-a.

— Você gostou das crianças.

Alice se aproximou dela quando pegaram a trilha ao lado de um grande campo verde. Margery estava mais à frente, cantando sozinha, ou talvez para o burro, quase nunca dava para saber.

— Como?
— Você pareceu mais feliz. Na escola. — Alice deu um sorriso hesitante. — Achei que talvez tivesse gostado dessa parte do dia.

O rosto de Isabelle se fechou. Ela puxou as rédeas e se afastou um pouco.

— Sinto muito, Srta. Brady — falou Alice após um instante. — Meu marido diz que eu falo sem pensar. Está na cara que fiz de novo. Não quis ser... intrusiva ou grossa. Me perdoe.

Ela puxou o cavalo e voltou a ficar atrás de Isabelle Brady. Xingou a si mesma em silêncio, perguntando-se se algum dia acertaria a mão com aquelas pessoas. Isabelle claramente não queria conversar. Pensou na panelinha de Peggy, moças da cidade que ela só reconhecia pela cara feia que faziam ao encará-la. Pensou em Annie, que, na metade do tempo, olhava para Alice como se ela tivesse roubado algo. Margery era a única que não a fazia se sentir uma extraterrestre. E, para ser honesta, ela própria era um pouco estranha.

Tinham cavalgado mais um quilômetro quando Isabelle virou o rosto e olhou para trás.

— É Izzy.
— Izzy?
— Meu nome. As pessoas mais próximas me chamam de Izzy. — Alice mal teve tempo de digerir a informação quando a jovem falou outra vez. — E eu sorri porque... foi a primeira vez.

Alice se inclinou um pouco para a frente, tentando ouvir as palavras. A garota falava baixinho.

— A primeira vez...? Que cavalgou nas montanhas?
— Não. — Izzy se empertigou um pouco. — Foi a primeira vez que estive em uma escola e ninguém ficou rindo de mim por causa da minha perna.

— Acha que ela vai voltar?

Margery e Alice estavam sentadas no degrau mais alto da varanda, espantando moscas e vendo o calor subir da rua reluzente. Os cavalos tinham sido lavados e soltos no pasto, e as duas mulheres bebiam café, alongando o corpo cansado e tentando reunir energia para anotar os livros do dia nos registros.

— Difícil saber. Ela não parece gostar muito, não.

Alice teve que admitir que ela provavelmente tinha razão. Observou um cachorro ofegante passar pela rua e parar, cansado, à sombra de um depósito de lenha.

— Ao contrário de você.

Alice a encarou.

— Eu?

— Você parece uma prisioneira saindo da cela na maioria das manhãs. — Margery deu um gole no café e olhou a rua. — Às vezes acho que você ama essas montanhas tanto quanto eu.

Alice chutou um pedaço de cascalho com o calcanhar.

— Talvez eu goste mais das montanhas do que de qualquer outro lugar no mundo. Eu me sinto... mais eu mesma aqui.

Margery sorriu de forma conspiratória.

— É isso que as pessoas não veem, presas nas cidades com o barulho e a fumaça e suas casinhas do tamanho de uma caixa. Lá em cima dá para respirar. Não dá para ouvir o blá-blá-blá da cidade. Ninguém fica olhando a gente, a não ser Deus. São só você, as árvores, os pássaros, o rio, o céu e a liberdade... Estar lá em cima, nossa... Faz bem para a alma.

Uma prisioneira saindo da cela. Às vezes Alice se perguntava se Margery sabia mais de sua vida com os Van Cleve do que demonstrava. Foi arrancada de seus pensamentos por uma buzina alta. Bennett chegou à biblioteca no carro do pai. Ele parou abruptamente, e o cachorro pulou com o rabo entre as pernas. O marido acenou para Alice, com um sorriso grande e descomplicado. Ela não conseguiu se segurar e sorriu também; ele era tão lindo quanto um astro de cinema em uma propaganda de cigarro.

— Alice!... Srta. O'Hare — disse ele, avistando-a.

— Sr. Van Cleve — respondeu Margery.

— Vim levar você para casa. Pensei que poderíamos fazer aquele piquenique.

Alice piscou.

— Mesmo?

— Deu um probleminha na mina que só vai ser resolvido amanhã, e papai está no escritório tentando dar um jeito. Então fui correndo até em casa e pedi que Annie preparasse um piquenique para nós. Decidi pegar o carro e vir buscar você para trocar de roupa, aí saímos logo, enquanto ainda está dia. Papai disse que podemos ficar com o carro a noite toda.

Alice ficou de pé, encantada. Então seu rosto murchou.

— Ah, Bennett, não posso. Ainda não organizamos os livros nem fizemos os registros, e estamos muito atrasadas. Acabamos de cuidar dos cavalos.

— Pode ir — disse Margery.

— Mas não é justo com você. Não sem Beth aqui e Izzy tendo desaparecido logo que voltamos.

Ela abanou a mão.

— Mas...

— Vá. Vejo você amanhã.

Alice a olhou bem para conferir se falava com sinceridade, então catou suas coisas e desceu os degraus aos pulos.

— Devo estar com cheiro de caubói outra vez — avisou ela, entrando pelo lado do passageiro e beijando a bochecha do marido.

Ele sorriu.

— Por que acha que eu abri a capota?

Ele deu meia-volta depressa, fazendo a poeira da rua subir, e Alice deu um gritinho quando aceleraram rumo à casa.

Não era um burro propenso a demonstrações exageradas de temperamento ou emoções fortes, mas Margery guiou Charley a passos lentos até em casa. Ele trabalhara pesado, e ela não tinha pressa. Margery suspirou, pensando no dia. Uma mulher inglesa volúvel que não conhecia nada da região, em quem as pessoas das montanhas talvez não confiassem e que provavelmente seria tirada dali por aquele falastrão arrogante do Sr. Van Cleve, e uma jovem que mal conseguia andar, não sabia cavalgar nem queria estar ali. Beth trabalhava quando podia, mas sua família precisaria dela para a colheita durante a maior parte de setembro. Nem de perto era um início auspicioso para uma biblioteca itinerante. Não sabia bem quanto tempo qualquer uma delas duraria.

Alcançaram o estábulo caindo aos pedaços onde a trilha se dividia, e ela soltou as rédeas no pescoço estreito de Charley, ciente de que o burro encontraria o caminho para casa. Quando fez isso, seu animal de estimação, um jovem cão de caça de olhos azuis, cheio de manchas, correu até ela, o rabo entre as pernas e a língua balançando de alegria ao vê-la.

— Que diabo está fazendo aqui, Bluey, meu garoto? Por que não está no jardim?

Ela chegou ao pequeno portão do cercado e desceu do burro, percebendo que a dor na lombar e nos ombros provavelmente tinha mais a ver com a ajuda prestada a Izzy Brady para subir e descer do cavalo do que com qualquer distância que tivessem percorrido. O cachorro pulava ao seu redor, e só se acalmou quando ela acariciou seu pescoço com as duas mãos e confirmou que *sim, ele era um bom garoto, sim, era mesmo*, e logo depois ele correu de volta para casa. Ela soltou o burro e observou-o se jogar no chão, dobrando os joelhos e se balançando para a frente e para trás na terra com um gemido satisfeito.

Não podia culpá-lo; seus próprios pés estavam pesados ao subir os degraus. Parou antes de segurar a maçaneta. O trinco estava aberto. Olhou por um instante, pensando, então foi em silêncio até o barril vazio ao lado do estábulo, onde guardava sua espingarda reserva debaixo de um pedaço de pano. Alerta, ela tirou a trava de segurança e levou a espingarda ao ombro. Voltou até os degraus na ponta dos pés, respirou fundo e abriu a porta com a bota, sem fazer barulho.

— Quem está aí?

Do outro lado do cômodo, Sven Gustavsson estava sentado na cadeira de balanço, os pés apoiados na mesa de centro, um exemplar de *Robinson Crusoé* nas mãos. Ele nem se mexeu, só aguardou um instante até que ela baixasse a arma. Colocou o livro na mesa com cuidado, levantou-se devagar e levou as mãos às costas de modo quase excessivamente cortês. Ela o observou por um instante, então largou a arma na mesa.

— Bem que eu estranhei o cachorro não ter latido.

— É, bem. Eu e ele. Sabe como é.

Bluey, aquele traidor bagunceiro, estava aninhado debaixo do braço de Sven, empurrando-o com seu focinho comprido, implorando para ganhar carinho.

Margery tirou o chapéu e pendurou no gancho, então afastou o cabelo suado da testa.

— Não estava esperando ver você.

— Você não estava olhando.

Sem encará-lo, ela passou por ele na direção da mesa, pegou uma garrafa de água e serviu um copo para si mesma.

— Não vai me oferecer um pouco?

— Nunca vi você beber água antes.

— E não vai me oferecer nada mais forte?

Ela largou o copo.

— O que está fazendo aqui, Sven?

Ele a encarou com intensidade. Usava uma camisa xadrez limpa e tinha cheiro de sabonete de alcatrão de hulha e algo singularmente seu, algo que lembrava o aroma sulfuroso da mina, de fumaça e de homem.

— Senti sua falta.

Ela sentiu algo ceder dentro de si naquele momento, e levou o copo até a boca para disfarçar. Engoliu.

— Parece que está se saindo muito bem sem mim.

— Nós dois sabemos que eu me saio muito bem sem você. Mas a questão é que não quero.

— Já tivemos essa conversa.

— E eu ainda não entendo. Falei que se a gente se casar não vou tentar te prender. Não vou te controlar. Vou te deixar viver exatamente como vive agora, só que eu e você...

— Vai me *deixar* viver, é?

— Caramba, Marge, você entendeu o que eu quis dizer. — Ele contraiu o maxilar. — Vou deixar você em paz. Podemos ser exatamente como somos agora.

— Então para que casar?

— Porque aí seremos casados aos olhos de Deus, não vamos ter que fazer as coisas escondidos que nem duas crianças. Acha que gosto disso? Acha que quero esconder do meu próprio irmão, do resto da cidade, que amo você?

— Não vou me casar com você, Sven. Sempre falei que não me casaria com ninguém. E toda vez que você vem com esse papo, juro que parece que minha cabeça vai explodir, que nem a dinamite em um dos seus túneis. Não vou mais falar com você se ficar aparecendo aqui e repetindo a mesma coisa o tempo todo.

— Você já não fala comigo mesmo. Então o que é que eu posso fazer?

— Me deixar em paz. Como decidimos.

— Como você decidiu.

Ela virou de costas para ele e foi até a tigela no canto, onde cobrira algumas vagens colhidas naquela manhã. Começou a debulhá-las, uma por uma, quebrando as pontas e jogando-as em uma bacia, esperando o sangue parar de latejar nos ouvidos.

Ela notou sua presença antes de vê-lo. Sven atravessou o cômodo silenciosamente e parou bem atrás dela, tão perto que Margery sentiu o hálito dele no pescoço. Nem precisava olhar para saber que sua pele estava corada onde a respiração dele a tocava.

— Não sou como seu pai, Margery — murmurou ele. — Se não entendeu isso até agora, não adianta nem eu dizer.

Ela manteve as mãos ocupadas. Quebra. Quebra. Quebra. *Guarde a vagem. Jogue fora a casca.* O assoalho rangia sob seus pés.

— Diga que não sente minha falta.

Dez já foram. Tire a folha. Quebre. E mais uma. Sven estava tão perto que Margery sentia o peito dele encostando nela enquanto ele falava.

Sven baixou a voz.

— Diga que não sente minha falta e vou embora daqui agora mesmo. Não vou mais incomodar você. Prometo.

Ela fechou os olhos.

Deixou a faca cair e levou as mãos à bancada, a cabeça baixa. Ele aguardou um instante, então segurou as mãos dela, cobrindo-as totalmente. Margery abriu os olhos e prestou atenção naquelas mãos: fortes, os nós dos dedos cobertos de cicatrizes altas de queimaduras. Mãos que amara por quase uma década.

— Diga — repetiu ele, baixinho, em seu ouvido.

Ela deu meia-volta, pegou o rosto dele e beijou-o intensamente. Ah, como sentira falta de seus lábios, sua pele. O calor aumentou entre eles, a respiração ficou ofegante, e tudo que dissera a si mesma, a lógica, os argumentos que buscara em sua mente durante horas longas e sombrias, tudo se esvaiu quando ele passou os braços ao seu redor, puxando-a para si. Ela o beijou sem parar, o corpo familiar e recentemente estranho para ela, a razão fugindo para longe junto com as dores, feridas e frustrações do dia. Ela ouviu um estrondo quando a tigela caiu no chão, depois só sentia a respiração, os lábios, o toque da pele dele. Margery O'Hare, que não seria possuída por ninguém, não obedeceria a ninguém, se deixou amolecer e ceder, seu corpo abaixando cada vez mais, até grudar no aparador de madeira sob o peso do dele.

— Que tipo de pássaro é esse? Olhe só a cor. É tão lindo...

Bennett estava deitado de costas na manta, enquanto Alice apontava para os galhos da árvore acima deles. Ao seu redor, os resquícios do piquenique.

— Querido? Você sabe que pássaro é esse? Nunca vi nada tão vermelho assim. Olhe! Até o bico é vermelho.

— Não leio muito sobre pássaros e essas coisas, querida.

Ela viu que Bennett estava de olhos fechados. Ele estapeou um inseto na própria bochecha, então estendeu o braço para pegar mais uma cerveja de gengibre.

Margery conhecia todos os tipos de pássaro, pensou Alice, enquanto alcançava a cesta. Decidiu perguntar a ela na manhã seguinte. Enquanto cavalgavam, Margery explicava a Alice sobre as espécies de serralhas e solidagos, apontando nabos selvagens e as frágeis e minúsculas flores de dormideiras, tirando um véu de onde antes Alice via apenas um mar esverdeado e revelando toda uma nova dimensão.

Abaixo deles o córrego seguia tranquilo; o mesmo que, segundo Margery lhe avisara, se tornaria uma torrente destrutiva durante a primavera. Parecia improvável. Por enquanto a terra estava seca, a grama era uma palha macia sob suas cabeças, os grilos moviam-se em um ruído constante por todo o campo. Alice entregou a garrafa ao marido e aguardou enquanto ele se apoiava no cotovelo para dar um gole, quase esperando que ele a puxasse para perto. Quando ele voltou a se deitar, ela se aninhou em seu braço e apoiou a mão em seu peito.

— Bem, poderia passar o dia todo assim — disse ele, tranquilo.

Ela o abraçou. Seu marido era mais cheiroso do que qualquer homem que ela já conhecera. Era como se carregasse o aroma gostoso da grama do Kentucky. Outros homens suavam, ficavam sujos e azedos. Bennett sempre voltava da mina como se tivesse acabado de sair de um anúncio de revista. Ela olhou seu rosto, os traços fortes do queixo, o cabelo cor de mel curto contornando as orelhas.

— Você me acha bonita, Bennett?

— Sabe que acho você bonita — respondeu ele, com a voz sonolenta.

— Está feliz de termos nos casado?

— Claro que estou.

Alice passou um dedo pelo botão da camisa dele.

— Então... por quê...

— Nada de assuntos sérios, hein, Alice? Não há necessidade de começar a falar sobre as coisas, não é? Não podemos só nos divertir?

Alice tirou a mão de sua camisa. Virou-se e deitou-se de costas na manta, de forma que só seus ombros se tocavam.

— Claro.

Ficaram deitados, lado a lado, olhando o céu, em silêncio. Quando voltou a falar, sua voz era suave.

— ... Alice?

Ela olhou para ele. Engoliu em seco, o coração a mil no peito. Segurou a mão dele, tentando deixar seu incentivo subentendido, deixar claro, sem precisar falar nada, que ela o apoiaria, que ficaria tudo bem, o que quer que ele dissesse. Era sua esposa, afinal.

Ela esperou um pouco.

— ... Sim?

— É um cardeal — disse ele. — O pássaro vermelho. Tenho quase certeza de que é um cardeal.

4

... o casamento, dizem, divide os direitos da pessoa e dobra seus deveres.

— Louisa May Alcott, *Mulherzinhas*

A primeira lembrança de Margery O'Hare era estar sentada debaixo da mesa da cozinha da mãe, olhando por entre os dedos enquanto o pai espancava seu irmão Jack, de quatorze anos, do outro lado do cômodo, arrancando dois dentes do menino, porque ele tentara impedir o pai de bater na mãe. A mãe, que apanhava um bocado mas não admitia o mesmo destino para os filhos, imediatamente jogou uma cadeira na cabeça do marido, deixando-o com uma cicatriz irregular na testa que lá permaneceu até sua morte. Ele retribuiu o golpe com a perna quebrada da cadeira, é claro, assim que conseguiu ficar de pé outra vez, e a briga só parara quando vovô O'Hare cambaleara até lá vindo da casa ao lado, com a espingarda no ombro e desejos homicidas nos olhos, ameaçando estourar os miolos de Frank O'Hare se ele não parasse. Não que o avô acreditasse que o fato de o filho espancar a esposa fosse algo, por natureza, errado, conforme Margery descobriu algum tempo depois, mas vovó estava tentando ouvir o rádio e ninguém conseguia escutar nada com aquela gritaria. Havia uma reentrância na parede de pinho na qual Margery foi capaz de enfiar o punho inteiro pelo resto de sua infância.

Jack foi embora de vez naquele dia, com um pedaço ensanguentado de algodão na boca e sua única camisa decente na mochila, e Margery só voltou a ouvir seu nome (ir embora era considerado um ato de tamanha deslealdade para com a família que ele foi efetivamente apagado da história familiar) oito anos depois, quando receberam um telegrama informando que Jack morrera após ser atingido por um vagão de trem em Missouri. Sua mãe chorara lágrimas salgadas, de coração partido, secando-as no avental, mas o pai jogara um livro na esposa e mandara que ela se controlasse antes que ele lhe desse uma razão de verdade para chorar, depois desapareceu em seu alambique. O livro era *Diamante Negro*, e Margery nunca perdoara o pai por ter rasgado a quarta capa ao arremessá-lo. Assim, de alguma forma, seu amor pelo irmão perdido e seu desejo de fugir para dentro do mundo dos livros se fundiram, transformando-se em algo feroz e obstinado contido naquele exemplar de capa rasgada.

Não se casem com um desses imbecis, sussurrava a mãe para ela e a irmã enquanto as deitava na grande cama de feno no quarto dos fundos. *E deem um jeito de se afastar o máximo possível dessa porcaria de montanha. Assim que possível. Vocês me prometam isso.*

As meninas assentiram com solenidade.

Virginia de fato se afastara, indo até Lewisburg, mas acabara se casando com um homem que se revelara tão hábil com os punhos quanto o pai delas. A mãe, graças a Deus, já não estava viva para ver aquilo, tendo contraído pneumonia seis meses após o casamento e morrido no terceiro dia da doença; o mesmo tipo de pneumonia também levara três irmãos de Margery. Seus túmulos foram marcados com pedrinhas em uma colina com vista para o vale.

Quando seu pai morreu, ao levar um tiro em uma briga com Bill McCullough — o último episódio patético de uma disputa familiar que existia havia gerações —, os moradores de Baileyville perceberam que Margery O'Hare não derramou uma lágrima sequer.

— Por que eu faria isso? — indagou ela quando o pastor McIntosh perguntou se ela estava bem. — Estou feliz que ele tenha morrido. Não vai mais fazer mal a ninguém.

O fato de Frank O'Hare ser desprezado na cidadezinha e de todos saberem que ela tinha razão não os impediu de decidir que a jovem O'Hare era tão estranha quanto seus parentes, e, sinceramente, quanto menos indivíduos daquela linhagem houvesse por perto, melhor.

— Posso fazer uma pergunta sobre a sua família? — indagou Alice a Margery enquanto selavam os cavalos, pouco depois do amanhecer.

Margery, ainda perdida em pensamentos sobre o corpo forte de Sven, teve que ouvir aquilo duas vezes antes de entender o que Alice estava dizendo.

— Pergunte o que quiser. — Ela olhou de relance para a outra. — Deixe eu adivinhar. Alguém disse que você deveria ficar longe de mim por causa do meu pai?

— Bem... Foi isso — disse Alice, após uma pausa.

O Sr. Van Cleve fizera um sermão sobre o assunto na noite anterior, acompanhado de muitos perdigotos e dedos em riste. Alice brandira a boa reputação da Sra. Brady como um escudo, mas fora uma interação incômoda.

Margery assentiu, como se não fosse nenhuma surpresa. Jogou a sela em cima da cerca e correu os dedos pelas costas de Charley, em busca de calombos ou machucados.

— Frank O'Hare contrabandeava bebida para metade do condado. Atirava em qualquer um que ameaçasse tomar seus negócios. Atirava neles só de pensar que estavam considerando fazer isso. Matou mais pessoas do que posso imaginar, e deixou cicatrizes em todas as pessoas próximas.

— Todas?

Margery hesitou por um instante, então deu alguns passos na direção de Alice. Arregaçou a manga da blusa, puxando-a acima do cotovelo e revelando uma cicatriz pálida em forma de moeda no braço.

— Atirou em mim com uma espingarda de caça quando eu tinha onze anos, porque fui insolente. Se meu irmão não tivesse me empurrado para eu sair da frente da bala, meu pai teria me matado.

Alice demorou um instante antes de falar:

— A polícia não fez nada?

— Polícia? — Ela pronunciava *"pulícia"*. — Aqui as pessoas cuidam das coisas do jeito delas. Quando vovó descobriu o que ele tinha feito, bateu nele com um chicote. As únicas pessoas de quem ele tinha medo eram da mãe e do pai.

Margery baixou a cabeça, deixando o cabelo escuro e espesso cair para a frente. Passou a mão com agilidade pelo couro cabeludo até encontrar o que procurava, e puxou os fios para um lado, mostrando um buraco de mais de dois centímetros de pele sem cabelo.

— Foi por aqui que ele me puxou pelo cabelo por dois lances de escada, três dias depois da morte da vovó. Arrancou um punhado de uma só vez. Dizem que um pedaço do meu couro cabeludo ainda estava preso no cabelo quando ele largou.

— Você não se lembra?

— Não. Ele me apagou antes de fazer isso.

Alice ficou em silêncio, perplexa. A voz de Margery estava neutra como sempre.

— Sinto muito — falou Alice, hesitante.

— Não sinta. Quando ele morreu, só duas pessoas em toda a cidade foram ao enterro, e uma delas apareceu apenas porque estava com pena de mim. Você sabe como as pessoas aqui gostam de se reunir. Imagina o quanto odiavam ele para não aparecerem nem no enterro do homem...

— Você... não sente falta dele, então.

— Ha! Alice, por aqui existem muitos homens que são bonzinhos durante o dia, na luz do sol, mas quando o sol se põe e eles começam a beber, viram basicamente um par de punhos em busca de um alvo.

Alice pensou nos discursos movidos a uísque do Sr. Van Cleve e estremeceu, apesar do calor.

— Bem, meu pai não chegava a ser desse tipo. Ele não precisava beber. Era frio como gelo. Não tenho uma única lembrança boa dele.

— Nenhuma?

Margery pensou por um instante.

— Ah, não, você tem razão. Tenho uma.

Alice esperou.

— É. Quando o xerife passou lá em casa para dizer que ele tinha morrido.

Margery voltou-se para o burro e as duas mulheres terminaram em silêncio. Alice sentiu-se totalmente perdida. Com qualquer outra pessoa, teria lamentado. Porém, ela nunca conhecera alguém que precisasse de menos solidariedade do que Margery.

Talvez por detectar aquele raciocínio, ou quem sabe sentindo que fora um pouco dura, Margery virou-se para ela e sorriu. Alice foi tomada pela percepção de que, na verdade, ela era muito bonita.

— Você me perguntou há um tempo se eu não tinha medo de ficar sozinha lá nas montanhas.

A mão de Alice ficou imóvel sobre a fivela da sela.

— Bem, vou dizer uma coisa para você: nunca mais tive medo de nada desde o dia em que meu pai morreu. Está vendo aquilo ali? — perguntou ela, apontando para as montanhas exuberantes que se erguiam ao longe. — Era com aquilo que eu sonhava quando criança. Eu e Charley, lá em cima, aquilo é o meu paraíso, Alice. Encontro meu paraíso todos os dias.

Ela deu um suspiro longo. Alice ainda digeria como a expressão em seu rosto tinha se tornado mais suave com aquela estranha luminosidade que surgiu em seu sorriso quando Margery deu um tapa na parte de trás da sela.

— Certo. Tudo pronto? É um grande dia para você. Um grande dia para todas nós.

* * *

Era a primeira semana que as quatro mulheres se separavam para seguir suas próprias rotas. Planejaram se encontrar na biblioteca no início e no fim de cada semana para fazerem um relatório, tentarem manter os livros organizados e verificarem o estado dos que eram devolvidos. Margery e Beth percorriam os trechos mais longos, muitas vezes deixando seus livros em uma segunda base, uma escola a dezesseis quilômetros, e buscando-os a cada quinze dias, enquanto Alice e Izzy faziam as rotas mais próximas. Izzy estava mais confiante, e Alice muitas vezes chegava quando ela já havia partido, as botas novas brilhando, sua cantoria audível durante todo o percurso pela rua principal.

— Bom dia, Alice — dizia ela com um aceno hesitante, como se ainda não soubesse bem como seria a reação da outra.

Alice não queria admitir seu nervosismo. Não era só o medo de se perder ou de passar vergonha, mas a conversa que escutara entre Beth e a Sra. Brady na semana anterior, enquanto tirava a sela de Spirit lá fora.

— Ah, vocês todas são maravilhosas. Mas confesso que estou um pouco apreensiva com a moça inglesa.

— Ela está se saindo muito bem, Sra. Brady. Marge disse que ela conhece a maioria das rotas direitinho.

— Não são as rotas, minha cara Beth. Tivemos a ideia de usar moças da cidade para que as pessoas visitadas as reconheçam. Para que confiem que não vão ser menosprezadas pelas moças, e que elas não vão dar nada inapropriado para suas famílias lerem. Se uma garota desconhecida aparece lá falando com sotaque e agindo como a rainha da Inglaterra, bem, vão ficar na defensiva. Tenho medo de que isso prejudique todo o projeto.

Spirit resfolegara e as duas haviam se calado de repente, percebendo que havia alguém lá fora. Afastando-se da janela, Alice sentira uma pontada de ansiedade. Entendeu que, se os locais não aceitassem seus livros, não deixariam que ela continuasse no trabalho. De repente, imaginou-se novamente dentro da casa dos Van Cleve, com aquele silêncio pesado, os olhos redondos e desconfiados de Annie seguindo-a, cada hora se estendendo à sua frente como se fosse uma década. Ela pensou em Bennett, no muro que eram suas costas adormecidas, na recusa em sequer tentar conversar sobre o que estava acontecendo. Pensou na irritação do Sr. Van Cleve com o fato de ainda não terem lhe dado um "netinho".

Se eu perder esse trabalho, pensou ao sentir algo sólido e pesado afundar em seu estômago, *não terei nada*.

* * *

— Bom dia!

Alice estivera treinando durante toda a subida até o topo da montanha. Murmurara *Opa, bom dia! E como vai nessa bela manhã?* para Spirit diversas vezes, sem parar, pronunciando as vogais de maneira exagerada, tentando não soar tão inglesa.

Uma moça que não devia ser muito mais velha que Alice surgiu de uma casinha e a observou de longe, protegendo os olhos com a mão, tentando enxergar em meio à claridade. No trecho de grama ensolarado que cercava a casa, duas crianças a olharam. Voltaram à sua briga incoerente por um pedaço de pau enquanto um cachorro assistia com atenção. Havia ali uma tigela de milho doce ainda a ser debulhado, aguardando ser transportado para algum lugar, e uma pilha de roupas sujas sobre um lençol no chão. Algumas ervas daninhas estavam amontoadas na horta, a terra ainda presa às suas raízes. A casinha parecia rodeada de tarefas inacabadas. Alice ouviu um bebê chorar lá dentro, um lamento furioso e inconsolável.

— Sra. Bligh?

— Posso ajudar?

Alice respirou fundo.

— Bom dia! Sou da biblioteca itinerante — disse, lentamente e tentando soar como uma local, o que, para seu azar, acabou resultando em um sotaque nem um pouco natural. — Estava me perguntando se você quer dar uma olhada em alguns livros, para você e os meninos. Para aprender alguma coisa.

O sorriso da mulher se esvaiu.

— Não tem problema. Não custam nada — acrescentou Alice, sorrindo e continuando a fala forçada. Ela tirou um livro do alforje. — Pode pegar quatro que eu venho buscar semana que vem.

A mulher ficou calada. Estreitou os olhos, crispou os lábios e se concentrou nos próprios sapatos. Então esfregou as mãos no avental e ergueu a cabeça outra vez.

— Está zombando de mim, moça?

Os olhos de Alice se arregalaram.

— É a moça inglesa, não é? Casada com o jovem Van Cleve? Porque, se está aqui para zombar de mim, pode ir descendo a montanha.

— Não estou zombando — afirmou Alice, apressada, voltando a falar com seu sotaque natural.

— Então tem alguma coisa errada com a sua boca?

Alice engoliu em seco. A mulher franzia o cenho para ela.

— Sinto muito. Me disseram que as pessoas não iam confiar em mim para aceitar os livros que carrego se eu falasse com um sotaque muito inglês. Eu só... — Sua voz falhou.

— Estava tentando falar como se fosse daqui?

O queixo da mulher aproximou-se do pescoço.

— Eu sei. Dito assim parece que eu...

Alice fechou os olhos e, mentalmente, deu um gemido.

A mulher gargalhou. Os olhos de Alice se abriram de repente. A mulher voltou a rir, debruçada sobre o avental.

— Tentou falar como se fosse daqui. Garrett! Escutou essa?

— Escutei — disse uma voz de homem, seguida de um acesso de tosse.

A Sra. Bligh levou as mãos à cintura e riu até ter de secar o canto dos olhos. As crianças, olhando para ela, também começaram a dar risada, com as expressões esperançosas e confusas de quem não sabe ao certo do que está rindo.

— Ah, minha nossa. Ah, moça, eu não me lembro da última vez que ri assim. Agora, entre aí. Eu ia aceitar seus livros mesmo que você fosse da outra ponta do mundo. Meu nome é Kathleen. Entre. Quer um pouco de água? Está tão quente que dá para fritar um ovo aqui fora.

Alice amarrou Spirit à árvore mais próxima e pegou alguns livros na bolsa. Seguiu a moça para dentro da casa, percebendo que não havia vidro nas janelas, apenas persianas de madeira, e, distraída, perguntou-se como devia ser no inverno. Esperou na porta enquanto seus olhos se acostumavam à escuridão, e, aos poucos, o interior se tornou visível. A casa parecia se dividir em dois cômodos. As paredes dianteiras estavam forradas de jornal e, na extremidade mais distante, havia um grande fogão a lenha, ao lado do qual se viam toras amontoadas. Uma fileira de velas amarradas estava pendurada sobre a lareira, e uma grande espingarda de caça encontrava-se apoiada no console acima. Havia uma mesa e quatro cadeiras no canto, e um bebê deitado em um grande cesto logo ao lado, com os punhos fechados socando o ar enquanto chorava. A mulher se abaixou e o pegou no colo com uma vaga expressão de exaustão, e o choro cessou.

Foi então que Alice avistou o homem na cama do outro lado do cômodo. Com o cobertor acolchoado até o peito, era um homem jovem e bonito, mas sua pele tinha a palidez de alguém com uma doença crônica. O ar parecia não circular, abafado apesar das janelas abertas, e ele tossia a cada trinta segundos mais ou menos.

— Bom dia — cumprimentou ela quando seus olhares se cruzaram.

— Dia — respondeu ele, a voz fraca e rouca. — Garrett Bligh. Sinto muito não poder me levantar agora para...

Ela fez que não com a cabeça, como se aquilo não tivesse importância.

— Tem alguma daquelas revistas *Woman's Home Companion*? — perguntou a moça. — Tem sido um inferno acalmar esse bebê, e eu queria saber se eles têm alguma coisa para ajudar... Sei ler direitinho, não é, Garrett? A Srta. O'Hare me trouxe algumas faz um tempo, e tinham conselhos sobre tudo. Acho que são os dentes dele, mas ele não quer mastigar nada.

Alice voltou à ação em um estalar de dedos. Começou a examinar os livros e as revistas, pegando finalmente dois e entregando-os à mulher.

— Será que as crianças querem alguma coisa?

— Tem algum daqueles livros ilustrados? Pauly já sabe o alfabeto, mas a irmã só olha os desenhos. Ela adora.

— Claro.

Alice pegou dois livrinhos e os entregou. Kathleen sorriu, apoiando-os na mesa com o maior cuidado, e deu um copo de água para Alice.

— Sei algumas receitas. Conheço uma de bolo de maçã com mel que aprendi com a minha mãe. Se quiser, posso anotar e dar para a senhora.

Margery lhe informara que o pessoal da montanha era orgulhoso. Muitos não ficavam à vontade recebendo algo sem dar nada em troca.

— Eu adoraria. Muito obrigada.

Alice bebeu a água e devolveu o copo. Fez menção de sair, resmungando algo sobre a hora, quando percebeu que Kathleen e o marido trocavam um olhar significativo. Ficou de pé, na dúvida se deixara passar algo. Os dois a encararam e a mulher abriu um largo sorriso. Ninguém disse nada.

Alice aguardou um instante, até que a situação ficou constrangedora.

— Bem, foi um prazer conhecer vocês. Volto daqui a uma semana, e vou procurar mais matérias sobre bebês com dentes nascendo. Vou adorar procurar qualquer coisa que quiserem. Temos livros e revistas novos chegando toda semana.

Ela recolheu os livros restantes.

— Até a próxima.

— Muito agradecido — disse a voz sussurrada na cama, então as palavras se perderam em um acesso de tosse.

Lá fora, o dia parecia um absurdo de claro depois da penumbra da pequena casa. Alice estreitou os olhos ao se despedir das crianças com um aceno e cruzou o gramado até Spirit. Não percebera como era alto ali — era possível ver metade do condado. Ela parou por um instante, admirando a vista.

— Moça?

Ela deu meia-volta. Kathleen Bligh corria na sua direção. Parou a alguns metros de Alice, então apertou os lábios como se tivesse medo de falar.

— Mais alguma coisa?

— Moça, meu marido... Ele ama ler, mas os olhos dele não funcionam bem no escuro, e, para falar a verdade, ele não consegue se concentrar direito, por causa da dificuldade que tem para respirar. Sente dor na maioria dos dias. A senhora pode ler um pouco para ele?

— Ler para ele?

— Isso distrai ele. Não dá para eu fazer porque tenho que cuidar da casa, do bebê, e tenho a lenha para cortar. Não sou de pedir essas coisas, mas Margery fez isso na outra semana, então se puder tirar meia hora só para ler um capítulo de alguma coisa, bem... a gente ficaria muito agradecido.

Longe do marido, a expressão no rosto da mulher se tornara exausta e tensa, como se ela não ousasse mostrar o que sentia na frente dele. Seus olhos brilhavam. Ela ergueu o queixo de repente, como se envergonhada pelo pedido.

— Se estiver ocupada demais...

Alice pousou a mão no braço de Kathleen.

— Por que não me diz de que tipo de livro ele gosta? Tenho um novo de contos aqui que parece ser a escolha certa. O que acha?

Quarenta minutos depois, Alice começou a descer a montanha. Garrett Bligh havia fechado os olhos enquanto ela lia, e, sem dúvidas, vinte minutos depois do começo da leitura — um conto instigante sobre um marinheiro naufragado em alto-mar —, ela olhara para ele de seu banquinho ao lado da cama, percebendo que os músculos de seu rosto haviam mesmo relaxado, como se ele estivesse em algum lugar completamente diferente. Alice mantinha a voz baixa, murmurando, e até mesmo o bebê pareceu se acalmar com o som. Lá fora, Kathleen era um borrão pálido, cortando lenha, catando, colhendo e carregando, vez ou outra separando brigas e dando broncas. Quando a história terminou, Garrett estava dormindo, sua respiração sonora e áspera.

— Obrigada — disse Kathleen enquanto Alice guardava as coisas no alforje.

Ela estendeu duas grandes maçãs e um pedaço de papel no qual anotara uma receita com o maior cuidado.

— Era disso que eu estava falando. Essas maçãs são boas para cozinhar porque não ficam molengas. Só não cozinhe demais.

Seu rosto se iluminou outra vez, a determinação anterior parecia ter sido restaurada.

— É muito gentil da sua parte. Obrigada — disse Alice, enfiando tudo com delicadeza nos bolsos da roupa.

Kathleen assentiu, como se tivesse pagado uma dívida, e Alice montou no cavalo. Agradeceu mais uma vez e seguiu seu caminho.

— Sra. Van Cleve? — chamou Kathleen quando Alice estava quase vinte metros à frente.

Alice se virou na sela.

— Sim?

Kathleen cruzou os braços em frente ao peito e ergueu o queixo.

— Acho sua voz ótima do jeito que é.

O sol estava forte, e os mosquitos maruins, implacáveis. Alice passou aquela longa tarde estapeando o pescoço e xingando, e ficou grata pelo chapéu de aba de lona que Margery lhe emprestara. Conseguiu deixar uma cartilha sobre bordado com duas irmãs gêmeas que viviam perto do riacho e pareciam desconfiar até mesmo daquilo, foi expulsa de uma casa enorme por um cachorro bravo, e deu um livro didático sobre a Bíblia a uma família de onze pessoas que moravam na menor casa que já vira, onde uma série de colchões de feno ocupavam a varanda.

— Filho meu só lê as Escrituras Sagradas — dissera a mãe atrás de uma porta semiaberta, com o maxilar travado, como que preparada para ouvir uma objeção.

— Então vou procurar mais histórias da Bíblia para a sua família e trago na semana que vem — falou Alice, tentando manter um sorriso animado quando a porta se fechou.

Após a pequena vitória na casa dos Bligh, ela começara a perder o ânimo. Não sabia se era dos livros ou dela que as pessoas desconfiavam. Ficava ouvindo as palavras da Sra. Brady em sua mente, as apreensões a respeito da capacidade de Alice de fazer aquele trabalho, dada a sua *estraneidade*. Estava tão distraída com aqueles pensamentos que levou um tempo para perceber que não via mais os barbantes vermelhos de Margery nas árvores, que havia se perdido. Parou em uma clareira, tentando entender pelo mapa feito a mão onde devia estar, com dificuldade para identificar a posição do sol atrás da folhagem verde acima. Spirit permaneceu imóvel, a cabeça baixa no calor do meio da tarde, que chegava até elas mesmo entre os galhos.

— Não era para você estar procurando o caminho de casa? — disse Alice, mal-humorada, à égua.

Ela fora obrigada a concluir que não tinha ideia de onde estava. Teria de refazer seus passos até encontrar algum ponto de referência. Deu meia-volta com a égua e subiu pela montanha com cuidado.

Demorou meia hora até se deparar com qualquer coisa que lhe fosse familiar. Contivera o pânico crescente nascido da ideia de que poderia facilmente passar a noite ali, no escuro, com cobras, pumas e só Deus sabe o que mais. Ou, o que era igualmente preocupante, ela poderia acabar em um dos endereços que não deveria em hipótese alguma visitar: *Beever, em Frog Creek (doido de pedra), a casa dos McCullough (destiladores clandestinos, quase sempre bêbados; ninguém nunca vê as garotas, então não dá para ter certeza sobre elas), os irmãos Garside (bêbados, briguentos)*. Ela não sabia se tinha mais medo de atirarem nela por invasão de propriedade ou da reação da Sra. Brady quando descobrissem que a moça inglesa de fato não tinha ideia do que diabo estava fazendo.

Ao seu redor, a paisagem parecia ter se estendido, revelando sua imensidão e a ignorância de Alice em relação ao papel que ocupava nela. Por que não prestara mais atenção nas instruções de Margery? Alice analisava as sombras, tentando se situar de acordo com a direção delas, então praguejava quando as nuvens ou o movimento dos galhos fazia com que sumissem. Ficou tão aliviada ao avistar um barbante vermelho em um tronco de árvore que demorou um instante para identificar a casa da qual se aproximava.

Alice passou pelo portão de entrada com os olhos e a cabeça baixos. A casa, protegida por tábuas de madeira, estava em silêncio, a chaleira de ferro lá fora sobre uma pilha fria de cinzas e um grande machado largado sobre um toco de árvore. Duas janelas de vidro sujas a miravam, inexpressivas. E lá estavam, quatro livros em uma pilha arrumada no portão, bem onde Margery dissera a Jim Horner que os deixasse caso, no fim das contas, ele decidisse que não queria mais livros em sua casa. Ela se aproximou com Spirit, então desceu da égua, prestando atenção à janela, lembrando-se do furo de bala no chapéu de Margery. Os livros pareciam intocados. Ela os colocou debaixo do braço, guardou-os cuidadosamente no alforje e verificou a sela. Estava com um pé no estribo, o coração batendo a mil, quando ouviu a voz do homem ecoar pelo vale.

— Ei!

Ela parou.

— Ei... você!

Alice fechou os olhos.

— É aquela moça da biblioteca que veio aqui antes?

— Não queria incomodar, Sr. Horner. Só... só vim buscar os livros. Estou indo embora. Ninguém mais vai vir até aqui.

— Estava mentindo?

— O quê?

Alice tirou o pé do estribo e deu meia-volta.

— Falou que ia trazer mais.

Alice piscou. Ele não sorria, mas também não trazia consigo a arma. Estava de pé na porta, as mãos soltas na lateral do corpo, e ergueu uma delas para apontar para o portão.

— O senhor quer mais livros?

— Foi o que eu disse, não foi?

— Ah, minha nossa. É claro. Hum...

O nervosismo a deixava estabanada. Ela vasculhou o alforje, pegando e devolvendo o que via.

— Claro. Bem. Trouxe um Mark Twain e um livro de receitas. Ah, e essa revista tem dicas sobre conservas. O senhor faz conservas, não é? Posso deixar aqui se quiser.

— Quero uma cartilha. — Ele apontou a esmo, como se aquilo fosse fazer a cartilha surgir. — Para as meninas. Quero uma só com palavras e uma imagem em cada página. Nada complicado.

— Acho que tenho algo assim... Só um instante. — Alice vasculhou o alforje e acabou tirando lá de dentro um livro infantil. — Tipo isso? Esse está muito popular entre...

— Só deixe eles perto do portão.

— Pronto! Aqui estão! Ótimo!

Alice se abaixou para colocar os livros em uma pilha arrumada, depois se afastou, dando meia-volta para montar a égua.

— Certo. Eu... vou indo. É só avisar se quiser que eu traga alguma coisa específica na semana que vem.

Ela ergueu a mão. Jim Horner estava de pé na porta, as duas meninas observando-a atrás dele. Por mais que seu coração ainda batesse acelerado, quando alcançou o começo da trilha de terra, Alice percebeu que tinha um sorriso no rosto.

5

Cada mina, ou grupo de minas, tornou-se um centro social, sem propriedade privada a não ser a própria mina, e sem locais públicos ou rodovias públicas, exceto o leito do riacho, que corria entre as montanhas. Esses grupos de vilarejos polvilham as encostas das montanhas ao longo dos vales dos rios, e precisam apenas de castelos, pontes e torres para reproduzir uma visão dos dias feudais.

— Comissão Americana de Carvão, 1923

Margery tinha dificuldade de admitir, mas a biblioteca da rua Split Creek estava ficando caótica, e, diante da demanda crescente de livros, nenhuma das quatro mulheres tinha tempo de resolver aquilo. Apesar da desconfiança inicial de alguns habitantes do Condado de Lee, a notícia das mulheres dos livros, como ficaram conhecidas, se espalhara, e, em poucas semanas, era mais comum serem recebidas por sorrisos ansiosos do que por alguém que batia a porta na cara delas. As famílias clamavam por material de leitura, desde revistas como *Woman's Home Companion*, para mulheres, à *The Furrow*, para homens. Qualquer coisa entre Charles Dickens e a *Dime Mystery Magazine* era arrancada de suas mãos assim que tirada dos alforjes. As revistas em quadrinhos, muito populares entre as crianças do condado, eram as que mais sofriam, sendo folheadas até a morte ou tendo páginas rasgadas por irmãos que brigavam por elas. Às vezes, as revistas eram devolvidas com uma página favorita arrancada na surdina. Ainda assim, os pedidos continuavam: *Senhorita, tem livros novos?*

Quando as bibliotecárias retornavam à sede na propriedade de Frederick Guisler, em vez de retirar os livros cuidadosamente organizados das prateleiras feitas à mão, sentavam-se no chão, vasculhando pilhas e pilhas para tentar encontrar os títulos solicitados, gritando entre si quando outra estava sentada no livro de que precisavam.

— Acho que somos vítimas do nosso próprio sucesso — falou Margery, olhando as pilhas no chão.

— Será que deveríamos dar uma organizada nisso? — perguntou Beth, fumando um cigarro.

Seu pai a açoitaria se visse aquilo, e Margery fingiu não notar.

— Não adianta. Mal vamos conseguir avançar nisso agora de manhã e na volta vai estar tão ruim quanto. Estava pensando que era melhor termos alguém aqui o tempo inteiro para arrumar.

Beth olhou para Izzy.

— Você queria ficar aqui, não queria? E não é tão boa a cavalo também.

Izzy se retesou.

— Não quero, obrigada, Beth. Minhas famílias já me conhecem. Não iam gostar se outra pessoa começasse a fazer as minhas rotas.

Ela tinha razão. Apesar da implicância de Beth, em apenas seis semanas Izzy Brady passara a cavalgar de forma competente, até boa, usando seu equilíbrio para compensar a perna mais fraca, e a diferença entre uma e outra agora era imperceptível na bota marrom-escura que a jovem mantinha polida e reluzente. Ela carregava a bengala na traseira da sela para ajudar quando tinha de subir os últimos degraus até uma casa, e descobriu que era útil para bater em galhos baixos, manter cães bravos longe e afugentar uma ou outra cobra. A maioria das famílias em Baileyville sentia admiração pela Sra. Brady, e, depois de se apresentar, Izzy costumava ser bem recebida.

— Além disso, Beth — acrescentou Izzy, pronta para sua cartada final —, você sabe que se eu ficar aqui minha mãe vai vir o tempo todo. A única coisa que mantém ela longe é saber que eu passo o dia todo fora.

— Ah, eu não quero mesmo — disse Alice, quando o olhar de Margery voltou-se para ela. — Minhas famílias estão indo bem também. A filha mais velha de Jim Horner leu *The American Girl* na semana passada. Ele ficou tão orgulhoso que até se esqueceu de gritar comigo.

— Acho que vai ter que ser você, então, Beth — opinou Izzy.

Beth apagou o cigarro no chão de madeira com o calcanhar da bota.

— Não olhem para mim. Detesto arrumação. Já faço o bastante para os malditos dos meus irmãos.

— Precisa ser tão grosseira? — resmungou Izzy.

— Não é só arrumação — interveio Margery, pegando um exemplar de *As aventuras do Sr. Pickwick* com as páginas murchas e maltratadas. — Esses livros já estavam surrados desde o início, e agora estão caindo aos pedaços. Precisamos de alguém para costurar os cadernos, e talvez fazer álbuns de recortes com todas essas páginas soltas. Estão fazendo isso em Hindman, e o negócio ficou bem popular. Têm receitas e histórias e tudo o mais.

— Sou péssima de costura — apressou-se Alice, e as outras fizeram coro, argumentando que também eram terríveis.

Margery fez uma cara de frustração.

— Bem, eu é que não vou fazer. Tenho patas no lugar das mãos. — Ela pensou por um instante. — Mas tive uma ideia.

Levantou-se de trás da mesa e pegou o chapéu.

— O quê? — perguntou Alice.

— Aonde você vai? — disse Beth.

— Hoffman. Beth, pode fazer algumas das minhas rotas? Vejo vocês mais tarde.

Dava para ouvir o barulho sinistro da Mineradora Hoffman alguns quilômetros antes de vê-la: o ronco dos caminhões de carvão, o estrondo distante das explosões que vibravam sob seus pés, o tinido do sino da mina. Para Margery, Hoffman era uma visão do inferno, suas minas corroendo as encostas marcadas e escavadas ao redor de Baileyville como feridas gigantescas; os homens — olhos brancos brilhantes em rostos enegrecidos — emergindo de suas entranhas, e o sussurro industrial baixo da natureza sendo arrasada e devastada. Nos arredores da comunidade, o gosto de poeira de carvão pairava no ar, como uma sensação permanente de mau agouro, e as explosões cobriam o vale com um filtro acinzentado. Até Charley hesitava por ali. Certos homens, pensou ela ao se aproximar, viam a terra de Deus e, em vez de beleza e encanto, enxergavam apenas cifrões.

Hoffman tinha as próprias regras. Em troca de um salário e um teto, criava-se uma dívida crescente com a loja da própria empresa, onde tudo era comprado, e vivia-se sob o constante medo de uma medida errada de dinamite, um membro perdido por causa de um carrinho descontrolado, ou pior: acabar centenas de metros abaixo da terra, com poucas chances de ter seu corpo encontrado para que ao menos pudesse ser velado pelos entes queridos.

E havia um ano que tudo aquilo se impregnara com um ar de desconfiança, quando começaram a combater aqueles que se atreviam a fazer campanha por melhores condições de trabalho. Os chefes da mina não gostavam de mudanças, e tinham mostrado aquilo não com palavras e punhos, mas com manifestações, armas e, agora, famílias de luto.

— É você, Margery O'Hare?

O segurança deu dois passos em sua direção enquanto ela se aproximava. Ele protegia os olhos do sol com a mão.

— Eu mesma, Bob.

— Você sabe que Gustavsson está aqui, né?

— Tudo certo? — Ela sentiu um gosto ruim na boca, muito familiar, que aparecia toda vez que ouvia o nome de Sven.

— Tudo. Acho que estão só comendo alguma coisa antes de saírem. Da última vez que vi, estavam perto do bloco B.

Ela desceu do burro e o amarrou, entrando pelos portões e ignorando os olhares dos mineradores no fim do expediente. Passou direto pelo armazém de suprimentos, onde diversos anúncios divulgavam grandes ofertas — que todos sabiam que passavam longe de barganhas. Ficava na colina, na mesma altura que o imenso descarregadouro. Mais à frente, as casas bem cuidadas dos chefes da mina e seus capatazes, a maioria com quintais bonitos. Era ali que Van Cleve moraria se Dolores não tivesse se recusado a deixar a casa de sua família em Baileyville. Não era uma das maiores fontes de carvão, como Lynch, onde dez mil casas se espalhavam pelas encostas. Na Hoffman, as casinhas de centenas de mineradores acompanhavam a estrada, com seus telhados revestidos, e naqueles cerca de quarenta anos de existência não deviam ter passado por praticamente nenhuma reforma. Algumas crianças, a maioria descalça, brincavam na terra ao lado de um porco farejador. Havia peças de carros e baldes do lado de fora das casas, e vira-latas traçavam rotas aleatórias entre aqueles obstáculos. Margery virou à direita, afastando-se da área residencial, e cruzou a pontezinha que levava para as minas, determinada.

Ela viu primeiro as costas dele. Estava sentado em um caixote virado de cabeça para baixo, o capacete entre os pés, enquanto comia um pedaço de pão. Ela o reconheceria em qualquer lugar, pensou. A forma como o pescoço dele encontrava os ombros, como inclinava a cabeça um pouco para a esquerda ao falar. A camisa estava coberta de fuligem, e a capa em que era possível ler INCÊNDIO às costas estava um pouco torta.

— Oi.

Ele se virou ao ouvir a voz dela, ficou de pé e ergueu as mãos quando os colegas começaram a assobiar, como se tentasse apagar um incêndio.

— Marge! O que está fazendo aqui?

Ele segurou seu braço, guiando-a para longe das provocações dos companheiros de trabalho até virarem em uma esquina.

Ela olhou as palmas enegrecidas de Sven.

— Tudo bem?

Ele ergueu as sobrancelhas.

— Dessa vez, sim.

Ele lançou um olhar na direção do escritório, e aquilo foi toda a explicação de que ela precisava.

Margery limpou uma mancha no rosto dele com o polegar. Ele segurou sua mão e a levou aos lábios. Aquilo sempre fazia algo se agitar dentro dela, ainda que sua expressão não entregasse nada.

— Sentiu minha falta, é?

— Não.

— Mentirosa.

Eles sorriram um para o outro.

— Vim perguntar se sabe onde posso encontrar o William Kenworth. Preciso falar com a irmã dele.

— O rapaz negro? Ele não trabalha mais aqui, Marge. Ele se machucou deve ter uns... ah, seis ou nove meses.

Ela pareceu surpresa.

— Achei que tinha falado. Algum dos garotos da pólvora se atrapalhou e William estava no meio do caminho quando explodiram aquele túnel em Feller's Top. Uma pedra arrancou a perna dele fora.

— Então onde ele está agora?

— Não tenho ideia. Mas posso descobrir.

Ela aguardou diante do escritório enquanto Sven entrava para bajular a Sra. Pfeiffer, cuja palavra preferida era "não", mas que raramente usava com ele. Todo mundo que trabalhava com carvão no Condado de Lee amava Sven. Além de ombros maciços e punhos do tamanho de pernis, exalava um ar de autoridade que não precisava de gritos para ser ouvida, exibia um brilho nos olhos que comunicava aos homens que era um deles, mas também às mulheres que gostava delas, e não só *daquele* jeito. Era bom em sua função, gentil quando achava necessário, e se dirigia a todos com a mesma rara civilidade, fosse um garoto de calças rasgadas do vale ao lado ou os chefões da mina. Na maioria dos dias, Margery tinha toda uma lista de coisas que gostava a respeito de Sven Gustavsson. Não que ela jamais fosse contar para ele.

Ele desceu os degraus do escritório com um papel na mão.

— Ele está em Monarch Creek, na casa da falecida mãe. Parece que não vai nada bem. Pelo visto, só cuidaram dele durante os dois primeiros meses no hospital daqui, depois mandaram embora.

— Que gentil da parte deles...

Sven sabia muito bem a opinião de Margery a respeito da Hoffman.

— O que quer com ele, afinal?

— Quero encontrar a irmã dele. Mas, se ele está doente, acho melhor não ir até lá incomodar. A última notícia que tive dela foi que estava trabalhando em Louisville.

— Ah, não, a Sra. Pfeiffer acabou de me dizer que é a irmã que está cuidando dele. Se você for lá, é provável que a encontre também.

Ela pegou o papel de sua mão e olhou para ele. Os olhos de Sven estavam colados nela, sua expressão tornando-se mais branda sob a fuligem.

— Então, quando vou ver você?

— Depende de quando parar de tagarelar sobre nos casarmos.

Ele olhou para trás, então a puxou até um canto, encostou-a na parede e se aproximou dela o máximo possível.

— Certo, que tal assim: Margery O'Hare, eu juro solenemente nunca me casar com você.

— E...

— E não falar mais em me casar com você. Nem cantar músicas sobre isso. Nem sequer pensar em me casar com você.

— Melhor.

Ele olhou ao redor e baixou a voz, aproximando a boca da orelha dela, o que a fez estremecer um pouco.

— Mas vou passar na sua casa e cometer pecados com esse seu corpo bonito. Se você deixar.

— Pecados graves? — sussurrou ela.

— Ah. Muito. Terríveis.

Ela deslizou uma das mãos para dentro do macacão dele, sentindo a leve camada de suor na pele quente. Por um instante, só existiam os dois. Os sons e cheiros da mina sumiram, e tudo que ela conseguia sentir era o batimento do próprio coração, a pulsação da pele dele contra a sua, o ritmo constante de seu desejo por ele.

— Deus ama um pecador, Sven.

Ela o beijou, mordendo de leve o lábio inferior dele.

— Mas não tanto quanto eu — completou.

Ele deu uma gargalhada, e, para a surpresa da própria Margery, enquanto voltava para Charley, com os gritos e provocações dos trabalhadores da equipe de segurança ainda zumbindo em seus ouvidos, suas bochechas ficaram bem coradas.

O dia fora longo, e, quando Margery alcançou o casebre em Monarch Creek, tanto ela quanto Charley estavam cansados. Ela desceu do burro e jogou as rédeas por cima da cerca.

— Olá?

Ninguém saiu. Havia uma horta bem cuidada do lado esquerdo do casebre e um puxadinho acima, com duas cestas penduradas na entrada. Ao contrário da maioria das casas naquele vale, aquela fora pintada recentemente, a grama estava aparada e não havia nenhuma erva daninha. Uma cadeira de balanço vermelha fora posicionada ao lado da porta, de frente para o pasto.

— Olá?

O rosto de uma mulher surgiu na porta de tela. Ela olhou para fora, como se verificasse algo, então virou o rosto, falando com alguém dentro da casa.

— Srta. Margery? É você?

— Oi, Srta. Sophia. Como vai?

A porta de tela se abriu e a mulher deu um passo para trás — as mãos no quadril, o cabelo escuro preso em rolinhos grossos — para permitir que Margery entrasse. Ela levantou a cabeça, como se tentasse analisar a outra cuidadosamente.

— Agora, veja só. Não nos encontramos há... o quê? Oito anos?

— Algo assim. Mas você não mudou nada.

— Entre.

Seu rosto, em geral tão magro e sério, abriu-se em um sorriso grande, que Margery retribuiu. Durante muitos anos, Margery acompanhara o pai em suas visitas para entregar bebida na Hoffman, uma de suas rotas mais lucrativas. Frank O'Hare imaginou que ninguém desconfiaria de uma menina com o pai fazendo entregas na região, e acertou na mosca. Mas, enquanto ele percorria o setor residencial, trocando jarras e subornando guardas, ela ia discretamente até o bloco dos negros, onde a Srta. Sophia lhe emprestava livros da pequena coleção de sua família.

Frank se assegurara de que Margery não frequentasse a escola. Ele não acreditava que livros pudessem ensinar alguma coisa, por mais que a mãe implorasse para que a menina fosse. Mas a Srta. Sophia e a mãe, Srta. Ada, estimularam em Margery um amor pela leitura que, muitas noites, a levara para bem longe da escuridão e da violência de casa. E não eram só os livros. Ela adorava o jeito como a Srta. Sophia e a Srta. Ada estavam sempre impecáveis, as unhas lixadas à perfeição, o cabelo penteado e trançado de maneira profissional. A Srta. Sophia era só um ano mais velha que Margery, mas sua família representava uma espécie de ordem, uma sugestão de que a vida podia significar uma existência muito diferente do barulho, do caos e do medo.

— Sabe, eu achava que você ia engolir aqueles livros, de tanto que pedia por eles. Nunca conheci uma menina que lesse tantos e tão rápido.

Elas sorriram uma para a outra. Então Margery avistou William. Estava sentado em uma cadeira ao lado da janela, a calça presa com cuidado onde a perna esquerda fora amputada. Ela tentou não deixar o choque transparecer nem por um segundo em sua expressão.

— Boa tarde, Srta. Margery.

— Sinto muito pelo acidente, William. Você sente muita dor?

— É suportável. Só não gosto de não poder trabalhar, só isso.

— Mais genioso que ele, impossível — comentou Sophia, revirando os olhos. — Odeia mais ficar dentro de casa do que ter perdido a perna. Margery, sente-se que vou pegar uma bebida.

— Ela diz que eu faço a casa parecer bagunçada — acrescentou William, dando de ombros.

Margery suspeitava que a casa dos Kenworth fosse a mais bem-arrumada em um raio de trinta quilômetros. Não havia sinal de poeira ou objetos fora do lugar, tudo prova da espantosa habilidade de Sophia quando se tratava de organização. Margery se sentou e bebeu um copo de salsaparrilha, ouvindo William lhe contar sobre como a mina o demitira após o acidente.

— O sindicato tentou me defender, mas depois dos assassinatos... Bem, ninguém quer se arriscar por um sujeito preto. Sabe como é?

— Atiraram em mais dois homens do sindicato no mês passado.

— Eu soube — disse William, balançando a cabeça.

— Os irmãos Stiller atiraram nos pneus de três caminhões que estavam saindo do descarregadouro. Na vez seguinte, quando foram até a loja de Friars tentar organizar alguns trabalhadores, um monte de bandidos os prendeu lá dentro e vários homens tiveram que sair da Hoffman para tirar eles de lá. Ele está dando um aviso.

— Quem?

— Van Cleve. Você sabe que ele é responsável por metade das coisas que vêm acontecendo.

— Todo mundo sabe — concordou Sophia. — Todo mundo sabe o que acontece lá, mas ninguém quer fazer nada.

Os três ficaram sentados em silêncio por tanto tempo que Margery quase esqueceu o motivo da visita. Por fim, ela apoiou o copo na mesa.

— Não vim aqui só para ver vocês — falou.

— Não me diga — retrucou Sophia.

— Não sei se estão sabendo, mas montei uma biblioteca em Baileyville. Somos quatro bibliotecárias, só moças locais, e um montão de livros e revistas doados, alguns caindo aos pedaços. Bem, precisamos de alguém para nos ajudar com a organização e o reparo dos livros, porque pelo visto não dá para passar quinze horas por dia cavalgando e manter o resto em ordem também.

Sophia e William se entreolharam.

— Não sei o que isso tem a ver com a gente — disse Sophia.

— Bem, eu queria saber se você não pode vir ajeitar isso para a gente. Temos um orçamento para cinco bibliotecárias, e o salário é decente. Pago pela WPA, e vai durar pelo menos um ano.

A Srta. Sophia recostou em seu assento.

Margery insistiu:

— Sei que você adorava trabalhar na biblioteca de Louisville. E é só a uma hora daqui. Gostaríamos muito de ter você lá.

— É uma biblioteca para negros — soltou Sophia, o tom de voz mais ríspido. Ela apertou as mãos, que descansavam sobre as pernas, e continuou: — A biblioteca de Louisville. É para os negros. Tenho certeza de que você sabe disso, Srta. Margery. Não posso trabalhar em uma biblioteca para gente branca. A menos que na verdade esteja me pedindo para sair para cavalgar com você, e eu com certeza não vou fazer isso.

— É uma biblioteca itinerante. As pessoas não entram lá para pegar os livros. Nós é que os levamos para elas.

— E...?

— E ninguém precisa saber que você está lá. Olhe, Srta. Sophia, estamos precisando desesperadamente da sua ajuda. Preciso de alguém confiável para reparar os livros e nos manter organizadas, e você é, de acordo com qualquer padrão, a melhor bibliotecária nos três condados mais próximos.

— Vou repetir: é uma biblioteca para brancos.

— As coisas estão mudando.

— Diga isso aos homens encapuzados que vierem bater na nossa porta.

— Então o que você está fazendo aqui?

— Cuidando do meu irmão.

— Sei disso. Estou perguntando o que estão fazendo para ganhar dinheiro.

Os irmãos se entreolharam.

— Essa pergunta é bastante indiscreta. Até para você.

William suspirou.

— Não estamos bem. Vivemos do dinheiro que tínhamos guardado e da herança da mamãe. Mas não é muito.

— William — repreendeu Sophia.

— Bem, é a verdade. Conhecemos a Srta. Margery. Ela nos conhece.

— Então quer que eu deixe que explodam meus miolos por estar trabalhando em uma biblioteca para brancos? — interrogou Sophia.

— Não vou deixar isso acontecer — afirmou Margery, com calma.

Foi a primeira vez que Sophia não respondeu. Havia poucas vantagens em ser filha de Frank O'Hare, mas as pessoas que o tinham conhecido entendiam que, se Margery prometia algo, era muito provável que cumprisse. Depois de sobreviver a uma infância com aquele pai, poucas coisas eram um obstáculo para ela.

— Ah, e são vinte e oito dólares por mês — completou Margery. — O mesmo salário que as outras.

Sophia olhou para o irmão, então para o próprio colo. Por fim, ergueu a cabeça.

— Precisamos pensar um pouco no assunto.

— Tudo bem.

Sophia apertou os lábios.

— Você continua bagunceira como antes?

— Provavelmente piorei um pouco.

Sophia ficou de pé e ajeitou a saia.

— Como eu disse. Vamos pensar no assunto.

William acompanhou Margery até a porta. Ele insistiu, levantando-se com dificuldade da cadeira enquanto Sophia lhe entregava a muleta. Retesou-se com o esforço de ir até a porta, e Margery tentou não demonstrar que percebera. Pararam na entrada, observando a relativa paz do riacho.

— Sabe que estão planejando acabar com um trecho da parte norte da cordilheira?

— O quê?

— Foi o Big Cole que me disse. Vão abrir seis buracos nela. Acham que pode ser rica em carvão.

— Mas aquela parte da montanha está ocupada. Só na parte norte moram quatorze ou quinze famílias.

— Nós sabemos disso e eles sabem disso. Mas, se sentirem o cheiro de dinheiro, acha que esse tipo de coisa vai impedir alguém?

— Mas... o que vai acontecer com as famílias?

— O que acontece em todas essas situações. — Ele esfregou a testa. — Kentucky, hein. O lugar mais lindo do mundo, e o mais brutal. Às vezes acho que Deus quis nos mostrar todas as Suas facetas de uma vez.

William se apoiou no batente, ajustando a muleta de madeira debaixo do braço enquanto Margery digeria aquilo.

— Foi bom ver você, Srta. Margery. Se cuide.

— Você também, William. E diga à sua irmã para vir trabalhar na nossa biblioteca.

Ele arqueou uma sobrancelha.

— Ha! Ela é que nem você. Nenhum homem diz a ela o que fazer.

Ela ainda conseguia ouvir a risada dele quando William fechou a porta de tela atrás de si.

6

Tortas com vinte e quatro horas não serviam para a minha mãe, só fatias. Ela se levantava uma hora mais cedo para preparar uma torta antes do café da manhã, mas não fazia nenhum tipo de torta — de creme, de frutas, nem mesmo de abóbora — no dia anterior ao que seria servida, e, se fizesse, meu pai não comia.

— Della T. Lutes, *Farm Journal*

Nos primeiros meses após a mudança para Baileyville, Alice quase gostara dos jantares semanais da igreja. Ter uma quarta ou quinta pessoa à mesa parecia melhorar a atmosfera sorumbática da casa, e a comida costumava ser melhor do que os pratos gordurosos habituais de Annie. O Sr. Van Cleve, em geral, se comportava muito bem, e o pastor McIntosh, a visita mais frequente, era um homem gentil, ainda que um pouco repetitivo. O elemento mais agradável da sociedade do Kentucky, Alice notara, eram as histórias intermináveis: desgraças familiares, fofocas sobre vizinhos — cada anedota contada de maneira excelente, com um arremate que deixava a mesa chacoalhando de tanta risada. Quando havia mais de um contador de histórias na mesma refeição, aquilo logo virava uma competição. O mais importante, porém, era que aquelas histórias animadas permitiam que Alice comesse quase sem ser observada ou incomodada.

Ou pelo menos era o que acontecia no começo.

— Então, quando é que vocês, jovens, vão abençoar meu velho amigo com um neto ou dois, hein?

— É isso que vivo perguntando a eles — falou o Sr. Van Cleve, apontando a faca para Bennett e depois para Alice. — Uma casa não é lar de verdade sem um bebê correndo para lá e para cá.

Talvez quando o nosso quarto não for tão perto do seu que dê para ouvir sua flatulência, respondeu Alice mentalmente, servindo-se de purê de batatas. *Talvez quando eu tiver a liberdade de ir até o banheiro sem me cobrir até os tornozelos. Talvez quando não tiver que ouvir esse papo pelo menos duas vezes por semana.*

A irmã do pastor McIntosh, Pamela, de Knoxville, que estava ali de visita, comentou, como alguém sempre fazia, que o filho engravidara a esposa bem no dia do casamento deles.

— Nove meses depois, exatamente, os gêmeos nasceram. Dá para acreditar? Se bem que ela administra a casa de um modo impecável. É só esperar, ela vai parar de amamentar os dois e no dia seguinte vai estar grávida de novo.

— Você não é uma daquelas mulheres da biblioteca a cavalo, Alice? — indagou o marido de Pamela, que olhava o mundo por debaixo de sobrancelhas espessas que lhe davam um ar permanente de desconfiança.

— Sou, sim.

— A menina passa o dia todo fora de casa! — exclamou o Sr. Van Cleve. — Alguns dias volta tão cansada que mal consegue manter os olhos abertos.

— Um homem bonitão como você, Bennett! A jovem Alice deveria estar cansada demais para subir no cavalo, para começo de conversa!

— Deveria estar de pernas tortas como um caubói!

Os dois homens deram uma gargalhada barulhenta. Alice forçou um sorriso fraco. Olhou de relance para Bennett, que mexia nos feijões em seu prato com muita concentração. Então ela se virou para Annie, que segurava o prato de batata-doce e a observava com algo que lembrava um desconfortável ar de satisfação. Alice endureceu sua expressão até que a outra desviasse o olhar.

— Tem manchas de regras nas suas calças — comentara Annie, trazendo uma pilha de roupas lavadas e dobradas para Alice na noite anterior. — Não consegui tirar tudo, então ainda tem uma marquinha aqui.

Ela fizera uma pausa, antes de acrescentar:

— Como no mês passado.

Alice se incomodara com a ideia daquela mulher monitorando suas "regras". Teve a súbita sensação de que metade da cidade debatia seu aparente fracasso em engravidar. Não podia ser culpa de Bennett, é claro. Não o campeão de beisebol. Não o menino de ouro deles.

— Sabe, minha prima, a que mora em Berea, não conseguia engravidar de jeito nenhum. Juro que o marido ficava atrás dela feito um *cachorro*. Eles a levaram para uma daquelas igrejas que usam cobras para cerimônias, sabe?

Pastor, sei que não vai aprovar isso, mas escute só. Colocaram uma cobra verde no pescoço dela e, na semana seguinte, tinha pegado barriga. Minha prima diz que o bebê tem os olhos da cor dos de uma cabeça-de-cobre. Mas bem, ela sempre teve uma imaginação muito fértil.

— Com minha tia Lola foi igual. O pastor dela fez a congregação inteira pedir a Deus que preenchesse seu ventre. Levou um ano, mas agora eles têm cinco filhos.

— Por favor, não se sintam obrigados a fazer o mesmo comigo — disse Alice.

— Acho que é toda essa cavalgada que a garota vem fazendo. Não é bom para uma mulher passar o dia todo montada. O Dr. Freeman diz que faz as entranhas da mulher chacoalharem.

— Verdade, acho que já li isso.

O Sr. Van Cleve pegou o saleiro e o balançou entre os dedos.

— É como quando você sacode demais uma jarra de leite e ele azeda. Coalha, digamos.

— Minhas entranhas não estão coalhadas, obrigada — falou Alice, secamente, acrescentando após um instante: — Mas eu gostaria muito de ler a matéria.

— Matéria? — indagou o pastor McIntosh.

— A que o senhor mencionou. Na qual dizem que a mulher não deve andar a cavalo. Por medo de "chacoalhar" demais. Não estou familiarizada com esse termo médico.

Os dois homens se entreolharam.

Alice deslizou sua faca por um pedaço de frango, sem tirar os olhos do prato.

— Conhecimento é tão importante, não acham? É o que dizemos na biblioteca: sem fatos, não temos nada. Se eu estiver colocando minha saúde em risco ao cavalgar, seria no mínimo responsável da minha parte ler essa matéria da qual os senhores falam. Talvez possa trazê-la consigo no próximo domingo, pastor.

Alice ergueu os olhos e deu um grande sorriso.

— Bem — falou o pastor McIntosh. — Não sei se conseguiria encontrar o artigo assim com tanta facilidade.

— O pastor tem muitos papéis — acrescentou o Sr. Van Cleve.

— O que é engraçado — continuou Alice, gesticulando com o garfo para dar ênfase — é que na Inglaterra quase todas as moças de família montam.

Vão caçar, pulam valas, cercas, todo tipo de coisa. É quase obrigatório. E, no entanto, fazem bebês com uma eficiência extraordinária. Até mesmo a família real. O tempo todo. Com a maior naturalidade do mundo! Sabem quantos filhos a rainha Vitória teve? E ela estava *sempre* cavalgando. Não conseguiam tirá-la de cima do animal.

A mesa ficara silenciosa.

— Bem... — disse o pastor McIntosh. — Isso é... muito interessante.

— Mas pode não ser bom para você, querida — reforçou a irmã do pastor, com gentileza. — Quer dizer, atividade física intensa não faz bem para moças em nenhuma situação.

— Nossa. É bom avisar isso para algumas das moças que vejo todos os dias nas montanhas. Elas estão sempre cortando lenha, cuidando de hortas, limpando a casa para homens doentes demais, ou preguiçosos demais, para saírem da cama. E, por mais estranho que pareça, elas também parecem ter um bebê atrás do outro.

— Alice — chamou Bennett baixinho.

— Não imagino que muitas delas fiquem sem fazer nada, arrumando flores e colocando os pés para cima. Ou talvez o corpo delas seja diferente. Deve ser isso. Talvez exista uma razão médica para *isso* que ainda não conheço também.

— Alice — repetiu Bennett.

— Não há nada de errado comigo — sussurrou ela, irritada.

Estava furiosa com o tremor em sua voz. Era tudo de que os outros precisavam. Os dois homens mais velhos trocaram um olhar benevolente.

— Ah, não se chateie. Não estamos criticando você, Alice, querida — falou o Sr. Van Cleve, pousando a mão rechonchuda sobre a dela, o braço cruzando a mesa.

— Entendemos que pode ser decepcionante quando o Senhor não nos traz essa bênção logo. Mas é melhor não ficar muito *emotiva* — aconselhou o pastor. — Vou fazer uma oração por vocês dois na próxima vez que estiverem na igreja.

— É muito gentil da sua parte — disse o Sr. Van Cleve. — Às vezes uma moça não sabe o que é melhor para si. É para isso que estamos aqui, Alice, para lembrar a você de seus interesses. Agora, Annie, onde está a batata-doce? Meu molho está esfriando.

* * *

— Por que teve que fazer aquilo?

Bennett estava sentado ao lado dela no banco de balanço enquanto os homens mais velhos terminavam uma garrafa do melhor *bourbon* do Sr. Van Cleve na sala de estar. Suas vozes se erguiam e diminuíam, pontuadas por gargalhadas.

Alice estava sentada de braços cruzados. As noites vinham esfriando, mas ela se sentou na extremidade do banco, afastada uns bons vinte centímetros do calor do corpo de Bennett, com um xale nos ombros.

— Fazer o quê?

— Você sabe muito bem o quê. Papai só estava tentando cuidar de nós.

— Bennett, você sabe que as minhas cavalgadas não têm nada a ver com o fato de eu não engravidar.

Ele ficou calado.

— Amo meu trabalho. Amo de verdade. Não vou largá-lo porque seu pai acha que minhas entranhas estão sendo chacoalhadas. Alguém diz a você que joga beisebol demais? Não. É claro que não. Mas suas partes estão sendo muito chacoalhadas três vezes por semana.

— Fale baixo!

— Ah. Esqueci. Não podemos dizer nada em voz alta, não é? Nada sobre suas *partes chacoalhadas*. Não podemos falar sobre o que está acontecendo *de fato*. Mas é de mim que todo mundo fica comentando. Sou eu que eles acham que é estéril.

— Por que você se importa com o que as pessoas acham? Age como se não desse a mínima para a metade do pessoal aqui, de qualquer jeito.

— Eu me importo porque a sua família e os vizinhos não param de falar nisso! E vão continuar falando, a menos que você explique o que está acontecendo! Ou... *faça* alguma coisa a respeito!

Ela fora longe demais. Bennett se levantou de repente e saiu andando, batendo a porta de tela atrás de si. Houve um silêncio repentino na sala de estar. As vozes dos homens retomaram e Alice ficou sentada, escutando os grilos e se perguntando como podia estar em uma casa cheia de gente e ao mesmo tempo no lugar mais solitário do mundo.

Não tinha sido uma boa semana na biblioteca. As montanhas se transformavam, indo do verde exuberante ao laranja incandescente, as folhas formando um tapete cor de cobre no chão que abafava o ruído dos cascos dos cavalos, os vales sendo tomados por névoas matinais espessas, e Margery percebeu que metade de suas bibliotecárias não estava bem. Observava o maxilar travado de Alice — um traço que não era comum em sua expressão — e os olhos esgotados, e talvez fizesse um esforço para alegrá-la, não fosse por ela própria estar ansiosa, ainda sem notícias de Sophia. Toda noite, tentava consertar os livros mais danificados, mas a pilha havia crescido, alcançando uma altura vacilante, e pensar em todo aquele trabalho, em todos aqueles livros desperdiçados, a desanimava ainda mais. Ela não tinha tempo para nada a não ser voltar para seu burro e transportar mais uma leva.

A demanda por livros se tornara implacável. Crianças as seguiam pelas ruas, implorando por algo para ler. Famílias que elas viam a cada quinze dias suplicavam pelas mesmas visitas semanais das casas mais próximas, e as bibliotecárias tinham de explicar que eram só quatro e já estavam trabalhando o dia todo. Os cavalos volta e meia ficavam mancos devido às longas horas subindo trilhas difíceis e pedregosas (*se eu tiver que subir com esse bicho de lado até Fern Gully de novo, juro que ele vai acabar com duas patas mais curtas que as outras*), e Patch sofrera feridas de sela e teve que ficar dias sem trabalhar.

Nunca era o bastante, e o cansaço estava ficando visível. Quando voltaram à biblioteca na sexta-feira à noite, com lama e folhas agarradas nas botas, aumentando ainda mais a sensação de bagunça e desordem, Izzy se irritou com Alice depois que ela tropeçou em seu alforje, arrebentando a alça.

— Olhe por onde anda!

Alice se abaixou para ajudar Izzy enquanto Beth observava.

— Bem, você não devia ter deixado no chão, não é mesmo? — repreendeu Beth.

— Ficou no chão só por um minuto. Estava tentando guardar meus livros e precisava da minha bengala. O que vou fazer agora?

— Não sei. Pedir para sua mãe comprar outro? — disse Beth.

Izzy cambaleou como se tivesse sido estapeada e fuzilou Beth com os olhos.

— Retire o que disse.

— Retirar o quê? É a maldita verdade.

— Sinto muito, Izzy — falou Alice após um instante. — Foi... foi mesmo um acidente. Olha, vou ver se arranjo alguém para consertar isso no fim de semana.

— Não precisava ser cruel, Beth Pinker — completou Izzy.

— Você é mais delicada que uma flor — ironizou Beth.

— Podem parar de discutir e anotar os livros? Ficaria muito feliz de sair daqui antes de meia-noite — disse Alice.

— Não posso anotar os meus porque você ainda não anotou os seus, e se eu trouxer meus livros para cá, eles vão se misturar com os que estão aos seus pés.

— Esses livros aos meus pés, Izzy Brady, são os que você deixou aqui ontem porque a senhorita não se deu o trabalho de guardar na estante.

— Já expliquei que minha mãe teve que me buscar mais cedo para poder participar do clube de costura dela!

— Ah, bem. Não podemos atrapalhar a porcaria do *clube de costura*, não é?

Elas falavam alto agora. Beth olhava para Izzy do canto do cômodo, onde acabara de depositar o conteúdo do próprio alforje, junto com sua marmita e uma garrafa vazia de limonada.

— Ah, caramba. Sabe do que a gente precisa?

— O quê? — disse Izzy com desconfiança.

— Precisamos relaxar um pouco. A gente só trabalha e nunca se diverte. — Ela sorriu. — Acho que precisamos de uma reunião.

— Estamos em reunião — interveio Margery.

— Não esse tipo de reunião.

As outras mulheres se entreolharam.

Beth passou por elas, pulando com cuidado os livros. Abriu a porta e foi até o lado de fora, onde seu irmão mais novo estava sentado nos degraus, esperando. As mulheres às vezes davam doces a Bryn em troca de alguns serviços que ele fazia, e ele ergueu os olhos, esperançoso.

— Bryn, vá dizer ao Sr. Van Cleve que Alice tem que ficar até mais tarde para uma reunião sobre as políticas da biblioteca e que vamos acompanhá-la até em casa quando acabarmos. Depois, vá até a casa da Sra. Brady e diga a mesma coisa para ela... Aliás, não diga que é sobre as políticas da biblioteca, ou ela vai aparecer aqui antes que a gente tenha tempo de dizer "Sra. Lena B. Nofcier". Diga a ela... Diga que estamos limpando as selas. Depois diga a mesma coisa para mamãe, e eu compro um saco de balinhas para você.

Margery estreitou os olhos.

— Acho bom isso não ser...

— Eu já volto. E, ei, Bryn? Bryn! Se contar ao papai que eu estava fumando, arranco suas duas orelhas, uma de cada vez. Está me ouvindo?

— O que está acontecendo? — indagou Alice quando elas ouviram o som dos passos de Beth diminuírem até silenciarem conforme a jovem avançava pela estrada.

— Eu ia fazer a mesma pergunta — disse uma voz.

Margery ergueu a cabeça e avistou Sophia de pé à porta, as mãos cruzadas, a bolsa debaixo do braço. Ela ergueu uma das sobrancelhas quando percebeu o caos ao redor.

— Minha nossa... Você disse que era grave. Só não me disse que eu ia querer correr de volta para Louisville.

Alice e Izzy encararam a mulher alta em um vestido azul imaculado. Sophia retribuiu o olhar.

— Bem, não sei por que estão aí sentadas à toa. Deviam estar trabalhando! — Sophia largou a bolsa e desamarrou o cachecol. — Avisei ao William e vou avisar a vocês: vou trabalhar de noite, e vou fazer isso com a porta trancada, para que ninguém fique agitado quanto à minha presença aqui. Essas são as minhas condições. E quero o salário que você mencionou.

— Por mim, está ótimo — concordou Margery.

As duas mulheres mais jovens, confusas, olharam para Margery. Ela sorriu.

— Izzy, Alice, esta é a Srta. Sophia. É a nossa quinta bibliotecária.

Margery esclareceu, enquanto começavam a lidar com as pilhas de livros, que Sophia Kenworth havia trabalhado durante oito anos na biblioteca para negros em Louisville, em um edifício tão grande que os livros eram divididos não apenas em seções, mas em andares inteiros. O lugar atendia os professores e palestrantes da Universidade do Kentucky e tinha um sistema de cartões e carimbos profissionais usados para datar tudo que saía e entrava. Sophia passara por um treinamento formal e por um período como aprendiz, e só deixara o emprego quando a mãe morrera e William sofrera um acidente, tudo em um intervalo de três meses, obrigando-a a sair de Louisville e cuidar do irmão.

— É disso que precisamos aqui — comentou Sophia, mexendo nos livros, erguendo cada um deles para olhar a lombada. — Precisamos de sistemas. Deixem comigo.

Uma hora depois, as portas da biblioteca estavam trancadas, a maioria dos livros foram tirados do chão, e Sophia folheava as páginas dos registros soltando ruídos de desaprovação. Beth, por outro lado, voltara com um grande pote de vidro com um líquido opaco, que colocou debaixo do nariz de Alice.

— Não sei... — disse Alice.

— Só um gole. Vamos lá. Não vai te matar. Tem gosto de torta de maçã.

Alice olhou para Margery, que já recusara. Nenhuma delas parecia surpresa com o fato de Margery não tomar a bebida dos contrabandistas.

Alice levou o pote até a boca, hesitou e perdeu a coragem outra vez.

— O que vai acontecer se eu chegar em casa bêbada?

— Bem, acho que você vai chegar em casa bêbada — respondeu Beth.

— Não sei... Outra pessoa não pode provar antes?

— Bem, a Izzy que não vai ser, não é?

— Quem disse? — rebateu Izzy.

— Olhe só. Lá vamos nós — disse Beth, rindo.

Ela tirou o pote das mãos de Alice e o passou para Izzy. Com um sorriso travesso, a garota o pegou e o levou à boca. Bebeu um grande gole, tossindo e cuspindo um pouco, os olhos arregalados enquanto tentava devolver o pote.

— Não é para entornar tudo, mulher! — repreendeu Beth, bebendo um golinho. — Se beber assim, vai ficar alta rapidinho.

— Dê aqui — pediu Alice.

Ela olhou o líquido e tomou fôlego.

Você é impulsiva demais, Alice.

Ela tomou um gole, sentindo o álcool descer ardendo pela garganta. Fechou os olhos com força, esperando que parassem de lacrimejar. Na verdade, o gosto era muito bom.

— Gostou? — indagou Beth, os olhos maliciosos focados nela quando Alice voltou a abrir os seus.

A jovem fez que sim com a cabeça, sem dizer nada, e engoliu.

— Por incrível que pareça, gostei — respondeu. — Me deixe beber mais um gole.

Algo se transformou dentro de Alice naquela noite. Estava cansada de sentir os olhos da cidade toda voltados para ela, de ser o assunto das conversas, de ser monitorada e julgada. Estava farta de ser esposa de um homem que todos consideravam o próprio Deus Todo-Poderoso e que mal conseguia olhar para ela.

Alice atravessara meio mundo só para descobrir, mais uma vez, que não era boa o suficiente. Bem, ela pensou, se é isso que todos pensam, é mais fácil atender às expectativas.

Ela tomou mais um gole, depois outro, afastando as mãos de Beth quando ela gritou para *ir devagar*. Disse a elas, quando enfim devolveu o pote, que se sentia *agradavelmente embriagada*.

— *Agradavelmente embriagada!* — imitou Beth, fazendo as mulheres gargalharem.

Margery não pôde conter um sorriso.

— Bem, não faço ideia de que tipo de biblioteca é esta — falou Sophia, em um canto.

— Elas só precisam relaxar um pouco — explicou Margery. — Têm trabalhado muito.

— Temos trabalhado muito mesmo! E agora precisamos de música! — exclamou Beth, erguendo uma das mãos. — Vamos pegar o gramofone do Sr. Guisler. Ele empresta para a gente.

Margery fez que não com a cabeça.

— Deixe Fred fora dessa. Ele não precisa ver isso.

— Quer dizer que ele não precisa ver Alice embriagada — falou Beth, maliciosa.

— O quê? — perguntou Alice, virando-se para ela.

— Não implique com ela — interveio Margery. — Ela é casada.

— Teoricamente — murmurou Alice, que não estava conseguindo focar direito.

— É. O bom é ser que nem a Margery e fazer o que quiser quando quiser — comentou Beth, olhando de esguelha para Margery. — Com quem quiser.

— Quer que eu sinta vergonha pelo jeito como levo minha vida, Beth Pinker? Porque vai esperar uma eternidade para isso.

— Ei — disse Beth. — Se eu tivesse um homem tão bonito quanto Sven Gustavsson flertando comigo, arranjaria uma aliança tão rápido que ele não ia nem saber como foi parar na igreja. Se quer morder a maçã antes de guardá-la na cesta, a escolha é sua. Só tem que tomar cuidado para não perder a cesta de vista.

— E se eu não quiser uma cesta?

— Todo mundo quer uma cesta.

— Eu, não. Nunca quis, nunca vou querer. Nada de cesta.

— Do *que* vocês estão falando? — perguntou Alice, e começou a rir.

— Eu me perdi na parte do Sr. Guisler — respondeu Izzy, arrotando baixinho. — Santo Deus, estou me sentindo muito bem. Acho que não me sinto assim desde que fui na roda-gigante três vezes na feira de Lexington. Só que... É, não. Aquilo não terminou bem.

Alice se aproximou de Izzy e pousou a mão em seu braço.

— Sinto muito mesmo pela alça do seu alforje, Izzy. Foi sem querer.

— Ah, não se preocupe. É só eu pedir para mamãe comprar outro para mim.

Por algum motivo, as duas acharam aquilo hilário.

Sophia olhou para Margery e arqueou uma sobrancelha.

Margery acendeu os lampiões a óleo no fim de cada prateleira, tentando não sorrir. Não era fã de reuniões, mas estava gostando bastante daquilo, das piadas, da alegria e do fato de que podia ver amizades de verdade nascendo no aposento, como pequenos brotos.

— Ei, meninas? — começou Alice, quando conseguiu parar de rir. — O que vocês fariam se pudessem fazer o que quisessem?

— Eu arrumaria essa biblioteca — murmurou Sophia.

— É sério. Se pudessem fazer qualquer coisa, ser qualquer coisa. O que fariam?

— Eu viajaria pelo mundo — respondeu Beth, que tinha ajeitado os livros para apoiar as costas e agora os empilhava como descansos para os braços. — Iria até a Índia, a África, a Europa, e daria umas voltinhas por aí. Não planejo passar a vida toda aqui. Meus irmãos querem que eu fique cuidando do meu pai até ele estar babando. Mas quero ver o Taj Mahal e a Grande Muralha da China, e aquele lugar onde eles constroem cabaninhas redondas feitas de blocos de gelo, e mais um monte de outros lugares que a gente vê nas enciclopédias. Eu ia dizer que iria para a Inglaterra para conhecer o rei e a rainha, mas já temos Alice, então nem preciso.

As outras mulheres começaram a rir.

— Izzy?

— Ah, é maluquice.

— Mais maluquice que Beth e o Taj Mahal? — insistiu Alice, cutucando-a.

— Eu... Bem, eu seria cantora — disse Izzy. — Cantaria no rádio ou gravaria discos de gramofone. Como Dorothy Lamour ou... — Ela olhou de esguelha para Sophia, que fez um belo esforço para não levantar demais as sobrancelhas. — Billie Holiday.

— Seu pai não pode ajudar você com isso? Ele conhece todo mundo, não? — disse Beth.

Izzy pareceu incomodada de repente.

— Pessoas como eu não viram cantoras.

— Por quê? — perguntou Margery. — Você não sabe cantar?

— É um motivo válido — falou Beth.

— Vocês sabem o que eu quero dizer.

Margery deu de ombros.

— Até onde sei, você não precisa de perna para cantar.

— Mas as pessoas não ouviriam. Ficariam muito ocupadas encarando a minha perna.

— Ah, não exagere, Izzy. Muita gente por aqui é assim. Ou então... — Ela fez uma pausa. — Use um vestido longo.

— Que tipo de música você canta, Srta. Izzy? — perguntou Sophia, que organizava as lombadas por ordem alfabética.

A sobriedade de Izzy tinha se restabelecido. Seu rosto estava um pouco corado.

— Ah, gosto de cânticos, de *bluegrass*, de *blues*, qualquer coisa, na verdade. Já tentei até um pouco de ópera certa vez.

— Bem, agora você precisa cantar — disse Beth, acendendo um cigarro e soprando seus dedos quando o fósforo queimou rápido demais. — Vamos lá, garota, mostre a que veio.

— Ah, não. Só canto para mim mesma.

— Vai ser um show bem vazio, então — disse Beth.

Izzy olhou para elas. Então se esforçou para ficar de pé. Tomou fôlego, visivelmente nervosa, e começou:

Viraram poeira os murmúrios do meu amor
E todos os beijos apaixonados perderam a cor
Ele ficará no meu coração embora esteja distante
E transformarei meu carinho em uma estrela brilhante

Seus olhos se fecharam e sua voz preencheu o cômodo, doce e suave, como se tivesse sido mergulhada no mel. Diante delas, Izzy começou a se transformar, com as costas retas e a boca se abrindo ainda mais para alcançar as notas. Tinha ido para algum lugar longe dali, um lugar que amava. Balançava o corpo delicadamente. Beth sorriu, e seu sorriso se espalhou pelo rosto — a alegria simples e pura diante daquele acontecimento inesperado. Ela soltou um *É isso aí!*, sem conseguir se conter. Então, após um instante, Sophia, talvez levada por um impulso incontrolável, juntou-se à cantoria, sua voz mais grave acompanhando a de Izzy e complementando-a. Izzy abriu os olhos e as duas sorriram uma para a outra enquanto cantavam, suas vozes alçando voo, seus corpos se movendo no ritmo da música, e o ar da pequena biblioteca ganhou ânimo.

A luz dele está longe, mas ainda assim me aquece
A milhões de milhas do céu minha esperança permanece

Até meu amado voltar e o brilho atingir a façanha
De ser mais forte que o das estrelas sobre a montanha...

Alice observava, o álcool corria por seu sangue, o calor e a música fazendo sua angústia cantar. Sentiu algo ceder dentro de si, algo que não quisera admitir, algo primitivo relacionado a amor, perda e solidão. Olhou para Margery, cuja expressão relaxara, perdida nos próprios devaneios, e pensou nos comentários de Beth sobre um homem que Margery nunca mencionara. Talvez ciente de estar sendo observada, Margery virou para ela e sorriu, então Alice percebeu, horrorizada, que lágrimas escorriam livremente por suas bochechas.
As sobrancelhas erguidas de Margery eram uma pergunta silenciosa.
Saudades de casa, respondeu Alice. Era verdade, pensou. Só não sabia se algum dia já estivera naquela casa de que sentia saudade.

Margery pegou seu cotovelo e as duas saíram na penumbra, entrando no cercado em que os cavalos pastavam tranquilamente, indiferentes ao barulho lá dentro.
Margery lhe entregou um lenço.
— Você está bem?
Alice assoou o nariz. Sentira a embriaguez se esvair na mesma hora lá fora, no ar frio.
— Estou. Estou, sim... — Olhou para o céu. — Na verdade, não. Não muito.
— Posso ajudar?
— Acho que ninguém pode me ajudar.
Margery apoiou o corpo na parede, de forma a olhar as montanhas atrás delas.
— Vi de tudo nesses trinta e oito anos de vida. Tenho quase certeza de que o que quer que você tenha para dizer não vai ser tão surpreendente assim.
Alice fechou os olhos. Se falasse em voz alta, aquilo se tornaria real, algo vivo, verdadeiro, e teria de fazer algo a respeito. Seu olhar se voltou para Margery, depois se desviou de novo.
— Se acha que sou do tipo que vai sair espalhando por aí, Alice van Cleve, você realmente não entendeu que tipo de pessoa eu sou.
— O Sr. Van Cleve não para de reclamar que a gente ainda não teve um bebê.
— Bem, isso é normal por aqui. Assim que você coloca um anel no dedo, eles começam a contagem regressiva...

— Mas justamente. É o Bennett. — Alice retorceu as mãos. — Já faz meses e ele... ele não...

Margery deixou as palavras assentarem. Esperou, querendo se assegurar de que ouvira direito.

— Ele não...?

Alice respirou fundo.

— Tudo começou bem. Esperamos muito, com a viagem e tudo o mais, e foi bem agradável, e então, bem quando a coisa estava... quando estava quase... Bem, o Sr. Van Cleve gritou alguma coisa do outro cômodo, acho que pensou que aquilo ia nos encorajar, e nós dois estávamos nervosos, então a coisa toda parou. Abri os olhos e Bennett não estava nem olhando para mim, parecia tão zangado e distante, e quando perguntei se estava tudo bem, ele me disse que não era... — ela engoliu em seco — adequado para uma dama perguntar.

Margery aguardou.

— Então deitei lá e esperei... E ele... Bem, achei que ele ia continuar. Mas dava para ouvir os passos pesados do Sr. Van Cleve pela casa e... e aí foi isso. Cheguei a sussurrar algumas coisas, mas ele ficou irritado e agiu como se eu tivesse culpa. Eu não sei, na verdade. Porque eu nunca... então não tenho como saber se estou fazendo alguma coisa errada ou se é ele quem está fazendo errado. Mas, de qualquer forma, o pai dele está sempre ali do lado, e as paredes são muito finas, e, bem, Bennett age como se não quisesse mais chegar perto de mim. E não é como se fosse um assunto sobre o qual a gente pode conversar.

As palavras saíram de uma vez, sem filtro. Alice sentiu seu rosto corar.

— Quero ser uma boa esposa. Quero mesmo. Só que parece... impossível.

— Deixe-me ver se entendi. Vocês dois não...

— Não sei! Porque não sei como é para ser!

Ela balançou a cabeça, então cobriu o rosto com as mãos, horrorizada por estar dizendo aquelas palavras em voz alta.

Margery franziu a testa, encarando as próprias botas.

— Fique aqui — disse.

Ela desapareceu dentro da biblioteca, onde a cantoria alcançara um novo volume. Alice escutava com ansiedade, temendo que as vozes silenciassem de repente, sugerindo que Margery a traíra. Mas, em vez disso, ouviu a música ficar ainda mais alta, uma pequena salva de palmas e um *Isso!* abafado de Beth. Então a porta se abriu, permitindo que as vozes se espalhassem por um momento, e Margery desceu os degraus de novo com um livrinho azul na mão, que entregou a Alice.

— Então, esse não está no livro de registros. Emprestamos esse aqui para mulheres que talvez precisem de alguma ajuda com os assuntos que você mencionou.

Alice encarou a capa de couro.

— São só fatos. Prometi que levaria para uma mulher em Miller's Creek na minha rota de segunda-feira, mas você pode dar uma olhada no fim de semana, ver se tem alguma coisa aí para ajudar.

Alice folheou um pouco, se assustando com as palavras *sexo, nus, útero*. Ela corou.

— Esse *livro* sai com os livros da biblioteca?

— Digamos que é parte extraoficial do nosso trabalho, considerando que já deu alguns problemas antes. Ele não consta no livro de registros e não fica nas prateleiras. Fica entre nós.

— Você já o leu?

— Do início ao fim, mais de uma vez. E posso dizer que me trouxe muita alegria. — Ela ergueu uma sobrancelha e sorriu. — Não só para mim, aliás.

Alice piscou. Sua situação atual não lhe parecia favorável para o surgimento de qualquer alegria, por mais que tentasse.

— Boa noite, moças.

As duas mulheres se voltaram e viram Fred Guisler percorrendo a trilha na direção delas, carregando um lampião a óleo.

— Parece que estão fazendo uma festa e tanto.

Alice hesitou, então empurrou o livro de volta para Margery abruptamente.

— Eu... eu acho que não.

— São só fatos, Alice. Nada mais.

Alice se apressou para voltar à biblioteca.

— Vou dar um jeito sozinha. Obrigada.

Ela correu pelos degraus, batendo a porta ao entrar.

Fred parou próximo a Margery. Ela percebeu o leve ar de decepção no rosto dele.

— Falei alguma coisa errada?

— Claro que não, Fred — disse ela, pousando uma das mãos em seu braço. — Mas por que não se junta a nós? Tirando alguns pelos a mais nesse seu queixo, você é praticamente um bibliotecário honorário.

* * *

Beth disse depois que seria capaz de apostar dinheiro que aquela tinha sido a melhor reunião de bibliotecárias que já ocorrera no Condado de Lee. Izzy e Sophia haviam cantado todas as músicas de que conseguiram se lembrar, ensinando uma à outra as que não conheciam e inventando outras na hora, suas vozes descontroladas e estridentes à medida que ficavam mais confiantes, batendo o pé e gritando, enquanto as outras batiam palmas no ritmo. Fred Guisler, que de fato ficara feliz em buscar o gramofone, fora convencido a dançar com cada uma, baixando seu corpo alto para acomodar Izzy e disfarçando com rodopios oportunos os momentos em que a jovem mancava, fazendo com que ela perdesse o constrangimento e risse até chorar. Alice sorria e acompanhava o ritmo batendo com o pé, mas seus olhos se recusavam a encontrar os de Margery, como se ela estivesse morrendo de vergonha depois de revelar tanto. Margery compreendeu que lhe restava apenas ficar calada e esperar até que Alice não se sentisse mais exposta e humilhada, por mais injustificado que aquele sentimento parecesse. Em meio a tudo aquilo, Sophia cantava, balançando o quadril, como se fosse impossível manter a postura séria e reservada quando havia música envolvida.

Fred, que recusara as ofertas de bebida, as levara de carro até suas casas, no escuro, todas amontoadas no banco de trás. Começou por Sophia, escondida entre as outras, e a ouviram seguir cantando até a entrada da casinha impecável em Monarch Creek. Deixaram Izzy em seguida, os pneus derrapando na entrada espaçosa, e viram a expressão de surpresa no rosto da Sra. Brady diante do cabelo molhado de suor e do rosto sorridente da filha.

— Nunca tive amigas como vocês antes! — exclamara Izzy enquanto dirigiam pela rua escura, e elas perceberam que só metade daquilo era o álcool falando. — Sinceramente, nunca nem achei que gostava de outras mulheres até virar bibliotecária.

Izzy abraçara cada uma delas com o entusiasmo bobo de uma criança.

Alice já estava completamente sóbria quando a deixaram em casa, e falou pouco. Apesar do frio e do horário, os Van Cleve encontravam-se na varanda, e Margery detectou a nítida relutância nos passos de Alice ao se aproximar deles. Nenhum dos dois se levantou. Ninguém sorriu sob a luz trêmula da varanda nem se aproximou para cumprimentá-la.

Margery e Fred percorreram o resto do caminho até a casa dela em silêncio, cada um perdido em seus pensamentos.

— Mande um oi para Sven por mim — disse ele enquanto ela abria o portão e Bluey corria pela descida para cumprimentá-la.

— Pode deixar.
— É um bom sujeito.
—Assim como você. Precisa encontrar outra pessoa, Fred. Já passou tempo o suficiente.
Ele abriu a boca para dizer algo, então a fechou.
— Tenha uma boa noite — falou, por fim, fazendo um gesto com a cabeça como se ainda estivesse de chapéu, depois deu meia-volta e seguiu pela estrada.

7

No fim do século XIX e no início do XX, agentes de empresas que compravam terras alastraram-se pela região das montanhas [do Kentucky], comprando os direitos de mineração dos residentes, às vezes por preços baixos como cinquenta centavos por hectare... As escrituras quase sempre transferiam o direito de "jogar, armazenar e deixar em tal terreno toda e qualquer sujeira, osso, xilo, água ou qualquer outro tipo de resíduo", de usar e poluir cursos de rios da maneira que fosse e de fazer todo o "necessário e conveniente" para extrair minerais subterrâneos.

— Chad Montrie, *The Environment and
Environmental Activism in Appalachia*

— O príncipe disse que ela era a garota mais bonita que ele já tinha visto, e então a pediu em casamento. E os dois viveram felizes para sempre.

Satisfeita, Mae Horner fechou o livro de uma só vez, com um estalo.

— Foi muito bom, Mae, de verdade.

— Li tudo quatro vezes ontem depois de pegar a lenha.

— Dá para ver. Acho que está lendo tão bem quanto qualquer garota daqui do condado.

— Ela é inteligente mesmo.

Alice ergueu a cabeça para olhar para Jim Horner, de pé no vão da porta.

— Como a mãe. A mãe de Mae aprendeu a ler aos três anos. Ela cresceu em uma casa cheia de livros lá perto de Paintsville.

— Também sei ler — disse Millie, sentada aos pés de Alice.

— Eu sei, Millie — concordou Alice. — Você também sabe ler muito bem. Sinceramente, Sr. Horner, acho que nunca conheci duas crianças que se dedicassem tanto como as suas filhas.

O Sr. Horner conteve um sorriso.

— Conte para ela o que você fez, Mae — incentivou ele.

A menina olhou para o pai em busca de aprovação.

— Vá em frente.

— Eu fiz uma torta.

— Você fez uma torta? Sozinha?

— Com uma receita. Daquela revista *Country Home* que a senhora deixou aqui. Uma torta de pêssego. Eu ia oferecer um pedaço, mas a gente comeu tudo.

Millie deu uma risadinha.

— Papai comeu três pedaços.

— Eu estava caçando em North Ridge, e ela conseguiu botar o fogão velho para funcionar e tudo. E aí eu cheguei em casa e tinha um cheiro de... — Ele arrebitou o nariz e fechou os olhos, recordando-se do aroma. Seu rosto perdeu a severidade de sempre. — Eu entrei e lá estava ela, com tudo em cima da mesa. Ela seguiu cada uma das instruções direitinho.

— Eu queimei um pouco as beiradas.

— Sua mãe sempre queimava.

Os três ficaram calados por um instante.

— Uma torta de pêssego — disse Alice. — Não sei se conseguimos acompanhar seu ritmo, pequena Mae. O que posso deixar para vocês esta semana?

— *Diamante Negro* já chegou?

— Chegou! Eu lembrei que você disse que queria ler, então trouxe comigo. Que tal? Mas tem uma coisa, as palavras neste aqui são maiores, então você pode achar um pouco mais complicado. E é triste em alguns momentos.

A expressão de Jim Horner se alterou.

— Quer dizer, para os cavalos. Algumas partes são tristes para os cavalos. Os cavalos falam. É um pouco difícil de explicar.

— Eu posso ler para você, papai.

— Meus olhos não estão tão bons — explicou ele. — Não consigo mais focar que nem antes. Mas vamos levando.

— Dá para notar.

Alice estava sentada ali no meio daquela casinha que antes a amedrontava tanto. Embora só tivesse onze anos, Mae parecia ter se encarregado do lugar, varrendo e organizando, de forma que o ambiente que antes parecia triste e escuro agora dava uma nítida sensação de aconchego, com maçãs em uma fruteira no centro da mesa e uma colcha sobre a cadeira. Alice guardou os livros e se certificou de que todos estavam felizes com o que tinha levado.

Millie a abraçou pelo pescoço e ela retribuiu o gesto. Fazia algum tempo desde que alguém a abraçara, e aquilo provocou nela uma sensação estranha.

— Vai demorar sete dias inteiros até a senhora voltar — afirmou a garota com ar solene.

O cabelo dela cheirava a fumaça de lenha e alguma coisa doce que só existia na floresta. Alice respirou fundo.

— É verdade. Mal posso esperar para ver quanto você leu nesse meio-tempo.

— Millie! Esse aqui também tem figuras! — chamou Mae, do chão.

Millie soltou Alice e se agachou ao lado da irmã. Alice as observou por um minuto e depois foi até a porta, encolhendo-se no casaco, um blazer de tweed que costumava ser bem elegante, mas agora estava desgastado, cheio de musgo, lama e fios puxados por arbustos e galhos em que haviam se prendido. A montanha ficara bem mais fria nos últimos dias, como se o inverno estivesse se instalando de vez ali.

— Sra. Alice?

— Pois não?

As garotas estavam debruçadas sobre *Diamante Negro*, o dedo de Millie sublinhando as palavras enquanto a irmã lia em voz alta.

Jim olhou por cima do ombro, como se estivesse se certificando de que a atenção das filhas estava em outra coisa.

— Eu queria me desculpar.

Alice estava colocando o cachecol, mas parou de repente.

— Depois que minha esposa morreu, eu não fui eu mesmo por um tempo. Foi como se o céu tivesse desmoronado, sabe? E eu não fui... *amigável* na primeira vez que a senhora veio. Mas nesses últimos meses, vi as meninas pararem de chorar pela mãe, elas têm alguma coisa com o que se animar toda semana, e... é... Bem, eu só queria dizer que estou muito agradecido.

Alice segurou as próprias mãos diante do corpo.

— Sr. Horner. Posso dizer com toda a sinceridade que fico tão ansiosa para ver suas filhas quanto elas ficam ansiosas pelas minhas visitas.

— Bem, é saudável para elas verem uma moça. Até minha Betsy falecer, eu não tinha percebido como uma criança pode sentir falta do lado mais... feminino das coisas. — Ele coçou a cabeça. — Elas conversam sobre a senhora, sabe, o modo como a senhora fala e tudo. Mae diz que quer ser bibliotecária.

— É mesmo?

— Isso me fez perceber... Eu não poderei manter as duas perto de mim para sempre. Quero mais para elas do que isso aqui, sabe? Vejo como elas são inteligentes. — Ele ficou calado por um instante, depois continuou: — Sra. Alice, o que acha daquela escola? Aquela com a moça alemã?

— A Sra. Beidecker? Sr. Horner, acho que suas filhas adorariam a professora.

— Ela... não bate nas crianças, né? A gente ouve cada coisa... Betsy levou tanta surra na escola que nunca quis mandar as meninas para lá.

— Eu ficaria feliz de apresentar o senhor à professora, Sr. Horner. Ela é uma mulher gentil, e os alunos parecem gostar muito dela. Não acredito que encostaria a mão em uma criança.

Ele pareceu refletir.

— É difícil — disse ele, olhando para as montanhas. — Ter que resolver tudo isso. Achei que eu só fosse fazer o trabalho do homem. Meu próprio pai só trazia comida para casa e depois botava os pés para cima e deixava minha mãe fazer todo o resto. E agora eu tenho que ser mãe, além de pai. Tomar todas essas decisões.

— Veja essas meninas, Sr. Horner.

Eles olharam para as meninas, agora deitadas de barriga para baixo, debatendo sobre algo que tinham acabado de ler.

Alice sorriu.

— Acho que o senhor está se saindo muito bem.

> *Finn Mayburg, Upper Pinch Me — uma edição de* The Furrow, *datada de maio de 1937.*
> *Duas edições da revista* Weird Tales, *datadas de dezembro de 1936 e fevereiro de 1937.*
>
> *Ellen Prince — Eagles Top (última casa)*
> Mulherzinhas, *de Louisa May Alcott.*
> From Farm to Table, *de Edna Roden.*
>
> *Nancy e Phyllis Stone, Arnott's Ridge —* Mack Maguire and the Indian Girl, *de Amherst Archer.*
> Mack Maguire Takes a Fall, *de Amherst Archer (nota: elas leram todos os volumes disponíveis, perguntam se conseguimos descobrir se existe algum outro).*

Margery folheou o livro de registros, a letra elegante de Sophia transcrevendo com capricho datas e rotas no alto de cada página. Ao lado havia uma pilha de livros recém-restaurados, os cadernos costurados e as capas rasgadas remendadas com páginas de livros que não puderam ser salvos. Junto a eles havia um novo álbum de recortes — *The Baileyville Bonus* —, uma edição contendo quatro páginas de receitas de exemplares danificados da *Woman's Home Companion*, um conto intitulado *What She Wouldn't Say* e uma longa reportagem sobre como cuidar de samambaias. A biblioteca estava impecável, com um sistema de etiquetas marcando a quarta capa de cada livro disposto nas prateleiras, o que facilitava a tarefa de devolvê-los aos devidos lugares, e os livros estavam ordenados e categorizados com a maior eficiência.

Sophia chegava por volta das cinco da tarde e em geral já tinha trabalhado por cerca de duas horas quando as mulheres voltavam de suas rotas. Os dias estavam cada vez mais curtos, então as bibliotecárias se viam obrigadas a voltar mais cedo por causa da pouca luminosidade. Às vezes, antes de irem para casa, batiam papo enquanto esvaziavam as bolsas e comentavam as atividades do dia. Fred estava aproveitando o tempo livre para instalar um aquecedor a lenha no canto da biblioteca, mas ainda não estava pronto: vários panos cobriam o vão do duto de exaustão, impedindo a entrada da chuva. Apesar disso, a cada dia, todas pareciam encontrar pretextos para ficar por lá até um pouco mais tarde, e Margery suspeitava que, uma vez instalado o aquecedor, ela teria trabalho para convencê-las a ir embora.

A Sra. Brady demonstrou certa perplexidade quando Margery lhe contou a identidade da mais nova integrante da equipe, mas, percebendo como a situação no lugar se modificara, apenas crispou os lábios e levou os dedos às têmporas.

— Alguém reclamou? — perguntou ela.

— Ninguém a viu, então ninguém reclamou. Ela vem pelos fundos, pela casa do Sr. Guisler, e vai embora pelo mesmo caminho.

A Sra. Brady refletiu por um instante.

— Está familiarizada com o que a Sra. Nofcier diz? A senhora conhece a Sra. Nofcier, com certeza.

Margery sorriu. Todas elas conheciam a Sra. Nofcier de nome. A Sra. Brady era capaz de inserir o nome dela no meio de uma conversa sobre unguento de cavalo, se tivesse a oportunidade.

— Bem, recentemente tive a sorte de assistir a uma palestra dada por essa senhora incrível a professores e pais, em que ela afirmou... Espere um pouco, eu escrevi essa parte. — Ela folheou um caderninho de anotações. — *Uma biblioteca deve ser para todos, tanto do meio rural quanto do urbano, tanto para os negros quanto para os brancos*. Aqui está. *Tanto para os negros quanto para os brancos.* Foi o que ela disse. Acho que precisamos estar cientes, assim como a Sra. Nofcier, da importância do progresso e da igualdade. Então, a senhora não encontrará nenhuma objeção da minha parte quanto a empregar uma mulher negra aqui.

Ela esfregou uma mancha na mesa. Em seguida examinou o dedo.

— Mas talvez... não seja o caso de *divulgarmos* o fato ainda. Não há necessidade de criar controvérsia, já que acabamos de nos estabelecer. Tenho certeza de que a senhora me entende.

— Concordo plenamente, Sra. Brady — disse Margery. — Não gostaria de colocar Sophia em uma situação difícil.

— Ela faz um belo trabalho. Tenho que admitir.

A Sra. Brady olhou em volta. Sophia havia feito um bordado que pendia na parede ao lado da porta — *Buscar conhecimento é expandir o próprio universo* — e a Sra. Brady deu batidinhas nele com alguma satisfação.

— Preciso dizer, Srta. O'Hare, que estou imensamente orgulhosa do que vocês conseguiram em tão poucos meses. Superaram todas as nossas expectativas. Escrevi para a Sra. Nofcier diversas vezes para contar a ela, e tenho certeza de que em algum momento ela mesma passará essas impressões à Sra. Roosevelt... Fico muito triste que nem todos da cidade pensem o mesmo.

Ela desviou o olhar, decidindo não falar mais sobre o assunto.

— Mas, como eu disse, acredito de verdade que este aqui é um modelo genuíno de biblioteca a cavalo. E as senhoras devem estar orgulhosas de si mesmas.

Margery assentiu. Provavelmente era melhor não contar à Sra. Brady sobre a iniciativa extraoficial da biblioteca: que todos os dias ela se sentava à mesa, de madrugada, entre a hora de sua chegada e o alvorecer, e escrevia, seguindo um modelo, mais meia dúzia de cartas que estava distribuindo aos moradores de North Ridge.

Caro Vizinho,

Chegou ao nosso conhecimento que os proprietários da Hoffman têm a intenção de escavar novas minas na sua vizinhança. Isso envolveria a remoção de centenas de hectares de madeira, explosão para novas minas e, em muitos casos, a destruição de casas e de meios de subsistência. Escrevo em segredo, já que se sabe que as minas empregam indivíduos

desonestos e agressivos interessados unicamente em conseguir o que querem, mas acredito ser tanto ilegal quanto imoral que eles façam o que planejam, o que geraria pobreza e penúria terríveis.
Com esse objetivo, de acordo com livros de direito que consultamos, parece haver um precedente para cessar tal violação das nossas terras e proteger nossas casas, e apelo que leia o resumo fornecido abaixo, ou, se tiver meios para tanto, que consulte o representante legal nos tribunais de Baileyville, a fim de implementar as obstruções que possam ser necessárias para evitar essa destruição. Enquanto isso, não assine nada envolvendo a ESCRITURA, pois, apesar do dinheiro e das garantias oferecidos, ela concederá aos proprietários das minas o direito de escavar embaixo da sua casa.
Se precisar de ajuda para ler tais documentos, as representantes da biblioteca a cavalo ficarão felizes em ajudar e vão, com certeza, fazê-lo com discrição.

Confidencialmente,
Um amigo.

Ela terminava, dobrava a carta com cuidado e guardava uma cópia em cada um dos alforjes, menos no de Alice. Ela mesma entregaria aquela carta. Não fazia sentido tornar as coisas mais complicadas do que já estavam para a moça.

O rapaz por fim parara de gritar, sua voz agora uma série de gemidos meio abafados, como se ele houvesse se lembrado de que estava entre homens. Tanto suas roupas quanto a pele estavam enegrecidas nos pontos onde o carvão o atingira, quase o enterrando, e apenas os olhos entregavam o choque e a dor que sentia. Sven ficou observando enquanto os maqueiros o erguiam com cuidado, enfrentando certa dificuldade por conta do telhado baixo, e, inclinando-se, começaram a se mover, gritando instruções uns para os outros conforme avançavam. Sven recostou-se na parede áspera, abrindo espaço para eles, depois iluminou os mineiros que montavam suportes onde o teto caíra, praguejando à medida que lutavam para colocar as pesadas estruturas de madeira no lugar.

Este era o carvão dos veios mais baixos, as câmaras das minas tão rasas em determinados pontos que os homens mal podiam ficar de joelhos. Era o pior tipo de mineração; Sven tinha amigos que já estavam aleijados aos trinta anos, e só conseguiam ficar retos com a ajuda de uma bengala. Ele odiava esses lugares que mais pareciam pombais, onde a sensação, ali naquele escuro quase completo, era de que aquela grande extensão úmida e sombria acima de sua cabeça se fechava constantemente em cima de você. Ele tinha visto muitos desabamentos como aquele, repentinos, em que um par de botas era a única coisa que indicava onde o corpo poderia estar.

— Chefe, acho que você vai querer dar uma olhadinha nisso.

Sven olhou ao redor — uma manobra complicada por si só — e seguiu o sinal de Jim McNeil. Em vez de cada câmara ter sua saída, elas eram conectadas — o que não era incomum em uma mina onde o proprietário priorizava o lucro em vez da segurança. Ele atravessou, desajeitado, a passagem para a próxima câmara, e ajustou a luz do capacete. Havia cerca de oito escoras na abertura rasa, cada uma visivelmente deformada sob o peso do teto. Ele deu uma olhada ao redor, devagar, examinando o espaço vazio, a superfície negra brilhando à medida que a luz da lamparina de carbureto refletia.

— Consegue ver quantos foram retirados?

— Parece que sobrou só metade.

Sven praguejou.

— Não entre mais, então — disse, e se virou para os homens às suas costas. — Ninguém entra na número dois. Ouviram?

— Fale isso para Van Cleve — rebateu uma voz atrás dele. — Só dá para chegar na número oito cruzando a número dois.

— Então ninguém vai para a número oito. Não até reforçarmos tudo.

— Ele não vai querer ouvir isso.

— Ah, mas ele vai ouvir.

O ar estava cheio de poeira, e ele cuspiu, a lombar já doendo. Virou-se para os mineradores.

— Precisamos de pelo menos mais dez escoras na sete antes que qualquer pessoa volte para lá. E peçam ao inspetor da mina que confira os níveis de metano antes que alguém comece a trabalhar de novo.

Houve um murmúrio de concordância — Gustavsson era uma das poucas figuras de autoridade em quem os mineradores confiavam —, e ele fez um gesto para que a equipe saísse dali, já grato pela perspectiva da luz do sol.

— Então, qual o tamanho do estrago, Gustavsson?

Sven estava no escritório de Van Cleve, o cheiro de enxofre ainda nas narinas, as botas deixando um contorno fino e empoeirado no espesso tapete vermelho, esperando que Van Cleve, em seu terno claro, levantasse os olhos da papelada. Do outro lado da sala, ele viu o jovem Bennett olhar por detrás da mesa, as mangas azuis de algodão marcadas com um vinco claro. O rapaz nunca parecia muito confortável na mina. Raramente saía do bloco administrativo, como se a sujeira e a natureza imprevisível daquele lugar lhe causassem ojeriza.

— Bom, conseguimos tirar o garoto, embora tenha sido por pouco. O estado do quadril dele está bem ruim.

— Excelente notícia. Agradeço muito a vocês.

— Encaminhei para o médico da mina.

— Sim, sim. Muito bem.

Van Cleve parecia pensar que a conversa terminara ali. Sorriu para Sven, mantendo a expressão por tempo demais, como se estivesse se questionando por que o outro não ia embora — depois começou a mexer em seus papéis de maneira enfática.

Sven aguardou um instante.

— O senhor deve estar se perguntando o motivo do desabamento.

— Ah. Sim. Claro.

— Parece que as escoras que sustentavam o teto da número dois foram movidas para a nova câmara na número sete. Desestabilizou a área toda.

Quando Van Cleve voltou a olhar para cima, sua expressão estampava exatamente a falsa surpresa que Sven esperava.

— Bem, os homens não devem reutilizar escoras. Nós já dissemos isso a eles várias vezes. Não dissemos, Bennett?

Detrás de sua mesa, Bennett olhou para baixo, covarde demais para confirmar uma mentira deslavada como aquela. Sven engoliu as palavras que queria dizer e considerou as que se seguiram cuidadosamente.

— Senhor, também devo salientar que a quantidade de pó de carvão no chão é um perigo em todas as suas minas. Precisa de mais rocha não combustível ali. E deve melhorar a ventilação se quiser evitar mais incidentes.

Van Cleve rabiscou algo em um pedaço de papel. Ele não aparentava mais estar escutando.

— Sr. Van Cleve, de todas as minas que nossa equipe de segurança atende, tenho que informar que a Hoffman tem, de longe, as condições menos... satisfatórias.

— Sim, sim. Já falei isso com o pessoal. Só Deus sabe por que eles não vão lá e dão logo um jeito nesses problemas. Mas não vamos tornar isso uma grande coisa, Gustavsson. É uma situação temporária. Bennett vai falar com o capataz e nós vamos... hum... vamos resolver. Certo, Bennett?

Sven poderia muito bem ter apontado que Van Cleve dissera essas mesmas palavras da última vez que as sirenes haviam disparado, dezoito dias antes, após uma explosão na entrada da número nove, causada por um jovem britador que não sabia que não deveria entrar com a lamparina aberta. O garoto teve sorte de escapar com queimaduras superficiais. Mas os trabalhadores eram baratos, no fim das contas.

— Enfim, está tudo bem, graças a Deus.

Van Cleve se levantou da cadeira com um grunhido e deu a volta em sua grande mesa de mogno, em direção à porta, indicando que a reunião terminara.

— Agradeço a você e seus homens pelo serviço, como sempre. Vale cada centavo que nossa mina paga a sua equipe.

Sven não se mexeu.

Van Cleve abriu a porta. Ficou lá parado por um bom tempo.

Sven o encarou.

— Sr. Van Cleve. Sabe que eu não sou do tipo que se envolve em assuntos políticos. Mas o senhor precisa entender que são condições como essas que motivam a sindicalização.

A expressão de Van Cleve ficou sombria.

— Espero que não esteja sugerindo...

Sven levantou as mãos em um sinal de paz.

— Eu não sou filiado a nada. Só quero que os trabalhadores fiquem a salvo. Mas seria realmente uma pena se essa mina fosse considerada perigosa demais para que meus homens entrassem nela. Tenho certeza de que isso não pegaria bem na região.

O sorriso forçado desapareceu completamente.

— Bem, obrigado pelo conselho, Gustavsson. Como eu disse, vou falar com meus homens para cuidarem disso. Agora, se você não se importa, tenho assuntos urgentes para resolver. O capataz dará a você e sua equipe o tanto de água de que precisarem.

Van Cleve continuou a segurar a porta. Sven assentiu e, ao passar, estendeu a mão enegrecida para que o outro, depois de um momento de hesitação, fosse forçado a pegá-la. Depois de apertar a mão do supervisor com firmeza suficiente para garantir que teria deixado ao menos algum tipo de impressão, Sven o soltou e se afastou pelo corredor.

* * *

Com a primeira geada em Baileyville, chegou também a época de abater os porcos. Essas palavras, sozinhas, faziam Alice, que era incapaz de esmagar um inseto, sentir-se um pouco tonta, em especial quando Beth descrevia com satisfação o que acontecia todo ano em sua casa: os guinchos atordoados do porco, o som do pescoço do bicho se quebrando quando os garotos se sentavam com força em cima dele, as patas batendo desesperadas, o sangue escuro e quente jorrando. Ela imitava os gestos dos homens despejando água fervente sobre o animal, arrancando os pelos com lâminas chatas, reduzindo o bicho a carne, osso e cartilagem.

— Minha tia Lina fica esperando lá com o avental estendido, pronta para pegar a cabeça. Ela faz o melhor ensopado desse lado do Desfiladeiro de Cumberland. Língua, orelhas e pés de porco! Mas minha hora preferida no dia inteiro, desde criança, é quando papai joga as entranhas em uma tina e nós escolhemos o melhor pedaço para assar. Eu abria caminho a cotoveladas entre os meus irmãos para conseguir um bom e velho fígado. Colocar em um espeto e assar no fogo. Não tem nada igual, não mesmo. Fígado de porco fresco assado. Hummm.

Ela ria enquanto Alice cobria a boca e balançava a cabeça, muda.

Porém, assim como Beth, a cidade parecia acolher o evento com uma satisfação quase indecorosa, e os moradores, por toda parte aonde iam, ofereciam às bibliotecárias uma pequena quantidade de toucinho salgado ou — em dada ocasião — miolos de porco com ovos mexidos, um quitute regional. Alice sentia o estômago revirar só de pensar.

Contudo, não era apenas o abate de porcos que provocava uma onda de expectativa na cidade inteira: Tex Lafayette logo chegaria. Cartazes do caubói todo vestido de branco empunhando um chicote estavam por toda parte, pregados às pressas em postes, e eram analisados minuciosamente tanto por garotinhos quanto por mulheres apaixonadas. Em cada povoado o nome do Caubói Cantor era mencionado como um talismã, seguido por: *É verdade? Você vai?*

A demanda foi tão grande que Lafayette não ia mais se apresentar no teatro, como planejado a princípio, mas na praça da cidade, onde um palco já estava sendo montado com tábuas e estrados velhos. Durante os dias que antecediam o evento, os meninos o atravessavam correndo, agitados e fingindo tocar banjo, baixando a cabeça para evitar os tapas dos operários irritados que trabalhavam ali.

— Podemos terminar mais cedo? Não é como se alguém fosse ler qualquer coisa hoje. Todo mundo em um raio de uns quinze quilômetros já está a caminho da praça — comentou Beth, ao tirar o último livro do alforje. — Nossa. Olhe o que os garotos Mackenzie fizeram com essa pobre cópia de *A Ilha do Tesouro*.

Xingando, ela se curvou para recolher as páginas espalhadas pelo chão.

— Não vejo problema em encerrarmos por aqui — disse Margery. — Sophia tem tudo sob controle, e afinal de contas já está escuro mesmo.

— Quem é Tex Lafayette? — perguntou Alice.

As quatro mulheres se viraram e a encararam.

— *Quem é Tex Lafayette?*

— Você não assistiu a *Como é Verde Minha Montanha*? Ou *Lace Meu Coração*?

— Ah, eu adoro *Lace Meu Coração*. Aquela música quase no fim acabou comigo — disse Izzy, soltando um suspiro longo e contente.

— *Você não precisava me prender...*

— *Pois já sou seu prisioneiro* — continuou Sophia.

— *Você não precisava de uma corda para laçar meu coração...* — cantaram em uníssono, cada uma perdida no próprio devaneio.

Alice não esboçou reação.

— Você nunca vai ao cinema? — perguntou Izzy. — Tex Lafayette aparece *em tudo que é filme*.

— Ele é capaz de tirar o cigarro aceso da boca de um homem com o chicote e não deixar nem um arranhãozinho.

— Ele é muito, *muito* atraente.

— À noite, quase sempre estou cansada demais para sair. Bennett vai às vezes.

Na verdade, Alice acharia muito estranho ficar ao lado do marido no escuro agora. E suspeitava que ele pensasse da mesma forma. Nas últimas semanas, marido e mulher tinham se certificado de que suas vidas se cruzassem o mínimo possível. Ela saía muito antes do café da manhã, e ele com frequência se ausentava na hora do jantar, fosse por causa de tarefas pedidas pelo Sr. Van Cleve, fosse por conta dos jogos de beisebol com os amigos. Quase toda noite ele dormia no sofazinho na sala ao lado do quarto deles, de modo que até mesmo o formato do corpo do marido estava se tornando pouco familiar para Alice. Se o Sr. Van Cleve considerava o comportamento do casal um pouco estranho, não comentava nada — o velho ficava até tarde na mina, e parecia bastante preocupado com o que quer que estivesse acontecendo por lá. Alice agora detestava aquela casa com todas as forças, a melancolia do local, sua história sufocante. Ela ficava tão agradecida por não ser obrigada a passar a maior parte da noite presa na pequena sala de estar com os dois que não se dava o trabalho de questionar nada.

— Você vai ver o Tex Lafayette, não vai?

Beth penteou o cabelo e ajeitou a blusa diante do espelho. Aparentemente, ela gostava de um rapaz que trabalhava no posto de gasolina, mas seu jeito de demonstrar o que sentia por ele tinha sido dar dois soquinhos no braço dele — com força. Agora estava quebrando a cabeça planejando melhor o próximo passo.

— Ah, acho que não. É sério, não sei nada sobre ele.

— Você trabalha muito e nunca se diverte, Alice. Vamos. A cidade toda vai estar lá. Izzy vai nos encontrar do lado de fora da loja, e a mãe dela deu um dólar inteiro para gastar com algodão-doce. Custa só uns cinquenta centavos, se quiser sentar. Ou então pode ficar em pé na parte de trás e assistir de graça. É o que vamos fazer.

— Não sei. Bennett vai trabalhar até tarde na Hoffman. Provavelmente vou direto para casa.

Sophia e Izzy recomeçaram a cantar, a segunda corando, como sempre acontecia quando cantava para outras pessoas.

Seu sorriso é uma corda em volta de mim
Desde que nos encontramos tem sido assim
Você não precisava ir atrás de mim para laçar meu coração...

Margery pegou o espelhinho das mãos de Beth e conferiu se tinha alguma mancha no rosto, esfregando as bochechas com um lenço úmido até se dar por satisfeita.

— Bom, Sven e eu vamos ficar no Nice'N'Quick. Ele reservou uma mesa no andar superior para termos uma boa visão do espetáculo. Se quiser nos encontrar, vai ser bem-vinda.

— Tenho que acabar algumas coisas aqui — disse Alice. — Mas obrigada. Talvez eu encontre com vocês mais tarde.

Ela falou aquilo só para sair pela tangente, e as outras sabiam disso. No fundo, Alice só queria ficar quieta na biblioteca. Gostava de ficar sozinha ali à noite, ler sem ninguém por perto na luz fraca do lampião a óleo, viajando para a ilha tropical de Robinson Crusoé, ou para os corredores da escola de Mr. Chips. Se Sophia aparecesse enquanto ainda estava ali, costumava deixá-la em paz, interrompendo apenas para perguntar se Alice poderia colocar o dedo em um pedaço de tecido enquanto ela dava alguns pontos, ou se ela achava que a capa de um livro restaurado parecia aceitável. Sophia não era uma mulher que precisava de plateia, mas parecia mais à vontade com companhia, então nas últimas semanas, embora conversassem pouco, essa combinação parecia dar certo para ambas.

— Está certo. Nos vemos mais tarde então!

Com um aceno alegre, as mulheres foram em direção à porta com passos firmes e desceram os degraus ainda usando culotes e botas. Quando a porta se abriu, a algazarra da animação reinante invadiu o cômodo. A praça já estava lotada, com uma banda de músicos locais entretendo a multidão à espera, o ar carregado de risos e assobios.

— Você não vai, Sophia? — perguntou Alice.

— Vou escutar dali dos fundos mais tarde. O vento traz o barulho para cá. — Ela enfiou a linha na agulha, pegou mais um livro danificado e acrescentou baixo: — Não me dou bem com multidões.

Como uma espécie de concessão, Sophia escorou a porta dos fundos com um livro e permitiu que o som da rabeca entrasse, percebendo que de vez em quando era impossível evitar que seu pé batesse acompanhando o ritmo. Alice estava sentada na cadeira no canto, um papel no colo, tentando escrever uma carta para Gideon, mas a caneta continuava imóvel em sua mão. Ela não fazia ideia do que contar a ele. Todos na Inglaterra acreditavam que ela estava vivendo as alegrias de uma vida emocionante e cosmopolita em uma América cheia de carros enormes e momentos fantásticos. Ela não sabia como transmitir ao irmão a verdade sobre sua situação.

Atrás dela, Sophia, que parecia conhecer de cor a melodia de tudo, cantarolava junto à rabeca, às vezes permitindo que sua voz agisse como um contraponto, às vezes acrescentando uma parte da letra. Sua voz era suave, aveludada e relaxante. Alice baixou a caneta e pensou de um modo um tanto melancólico em como seria bom estar lá fora com o marido dos primeiros dias de namoro, aquele que a tinha tomado nos braços e sussurrado coisas lindas em seu ouvido e cujos olhos haviam prometido um futuro repleto de risadas e romance, muito diferente daquele que Alice em alguns momentos flagrava olhando para ela perplexo, como se não soubesse de que maneira ela havia chegado até ali.

— Boa noite, moças.

A porta fechou com delicadeza atrás de Fred Guisler. Ele vestia uma camisa azul que fora passada com muito cuidado e uma calça social, e tirou o chapéu quando as viu. Alice ficou um pouco surpresa ao vê-lo sem a camisa xadrez e o macacão de sempre, uma visão realmente inesperada.

— Vi que a luz estava acesa, mas devo admitir que não esperava encontrar ninguém aqui hoje à noite — observou ele. — Não com nosso entretenimento do dia.

— Ah, eu não sou fã, na verdade — disse Alice, que tinha guardado o bloco de anotações.

— Será que não consigo convencer você a ir? Mesmo que não goste de truques de caubói, Tex Lafayette tem uma voz e tanto. E a noite está linda. Linda demais para desperdiçar aqui.

— É muita gentileza da sua parte, mas estou bem aqui, obrigada, Sr. Guisler.

Alice esperou que ele fizesse o mesmo convite a Sophia, depois entendeu, com uma sensação um pouco incômoda, que era óbvio para todos menos para ela por que ele não faria isso, e por que as outras também não a haviam pressionado para ir junto. Uma praça cheia de homens jovens, brancos, bêbados e arruaceiros não seria um lugar seguro para Sophia. De repente, Alice percebeu que não tinha muita certeza de qual seria um lugar seguro para Sophia.

— Bem, vou passar lá para assistir. Mas venho aqui mais tarde e a levo para casa de carro, Srta. Sophia. Tem um tanto de bebida rondando aquela praça hoje e não sei se vai ser um lugar agradável para uma moça passar às nove da noite.

— Obrigada, Sr. Guisler — disse Sophia. — Eu agradeço.

— Você deveria ir — comentou Sophia, sem tirar os olhos da costura, quando já não ouviam os passos de Fred na estrada escura.

Alice mexeu em algumas folhas soltas de papel.

— É complicado.

— A vida é complicada. Por isso é importante encontrar alegria quando se pode. — Ela franziu o cenho para um ponto da costura e o desfez. — É difícil ser diferente de todos por aqui. Eu sei. Sei mesmo. Eu tinha uma vida bem diferente em Louisville. — Ela suspirou. — Mas aquelas moças gostam de você. São suas amigas. E manter distância delas não vai tornar as coisas mais fáceis.

Alice observou uma mariposa rodear o lampião a óleo. Após um minuto, sem conseguir se controlar, prendeu o inseto com cuidado entre as mãos, levou-o até a porta entreaberta e o soltou.

— Você ficaria aqui sozinha.

— Já sou bem crescida. E o Sr. Guisler vai voltar para me buscar.

Alice podia ouvir a música começando na praça, os gritos animados das pessoas anunciando que o Caubói Cantor subira ao palco principal. Ela olhou para a janela.

— Você acha mesmo que eu devo ir?

Sophia abaixou a costura.

— Meu Deus, Alice, você precisa que eu escreva uma música sobre isso? Ei — chamou Sophia, quando Alice chegou à porta da frente. — Deixe eu arrumar seu cabelo antes de você ir. É importante estar bonita.

Alice correu de volta e segurou o espelhinho. Esfregou o rosto com seu lenço enquanto Sophia passava um pente pelo cabelo, prendendo e soltando algumas mechas com os dedos ágeis. Quando Sophia se afastou, Alice tirou um batom da bolsa e preencheu os lábios de rosa-coral, apertando-os e esfregando um no outro. Satisfeita, olhou para baixo, limpando a camisa e o culote com as mãos.

— Não tem muito o que fazer em relação ao que estou vestindo.

— Mas o rosto está lindo feito uma pintura. E isso é tudo o que vão notar.

Alice sorriu.

— Obrigada, Sophia.

— Depois volte e me conte tudo.

Sophia sentou-se novamente e continuou a bater o pé, já meio perdida na música distante.

Alice já havia percorrido parte do caminho quando avistou a criatura, que atravessou correndo a estrada em meio à escuridão. Já a menos de meio quilômetro da praça, demorou um pouco para registrar aquela presença à sua frente. Ela desacelerou: um esquilo-terrestre! Estranhamente, sentiu que a conversa sobre todos os porcos abatidos havia conferido uma névoa triste à semana, aumentando sua vaga sensação de depressão. Para pessoas que viviam em contato tão direto com a natureza, os moradores de Baileyville pareciam alheios à ideia de respeitá-la. Ela parou, esperando que o esquilo atravessasse à sua frente. Era um animal grande, com um rabo imenso e espesso. Naquele momento, a lua surgiu de trás de uma nuvem, revelando a Alice que, afinal, não se tratava de um esquilo, mas de alguma coisa mais escura, mais pesada, com uma listra branca no pelo preto. Ela franziu a testa para o animal, perplexa, e então, quando estava prestes a dar um passo à frente, ele se virou de costas, levantando o rabo, e então Alice sentiu um líquido ser borrifado em sua pele. Levou um segundo para aquela sensação ser substituída pelo cheiro mais horroroso que já sentira. Ela arfou, com ânsia de vômito, e cobriu a boca, engasgando. Mas não havia escapatória: o cheiro estava em suas mãos, sua camisa, seu cabelo. A criatura saiu noite afora, indiferente, deixando Alice batendo nas próprias roupas, como se balançar as mãos e gritar pudesse fazer aquele cheiro ir embora.

O andar superior do Nice'N'Quick estava lotado de corpos pressionados contra a janela, formando três filas, alguns gritando entusiasmados com o caubói de terno branco lá embaixo. Margery e Sven eram os únicos sentados, os dois em uma cabine, um do lado do outro, como preferiam. Entre eles havia os restos de dois chás gelados. Duas semanas antes, um fotógrafo da região convencera as quatro bibliotecárias a serem fotografadas em frente à placa da Biblioteca a Cavalo da WPA. As quatro — Izzy, Margery, Alice e Beth — posaram, lado a lado, em suas montarias, e uma cópia daquela fotografia agora ocupava um lugar de destaque na parede do restaurante, as mulheres olhando ao longe, ao lado de uma série de flâmulas. Margery não conseguia tirar os olhos da foto. Não tinha certeza se já havia sentido tanto orgulho assim de alguma coisa em toda a sua vida.

— Meu irmão estava falando de comprar um pedaço de terra em North Ridge. Bore McCallister disse a ele que venderia por um bom preço. Estava pensando em morar com ele. Não posso ficar trabalhando naquelas minas para sempre.

Ela voltou a atenção para Sven novamente.

— Quanto de terra estamos falando?

— Uns cento e sessenta hectares. A caça lá é boa.

— Você não soube, então.

— Soube do quê?

Margery virou o corpo para tirar a carta-modelo da bolsa. Sven abriu-a com cuidado e leu, depois colocou de volta na mesa na frente dela.

— Como você sabe isso?

— Você sabe de alguma coisa?

— Nada. Agora em todo lugar que vamos eles só falam sobre reprimir a influência do sindicato dos trabalhadores de minas.

— Percebi que as duas coisas andam juntas. Daniel McGraw, Ed Siddly, os irmãos Bray... Todos esses organizadores do sindicato. Todos eles moram em North Ridge. Se a nova mina expulsar esses homens e suas famílias de suas casas, fica muito mais difícil se organizarem. Eles não querem que a gente acabe que nem Harlan, com uma maldita guerra explodindo entre os mineradores e os chefes.

Sven se recostou no assento. Soltou um suspiro e estudou a expressão de Margery.

— Suponho que a carta seja sua.

Ela lhe lançou um sorriso gentil.

Ele passou a palma da mão pela testa.

— Caramba, Marge. Você sabe como esses bandidos são. A encrenca realmente corre no seu sangue?... Não, não me responda.

— Eu não posso ficar parada enquanto eles acabam com essas montanhas, Sven. Você sabe o que fizeram com o Desfiladeiro Great White?

— Eu sei, eu sei.

— Explodiram o vale, deixaram tudo aos pedaços, poluíram a água e desapareceram da noite para o dia quando o carvão acabou. Todas aquelas famílias ficaram sem casa e sem trabalho. Eles não vão fazer isso aqui.

Sven pegou a carta e a leu de novo.

— Mais alguém sabe disso?

— Duas famílias já foram à justiça. Tem uns livros de direito que dizem que os donos de minas não podem explodir o terreno se as famílias não assinarem essas escrituras que dão a eles todos os direitos. Casey Campbell ajudou o pai a ler a papelada toda. — Ela suspirou com satisfação, tamborilando na mesa. — Não há nada mais perigoso que uma mulher armada de conhecimento. Mesmo que ela tenha apenas doze anos.

— Se alguém na Hoffman descobrir que foi você, vai haver encrenca.

Ela deu de ombros e tomou um gole de sua bebida.

— Estou falando sério. Tome cuidado, Marge. Eu não quero que nada aconteça com você. Van Cleve tem um pessoal mau-caráter na folha de pagamento cuidando dessa briga com os sindicatos... homens de fora da cidade. Você viu o que aconteceu em Harlan. Eu... eu não ia suportar se alguma coisa acontecesse com você.

Ela o observou.

— Você não está ficando sentimental comigo, está, Sven Gustavsson?

— Estou falando sério. — Ele se virou de modo que seu rosto estivesse a centímetros do dela. — Eu amo você, Marge.

Ela ia fazer uma piada, mas ele estava com uma expressão estranha no rosto, algo sério e vulnerável, e as palavras não saíram de sua boca. Os olhos de Sven procuraram os dela, e seus dedos fecharam em volta da mão de Margery, como se esse gesto pudesse dizer o que ele não conseguia. Ela manteve os olhos fixos nos dele, e então, quando o barulho da plateia aumentou, Margery desviou o olhar. Lá embaixo, Tex Lafayette estava cantando "Eu nasci no vale" e recebia uma ovação.

— Ah, caramba, aquelas garotas vão ao delírio agora — murmurou ela.

— Acho que o que você quis dizer foi: "Eu também amo você" — comentou ele, depois de um minuto.

— Acho que a dinamite deve ter afetado os seus ouvidos. Tenho certeza de que eu já disse isso séculos atrás.

Ela deu um sorriso, e Sven, balançando a cabeça, puxou-a para perto de si mais uma vez e a beijou até que ela parasse de sorrir.

Não importava onde elas disseram que iam se encontrar, pensou Alice, enquanto lutava para avançar pela praça abarrotada: o lugar estava tão escuro e lotado que era quase impossível encontrar qualquer das suas amigas. O ar estava abafado com o cheiro de pólvora das bombinhas, fumaça de cigarro, cerveja e o aroma de açúcar queimado do algodão-doce das barracas que haviam sido montadas para a ocasião, mas o olfato de Alice sentia muito pouco daquilo. Onde quer que a jovem fosse, havia uma breve e audível tomada de fôlego das pessoas ao redor, que se afastavam, franzindo o cenho e apertando o nariz.

— Moça, a senhora foi atacada por um gambá! — gritou um menino sardento enquanto ela passava.

— Não diga — retrucou Alice rispidamente.

— Ah, meu Deus.

Duas garotas se afastaram, fazendo careta para Alice.

— Aquela é a esposa inglesa do Van Cleve?

Alice sentiu as pessoas se afastarem dela como ondas à medida que se aproximava do palco.

Levou um minuto para que Alice o visse. Bennett estava parado perto do canto do bar provisório, sorridente, com uma cerveja na mão. Ela o encarou, o largo sorriso, os ombros soltos em uma bela camisa azul. Percebeu, meio sem querer, que ele parecia muito mais relaxado quando não estava com ela. No fim, sua surpresa por ele não estar no trabalho aos poucos foi substituída por uma espécie de melancolia, uma lembrança do homem por quem havia se apaixonado. Enquanto o contemplava, pensando se deveria ir até ele e contar sobre sua noite desastrosa, uma garota logo à esquerda dele se virou e levantou sua garrafa de refrigerante. Era Peggy Foreman. A jovem se aproximou e disse alguma coisa que o fez rir, e ele concordou com a cabeça, os olhos ainda em Tex Lafayette, então fitou Peggy, e sua boca se abriu em um sorriso bobo. Alice queria correr até ele, empurrar aquela garota. Tomar seu lugar nos braços do marido, fazê-lo sorrir para ela daquele jeito doce como fazia antes de se casarem. Mas, mesmo parada no lugar, as pessoas se afastavam dela, rindo ou murmurando "gambá". Ela sentiu os olhos se encherem de lágrimas e, com a cabeça baixa, começou a fazer o caminho de volta, avançando pela multidão.

— Ei!

O queixo de Alice se projetava enquanto ela avançava, ignorando as provocações e risadas que pareciam explodir ao seu redor, a música diminuindo com a distância. Enquanto secava as lágrimas, Alice agradeceu pela escuridão, pois pelo menos impedia que reconhecessem sua identidade.

— Meu Deus! Você sentiu esse fedor?

— Ei!... Alice!

Ela virou a cabeça e viu Fred Guisler abrindo caminho entre o aglomerado de gente, indo em sua direção, os braços estendidos.

— Está tudo bem?

Ele levou alguns segundos para registrar o cheiro. Ela viu o choque transparecer por um instante em suas feições — um *uau* silencioso — e logo depois, quase de imediato, a tentativa determinada de esconder sua reação. Ele colocou o braço ao redor dos ombros dela, guiando-a, decidido, pela multidão.

— Vamos. Vamos voltar para a biblioteca. *Abram espaço, por favor? Estamos passando.*

Eles levaram dez minutos para retornar à estrada escura. Assim que deixaram o centro da cidade, longe da multidão, Alice saiu do abrigo do braço dele e se afastou.

— Foi muita gentileza sua. Mas realmente não precisava.

— Tudo bem. Quase não tenho olfato mesmo. O primeiro cavalo que montei me deu um coice no nariz, e eu nunca mais fui o mesmo.

Ela sabia que ele estava mentindo, mas era um comentário bondoso, então lhe dirigiu um sorriso de pesar.

— Não consegui ver direito, mas acho que era um gambá. Ele só parou na minha frente e...

— Ah, era um gambá, sim.

Ele se esforçava para não rir. Alice parou e o encarou, as bochechas ardendo. Na verdade, ela achou que fosse cair em prantos, mas algo na expressão dele a impediu, e, para sua surpresa, ela começou a rir.

— A pior coisa que pode acontecer, não é?

— Sinceramente? Nem perto.

— Bem, agora estou intrigado. Então qual foi a pior coisa que já aconteceu com você?

— Não posso dizer.

— Dois gambás?

— O senhor precisa parar de rir de mim, Sr. Guisler.

— Não quero ferir seus sentimentos, Sra. Van Cleve. É que é tão improvável... Uma jovem como você, tão bonita e refinada e tudo... e esse cheiro...

— O senhor realmente não está ajudando.

— Desculpe. Olhe, vamos passar na minha casa antes de voltar para a biblioteca. Posso arrumar umas roupas limpas para que você possa pelo menos chegar em casa sem causar uma comoção.

Eles percorreram em silêncio os últimos cem metros, saindo da estrada principal e pegando a trilha para a casa de Fred Guisler. Como era nos fundos da biblioteca, atrás da estrada, Alice percebeu que mal a havia notado até então. Tinha uma luz na varanda, e ela o seguiu pelos degraus de madeira, olhando para a esquerda, onde, a quase cem metros, a luz da biblioteca ainda estava acesa, visível apenas por aquele lado da estrada por uma pequena fenda na porta. Ela imaginou Sophia lá dentro, trabalhando duro, transformando livros velhos em novos, acompanhando a música, e então ele abriu a porta e deu um passo para trás para deixá-la entrar.

Pelo que ela vira até então, os homens que moravam sozinhos em Baileyville levavam vidas simples, com casas funcionais e poucos móveis, tinham hábitos básicos e higiene questionável. A casa de Fred tinha o chão de madeira lixada, visivelmente encerada e lustrada durante os anos de uso, com uma cadeira de balanço no canto, um tapete azul de retalhos à frente e uma grande luminária de latão lançando um brilho suave sobre uma estante de livros. Havia quadros alinhados na parede e uma cadeira estofada no lado oposto, com vista para a parte de trás da construção e para o grande estábulo cheio de cavalos. O gramofone ficava sozinho em uma mesa de mogno bem lustrada, com uma manta antiga e cheia de detalhes ao lado, cuidadosamente dobrada.

— Mas aqui é lindo! — disse ela, percebendo a ofensa em suas palavras assim que as proferiu.

Ele não pareceu notar.

— Não é tudo mérito meu — explicou ele. — Mas eu tento manter direito. Espere.

Ela se sentiu mal por trazer aquele fedor para dentro daquela casa cheirosa e confortável. Enquanto ele subia a escada correndo, Alice cruzou os braços e se encolheu, como se isso pudesse conter o cheiro. Ele voltou em alguns minutos, carregando dois vestidos.

— Um desses deve servir.

Ela o encarou.

— Você tem vestidos?

— Eram da minha esposa.

Ela piscou.

— Pode me entregar suas roupas, vou deixar de molho no vinagre. Vai ajudar. Quando levar as roupas para casa, peça a Annie para colocar bicarbonato de sódio no tanque com o sabão. Ah, e tem toalha limpa no banheiro.

Ela se virou e ele fez um gesto em direção ao banheiro, onde ela entrou. Despiu-se, empurrou as roupas por uma fresta na porta e então lavou o rosto e as mãos, esfregando a pele com uma toalha de rosto e um sabonete de lixívia. O cheiro acre se recusava a sair; naquele cômodo pequeno e quente, quase vomitou. Ela esfregou o mais forte que pôde sem arrancar uma camada de pele. Pensando melhor, jogou uma jarra de água sobre a cabeça, esfregou o cabelo com sabão e o enxaguou, então secou de qualquer jeito com a toalha. Por fim, colocou o vestido verde. Era o que sua mãe chamaria de vestido de chá, floral com mangas curtas e uma gola branca de renda, um pouco frouxo na cintura, mas pelo menos cheirava a limpo. Havia uma garrafa de colônia em cima do armário. Ela sentiu o cheiro e depois borrifou um pouco no cabelo molhado.

Alice saiu do banheiro alguns minutos depois e avistou Fred na janela, observando a praça iluminada. Ele se virou, sua mente em algum lugar longe dali, e, talvez por causa do vestido da esposa, pareceu de repente abalado. Logo se recompôs e lhe entregou um copo de chá gelado.

— Achei que precisaria disso.

— Obrigada, Sr. Guisler. — Ela tomou um gole. — Estou me sentindo muito boba.

— Fred. Por favor. E não se sinta mal. Nem por um minuto. Todos já fomos pegos de surpresa.

Ela ficou imóvel por um instante, subitamente constrangida. Estava na casa de um estranho, usando o vestido de sua esposa morta. Não sabia o que fazer com os braços.

Um barulho animado veio de algum lugar da cidade e ela estremeceu.

— Ah, meu Deus. Eu não só fiz esta sua casa adorável ficar fedendo, mas por minha culpa você perdeu o show de Tex Lafayette. Desculpe.

Ele balançou a cabeça.

— Não é nada. Eu não poderia deixar você lá, parecendo...

— Um gambá, não é mesmo? — disse ela, de um jeito animado, mas a expressão preocupada de Fred não mudou, como se ele soubesse que não havia sido o cheiro que a chateara. — Ainda assim! Você provavelmente consegue assistir ao finzinho se voltarmos agora. — Ela havia começado a tagarelar. — Quer dizer, parece que ele ainda vai cantar por um tempo. Você estava certo mesmo. Ele é *muito* bom. Não que eu tenha ouvido muito, mas com uma música ou outra dá para ver por que ele é tão popular. A multidão realmente parece amá-lo.

— Alice...

— Meu Deus. Olhe a hora. É melhor eu voltar.

Com a cabeça baixa, ela passou por ele em direção à porta.

— Você deveria voltar para o show, com certeza. Eu vou para casa andando. É perto.

— Eu levo você de carro.

— No caso de haver mais gambás? — A risada dela foi alta e aguda. Sua voz nem parecia a mesma. — Honestamente, Sr. Guisler... Fred... você já foi tão gentil, e eu não quero mesmo dar mais trabalho. De verdade. Eu não...

— Eu levo você — declarou ele com firmeza.

Pegou o casaco nas costas de uma cadeira, depois tirou um cobertorzinho de outra e o colocou ao redor dos ombros dela.

— Esfriou lá fora — explicou.

Saíram para a varanda. Alice de repente ficou muito consciente da presença de Frederick Guisler, de seu jeito de observá-la, como se tentasse avaliar a verdadeira intenção por trás do que ela falasse ou fizesse. Era estranhamente desconcertante. Alice desceu meio atrapalhada os degraus da varanda e ele estendeu uma das mãos para equilibrá-la. Ela a segurou, mas soltou de imediato, como se tivesse sido picada.

Por favor não fale mais nada, disse, silenciosamente. Suas bochechas estavam em chamas, seus pensamentos, uma confusão. Mas quando ela ergueu o olhar, ele não a estava encarando.

— A porta estava assim quando nós entramos?

Fred encarava os fundos da biblioteca. A porta, que havia ficado entreaberta para deixar entrar o som da música, estava escancarada. Uma série de batidas distantes e irregulares vinham lá de dentro. Ele ficou quase imóvel, depois se virou para Alice, a suavidade anterior não mais presente.

— Fique aqui.

Ele entrou correndo em casa e, um instante depois, saiu com uma grande espingarda de cano duplo. Alice deu um passo para trás quando ele passou, observando enquanto ia em direção à biblioteca. Incapaz de se controlar, seguiu-o a alguns passos de distância, em silêncio e na ponta dos pés.

— Qual o problema aqui, garotos?

Frederick Guisler parou na porta da biblioteca. Atrás dele, Alice, com o coração na boca, só conseguiu distinguir os livros espalhados pelo chão e uma cadeira virada. Havia dois, não, três jovens lá dentro, de camisas e calças jeans. Um segurava uma garrafa de cerveja, e outro, um punhado de livros, os quais, quando Fred apareceu, o jovem deixou cair como uma espécie de provocação. Ela mal conseguia vislumbrar Sophia, de pé no canto, o corpo teso, o olhar fixo em algum ponto indeterminado no chão.

— Você tem uma negra na sua biblioteca. — A voz do garoto tinha um tom agudo e nasal e estava arrastada pelo álcool.

— Aham. E estou aqui tentando entender por que isso é da sua conta.

— Essa é uma biblioteca para brancos. Ela não devia estar aqui.

— Isso mesmo. — Os outros dois jovens, encorajados pelo álcool, zombaram junto.

— Por acaso você administra esta biblioteca?

O tom de voz de Fred era gélido. Alice nunca o escutara assim.

— Eu não...

— Eu perguntei: você administra esta biblioteca, Chet Mitchell?

O garoto olhou para os lados, como se o som do próprio nome o tivesse relembrado das possíveis consequências de seus atos.

— Não.

— Então eu sugiro que você saia daqui. Vocês três. Antes que essa arma escorregue das minhas mãos e faça algo de que eu vá me arrepender.

— Você está me ameaçando por causa de uma *crioula*?

— Estou dizendo o que acontece quando um homem encontra três idiotas bêbados na sua propriedade. E se você quiser, vai ser muito fácil mostrar o que acontece quando um homem descobre que eles não saíram assim que mandou. Mas tenho quase certeza de que vocês não vão gostar.

— Eu não entendo por que está do lado dela. Tem uma quedinha por essa preta ou o quê?

Rápido como um relâmpago, Fred pegou o garoto pelo pescoço e o pressionou contra a parede com a mão fechada. Alice se protegeu atrás dele, a respiração presa na garganta.

— Não me desafie, Mitchell.

O garoto engoliu em seco e levantou as palmas das mãos.

— Era só uma piada — falou, engasgando. — Não gosta de piada agora, Sr. Guisler?

— Não estou vendo ninguém rindo. Agora deem o fora.

Fred largou o rapaz, cujos joelhos cederam. O jovem esfregou o pescoço, lançou um olhar nervoso para os amigos e depois, quando Fred deu um passo adiante, saltou para a porta dos fundos. Alice, o coração agora ainda mais acelerado, deu um passo para trás enquanto os três saíam aos trancos, ajustando as roupas em uma bravata muda, e seguiam em silêncio pelo caminho de cascalho. A coragem deles voltou assim que saíram do alcance.

— *Tem uma quedinha por pretas, Frederick Guisler? Foi por isso que sua mulher foi embora?*

— *Não consegue atirar porra nenhuma. Eu já vi você caçando!*

Alice achou que fosse vomitar. Apoiou-se na parede dos fundos da biblioteca, o suor fazendo suas costas pinicarem, seu batimento cardíaco diminuindo somente quando viu os três rapazes desaparecerem na esquina. Ela podia ouvir Fred dentro da biblioteca, pegando os livros e colocando-os na mesa.

— Sinto muito, Srta. Sophia. Eu deveria ter voltado antes.

— De jeito nenhum. Foi minha culpa por ter deixado a porta aberta.

Alice subiu os degraus devagar. A expressão de Sophia era impassível. Ela se abaixou, pegando os livros e verificando os danos, limpando a sujeira das capas e soltando um som de desaprovação ao ver as etiquetas rasgadas. Mas, quando Fred se virou para ajustar uma prateleira que havia saído do lugar, Alice viu Sophia se apoiar na mesa, os nós dos dedos apertando as beiradas. A jovem entrou e, sem dizer uma palavra, começou a arrumar também. Os cadernos que Sophia estava ajeitando com tanto capricho haviam sido completamente rasgados na frente dela. Folhas dos álbuns de recortes que tanto se dedicara para montar foram arrancadas e jogadas pela sala, papéis soltos espalhados pelo interior do cômodo.

— Vou ficar até tarde essa semana e ajudar a consertar — ofereceu Alice. E então, diante do silêncio de Sophia, ela acrescentou: — Quer dizer... se você voltar.

— Acha que um bando de garotos de nariz em pé vai me afastar do meu trabalho? Vou ficar bem, Srta. Alice. — Ela parou e lhe ofereceu um sorriso breve. — Mas sua ajuda é bem-vinda, obrigada. Temos muito o que recuperar.

— Vou falar com a família Mitchell — disse Fred. — Não vou permitir que isso aconteça de novo.

Sua voz se abrandara, e seu corpo se movimentava mais tranquilamente. Mas Alice percebeu como a cada poucos minutos ele dava uma olhada na janela, e que só relaxou de verdade quando as duas mulheres já estavam no carro, e ele, pronto para levá-las para casa.

8

Dada a velocidade com que as notícias corriam por Baileyville, as pequenas fofocas começando como gotas e depois inundando os habitantes como uma chuva torrencial, as histórias sobre Sophia Kenworth trabalhando na Biblioteca a Cavalo e o ato de vandalismo que três moradores cometeram lá foram instantaneamente considerados motivos sérios o bastante para uma assembleia dos moradores.

Alice estava lado a lado com Margery, Beth e Izzy, em um canto nos fundos do salão, enquanto a Sra. Brady discursava à multidão reunida. Bennett sentou duas fileiras atrás, ao lado do pai, que perguntara *Não vai se sentar, garota?*, olhando-a de cima a baixo ao entrar.

Estou bem aqui mesmo, obrigada, ela respondera, observando o olhar de desaprovação que ele lançava ao filho.

— Nós sempre tivemos orgulho de nossa cidade agradável e organizada — dizia a Sra. Brady. — Não queremos que isto aqui vire o tipo de lugar onde o comportamento violento se torne um padrão. Conversei com os pais dos jovens envolvidos e deixei bem claro que isso não será tolerado. Uma biblioteca é um lugar sagrado; um lugar sagrado para o aprendizado. Não deveria ser considerado um alvo fácil para os arruaceiros só porque mulheres trabalham lá.

— Eu gostaria de acrescentar algo, Sra. Brady. — Frederick deu um passo à frente.

Alice se lembrou de como ele havia olhado para ela na noite da apresentação de Tex Lafayette, o momento que compartilharam na casa dele, e sentiu a pele enrubescer, como se tivesse feito algo de que devesse se envergonhar. Ela dissera a Annie que o vestido verde pertencia a Beth. Annie ergueu tanto a sobrancelha esquerda que quase encostou no céu.

— A biblioteca fica no meu antigo estábulo — disse Frederick. — Isso significa, caso alguém aqui tenha dúvida, que está dentro da minha propriedade. Não posso me responsabilizar pelo que acontece a invasores. — Ele olhou em volta do salão, devagar. — Qualquer um que se ache no direito de entrar naquele imóvel sem a minha permissão, ou a permissão de qualquer uma dessas moças, vai se ver comigo.

Quando ele acabou de falar, seu olhar encontrou o de Alice, deixando-a ruborizada novamente.

— Entendo que você tenha sentimentos fortes em relação à sua propriedade, Fred. — Henry Porteous se levantou. — Mas temos assuntos mais importantes para discutir aqui. Eu e um grande número de vizinhos estamos preocupados com o impacto dessa biblioteca na nossa pequena cidade. Ouvi relatos de que esposas não cuidam mais da casa direito porque estão ocupadas demais lendo revistas enfeitadas ou romances baratos. As crianças estão aprendendo ideias prejudiciais nas revistas em quadrinhos. Nós nos esforçamos para manter o controle sobre o tipo de ideias que entra em nossa casa.

— São apenas livros, Henry Porteous. Como acha que os grandes estudiosos aprenderam? — A Sra. Brady cruzara os braços, formando uma barreira sólida, intransponível.

— Aposto um dólar que os grandes estudiosos não liam *O xeique amoroso da Arábia*, ou o que quer que estava tomando o tempo da minha filha outro dia. Nós realmente queremos as mentes delas poluídas com essa baboseira? Não quero que minha filha pense que pode fugir com algum *egípcio*.

— Sua filha tem tanta chance de se encantar por um xeique da Arábia quanto eu tenho de me tornar Cleópatra.

— Você não pode *garantir* isso.

— Quer que eu examine cada livro dessa biblioteca para checar se tem coisas que você pode considerar irreais, Henry Porteous? Existem histórias mais desafiadoras na Bíblia do que na *Pictorial Review*, e você sabe disso.

— Bem, agora a senhora está cometendo tanto sacrilégio quanto eles.

A Sra. Beidecker se levantou.

— Posso falar? Eu gostaria de agradecer às moças da biblioteca. Nossos alunos têm apreciado muito as novas obras e materiais de estudo, e os livros didáticos se mostraram muito úteis no progresso deles. Eu leio todas as revistas em quadrinhos antes de entregar às crianças, para verificar o conteúdo, e não achei absolutamente nada que possa preocupar nem mesmo as mentes mais sensíveis.

— Mas a senhora é estrangeira! — retrucou o Sr. Porteous.

— A Sra. Beidecker chegou à nossa escola com as melhores referências! — exclamou a Sra. Brady. — E você sabe disso, Henry Porteous. Ora, sua sobrinha não é aluna dela?

— Bem, talvez não devesse ser.

— Acalmem-se! Acalmem-se. — O pastor McIntosh se levantou. — Estou vendo que os ânimos começaram a se exaltar. E sim, Sra. Brady, alguns de nós têm reservas quanto ao impacto dessa biblioteca em mentes em formação, mas...

— Mas o quê?

— Existe claramente outro problema... Empregar uma pessoa negra.

— E por que seria um problema, pastor?

— A senhora pode preferir um estilo progressista, Sra. Brady. Mas muitas pessoas nesta cidade acreditam que negros não devem frequentar nossas bibliotecas.

— Isso mesmo — disse o Sr. Van Cleve. Ele se levantou e olhou para o mar de rostos brancos. — A Lei de Acomodações Públicas de 1933 autoriza, abre aspas, "o estabelecimento de *bibliotecas segregadas* para raças diferentes". A moça negra não deveria estar na nossa biblioteca. Você por acaso acha que está acima da lei, Margery O'Hare?

O coração de Alice estava quase saindo pela boca, mas Margery, que dera um passo à frente, parecia completamente impassível.

— Não.

— Não?

— Não, porque a Srta. Sophia não está *usando* a biblioteca. Só está trabalhando lá. — Ela deu um sorriso doce para ele. — Nós a instruímos, de forma *muito* enfática, de que sob nenhuma circunstância ela pode abrir qualquer um dos nossos livros para ler.

Houve uma breve onda de risadas.

A expressão do Sr. Van Cleve se fechou.

— Você não pode empregar negros em uma biblioteca branca. É contra a lei, e contra as leis da natureza.

— O senhor não acha certo empregar negros, não é?

— A questão não sou eu. É a *lei*.

— Estou muito surpresa de ouvir sua reclamação, Sr. Van Cleve — disse ela.

— Que quer dizer com isso?

— Bem, me refiro à quantidade de negros que o senhor emprega lá na mina.

Todos pararam de respirar por um instante.

— Não emprego, não.

— Eu conheço a maior parte deles pessoalmente, assim como metade dos bons cidadãos daqui. Registrar esses trabalhadores como *mulatos* nos seus documentos não muda os fatos.

— Eita, rapaz — disse Fred, baixinho. — Ela não tem papas na língua.

Margery se apoiou na mesa.

— Os tempos estão mudando, e negros estão sendo empregados de todas as maneiras possíveis. Agora, a Srta. Sophia é muito qualificada e está mantendo publicações disponíveis em nossas estantes, o que não aconteceria sem ela. Aquelas revistas *Baileyville Bonus*? Todo mundo gosta, não é? Com receitas e histórias e tudo o mais?

Houve um murmúrio de concordância.

— Bem, tudo trabalho da Srta. Sophia. Ela pega livros e revistas danificados e costura o que consegue para criar novos livros para todos vocês. — Margery se inclinou para tirar alguma coisa da jaqueta. — Nem eu, nem as outras garotas sabemos costurar daquela maneira, e, como vocês viram, foi difícil arrumar voluntárias. A Srta. Sophia não está saindo a cavalo, visitando famílias nem mesmo escolhendo os livros. Ela só está mantendo a casa em ordem para nós, digamos assim. Então até que seja uma regra para todos, Sr. Van Cleve, para o senhor e suas minas assim como para mim e minha biblioteca, vou continuar empregando a Srta. Sophia. Espero que todos estejam de acordo.

Com um aceno de cabeça, Margery saiu pelo meio do salão sem pressa, de cabeça erguida.

A porta de tela bateu atrás deles com um estrondo retumbante. Alice não dissera nada por todo o caminho de volta do salão, caminhando atrás dos dois homens, de onde conseguia ouvir os palavrões resmungados que sugeriam que a qualquer momento haveria uma explosão catastrófica. Não demorou muito para isso acontecer.

— Quem aquela mulher dos infernos pensa que é? Tentando me constranger na frente da cidade inteira?

— Acho que ninguém sentiu que o senhor... — começou Bennett, mas o pai jogou o chapéu na mesa, interrompendo-o.

— A vida toda ela só foi um poço de encrencas! Igual àquele pai criminoso dela. E agora fica lá tentando me fazer parecer um idiota na frente da minha própria comunidade!

Alice parou, indecisa, na porta de casa, avaliando se conseguiria se esgueirar para o andar de cima sem ninguém perceber. Sua experiência dizia que os acessos de raiva do Sr. Van Cleve raramente eram passageiros; ele os inflamaria com *bourbon* e continuaria gritando e discursando até desmaiar tarde da noite.

— Ninguém liga para o que aquela mulher fala, pai.

— Aqueles homens estão registrados como *mulatos* na minha mina porque têm a pele clara. Só isso!

Alice refletiu sobre a pele escura de Sophia, e se perguntou: se a moça era irmã de um dos mineiros, como era possível que os dois tivessem tons de pele tão diferentes? Mas não falou nada.

— Acho que vou subir — disse ela, bem baixo.

— Você não pode ficar lá, Alice.

Ah, meu Deus, pensou. *Não me faça ficar na varanda com você.*

— Então eu vou...

— Na biblioteca. Não vai mais trabalhar lá. Não com aquela moça.

— O quê?

Ela sentiu as palavras a estrangulando.

— Você vai pedir demissão. Minha família não vai ser associada com a de Margery O'Hare. Não me importa o que Patricia Brady pense. Ela enlouqueceu com todo mundo. — Van Cleve foi até o armário de bebidas e se serviu de um grande copo de *bourbon*. — Além do mais, como diabo aquela garota viu o que estava nos meus documentos da mina? Eu não ficaria surpreso se ela tivesse espionado. Vou expedir uma ordem proibindo Margery O'Hare de chegar perto da Hoffman...

Houve um silêncio. E então Alice ouviu a própria voz:

— Não

Van Cleve ergueu o rosto.

— O quê?

— Não. Eu não vou sair da biblioteca. Não sou casada com o senhor, e o senhor não me diz o que fazer.

— Você vai fazer o que eu mandar! Você mora debaixo do meu teto, mocinha!

Ela nem sequer piscou.

O Sr. Van Cleve a encarou, depois se virou para Bennett e gesticulou.

— Bennett, dê um jeito na sua mulher.

— Eu não vou sair da biblioteca.

O Sr. Van Cleve ficou roxo.

— Está precisando de uma bofetada, menina?

O ar da sala pareceu se esvair. Ela olhou para o marido. *Nem pense em encostar a mão em mim*, disse a ele em silêncio. O rosto do Sr. Van Cleve estava tenso; a respiração, ofegante. *Nem pense nisso.* A cabeça dela estava a mil, imaginando de repente o que faria se ele realmente levantasse a mão para ela. Será que revidaria? Tinha alguma coisa que poderia usar para se proteger? *O que Margery faria?* Ela reparou na faca na tábua de pães, no atiçador perto da lareira.

Contudo, Bennett olhou para os próprios pés e engoliu em seco.

— Ela deve continuar na biblioteca, pai.

— O quê?

— Ela gosta de lá. E está... fazendo um bom trabalho. Ajudando as pessoas e tudo o mais.

Van Cleve encarou o filho. Os olhos quase saltando do rosto cor de beterraba, como se alguém estivesse apertando seu pescoço.

— Você também perdeu o maldito juízo?

Ele encarou os dois, as bochechas infladas e os nós dos dedos brancos, como se estivesse pronto para uma explosão que não aconteceria. Finalmente virou o resto do *bourbon*, bateu o copo na mesa com força e saiu porta afora, fazendo a tela balançar nas dobradiças.

Bennett e Alice ficaram imóveis na cozinha silenciosa, escutando o motor do Ford Sedan do Sr. Van Cleve ligar e roncar enquanto se afastava.

— Obrigada — disse Alice, por fim.

Ele deixou escapar um longo suspiro e se virou. Ela ficou imaginando se alguma coisa mudaria. Se o ato de enfrentar o pai poderia alterar o que quer que tivesse dado errado entre eles. Lembrou-se de Kathleen Bligh e do marido, de como, mesmo enquanto Alice lia para ele, a mulher fazia cafuné no homem quando passava ou tocava sua mão. De como Garrett, por mais doente e debilitado, procurava a esposa, o rosto cadavérico sempre oferecendo um mínimo sorriso para a mulher.

Alice deu um passo para perto do marido, pensando se deveria pegar sua mão. Porém, como se lesse a mente dela, Bennett enfiou as mãos nos bolsos.

— Bem, eu agradeço — disse ela, baixinho, recuando.

E, então, como o marido não falou nada, ela preparou uma bebida para ele e subiu.

Garrett Bligh morreu dois dias depois, após semanas pairando em uma região remota, árida e estranha, enquanto seus entes queridos tentavam descobrir o que desistiria primeiro, seus pulmões ou seu coração. A notícia se espalhou pelas montanhas e o sino soou trinta e quatro vezes, para que todos pudessem saber quem tinha perecido. Após o fim do dia de trabalho, os homens da vizinhança se reuniram na casa dos Bligh, levando roupas boas caso Kathleen não tivesse nenhuma, prontos para arrumar, lavar e vestir o corpo, como era o costume local. Outros começaram a construir o caixão que seria revestido de algodão e seda.

A notícia chegou à Biblioteca a Cavalo no dia seguinte. Margery e Alice, em um acordo tácito, dividiram suas entregas entre Beth e Izzy, dentro do possível, e foram juntas para a casa dos Bligh. Havia um vento cortante, que, em vez de ser bloqueado pelas montanhas, as usou como funil, e Alice cavalgou o tempo todo com o queixo enfiado na gola, pensando no que ia falar quando chegasse à pequena casa e desejando ter um cartão adequado para prestar suas condolências, ou talvez um ramalhete para oferecer.

Na Inglaterra, uma casa em luto era um lugar de silêncio, de conversas sussurradas, coberto por um manto de tristeza ou desconforto, dependendo de quanto o falecido era conhecido ou amado. Alice, que com frequência conseguia dizer a coisa errada, considerava opressivas essas ocasiões silenciosas, uma armadilha na qual sem dúvida cairia.

Quando chegaram ao topo de Hellmouth Ridge, no entanto, havia poucos indícios de silêncio. Passaram por carros e carroças arriados na pista, abandonados na beira da rua à medida que a passagem se tornara impossível. Quando elas chegaram à casinha, cavalos estranhos enfiaram a cabeça para fora do estábulo, relinchando uns para os outros, e uma cantoria abafada ecoava lá dentro. Alice olhou para uma pequena escarpa de pinheiros, onde três homens com casacos pesados cavavam, as picaretas lançando sons agudos no ar ao atingirem as pedras. O rosto deles estava roxo, e a respiração exalava nuvens ligeiramente cinzentas.

— Ela vai enterrar o marido aqui? — perguntou a Margery.

— Vai. A família dele inteira está ali em cima.

Alice mal pôde distinguir uma sucessão de lápides de pedra, algumas grandes, outras tão pequenas que eram de cortar o coração, registrando na montanha a história da família Bligh desde muitas gerações passadas.

A casinha estava quase explodindo de gente; a cama de Garrett Bligh havia sido empurrada para um lado e coberta com uma manta para que as pessoas se sentassem. Não havia quase nenhum centímetro que não estivesse coberto de criancinhas, bandejas de comida ou matriarcas cantando, que acenaram com a cabeça para Alice e Margery quando elas entraram, sem interromper a música. As janelas, que, conforme Alice se recordava, não tinham vidro, estavam fechadas; velas e lâmpadas de carboneto iluminavam a escuridão de tal modo que era difícil saber, do lado de dentro, se era dia ou noite. Uma das crianças Bligh estava sentada no colo de uma mulher com queixo proeminente e olhos bondosos, e as outras estavam aninhadas em Kathleen, enquanto ela, de olhos fechados e cantando também, era a única do grupo que parecia estar longe dali. Uma mesa com cavaletes havia sido montada, e nela havia um caixão de pinho, onde Alice viu o corpo de Garrett Bligh, o rosto relaxado na morte, tanto que por um momento ela se perguntou se era ele mesmo. O rosto encovado estava, de alguma forma, mais suave, sua testa tinha ficado mais tranquila sob o cabelo escuro e macio. Apenas o rosto era visível; o resto do corpo fora coberto por uma elaborada colcha de retalhos e por flores e ervas que perfumavam o ambiente. Ela nunca tinha visto um cadáver, mas de alguma maneira ali, cercada pelas músicas e pelo calor das pessoas ao redor dele, era difícil sentir choque ou desconforto pela proximidade.

— Sinto muito pela sua perda — disse Alice.

Era a única frase que ela tinha sido ensinada a dizer, e naquele momento soou ineficaz e inútil. Kathleen abriu os olhos e, levando um instante para assimilar, deu um sorriso vago para Alice. Seus olhos estavam vermelhos e turvos pela exaustão.

— Ele era um bom homem e um bom pai — disse Margery, abrindo passagem e lhe dando um abraço firme.

Alice não sabia se já tinha visto Margery abraçar alguém.

— Ele aguentou além da conta — murmurou Kathleen, e a criança no seu colo olhou para ela inexpressiva, o polegar enfiado na boca. — Eu não podia desejar que ele ficasse mais. Ele agora está com o Senhor.

O queixo frouxo e os olhos tristes, porém, não refletiam a convicção das suas palavras.

— A senhora conheceu Garrett? — Uma mulher mais velha com dois xales de crochê em volta dos ombros, sentada na cama, deu uns tapinhas nos dez centímetros de espaço ao seu lado, então Alice se sentiu obrigada a se espremer lá também.

— Ah, um pouco. Eu... eu sou só a bibliotecária.

A mulher a observou, franzindo a testa.

— Eu só o conhecia das minhas visitas. — A frase saiu como um pedido de desculpa, como se ela soubesse que não deveria estar ali.

— A senhora é a moça que lia para ele?

— Sou.

— Ah, minha criança! Foi um conforto tão grande para o meu filho... — A mulher estendeu os braços e puxou Alice, que enrijeceu, mas logo cedeu. — Kathleen me contou muitas vezes como Garrett ficava ansioso pelas suas visitas. Como faziam ele escapar um pouco da situação em que estava.

— Seu filho? Ai, meu Deus. Sinto muito — disse Alice, de todo o coração.

— Ele realmente parecia ser o melhor dos homens. E ele e Kathleen gostavam tanto um do outro.

— Estou muito grata, Srta...

— Sra. Van Cleve.

— O meu Garrett era um jovem muito bom. Ah, a senhora não o conheceu antes. Tinha os ombros mais largos deste lado do Desfiladeiro de Cumberland, não é mesmo, Kathleen? Quando Kathleen se casou com ele, cem garotas choraram daqui até Berea.

A jovem viúva sorriu com a lembrança.

— Eu dizia ao meu filho que não tinha ideia de como ele conseguia entrar na mina com aquele porte. Claro que agora eu preferia que ele não tivesse conseguido. Mas... — A idosa engoliu em seco e ergueu o queixo. — Não cabe a nós questionar os planos de Deus. Ele está com o próprio pai e com Deus pai. A nós, só resta nos acostumarmos a ficar aqui embaixo sem ele, não é, querida? — Ela esticou o braço e apertou a mão da nora.

— Amém — gritou alguém.

Alice havia suposto que elas prestariam condolências e iriam embora, mas, conforme a manhã virou tarde e a tarde logo virou tardinha, a casinha ficava cada vez mais cheia, com mineiros chegando depois dos seus turnos e as esposas levando tortas, carne-seca e geleias de fruta. À medida que o tempo passava até se firmar uma luz fraca, mais gente chegava e ninguém ia embora. Na frente de Alice apareceu um prato de galinha, depois pãezinhos macios e molho, batatas fritas e mais galinha. Alguém compartilhou um *bourbon*, e havia crises de risos e de lágrimas e cantoria, e o ar na pequena casa ficou quente e pesado, inundado com os aromas de carnes assadas e bebida doce. Alguém descobriu um violino, e tocaram melodias escocesas, o que causou em Alice uma leve saudade de casa. Margery de vez em quando lhe lançava um olhar, checando se ela estava bem, mas Alice, cercada por pessoas que davam tapinhas nas suas costas e agradeciam por seus serviços, como se ela fosse um soldado, não apenas uma inglesa entregando livros, sentia-se estranhamente feliz só de estar ali, absorvendo aquilo tudo.

E então Alice van Cleve se entregou aos estranhos ritmos da noite. Sentou-se a alguns centímetros de um homem morto, comeu, bebericou um pouco, cantou junto os hinos que mal conhecia, apertou as mãos de estranhos que não mais pareciam estranhos. Quando a noite caiu e Margery sussurrou em seu ouvido que estava na hora de irem embora, porque uma geada forte se aproximava, Alice ficou surpresa ao perceber que se sentia deixando sua casa, e não voltando para casa, e esse pensamento era tão desconcertante que sobrepujou todos os outros durante a lenta e fria cavalgada à luz da lanterna montanha abaixo.

9

Muitos médicos já reconhecem que diversas condições neurológicas e outras doenças, em mulheres, estão associadas à falta de alívio fisiológico por prazeres sexuais naturais ou estimulados.

— Dr. Marie Stopes, *Amor e Casamento*

Segundo as parteiras locais, havia um motivo para a maioria dos bebês nascer no verão: não tinha muita coisa para se fazer em Baileyville nos meses frios depois do pôr do sol. Os filmes chegavam ao cinema de lá meses depois de serem lançados em todos os outros lugares. Mesmo quando o filme entrava em cartaz, o público nunca sabia se chegaria a vê-lo até o fim antes que os rolos se enrugassem e queimassem na tela, vítimas de um dos cochilos inesperados do Sr. Rand, que administrava o lugar e adorava uma bebidinha, provocando muita zombaria e certa decepção nos espectadores. O festival da colheita e o abate de porcos já eram coisas do passado e ainda faltava muito para o Dia de Ação de Graças, deixando um mês inteiro sem nenhuma expectativa além de céus cada vez mais escuros, o forte cheiro de lenha e o frio que se instalava.

E ainda assim. Ficava evidente, para qualquer pessoa que prestasse atenção nessas coisas (e os moradores de Baileyville eram especialistas em prestar atenção), que naquele outono uma quantidade expressiva de homens da região parecia estranhamente alegre. Eles corriam para casa o quanto antes e passavam o dia assobiando, de olhos esbugalhados por dormirem pouco, mas sem o habitual mau humor. Jim Forrester, motorista do depósito de madeira de Mathew, mal era visto nas espeluncas onde costumava passar seus momentos de ócio. Sam Torrance e a esposa começaram a passear de mãos dadas sorrindo um para o outro. E Michael Murphy, que passara a maior parte de seus trinta anos com a boca comprimida em uma linha fina de insatisfação permanente, fora visto cantando — *cantando* de verdade — para a mulher na varanda de casa.

Não eram situações das quais a geração mais velha da cidade se sentisse confortável em reclamar, mas certamente acrescentavam um elemento a mais ao sentimento de que as coisas estavam se alterando de uma forma que eles não conseguiam compreender — conforme confidenciavam uns aos outros com certa perplexidade.

Os membros da Biblioteca a Cavalo não compartilhavam esse sentimento de perplexidade. O livrinho azul — que se revelara mais popular e útil do que qualquer uma das obras mais procuradas, e que sempre precisava de reparo — era despachado e devolvido semana após semana, embaixo de pilhas de revistas e com sorrisos rápidos e agradecidos, acompanhado de cochichos como: *Meu Joshua nunca tinha ouvido falar de uma coisa dessas, mas pelo visto gostou mesmo!*, e *Nada de bebês para a gente na próxima primavera. Nem consigo expressar meu alívio.* Um rubor típico de casais em lua de mel acompanhava muitas dessas confidências, ou uma característica piscadela. Apenas uma mulher devolveu o livro com expressão fria e o comentário crítico de que *jamais vira uma obra do demônio impressa.* Contudo, mesmo nessa ocasião, Sophia percebeu que havia várias páginas cujos cantos tinham sido cuidadosamente dobrados.

Margery acomodava o livrinho no baú de madeira onde guardavam material de limpeza, unguento para bolhas e correias de estribo sobressalentes. Então, um ou dois dias depois, a notícia do livro se espalhava para outra casa afastada, e o pedido era feito, com hesitação, para outra bibliotecária: *Hum... Antes que a senhora vá embora, minha prima lá de Chalk Hollow disse que vocês têm um livro que cobre assuntos... meio delicados...* E logo o livro azul estava em novas mãos.

— O que vocês estão fazendo?

Izzy e Beth tomaram um susto no canto onde estavam quando Margery entrou chutando a lama dos saltos das botas, o que deixaria Sophia furiosa mais tarde. Beth se acabava de tanto rir, e as bochechas de Izzy chegavam a brilhar de tão rosadas. Alice estava à mesa, anotando suas entradas no livro de registros e fingindo ignorá-las.

— Vocês estão olhando o que estou pensando?

Beth ergueu o livro.

— Isso é verdade? Que "as fêmeas de alguns animais podem de fato morrer se lhes for negada uma união sexual"? — Beth estava boquiaberta. — Não estou agarrada a homem nenhum e não pareço prestes a bater as botas, ou pareço?

— Mas se morre de quê? — perguntou Izzy, chocada.

— Talvez o seu buraco feche e então você não consegue respirar direito. Como um daqueles golfinhos.

— Beth! — exclamou Izzy.

— Se é por ali que você está respirando, Beth Pinker, então não é exatamente com falta de sexo que precisamos nos preocupar — disse Margery. — De todo modo, vocês não deveriam estar lendo isso. Nem são casadas.

— Nem você, e já leu duas vezes.

Margery fechou a cara. A moça tinha razão.

— Meu Deus, o que é o "ápice natural da atividade sexual das mulheres"? — Beth começou a dar risadinhas de novo. — Nossa, olha aqui, o livro diz que as mulheres que não alcançam o prazer podem sofrer um *colapso nervoso* de verdade. Dá para acreditar? Mas se elas conseguem alcançar o prazer, "cada órgão do corpo é influenciado e estimulado a desempenhar sua função, enquanto seu espírito, após flutuar nas alturas vertiginosas do êxtase, é levado a um limbo".

— Quer dizer que meus órgãos devem flutuar? — indagou Izzy.

— Beth Pinker, será que você pode calar a boca por cinco minutos? — Alice bateu o livro na mesa. — Algumas pessoas estão realmente tentando trabalhar aqui.

Seguiu-se um breve silêncio. As mulheres trocaram olhares.

— Só estou brincando.

— Bem, nem todos querem ouvir suas brincadeiras terríveis. Será que você pode parar? Não tem graça.

Beth franziu a testa para Alice. Distraidamente, puxou um fiapo de algodão do culote.

— Me desculpe, Srta. Alice, por ter lhe causado constrangimento — disse, solene. E um sorriso dissimulado se espalhou por seu rosto. — Você não está... não está tendo um *colapso nervoso*, está?

Margery, cujos reflexos funcionavam como um raio, conseguiu se posicionar entre as duas antes que o punho de Alice atingisse o alvo. Ela levantou as mãos, separando as duas, e fez um sinal para Beth sair.

— Beth, por que não vai verificar se os cavalos estão com água fresca? Izzy, coloque aquele livro de volta no baú e venha varrer essa bagunça. A Srta. Sophia volta da visita à tia amanhã e você sabe o que ela vai dizer sobre tudo isso.

Ela observou Alice, que tinha se sentado de novo e olhava concentrada para o livro de registros, com uma expressão corporal que alertava Margery a não falar mais nada. Alice continuaria ali muito depois das outras terem ido para casa, como fazia todas as noites. E Margery sabia que ela não estava lendo nada.

Alice esperou até Margery e as outras saírem, levantando a cabeça para murmurar. Ela sabia que seria tema da conversa entre elas, mas não se importava. Bennett não sentiria falta dela: estaria na rua com os amigos; o Sr. Van Cleve ficaria trabalhando até tarde na mina, como fazia quase toda noite, e Annie estaria reclamando de três jantares ressecados e murchos no fundo do fogão.

Apesar da companhia das outras mulheres, a solidão era tão opressora que lhe dava vontade de chorar. Ela passava a maior parte do tempo sozinha nas montanhas e, alguns dias, falava mais com sua égua do que com qualquer outro ser humano. Se antes lhe ofereciam uma agradável sensação de liberdade, os espaços amplos passaram apenas a enfatizar como ela se sentia isolada. Levantava a gola para se proteger do frio e enfiava os dedos nas luvas, tendo quilômetros de um árduo percurso à frente e apenas a dor nos músculos para distraí-la. Às vezes sentia que o rosto tinha virado uma pedra, a não ser quando finalmente parava para entregar os livros. Quando as filhas de Jim Horner corriam para abraçá-la, tudo o que conseguia fazer era abraçar as meninas bem apertado e soltar um soluço silencioso e involuntário. Nunca tinha pensado em si mesma como alguém que precisava de contato físico, mas, noite após noite, a metros do corpo adormecido de Bennett, sentia que aos poucos se tornava uma estátua de mármore.

— Ainda aqui, hein?

Alice levou um susto.

Fred Guisler tinha enfiado a cabeça pela porta.

— Só vim trazer um bule novo. Marge disse que o velho está vazando.

Ela secou os olhos e abriu um enorme sorriso.

— Ah, sim! Por favor, entre.

Ele hesitou no batente.

— Eu... atrapalho alguma coisa?

— De jeito nenhum! — Sua voz estava forçada, excessivamente animada.

— Só vou levar um minuto. — Foi até a bancada, substituiu o bule de metal e verificou se precisava reabastecer a bebida. Toda semana ele fornecia café para as mulheres sem nenhum alarde e também levava lenha para manter a fogueira acesa, assim elas poderiam ficar aquecidas entre uma rota e outra. *Frederick Guisler*, Beth anunciava todas as manhãs, estalando os lábios com a primeira xícara, *é um verdadeiro santo*.

— Trouxe maçãs também. Achei que vocês poderiam levar algumas no percurso. Vão ficar com mais fome agora que os dias estão mais frios.

Tirou uma sacola de dentro do casaco e a colocou na bancada. Ainda estava com as roupas de trabalho, as solas das botas cobertas por uma camada de lama. Às vezes, ao chegar, ela o ouvia do lado de fora falando com seus jovens cavalos — *Isso!* e *Vamos lá, seus espertinhos, vocês sabem fazer mais do que isso* —, como se fossem tão seus amigos quanto as mulheres da biblioteca; ou parado de braços cruzados ao lado de algum proprietário excêntrico de Lexington, comprimindo os lábios enquanto discutiam o arranjo e o preço.

— As maçãs são Rome Beauties. Amadurecem um pouco depois das outras. — Ele enfiou as mãos nos bolsos. — Eu gosto de ter algo pelo qual... ansiar.

— Muito gentil da sua parte.

— Não foi nada. Vocês trabalham muito... e nem sempre recebem o crédito que merecem.

Ela pensou que ele ia sair naquele momento, mas Fred hesitava na frente da mesa, mascando o canto da boca. Ela baixou o livro e esperou.

— Alice? Você está... bem? — perguntou ele, como se tivesse repassado aquelas palavras na cabeça umas vinte ou trinta vezes até resolver falar. — É que, bom, espero que não se importe com o que vou falar, mas... você parece... Bem, parece tão menos feliz do que antes. Quer dizer, do que quando chegou aqui.

Ela sentiu a face corar. Queria dizer *Estou bem*, mas sua boca estava seca, nada saiu.

Ele observou o rosto dela por um minuto e depois se dirigiu vagarosamente às prateleiras à esquerda da porta de entrada. Deu uma olhada e, sem querer, assentiu, satisfeito ao encontrar o que procurava. Puxou um livro da prateleira e o levou até Alice.

— Ela é meio desajustada, mas gosto do fogo das suas palavras. Quando andava deprimido, alguns anos atrás, achei sua escrita... de grande ajuda. — Ele pegou um pedaço de papel, marcou a página que havia procurado e lhe entregou o livro. — Quer dizer, talvez você não goste. Poesia é uma coisa meio pessoal. Eu só achei... — Ele chutou um prego solto no chão. Depois final-

mente ergueu o olhar para fitá-la. — Seja como for. Vou deixar você em paz.
— Depois, como se obrigado, acrescentou: — Sra. Van Cleve.

Alice não sabia o que dizer. Ele se encaminhou para a porta e ergueu uma das mãos, em uma saudação desajeitada. As roupas dele cheiravam a fumaça de lenha.

— Sr. Guisler?... Fred?
— Sim?

Ela ficou parada, consumida pela súbita necessidade de confiar em outro ser humano. De contar sobre as noites em que sentia que algo estava sendo corroído dentro de si, que nada que acontecera em sua vida até então a deixara com o coração tão pesado, sentindo-se tão perdida, como se tivesse cometido um erro sem volta. Queria contar a ele que temia os dias em que não trabalhava como temia uma febre, porque, com exceção das colinas, dos cavalos e dos livros, muitas vezes ela sentia que não tinha mais nada.

— Obrigada. — Engoliu em seco. — Quer dizer, pelas maçãs.

Fred demorou um momento para responder.

— Não tem de quê.

A porta se fechou silenciosamente atrás de Fred, e ela escutou os passos dele em direção à própria casa. Ele parou na metade do caminho, e ela se viu sentada, completamente imóvel, à espera de algo que não sabia definir ao certo, e então os passos continuaram, esvanecendo até o silêncio.

Ela olhou para o pequeno livro de poemas e o abriu.

Trazendo estrelas, de Amy Lowell.

Mantenha sua alma aberta para me acolher.
Deixe a quietude de seu espírito me banhar
Com seu frescor límpido e ondulante,
Onde, com o corpo exausto e entregue, encontro descanso,
Estirado em sua paz, como se em uma cama de marfim.

Alice olhou fixamente as palavras, ouvindo o coração bater, a pele arrepiada enquanto as palavras tomavam forma e se transformavam em sua imaginação. De repente, pensou na voz atônita de Beth.

É verdade que as fêmeas de alguns animais podem *de fato* morrer *se lhes for negada uma união sexual*?

Permaneceu sentada por um bom tempo, fitando a página à sua frente. Não sabia por quanto tempo estava assim. Pensou em Garrett Bligh, a mão dele procurando às cegas a da esposa, em como olhavam um para o outro com tanta sintonia mesmo nos últimos dias. Enfim, levantou-se e foi até o baú de madeira. Espreitando atrás de si, como se mesmo então alguém pudesse ver o que estava fazendo, vasculhou ali dentro até puxar o livrinho azul. Voltou a se sentar à mesa e, abrindo-o, começou a ler.

Já eram quase quinze para as dez quando Alice chegou em casa. O Ford estava do lado de fora, e o Sr. Van Cleve, em seu quarto, abria e fechava gavetas com tamanha força que dava para ouvir do saguão de entrada. Alice fechou a porta e subiu a escada em silêncio, a mente agitada, os dedos tocando de leve o corrimão. Entrou no banheiro e trancou a porta. Deixou as roupas caírem nos tornozelos e usou uma toalhinha para limpar a sujeira do dia a fim de deixar a pele macia e cheirosa outra vez. Em seguida, foi para o quarto e procurou a camisola de seda no baú de roupas. O tecido cor de pêssego deslizou por sua pele, leve e acetinado.

Bennett não estava no sofazinho. Ela só via suas costas largas na cama deles, deitado, como fazia muitas vezes, virado para o lado esquerdo, distante dela. Ele perdera o bronzeado de verão e a pele estava pálida à meia-luz, o contorno de seus músculos se movendo delicadamente quando ele se mexia. Bennett, pensou ela. Bennett, que uma vez havia beijado a parte interna do seu punho e lhe dito que ela era a coisa mais linda que já vira. Que, em sussurros, lhe prometera um mundo. Que dissera adorar cada pedacinho dela. Alice levantou a colcha e subiu na cama quente, quase sem fazer barulho.

Bennett não se mexeu, mas sua respiração prolongada e serena dizia que ele estava dormindo profundamente.

Deixe a chama oscilante de sua alma tremular sobre mim
Que em meu corpo possa entrar a intensidade do fogo...

Ela se aproximou tanto que podia sentir a respiração reverberar na pele quente do marido. Inalou o odor dele, de sabonete misturado com algo primitivo que mesmo seus esforços marciais de limpeza não conseguiam apagar. Esticou a mão, vacilou por um instante, e então pousou o braço sobre o corpo dele, procurando os dedos de Bennett e entrelaçando-os nos seus. Esperou, e sentiu a mão dele envolver a sua, e apoiou o rosto nas costas dele, fechando os olhos para melhor absorver o ritmo da respiração do marido.

— Bennett — sussurrou. — Sinto muito.

Mesmo que ela não soubesse ao certo por que sentia muito.

Ele soltou a mão dela, e, por um segundo, o coração de Alice parou, mas ele se virou de frente para ela, os olhos recém-abertos e visíveis. Ele a fitou; os olhos dela eram grandes poças de tristeza, suplicando que ele a amasse, e talvez naquele momento houvesse algo na expressão da mulher que nenhum homem são pudesse negar, pois, com um suspiro, Bennett passou um braço ao redor dela e permitiu que se aninhasse em seu peito. Ela tocou de leve a clavícula do marido, mantendo a respiração um pouco ofegante, os pensamentos uma mescla de desejo e alívio.

— Quero fazer você feliz — sussurrou ela, tão baixinho que não tinha nem certeza de que ele ouviria. — Quero muito.

Ela olhou para cima. Os olhos de Bennett procuraram os dela, e então ele se inclinou para beijá-la. Alice fechou os olhos e cedeu, sentindo algo que estivera apertado se afrouxar, como se enfim ela pudesse voltar a respirar. Enquanto a beijava, ele acariciou seu cabelo, e tudo o que ela queria era que aquele momento durasse para sempre, como acontecia antigamente entre eles. Bennett e Alice, o começo de uma história de amor.

A vida e a alegria das línguas de fogo,
E, ao sair de você, firme e em sintonia,
Eu possa despertar o mundo de olhos turvos e despejar nele...

Ela sentiu o desejo crescer dentro de si rapidamente, seu estopim aceso pelo poema e pelas palavras do livrinho azul que lhe soavam tão estranhas, criando imagens que sua imaginação ansiava por tornar reais. Pressionou os lábios contra os dele, deixou sua respiração acelerar, sentiu uma centelha de eletricidade quando ele soltou um gemido baixo de prazer. O peso de Bennett estava sobre o corpo de Alice, as pernas musculosas entre as dela. Ela roçou o corpo no dele, os pensamentos perdidos, todo o corpo faiscando com novas terminações nervosas. *Agora*, pensou ela, e mesmo esse pensamento estava embaçado com o prazer premente.

Agora. Finalmente. Sim.

— O que você está fazendo?

Alice demorou alguns segundos para perceber o que Bennett estava dizendo.

— O que você está fazendo?

Ela tirou a mão e olhou para baixo.

— Eu... Eu estava tocando em você?

— *Ali?*

— Achei... Achei que você ia gostar.

Ele recuou, puxando a coberta para cobrir as pernas até a cintura e deixando Alice exposta. Parte dela ainda estava ardendo de excitação, o que lhe deu ousadia. Ela baixou a voz e colocou a mão no rosto do marido.

— Li um livro hoje, Bennett. É sobre como pode ser o amor entre um homem e sua esposa. Escrito por um médico. E diz que devemos nos sentir livres para darmos prazer um ao outro de todas as...

— O que você anda lendo? — Bennett se sentou, tenso. — Qual o seu *problema*?

— Bennett... é para pessoas casadas. Foi escrito para ajudar os casais a darem prazer um ao outro no quarto e... Bem, aparentemente os homens adoram ser tocados...

— Pare! Por que você não pode só... se comportar feito uma dama?

— Como assim?

— Essa ideia de *tocar* e de ler *obscenidades*. Que diabo está errado com você, Alice? Você... Você torna tudo impossível!

Alice deu um salto para trás.

— *Eu* torno tudo impossível? Bennett, nada aconteceu em quase um ano! Nada! E em nossos votos, prometemos amar um ao outro com o nosso corpo, de todas as maneiras! Foram nossos votos diante de Deus! O livro diz que é perfeitamente normal que o marido e a esposa se toquem como bem desejarem! Estamos *casados*! É o que o livro diz!

— Cale a boca!

Ela sentiu as lágrimas brotarem.

— Por que está agindo assim se tudo o que estou tentando fazer é deixar você feliz? Só quero que me ame! Sou sua mulher!

— Pare de falar! Por que você tem que falar igual a uma prostituta?

— Como você sabe como uma prostituta fala?

— *Cale a boca!* — Bennett arremessou o abajur da mesa de cabeceira no chão, e o objeto se espatifou. — Cale a boca! Está me ouvindo, Alice? Alguma hora vai conseguir parar de *falar*?

Alice se sentou na cama, paralisada. Da porta ao lado, ouviram o barulho do Sr. Van Cleve descer da cama resmungando, as molas guinchando em protesto, e ela cobriu o rosto com as mãos, preparando-se para o que inevitavelmente aconteceria em seguida. Dito e feito. Alguns poucos segundos depois, ouviu-se uma batida forte à porta do quarto.

— O que está acontecendo aí, Bennett? Bennett? Que barulho é esse? Você quebrou alguma coisa?

— Vá embora, pai! Certo? Me deixe em paz!

Alice fitou o marido em choque. Ela esperou pelo som explosivo do mau humor do Sr. Van Cleve se acendendo de novo, mas — talvez igualmente surpreso pela resposta atípica do filho — só houve silêncio. O Sr. Van Cleve ficou parado do lado de fora da porta por um minuto, tossiu duas vezes, e depois os dois o ouviram voltar para o quarto arrastando os pés.

Dessa vez foi o momento de Alice se levantar. Ela saiu da cama, catando os cacos do abajur para não pisar neles descalça, e os colocou cuidadosamente na mesa de cabeceira. Depois, sem olhar para o marido, endireitou a camisola, vestiu o casaquinho de dormir e se dirigiu até a sala. Seu rosto estava novamente transformado em pedra. Deitou-se no sofazinho, cobriu-se com uma manta e esperou a manhã chegar, ou o silêncio do quarto ao lado parar de pesar como uma coisa morta em seu peito, o que chegasse primeiro, ou aceitar que nenhum dos dois chegaria.

10

Uma das mais notórias rixas das montanhas do Kentucky começou... em Hindman, como consequência do assassinato de Linvin Higgins. Dolph Drawn, sub-xerife do Condado de Knott, organizou um grupo e partiu para o Condado de Letcher, com mandados de prisão para William Wright e mais dois homens acusados do crime... Na luta que aconteceu em seguida, muitos homens foram feridos, e o cavalo do sub-xerife foi morto. ("John Desgraçado Wright", líder da facção Wright, posteriormente pagou um dinheiro pelo animal porque "arrependia-se de matar um bom cavalo".) A rixa durou muitos anos e causou a morte de 150 homens.

— WPA, *Guia do Kentucky*

O inverno tinha chegado com toda a força nas montanhas, e Margery se enroscou no peito de Sven no escuro, enganchando a perna ao redor dele para ficar mais aquecida, ciente de que lá fora haveria dez centímetros de gelo para perfurar e retirar do topo do poço e um rebanho inteiro esperando mal-humorado para ser alimentado. Esses dois elementos tornavam os últimos cinco minutos embaixo de uma pilha de cobertores, toda manhã, ainda mais agradáveis.

— É essa a sua maneira de tentar me convencer a fazer café? — murmurou Sven, sonolento, baixando os lábios até a testa de Margery e mudando de posição, para deixar claro que também achava aquilo bastante agradável.

— Só estou dando bom-dia — disse Margery, e respirou profundamente, satisfeita.

A pele dele tinha um cheiro muito bom. Às vezes, quando Sven não estava lá, ela dormia enrolada na camisa dele, apenas para senti-lo por perto. Com a ponta do dedo, ela explorou seu peito, fazendo uma pergunta à qual Sven respondeu em silêncio. Os minutos se arrastaram prazerosamente até ele voltar a falar:

— Que horas são, Marge?

— Hum... Quinze para as cinco.

Ele grunhiu.

— Você percebe que, se morasse comigo, poderíamos ficar na cama mais meia hora?

— E levantar seria tão difícil quanto agora. Além disso, hoje em dia é mais fácil Van Cleve me convidar para tomar chá do que permitir que eu chegue perto da mina dele.

Sven tinha que admitir que Margery estava certa. A última vez que havia ido visitá-lo — levando uma cesta de almoço que ele esquecera —, Bob, no portão da Hoffman, lhe informara com pesar que tinha ordens claras para não deixá-la entrar. Van Cleve não tinha provas, obviamente, de que Margery O'Hare tivesse qualquer relação com as cartas oficiais que impediam a escavação de novas minas em North Ridge, mas não havia muita gente com recursos — ou vontade — para estar por trás daquilo. E o golpe que Margery dera publicamente ao mencionar os mineiros negros doera bastante.

— Então, imagino que o Natal será aqui — disse Sven.

— Todos os parentes de costume. Casa lotada — respondeu ela, os lábios a dois centímetros dos dele. — Eu, você, hum... o Bluey logo ali. Desce, Blue!

— O cão, reconhecendo seu nome como um sinal de que a comida estava a caminho, tinha pulado na cama, no meio da colcha, as patas ossudas cavando os corpos entrelaçados, lambendo o rosto deles. — Ai! Pelo amor de Deus, cachorro! Ah, já chega. Tudo bem. Vou preparar o café.

Margery se sentou na cama e o empurrou para longe. Esfregou os olhos para espantar o sono, desvencilhando-se, com muito pesar, da mão que deslizava por sua barriga.

— Está me protegendo de mim mesmo, rapaz? — perguntou Sven, e o cão rolou entre eles, com a língua para fora e a barriga para cima, à espera de carinho. — Vocês dois, hein?

Ela sorriu ao ouvi-lo fazer festa no cachorro, o bobo, e continuou sorrindo por todo o trajeto até a cozinha, onde se abaixou, tremendo, para acender o fogão.

— Então, me diga uma coisa — disse Sven, enquanto comiam os ovos, as botas entrelaçadas por baixo da mesa. — Passamos quase todas as noites juntos. Comemos juntos. Dormimos juntos. Sei como você gosta dos seus ovos, do seu café, sei que você não gosta de nata. Sei a temperatura do seu banho, como escova seu cabelo quarenta vezes, prende e depois nem olha mais para ele pelo resto do dia. Caramba, sei o nome de todos os seus bichos, até daquela galinha com o bico rombudo. Minnie.

— Winnie.

— Tudo bem. Quase todos os seus bichos. Então, qual é a diferença entre vivermos assim e fazermos a mesma coisa com um anel no seu dedo?

Ela deu um gole no café.

— Você disse que nós não íamos mais tocar nesse assunto. — Ela tentou sorrir, mas havia um aviso implícito.

— Não estou fazendo um pedido, dou minha palavra. É só uma curiosidade. Porque me parece que não tem tanta diferença assim.

Margery pousou o garfo e a faca no prato.

— Bom, tem uma diferença. Porque neste exato momento posso fazer o que eu quiser e não será da conta de ninguém.

— Já falei que sua vida não mudaria. Eu esperava que depois de dez anos você soubesse que sou um homem de palavra.

— Mas não é apenas a liberdade de agir sem ter que pedir permissão, é uma liberdade na minha cabeça. É saber que não devo prestar contas a ninguém. Que posso ir para onde quiser. Fazer o que quiser. Dizer o que quiser. Amo você, Sven, mas amo você enquanto mulher livre. — Ela se inclinou e pegou a mão dele. — Não acha que saber que estou aqui só porque quero, e não por causa de um anel que diz que tenho que estar, é um tipo de amor mais forte?

— Entendo seu raciocínio.

— Então qual é o problema?

— Eu acho... — Ele afastou o prato. — Acho que só estou... com medo.

— De quê?

Ele deu um suspiro. Virou a mão dela sobre a dele.

— Que um belo dia você me mande embora.

Como ela poderia lhe mostrar o quanto estava errado? Como poderia fazê-lo perceber que era, em todos os sentidos, o melhor homem que ela já conhecera e que os poucos meses que passara sem ele fizeram os dias parecerem o inverno mais rigoroso? Como poderia lhe falar que mesmo depois de dez anos o simples fato de descansar a mão na cintura dela fazia alguma coisa se acender e se avivar em seu íntimo?

Margery se levantou da mesa, passou os braços em volta do pescoço de Sven e se sentou em seu colo, encostando o rosto no dele, de modo que suas palavras fossem murmuradas em seu ouvido.

— Eu *nunca, jamais*, vou mandar você embora. Não há qualquer chance de isso acontecer, Sr. Gustavsson. Vou ficar com você, dia e noite, pelo tempo que me aguentar. E sabe que nunca digo nada da boca para fora.

Ele chegou tarde no serviço, claro. Passou o dia inteiro se obrigando a se sentir mal por isso.

Uma grinalda de azevinhos, uma boneca de palha de milho, um pote de compota de fruta ou uma pulseira de pedra polida. Com o Natal chegando, as bibliotecárias voltavam todos os dias das casas que visitavam com uma lembrancinha de agradecimento. Elas juntaram os presentes na biblioteca, concordando que deveriam dar algo para Fred Guisler, por todo o apoio que ele lhes dera nos últimos seis meses, mas pulseiras e bonecas realmente não serviriam. Margery desconfiava que só havia um presente que o deixaria feliz, mas era uma coisa que ele provavelmente não colocaria em sua lista de Natal.

A vida de Alice, ao que parecia, estava girando em torno da biblioteca. Ela era de uma eficiência assombrosa; tinha memorizado cada rota de Baileyville até Jeffersonville, jamais se recusando a cobrir qualquer quilômetro extra que Margery designasse. Era a primeira a chegar todas as manhãs, caminhando a passos largos pela estrada escura e coberta de geada, e a última a ir embora à noite, costurando com determinação livros que Sophia teria que desfazer e recosturar depois que ela partisse. Estava magérrima, os músculos tinham saltado nos braços, a pele curtida por longos dias de exposição ao frio, e o rosto assumira tal expressão que raramente seu lindo sorriso iluminava seus traços — só surgia quando necessário, e poucas vezes era um sorriso que se refletia no olhar.

— Essa moça é a coisa mais triste que eu já vi — comentou Sophia, quando Alice deixou a sela na biblioteca e saiu imediatamente para a noite escura para escovar Spirit. — Alguma coisa não vai bem naquela casa.

Ela balançava a cabeça ao lamber a ponta da linha, pronta para reenfiá-la na agulha.

— Eu achava Bennett van Cleve o melhor partido de Baileyville — disse Izzy. — Mas observei no outro dia ele saindo da igreja com Alice, e ele a trata como se ela tivesse sarna. Nem pegou no braço dela.

— Bennett é um maldito canalha — retrucou Beth. — E aquela Peggy Foreman sempre passa por ele, impecável, com todas as amiguinhas, tentando chamar a atenção dele.

— Shh — disse Margery, sem se meter. — Nada de fofoca. Alice é nossa amiga.

— Estou falando para o bem dela — protestou Izzy.

— Não deixa de ser fofoca — contestou Margery.

Ela deu uma espiada em Fred, concentradíssimo emoldurando três mapas recentes das novas rotas que elas tinham adicionado naquela semana. Várias vezes ele ficava ali até tarde, muito tempo depois de ter terminado o trabalho com seus cavalos, procurando algum pretexto para entrar e consertar coisas que na verdade não precisavam de reparo, empilhando lenha para o aquecedor ou bloqueando correntes de ar com trapos. Não era preciso ser um gênio para perceber o motivo.

— Como está, Kathleen?

Kathleen Bligh esfregou a testa e tentou dar um sorriso.

— Ah, a senhora sabe. Vou indo.

Havia uma característica carregada, peculiar, no silêncio deixado pela ausência de Garrett Bligh. Na mesa, via-se uma grande quantidade de cestas e tigelas cheias, alimentos dados pelos vizinhos, e, em cima da cornija da lareira, alguns cartões de pêsames. Do lado de fora da porta dos fundos, duas galinhas eriçavam as penas em uma grande pilha de lenha que tinha chegado na noite anterior, sem nenhum anúncio prévio. Subindo a ladeira, a lápide recém-entalhada surgia branca como a neve em contraste com as vizinhas. Pode-se dizer qualquer coisa sobre o pessoal das montanhas, mas eles sabem como cuidar dos seus. Então, a casinha estava aquecida, e a comida, pronta para ser consumida, mas o interior estava quieto, partículas de poeira flutuando no ar impassível, as crianças deitadas imóveis na cama, os braços de uma estirados sobre os da outra, no sono vespertino, como se todo o cenário doméstico estivesse congelado no tempo.

— Trouxe algumas revistas. Sei que não conseguiu ler as últimas, mas pensei que talvez alguns contos? Ou alguma coisa para as crianças?

— A senhora é muito gentil — disse Kathleen.

Alice a olhou de relance. Não sabia o que dizer, diante da enorme perda da mulher. Estava estampado no rosto de Kathleen, em seus olhos caídos e nas novas rugas que se formaram ao redor da boca, visível no esforço que passar a mão pela testa parecia lhe custar. Tinha uma aparência quase insuportavelmente cansada, como se só quisesse se deitar e dormir por um milhão de anos.

— A senhora quer beber alguma coisa? — perguntou Kathleen de repente, como se saindo de um devaneio. Deu uma olhada para trás. — Acho que tenho café. Ainda deve estar quente. Fiz hoje de manhã.

— Estou bem. Obrigada.

As duas mulheres permaneceram sentadas na pequena sala, e Kathleen se enrolou no xale. Lá fora, a montanha estava silenciosa, as árvores, nuas, e o céu cinzento pairava, baixo, sobre os galhos magros. Um corvo solitário quebrou a calmaria, seu grito rude e desagradável tomando o topo da montanha. Spirit, amarrada a uma estaca da cerca, bateu uma pata no chão, o vapor saindo de suas narinas.

Alice tirou os livros de seu alforje.

— Sei que o pequeno Pete adora histórias de coelhos, e esta aqui é novinha, veio direto da editora. Mas assinalei algumas passagens da Bíblia neste aqui que podem lhe trazer algum consolo, caso não queira mesmo ler nada mais longo. E tem também um pouco de poesia. Já ouviu falar de George Herbert? Esses poemas são bons para folhear. Eu mesma... venho lendo um pouco de poesia ultimamente. — Alice organizou os livros na mesa. — E pode ficar com todos até o Ano-Novo.

Kathleen fitou a pequena pilha de livros por um minuto. Esticou o dedo e o passou pelo título do livro no topo. Depois recuou.

— A senhora pode levar os livros de volta. — Afastou o cabelo do rosto. — Não quero desperdiçar nenhum. Sei como todo mundo está desesperado por novas leituras. E algumas pessoas ficam um bom tempo esperando.

— Não é problema nenhum.

O sorriso de Kathleen vacilou.

— Honestamente, no momento acho que não vale a pena a senhora gastar seu tempo vindo até aqui, tão longe. Para falar a verdade, não consigo manter qualquer pensamento na cabeça, e as crianças... Bem, não tenho muito tempo ou energia para ler para elas.

— Não se preocupe. Temos uma porção de livros e revistas. E só vou deixar livros de figuras para as crianças. Você não vai precisar fazer nada, e elas podem só...

— Não consigo. Não consigo me concentrar em nada. Não consigo fazer nada. Eu me levanto todos os dias e faço minhas tarefas, e dou comida para as crianças, e cuido dos animais, mas tudo parece... — O sorriso dela sumiu.

Kathleen escondeu o rosto nas mãos e soltou um suspiro trêmulo e audível. Passou-se um minuto. Depois, seus ombros começaram a tremer em silêncio, e, enquanto Alice estava pensando no que dizer, um urro grave de dor saiu do âmago de Kathleen, duro e selvagem. Foi o som mais sofrido que Alice já ouvira. Nasceu e morreu em uma onda de tristeza, e parecia surgir de algum lugar inteiramente despedaçado. — *Sinto falta dele.* — Kathleen chorava, as mãos tapando o rosto. — Sinto saudade dele. Tanta, tanta. Sinto falta da presença dele, do toque dele, do cabelo dele e de como ele dizia meu nome, e sei que ele estava doente havia tanto tempo e que no fim era só uma sombra do que tinha sido, mas, ah, Senhor, como vou seguir em frente sem ele? Ah, meu Deus. Ah, Deus, não consigo. Simplesmente não consigo. Quero meu Garrett de volta. Só quero isso.

Foi duplamente chocante porque, fora raiva, as únicas emoções que Alice já vira alguém das famílias da região exprimir tinham sido simples desaprovação ou satisfação; nunca algo tão forte. Os moradores das montanhas eram estoicos, avessos a demonstrações inesperadas de vulnerabilidade. O que tornava a situação ainda mais insuportável. Ela se inclinou e abraçou Kathleen, o corpo da jovem viúva chacoalhado por soluços tão violentos que a própria Alice tremia junto. Ela puxou mais a mulher, permitindo que chorasse em seu ombro e dando um abraço tão apertado que a tristeza que esvaía do corpo de Kathleen se tornou quase tangível; a dor que a viúva sentia era um peso depositado nas costas das duas. Alice encostou a cabeça na de Kathleen, tentando tirá-la um pouco daquela tristeza, dizer-lhe silenciosamente que ainda havia beleza no mundo, mesmo que em certos dias fossem necessárias toda a força e a persistência para encontrá-la. Enfim, como uma onda quebrando na praia, os soluços de Kathleen diminuíram e abrandaram, transformando-se em fungadas, levando a mulher a balançar a cabeça, constrangida, e esfregar os olhos.

— *Sinto muito, sinto muito, me desculpe.*

— Não precisa — sussurrou Alice. — Por favor, não precisa se desculpar. — Ela pegou as mãos de Kathleen. — É maravilhoso que você tenha amado alguém tanto assim.

Kathleen levantou a cabeça, e seus olhos vermelhos e inchados procuraram os de Alice, então ela apertou suas mãos. Ambas eram calejadas pelo trabalho, magras e fortes.

— Sinto muito — repetiu Kathleen, e dessa vez Alice entendeu que ela se referia a algo bem diferente.

Alice a encarou até Kathleen finalmente soltar suas mãos e secar as lágrimas no rosto, procurando com o olhar as crianças ainda adormecidas.

— Minha nossa. É melhor a senhora ir andando. Ainda tem outras rotas para cobrir. Deus sabe que o clima está piorando. E é melhor eu acordar as crianças, ou elas não vão me deixar dormir à noite.

Alice não se mexeu.

— Kathleen?

— Sim? — Novamente aquele sorriso luminoso e desesperado, vacilante, mas determinado. Parecia lhe custar todo o esforço do mundo.

Alice levantou os livros do colo.

— Quer... Quer que eu leia para você?

Para tudo há uma ocasião certa; há um tempo certo para cada propósito debaixo do céu; tempo de nascer e tempo de morrer; tempo de plantar e tempo de arrancar o que se plantou; tempo de matar e tempo de curar; tempo de derrubar e tempo de construir; tempo de chorar e tempo de rir; tempo de prantear e tempo de dançar.

Duas mulheres sentadas em uma casinha ao lado de uma enorme montanha enquanto o céu escurecia pouco a pouco; lá dentro as luminárias enviavam lascas de uma luz dourada pelas fendas das largas tábuas de carvalho. Uma lia, a voz baixa e precisa, e a outra estava sentada na cadeira, os pés cobertos por meias recolhidos sob o corpo, o queixo apoiado na palma da mão, perdida em pensamentos. O tempo passou devagar, e nenhuma das duas percebeu. As crianças, quando acordaram, em vez de chorar, se sentaram quietas para ouvir, mesmo que mal entendessem o que estava sendo lido. Uma hora mais tarde, as duas mulheres estavam de pé perto da porta e, quase em um impulso, se abraçaram apertado. Desejaram Feliz Natal uma para a outra e abriram um sorriso amargo, sabendo que, para cada uma delas, o próximo ano exigiria força.

— Dias melhores virão — disse Kathleen.

— Sim — respondeu Alice. — Dias melhores virão.

E, com esse pensamento, enrolou o cachecol no pescoço, deixando de fora apenas os olhos, montou na pequena égua castanha e branca e se pôs a caminho de volta à cidade.

Talvez fosse a monotonia de ficar preso em casa após longos anos passando dias inteiros em um ambiente de camaradagem com outros mineiros, mas

William gostava que Sophia lhe contasse todos os dias o que tinha acontecido na biblioteca. Ele sabia sobre as cartas anônimas de Margery para as famílias de North Ridge, quem tinha pedido quais livros, a paixonite cada vez maior do Sr. Frederick pela Sra. Alice e também que a própria Alice parecia estar endurecendo, como gelo se formando na água, à medida que aquele idiota do Bennett van Cleve a tratava com mais indiferença e matava o amor que ela sentia por ele, centímetro por centímetro.

— Você acha que ele é *daqueles*? — perguntou William. — Homens que gostam de... outros homens?

— Vai saber... Pelo que vejo, aquele rapaz não gosta de nada a não ser do próprio reflexo. Eu não ia ficar espantada se ele beijasse o espelho todos os dias em vez de beijar a própria mulher — retrucou Sophia, e se deleitou diante da rara imagem do irmão se curvando de tanto rir.

Mas estava um inferno para encontrar coisas para contar naquele dia. Alice havia desabado na cadeirinha de junco em um canto, os ombros caídos como se ela carregasse o peso do mundo.

Cansaço não deixa ninguém assim. Quando estavam fisicamente cansadas, as moças tiravam as botas e xingavam e resmungavam e esfregavam os olhos e riam juntas. Alice só ficou lá, sentada no mesmo lugar, imóvel como uma pedra, os pensamentos em algum lugar fora da biblioteca. Fred percebeu. Sophia viu que ele estava se coçando para ir até lá e confortá-la, mas, em vez disso, só foi até a cafeteira e passou um café fresco, colocando a caneca na frente dela com tanta delicadeza que Alice demorou um minuto para notar o que ele havia feito. Sophia ficava de coração partido ao ver a ternura com que ele a olhava.

— Você está bem, moça? — perguntou Sophia, baixinho, assim que Fred saiu para pegar mais lenha.

Alice não respondeu logo de cara, e depois esfregou os olhos com a palma das mãos.

— Estou bem, Sophia. Obrigada. — Ela virou para trás para olhar a porta. — Tem muita gente pior, não é mesmo? — Falou como se repetisse aquilo para si mesma muitas vezes. Como se quisesse se convencer.

— Mas não é sempre assim? — respondeu Sophia.

E ainda teve Margery. Ao cair da noite, ela entrou como um redemoinho, os olhos agitados, o casaco respingado de neve, com uma energia tão estranha e instável que se esqueceu de fechar a porta, e Sophia teve que repreendê-la e lembrar que ainda nevava, onde estavam os modos dela?

— Alguém apareceu aqui? — perguntou ela.

O rosto da mulher estava branco como se ela tivesse visto um fantasma.

— Está esperando quem?

— Ninguém — respondeu, às pressas.

As mãos tremiam, mas não era de frio.

Sophia abaixou seu livro.

— Está tudo bem, Srta. Margery? Você parece estranha.

— Estou bem. Está tudo bem. — Ela espiou pela porta, como se esperasse alguma coisa.

Sophia observou a sacola dela.

— Quer me entregar esses livros então, para eu registrar?

Margery não respondeu, ainda atenta à porta, então Sophia se levantou e pegou os exemplares, colocando-os na mesa um de cada vez.

— *Mack Maguire and the Indian Chief*? Você não ia levar esse para as irmãs Stone lá em Arnott's Ridge?

Margery se virou para ela.

— O quê? Ah. Sim. Eu vou... vou levar amanhã.

— Estava sem passagem para lá?

— Sim.

— Então como vai passar amanhã? Ainda está nevando.

Margery pareceu momentaneamente sem saber o que dizer.

— Eu vou... Eu vou achar um jeito.

— Onde está o *Mulherzinhas*? Você também pegou esse exemplar, lembra?

O comportamento dela estava realmente muito estranho. E então, Sophia contou a William, o Sr. Frederick entrou e tudo piorou.

— Fred, você tem alguma arma sobrando?

Ele pôs um cesto de lenha perto do aquecedor.

— Arma? Para que você quer uma arma, Marge?

— Eu só pensei... pensei que talvez fosse bom que as garotas aprendessem a atirar. Levar uma arma nos percursos mais remotos. Por via das dúvidas. — Ela piscou duas vezes. — Se aparecerem cobras.

— No inverno?

— Ursos, então.

— Estão hibernando. Além do que ninguém vê um urso nessas montanhas faz uns cinco, dez anos. Você sabe disso tanto quanto eu.

Sophia parecia incrédula.

— Você acha que a Sra. Brady vai deixar a filhinha pegar em uma arma? Vocês têm que levar livros, Margery, não armas. Você acha que uma família que não confia em vocês de jeito nenhum vai passar a confiar se aparecerem com um rifle de caça pendurado nas costas?

Fred fitou Margery, franzindo a testa. Ele e Sophia se entreolharam, preocupados.

Margery pareceu espantar qualquer medo esquisito que estivesse sentindo.

— Tem razão. Tem razão. Não sei o que eu estava pensando. — Ela abriu um sorriso nada convincente.

Mas o problema foi o seguinte, contou Sophia a William à pequena mesa do jantar. Dois dias depois, quando Margery voltou, enquanto ela ia ao banheiro, Sophia pegou o alforje dela para retirar os livros. Os dias estavam frios e difíceis, e a moça gostava de ajudar as outras como pudesse. Ela retirou o último livro e então quase deixou a bolsa de lona cair no chão de tanto medo. No fundo, cuidadosamente enrolado em um lenço vermelho, percebeu a coronha de osso de uma pistola Colt .45.

— Bob me falou que você estava esperando aqui. Fiquei me perguntando por que cancelou comigo ontem à noite. — Sven Gustavsson saiu dos portões da mina ainda de macacão, mas com o casaco de flanela pesado por cima e as mãos enfiadas nos bolsos. Foi até Charley e afagou o pescoço do animal, deixando o focinho dele fuçar seus bolsos em busca de quitutes. — Conseguiu oferta melhor, foi? — Ele sorriu e colocou a mão na perna de Margery, que recuou.

Ele tirou a mão, o sorriso desaparecendo.

— Você está bem?

— Pode vir até minha casa depois do trabalho?

Sven observou o rosto dela.

— Claro. Mas achei que só fôssemos nos ver na sexta-feira.

— Por favor.

Ela nunca pedia por favor.

Apesar das temperaturas congelantes, aquela noite ele a encontrou na cadeira de balanço da varanda, o rifle deitado em suas pernas no escuro, a chama da lamparina a óleo tremeluzindo em seu rosto. Estava tensa, os olhos vidrados no horizonte, o maxilar trincado. Bluey estava sentado aos seus pés, virando-se para a dona a cada minuto, como se contaminado pela ansiedade de Margery, e tremendo de vez em quando por causa do frio.

— O que está acontecendo, Marge?

— Acho que Clem McCullough está atrás de mim.

Sven se aproximou. Havia algo distante e alerta na fala de Margery, como se mal tivesse registrado a presença dele. Seus dentes batiam.

— Marge?

Ele tentou colocar a mão no joelho dela, mas, recordando sua reação mais cedo, só tocou de leve as costas de sua mão. Ela estava gelada.

— Marge? Está frio demais para ficar sentada aqui fora. Tem que entrar.

— Preciso estar preparada para quando ele vier.

— O cão vai avisar se alguém se aproximar. Vamos. O que aconteceu?

Ela enfim se levantou e permitiu que ele a guiasse para dentro. A casa estava um gelo, e Sven ficou se perguntando se ela sequer tinha chegado a entrar. Ele acendeu o fogo e pegou mais lenha enquanto ela ficava olhando pela janela. Depois, ele alimentou Bluey e pôs água para ferver.

— Você passou a noite acordada assim ontem?

— Não preguei o olho.

Por fim, ele foi se sentar ao lado dela e ofereceu uma tigela de sopa. Ela olhou a sopa como se não quisesse, mas depois a tomou, em goles pequenos e ávidos. E, quando terminou, contou-lhe a história de sua ida até Red Lick, a voz atipicamente vacilante, os nós dos dedos brancos, trêmulos, como se ainda pudesse sentir a mão de McCullough, a respiração quente do homem em sua pele. E Sven Gustavsson, um homem conhecido por seu temperamento surpreendentemente tranquilo em uma cidade repleta de gente de cabeça quente, um homem capaz de separar dezenove em vinte brigas de bar, quando qualquer outro não resistiria à satisfação de dar um soco, viu-se tomado por uma fúria incomum, uma névoa vermelha que desceu sobre sua cabeça e o deixou com vontade de ir atrás de McCullough pessoalmente e desferir a própria marca de vingança, uma vingança que envolvia sangue, socos e dentes quebrados.

Nada disso transpareceu em seu rosto ou na calma de sua voz quando ele voltou a falar.

— Você está exausta. Vá para a cama.

Ela olhou para ele.

— Você não vem?

— Não. Vou ficar aqui fora enquanto você dorme.

Margery O'Hare não era uma mulher que gostasse de depender de ninguém. E um indicativo de como estava abalada, percebeu ele, foi ela ter agradecido baixinho e ido para a cama sem protestar.

11

Fair Oaks foi construída por volta de 1845 pelo Dr. Guildford D. Runyon, um Shaker, que renunciou seus votos de celibato e começou a erguer a casa na expectativa de se casar com a Srta. Kate Ferrel, que morreu antes de a construção terminar. Dr. Runyon permaneceu solteiro até sua morte, em 1873.

— WPA, *Guia do Kentucky*

Havia quinze bonecas na cômoda da sala. Sentadas uma ao lado da outra como uma família descombinada, os rostos de porcelana pálidos e rosados, os cabelos de verdade (qual seria a origem deles? Alice estremeceu) penteados em imaculados cachos lustrosos. Eram a primeira coisa que Alice via quando acordava toda manhã no sofazinho, os rostinhos neutros encarando impassíveis, os lábios cor de cereja curvados em sorrisos tênues e desdenhosos, frívolas e brancas calçolas aparecendo por baixo de volumosas saias vitorianas. A Sra. Van Cleve adorava as bonecas. Assim como adorava seus ursinhos de pelúcia e seus pequeninos bibelôs e as caixinhas de rapé de porcelana e seus salmos cuidadosamente bordados espalhados pela casa, todos resultados de horas de um complexo trabalho artesanal.

Todos os dias, Alice era lembrada de uma vida que havia sido quase exclusivamente confinada dentro daquelas quatro paredes em tarefas minúsculas e insignificantes, as quais a jovem sentia, cada vez mais, que nenhuma mulher adulta deveria ter como únicas atividades cotidianas: bonecas, bordados, limpeza e reorganização dedicada de totens em que homem algum reparava, no fim das contas. Até o dia em que ela se fora, e desse dia em diante aqueles objetos se tornaram um santuário para uma mulher que passaram a idolatrar insistentemente.

Alice detestava aquelas bonecas. Assim como detestava o silêncio pesado no ar, a paralisia sem fim de uma casa em que nada podia avançar e nada podia mudar. Ela poderia muito bem ser uma daquelas bonecas, pensou enquanto se dirigia ao quarto. Sorridente, imóvel, decorativa e calada.

Olhou o retrato de Dolores van Cleve em uma grande moldura dourada ao lado da mesinha de cabeceira de Bennett. A mulher segurava uma pequena cruz de madeira nas mãos gorduchas e tinha uma expressão sofrida de reprovação, que Alice sentia pairar entre ela e o marido sempre que ficavam a sós. *Talvez pudéssemos chegar sua mãe um pouco para o lado? Só... esta noite?*, arriscara dizer quando lhe mostraram o quarto pela primeira vez, mas Bennett franzira a testa, tão incrédulo que parecia que a esposa havia sugerido desenterrar a mulher do túmulo.

Enxotou essas lembranças da cabeça, arfando baixinho ao jogar água gelada no rosto, e colocou depressa suas muitas camadas de roupa. As bibliotecárias só iam cavalgar metade do dia, de modo a sobrar tempo para as compras de Natal, e Alice ficou um pouco decepcionada com a perspectiva de ficar longe de suas rotas.

No entanto, naquela manhã, ela ia encontrar as filhas de Jim Horner, o que melhorava um pouco a situação. As duas ficavam à janela esperando que Spirit surgisse subindo a trilha, depois saíam correndo pela porta de madeira, pulando na ponta dos pés até que Alice descesse da égua, as vozes entusiasmadas se atropelando, tentando descobrir aos gritos o que a mulher tinha levado para elas, aonde havia ido, se poderia ficar um pouco mais do que da última vez. As duas se penduravam com a maior naturalidade no pescoço de Alice, que lia para elas, enquanto as meninas lhe faziam cafuné com seus dedinhos, ou então davam beijos em suas bochechas como se, apesar da lenta recuperação daquela pequena família, elas estivessem desesperadas por um contato feminino, de uma maneira que mal conseguiam entender. E Jim, destituído de seu antigo olhar severo e desconfiado, colocaria uma caneca de café ao lado dela em silêncio e depois usaria o tempo em que ela ficava lá para cortar lenha, e recentemente passara até a se acomodar e observar algumas vezes, como se o agradasse ver a felicidade das filhas quando se exibiam mostrando o que tinham aprendido a ler durante a semana (e eram inteligentes, estavam muito à frente das outras crianças da mesma idade, graças às aulas da Sra. Beidecker). Não, as meninas Horner eram uma compensação e tanto. Só era uma pena que meninas assim recebessem tão pouco no quesito presentes de Natal.

Alice enrolou o cachecol no pescoço e vestiu as luvas de montaria, pensando por um momento se deveria colocar um par extra de meias para a cavalgada na montanha. Todas as bibliotecárias estavam com frieiras, com os dedos dos pés rosados e inchados por causa do frio, e as mãos frequentemente brancas como as de um cadáver pela falta de circulação. Ela olhou pela janela para o céu cinzento e frio. Não parava mais para conferir seu reflexo no espelho.

Pegou o envelope da bancada, onde estava desde o dia anterior, e o enfiou na bolsa. Leria mais tarde, depois de terminar suas rotas. Não valia a pena esquentar a cabeça sabendo que teria pela frente duas horas silenciosas em cima de uma égua.

Quando se preparava para sair, deu uma olhada na cômoda. As bonecas ainda a encaravam.

— O que foi?

Naquele momento, porém, as bonecas pareciam dizer algo completamente diferente.

—É para a gente? — Millie estava tão boquiaberta que Alice imaginou Sophia mandando a menina tomar cuidado para não entrar mosca.

Ela entregou a outra boneca a Mae, a minianágua farfalhando quando foi para o colo da menina.

— Uma para cada. Tivemos uma conversinha hoje de manhã, e elas me confessaram que ficariam muito mais contentes aqui do que onde estavam morando.

As duas olharam admiradas para o rosto angelical de porcelana das bonecas e, juntas, viraram-se para o pai. A expressão do próprio Jim Horner era indecifrável.

— Não são novas, Sr. Horner — disse Alice, cheia de dedos. — Mas não tinham serventia onde estavam. Era... uma casa só de homens. Não parecia certo deixá-las lá paradas.

Ela percebia a indecisão dele, o *Não sei, não...* tomando forma em seus lábios. A sensação foi de que o ar na casa tinha congelado enquanto as meninas prendiam a respiração.

— Por favor, papai. — A voz de Mae saiu como um sussurro.

Elas estavam sentadas no chão com perninhas cruzadas, e Millie puxava distraidamente os cachos castanhos, um por vez, deixando que se encolhessem de novo que nem uma mola. Os olhos da menina disparavam entre o rostinho pintado e o do pai. As bonecas, que por meses foram uma presença sinistra censurando Alice, de repente tinham se tornado agradáveis e benéficas, porque estavam onde deveriam.

— São chiques demais — disse ele, por fim.

— Bem, acho que toda menina merece um pouquinho de luxo na vida, Sr. Horner.

Ele esfregou a cabeça com a mão calejada e desviou o olhar. Mae arregalou os olhos com medo do que o pai ia dizer. Ele foi até a porta.

— Se incomoda de ir lá fora comigo por um instante, Sra. Van Cleve?

Alice ouviu as meninas suspirando, desanimadas, quando o acompanhou até os fundos da casa, abraçando o corpo para afastar o frio e avaliando mentalmente os diversos argumentos que usaria para tentar persuadi-lo.

Toda menina precisa de uma boneca.

Essas bonecas iam para o lixo se não viessem para cá.

Ah, pelo amor de Deus, vai deixar esse maldito orgulho atrapalhar...

— O que você acha?

Alice se deteve. Jim Horner ergueu um pedaço de serrapilheira e revelou a cabeça de um veado enorme e um pouco abatido, os chifres de um metro apontando um para cada lado, as orelhas costuradas ao acaso na cabeça. Estava montado sobre um tronco de carvalho entalhado em um acabamento rústico e pintado de piche.

Ela reprimiu o som gutural que subiu involuntariamente pela garganta.

— Matei no Rivett Creek dois meses atrás. Eu mesmo empalhei e montei aqui. Pedi para a Mae me ajudar a encomendar os olhos de vidro pelo correio. Parece que está vivo, não acha?

Alice ficou abismada com aqueles olhos vidrados e enormes. O esquerdo sem dúvida estava meio vesgo. O veado tinha um aspecto ligeiramente demente e sinistro. Uma fera saída de um pesadelo, de um delírio febril.

— É... bem... imponente.

— Foi o meu primeiro. Pensei em montar uma espécie de negócio. Fazer um a cada poucas semanas e vender na cidade. Vai garantir nosso sustento nos meses de inverno.

— É uma ideia. Talvez você pudesse fazer umas criaturas menores também. Um coelho ou um esquilo.

Ele pensou um pouco e assentiu.

— E então? Vai querer?

— Perdão?

— Pelas bonecas. Uma troca.

Alice ergueu as mãos.

— Ah, Sr. Horner, não precisa mesmo...

— Não posso aceitar as bonecas de graça. — Ele cruzou os braços com firmeza e esperou.

— Que *troço* é esse? — perguntou Beth, enquanto Alice descia da égua, tirando folhas dos chifres do veado.

A cabeça havia prendido em cada galho de árvore por onde Alice passou descendo a montanha até chegar ali, quase a derrubando várias vezes. Ficou ainda mais encardida e torta do que no tronco, com uma variedade de gravetos e folhas pendurada. Alice subiu os degraus e prendeu a cabeça cuidadosamente na parede, lembrando a si mesma, como já tinha feito cem vezes àquela altura, da alegria no rosto das meninas quando souberam que iam mesmo ficar com as bonecas, de como elas embalaram e cantaram para suas novas filhinhas, distribuindo milhões de beijos e agradecendo. Lembrou-se também da expressão de Jim Horner suavizando.

— É nosso novo mascote.

— Nosso o quê?

— Toque em um pelo dessa cabeça e vou empalhar você pior que o Sr. Horner empalhou esse veado.

— Nossa! — disse Beth para Izzy, quando Alice voltou para o cavalo. — Lembra quando Alice fingia ser uma dama?

O almoço já estava quase acabando no White Horse Hotel, em Lexington. O restaurante começava a esvaziar, as mesas salpicadas com restos de guardanapos e copos vazios, enquanto os clientes, bem alimentados, se enrolavam nos cachecóis e chapéus, preparados para se aventurar de volta nas calçadas fervilhando de consumidores em busca de presentes de última hora. O Sr. Van Cleve, que tinha comido um contrafilé com batatas fritas, recostou-se na cadeira e afagou o estômago com as mãos, gesto que transmitia uma satisfação que ele parecia sentir cada vez menos em outros âmbitos da vida.

A moça estava lhe causando uma indigestão. Em qualquer outra cidadezinha, tais condutas inapropriadas acabariam esquecidas. Em Baileyville, porém, o ressentimento podia durar um século, e depois disso ainda restaria uma brasa. Os habitantes de Baileyville eram descendentes dos celtas, de famílias irlandesas e escocesas, capazes de se agarrar a algum rancor até ele secar como charque e não ter mais nada a ver com a razão que o originou. E o Sr. Van Cleve, apesar de ser tão celta quanto o sinal Cherokee do lado de fora do posto de gasolina, carregava integralmente essa característica. Mais que isso, ele adquirira o hábito do pai de cismar com uma pessoa para descontar todas as suas queixas e culpá-la por tudo. No caso dele, essa pessoa era Margery O'Hare. Ele acordava com um xingamento para ela na ponta da língua, e ia dormir com imagens da mulher o assombrando.

Ao lado dele, Bennett tamborilava sem parar na lateral da mesa. Dava para perceber que o rapaz não queria estar ali; na verdade, ele não aparentava ter o foco necessário para os negócios. Outro dia o Sr. Van Cleve flagrara um grupo de mineiros debochando da obsessão do filho por limpeza, fingindo esfregar os macacões encardidos quando ele passou. Quando perceberam que o chefe estava olhando, se endireitaram, mas ver o próprio filho ser ridicularizado foi doloroso. A princípio, o pai quase sentira orgulho da determinação de Bennett em se casar com a inglesa. Ele enfim demonstrara saber o que queria. Dolores havia mimado muito o garoto, paparicando-o como se ele fosse uma menina. Bennett até se empertigara ao contar ao pai que estava noivo de Alice, e, bem, era uma pena para Peggy, mas paciência! Era bom vê-lo sustentar uma opinião pelo menos uma vez na vida. No momento, porém, ele assistia ao filho cada vez mais enfraquecido diante da inglesa de língua afiada e modos estranhos, e se arrependia até mesmo do dia em que fora convencido a fazer aquela maldita viagem pela Europa. Miscigenação nunca rendera bons frutos. Não funcionara com negros e, como descobriu, tampouco com europeus.

— Você deixou umas migalhas aqui, rapaz. — Ele fincou um dedo gordo na mesa, e o garçom se desculpou e arrastou as migalhas para um prato. — Um *bourbon*, governador Hatch? Para terminar?

— Bom, se me obriga, Geoff...

— Bennett?

— Não para mim, pai.

— Traga-me dois *bourbons* Boone County. Puros. Sem gelo.

— Sim, senhor.

— Bennett. Não quer ir ao alfaiate enquanto o governador e eu discutimos sobre negócios? Pergunte se ele tem mais daquelas camisas de colarinho, por favor? Logo me encontro lá com você. — Esperou que o filho sumisse da mesa antes de voltar a falar. — Agora, governador, eu esperava conversar sobre um assunto um pouco delicado.

— Não são mais problemas na mina, são, Sr. Van Cleve? Espero que não esteja passando pela mesma lambança que está acontecendo em Harlan. Sabe que as tropas do estado já estão de prontidão para marchar para lá caso eles não consigam se acertar. Metralhadoras e todo tipo de arma estão atravessando as fronteiras do estado nos dois sentidos.

— Ah, o senhor sabe que trabalhamos muito para manter um freio nesse tipo de coisa na Hoffman. Nada bom advém dos sindicatos, sabemos disso. Nós garantimos medidas para proteger nossa mina ao menor sinal de encrenca.

— Fico feliz em ouvir isso, muito feliz. Então... hum... qual é o problema?

O Sr. Van Cleve se inclinou para a frente.

— É esse... negócio de *biblioteca*.

O governador franziu a testa.

— A biblioteca das mulheres. Iniciativa da Sra. Roosevelt. Mulheres levando livros para as famílias da área rural e coisas do tipo.

— Ah, sim. Parte daquele projeto da WPA, se não estou enganado.

— Exatamente. Bom, embora no geral eu seja um grande apoiador de iniciativas como essa, e concorde plenamente com o nosso presidente e a primeira-dama que devemos fazer o que estiver ao nosso alcance para educar a população, tenho que admitir que as mulheres, bom, algumas mulheres do nosso condado, estão causando problemas.

— Problemas?

— Essa biblioteca itinerante está estimulando inquietação. Está incentivando uma série de comportamentos contrários à ordem. Um exemplo: a Mineradora Hoffman tinha planos de explorar novas áreas em North Ridge. O tipo de coisa que temos feito há décadas de forma absolutamente legítima. Eu acredito que as bibliotecárias estão espalhando boatos e notícias falsas sobre isso, porque de repente começamos a receber uma porção de ordens judiciais nos proibindo de exercer nossos habituais direitos de mineração na região. Não somente uma família, mas um número expressivo de famílias assinou o requerimento para impedir nossa atividade.

— É uma lástima. — O governador acendeu um cigarro, e ofereceu o maço ao Sr. Van Cleve, que recusou.

— É verdade. Se fizerem isso com outras famílias, vamos acabar sem lugar para minerar. E, nesse caso, o que devemos fazer? Somos grandes empregadores nessa parte do Kentucky. Fornecemos um recurso vital para nossa grande nação.

— Bom, Geoff, sabe que não precisa muita coisa para levar as pessoas a se armarem contra a mineração hoje em dia. Tem provas de que são as bibliotecárias que estão fomentando essa movimentação?

— Bom, aí é que está a questão: metade das famílias que está nos acionando nos tribunais não sabia ler uma palavra no ano passado. Onde elas conseguiram informação sobre questões legais se não foi por meio desses livros da biblioteca?

Os *bourbons* chegaram. O garçom os ergueu de uma bandeja de prata e os colocou, solenemente, na frente de cada um dos homens.

— Não sei. Pelo que vejo, é apenas um grupo de garotas a cavalo levando revistas de receitas de um canto a outro. Que mal podem fazer realmente? Acho que você tem que atribuir tudo isso ao azar, Geoff. Com a quantidade de encrencas que temos por causa das minas justo agora, pode ser qualquer um.

O Sr. Van Cleve sentiu que a atenção do governador estava começando a dispersar.

— Não é só o caso das minas. Elas estão mudando a própria *dinâmica* de nossa sociedade. Estão se organizando para alterar as leis da natureza.

— As leis da *natureza*?

Quando o governador lançou um olhar descrente, ele acrescentou:

— Existem relatos de que nossas mulheres estão se dedicando a *práticas anormais*.

Nesse ponto, o Sr. Van Cleve conseguiu a atenção do governador, que se debruçou na mesa.

— Meu filho, Deus o abençoe, minha esposa e eu o educamos de acordo com princípios divinos, então reconheço que ele não seja inteiramente *mundano* em questões conjugais. Mas ele me contou que sua jovem esposa, que começou a trabalhar na tal biblioteca, mencionou um livro que as mulheres estão passando umas para as outras. Um livro de conteúdo *sexual*.

— Conteúdo sexual?!

— Totalmente!

O governador tomou um gole da bebida.

— E... hã... o que significa exatamente "conteúdo sexual"?

— Bom, não quero chocar o senhor, governador. Não vou entrar em detalhes...

— Ah, eu aguento, Geoff. Pode me contar todos os... hã... detalhes que quiser.

O Sr. Van Cleve olhou para trás e baixou a voz.

— Ele disse que a esposa, que foi, para todos os efeitos, apresentada como uma princesa, de uma família *muito* boa, sabe... Bom, ela sugeriu fazer coisas no quarto que são mais comuns de se encontrar em um *bordel francês*.

— Um *bordel francês* — disse o governador, engolindo em seco.

— No início achei que poderia ser um hábito inglês. Devido à sua proximidade com o estilo europeu, sabe. Mas Bennett me contou que ela mesma disse que tinha aprendido aquilo tudo na biblioteca. Espalhando *indecência*. Sugestões que fariam um homem adulto corar. Quer dizer, onde isso vai parar?

— A esposa de Bennett. É aquela, hã, loura bonita? Que conheci ano passado no jantar?

— A própria. Alice. Magra feito um caniço. O choque de escutar uma obscenidade como essa proposta por uma moça como ela... Bom...

O governador tomou mais um longo gole da bebida. Seus olhos tinham ficado um tanto vidrados.

— Ele deu, hã, detalhes das exatas atividades que ela sugeriu? Apenas, sabe, para que eu possa ter uma visão clara da situação toda.

O Sr. Van Cleve balançou a cabeça.

— Bennett, coitado, ficou tão abalado que levou semanas até ter coragem de se abrir comigo. Não conseguiu tocar um dedo nela desde então. Quer dizer, não está certo, governador. Não está certo que esposas decentes e tementes a Deus fiquem sugerindo tais perversões.

O governador parecia imerso em seus pensamentos.

— Governador?

— Indecência... Certo. Desculpe, sim... Quer dizer, não.

— Seja como for. Eu gostaria de saber se outros condados estão passando pelos mesmos problemas com suas mulheres e essas supostas bibliotecas. Não consigo acreditar que seja uma coisa boa, nem para nossa mão de obra, nem para as famílias cristãs. Minha tendência seria acabar de vez com o projeto. E também com essa história de permissões de mineração.

O Sr. Van Cleve dobrou o guardanapo e o colocou na mesa. O governador aparentemente ainda ponderava sobre o assunto, muito concentrado.

— Ou talvez o senhor ache que a melhor providência seria apenas... lidar com o assunto da maneira que julgarmos mais adequada.

Ele não sabia ao certo, conforme contou a Bennett depois, se a bebida tinha subido à cabeça do governador, que manteve um ar notoriamente disperso até o fim do almoço.

— Então, o que ele disse? — perguntou Bennett, que tinha ficado satisfeito em comprar algumas calças de veludo novas e um suéter listrado.

— Eu lhe disse que talvez devesse lidar com o assunto da forma que achava mais adequada, e ele respondeu apenas com *Hum, sim, exato,* e depois falou que precisava ir embora.

Querida Alice,

Lamento muito que a vida de casada não seja aquilo que você esperava. Não sei bem qual é sua concepção de casamento, e você não nos deu detalhes sobre o que acha tão desanimador, mas seu pai e eu ficamos pensando se não lhe passamos falsas expectativas. Você tem um marido bonito, financeiramente estável e capaz de lhe oferecer um bom futuro. Com o casamento, você passou a fazer parte de uma família decente com recursos significativos. Acho que precisa aprender a valorizar o que tem.

A vida nem sempre é só felicidade. Temos obrigações também. É importante obter satisfação fazendo a coisa certa. Esperávamos que você tivesse aprendido a ser menos impulsiva; bem, agora já está casada, e não tem escolha a não ser aguentar firme. Quem sabe se tiver um bebê, ganhe um foco e pare de ficar remoendo as coisas.

Se escolher voltar sem seu marido, lamento lhe informar que não será bem-vinda nesta casa.

Sua mãe amorosa

Alice tinha esperado para abrir a carta, talvez porque já soubesse quais palavras ia encontrar. Sentiu o maxilar trincar, depois dobrou o papel cuidadosamente e o colocou de volta na bolsa, reparando que suas unhas, antes aparadas e esmaltadas, estavam quebradas ou cortadas rente ao sabugo, e uma pequena parte de si imaginou, como fazia todos os dias, se *esse não era o motivo para ele não querer tocá-la.*

— Muito bem — disse Margery, aparecendo atrás dela. — Encomendei duas cilhas novas e uma manta de sela na Crompton e pensei em talvez dar isto para Fred como agradecimento. Acha que ele vai gostar?

Ela ergueu um cachecol verde-escuro. A atendente da loja de departamentos, chocada com o culote e o chapéu de couro surrados de Margery (que não via razão para se vestir toda para ir até Lexington, conforme dissera a Alice, já que teria que trocar de roupa de novo ao voltar), levou um segundo para se lembrar de pegá-lo de Margery para embrulhá-lo.

— Precisamos esconder de Fred no caminho de volta.

— Claro.

Margery lhe lançou um olhar enviesado.

— Você nem olhou! O que está acontecendo, Alice?

— Olhou o quê? Ah, meu Deus... Bennett. Tenho que encontrar algo para Bennett.

As mãos de Alice voaram para o rosto quando ela se deu conta de que nem sabia mais do que o marido gostava, que dirá o número do colarinho dele. Pegou da estante um conjunto de lenços arrumados em uma caixa decorada com um galho de azevinho. Será que lenços eram impessoais demais para se dar de presente ao marido? Até que ponto um presente poderia ser íntimo quando não se via mais do que dois centímetros do corpo nu do marido fazia umas seis semanas?

Ela levou um susto quando Margery pegou seu braço e a puxou para um canto tranquilo da seção de roupas masculinas.

— Alice, você está bem? Porque agora quase todo dia você está com uma cara de leite azedo.

— Ninguém reclamou, não é? — Alice olhou para o lenço em suas mãos. Seria melhor que pedisse para bordarem as iniciais dele? Tentou imaginar Bennett abrindo o embrulho na manhã de Natal. De alguma forma, não conseguia visualizá-lo sorrindo. Não conseguia mais imaginá-lo sorrindo diante de nada que ela fizesse. — Enfim — disse, na defensiva. — Olha quem fala... Você mal disse uma palavra nos últimos dois dias.

Margery, um pouco espantada, balançou a cabeça.

— Só... tive um pequeno aborrecimento em uma das minhas rotas. — Engoliu em seco. — Mexeu um pouco comigo.

Alice pensou em Kathleen Bligh, o luto da jovem viúva a deixara melancólica o resto do dia.

— Eu entendo. Às vezes é um trabalho mais difícil do que parece, não é? Não se trata só de entregar os livros. Lamento ter ficado tão cabisbaixa. Vou me recompor.

A verdade era que a perspectiva do Natal deixava Alice com vontade de chorar. A ideia de ficar sentada àquela mesa tensa, o Sr. Van Cleve a olhando de cara feia, Bennett mudo e se inflamando com qualquer coisa que ela supostamente tivesse feito de errado. Annie, a vigilante, que parecia em êxtase à medida que a atmosfera ficava cada vez mais pesada.

Abatida por esses pensamentos, Alice demorou um minuto para perceber que Margery a observava atentamente.

— Não estou criticando, Alice. Estou... — Margery deu de ombros, como se as palavras lhe fossem pouco familiares. — Estou perguntando como amiga.

Amiga.

— Você me conhece. A vida inteira me contentei em ficar sozinha. Mas nos últimos meses? Eu... Bem, passei a gostar da sua companhia. Gosto do seu senso de humor. Você trata as pessoas com gentileza e respeito. Então eu gostaria de pensar que somos amigas. Todas nós da biblioteca, mas você e eu principalmente. E ver toda essa sua tristeza diariamente está acabando comigo.

Se fosse qualquer outro momento, Alice poderia ter sorrido diante daquelas palavras. Afinal de contas, era uma confissão e tanto para Margery. Porém, algo a havia bloqueado nos últimos meses, e ela parecia não sentir mais as coisas como antigamente.

— Quer beber alguma coisa? — perguntou Margery, por fim.

— Você não bebe — retrucou Alice.

— Bem, não conto para ninguém se você também não contar.

Ela estendeu o braço e, depois de um instante, Alice o aceitou, e as duas saíram da loja de departamentos rumo ao bar mais próximo.

— Bennett e eu... — disse Alice, competindo com o barulho da música e de dois homens gritando um para o outro no canto. — Não temos nada em comum. Não nos entendemos. Não conversamos. Não parecemos capazes de fazer o outro rir, não sentimos falta um do outro nem contamos os minutos quando estamos distantes.

— Pelo que vejo, parece mesmo um casamento — comentou Margery.

— E, claro, existe... o outro problema. — Alice ficou constrangida só de dizer aquilo.

— Ainda?... Bem, isso é mesmo um problema. — Margery recordou o conforto do corpo de Sven enroscado ao dela naquela manhã.

Achou-se uma idiota por ter sentido tanto medo, por ter lhe pedido que ficasse, tremendo como um dos puros-sangues assustados de Fred. McCullough não havia aparecido. Ao que parecia, havia ficado tão embriagado que não conseguiria acertar o chão com o chapéu, contou Sven. Provavelmente nem ia lembrar o que tinha feito.

— Eu li o livro. Aquele que você recomendou.

— Sério?

— Mas isso... parece que só piorou as coisas. — Alice jogou as mãos para cima. — Ah, o que posso dizer? Detesto estar casada. Detesto morar naquela casa; nem sei qual de nós dois está mais infeliz. Mas ele é tudo que tenho. Não vou ter um filho, o que talvez deixasse todo mundo mais feliz, porque... Bem, você sabe por quê. E não sei nem se quero um filho porque aí não poderia mais cavalgar, a única coisa que me traz alguma felicidade na vida. Então, estou de mãos atadas.

Margery franziu a testa.

— Você não está de mãos atadas.

— É fácil para você dizer isso. Tem sua casa. Sabe como viver sem depender de ninguém.

— Você não tem que viver de acordo com os critérios deles, Alice. Não tem que viver de acordo com os critérios de ninguém. Droga, se quisesse, você poderia fazer as malas hoje mesmo e voltar para a Inglaterra.

— Não posso. — Alice vasculhou a bolsa e retirou a carta.

— Ora, ora, olá, moças bonitas.

Um homem vestindo um terno de ombros largos, o bigode lustroso de brilhantina, os olhos enrugados com uma afabilidade ensaiada, apoiou-se na bancada do bar entre as duas.

— Vocês estavam tão compenetradas na conversa que quase desisti de perturbá-las. Mas então pensei *Henry, rapaz, essas lindas damas parecem dispostas a tomar uma bebida*. E eu não ia me perdoar se deixasse vocês aí com sede. Então, o que vai ser, hein?

Ele deslizou um braço pelo ombro de Alice, os olhos brilhando para o peito dela.

— Vou adivinhar seu nome, belezura. É um dos meus talentos. Um dos meus *muitos* talentos especiais. Mary Beth. Você é tão bonita que deve se chamar Mary Beth. Estou certo?

Alice gaguejou um não. Margery observou os cinco curtos centímetros que separavam os dedos do homem dos seios de Alice, o jeito possessivo como ele a segurava.

— Não. Não está à sua altura. Laura. Não, Loretta. Uma vez conheci uma moça linda chamada Loretta. Deve ser isso. — Ele se inclinou para Alice, que virou a cabeça, um sorriso inseguro, como se não quisesse ofendê-lo. — Vai dizer que estou certo, não vai? Estou certo, não é?

— Na verdade, eu...

— Henry, é? — interrompeu Margery.

— É, sim. E você seria... Deixe-me adivinhar!

— Henry, posso lhe dizer uma coisa? — Margery abriu um sorriso doce.

— Pode me dizer qualquer coisa, querida. — Ele ergueu a sobrancelha com um sorriso presunçoso. — O que você quiser.

Margery se inclinou para sussurrar no ouvido do homem.

— Sabe a mão no meu bolso? Está segurando meu revólver. E se você não tirar suas mãos de cima da minha amiga na hora em que eu terminar de falar, vou apertar os dedos no gatilho e estourar sua cabeça ensebada no meio deste bar. — Ela manteve seu sorriso doce e aproximou os lábios do ouvido dele. — E Henry? Tenho uma mira *muito* boa... entendeu?

O homem tropeçou na banqueta em que ela estava sentada. Não disse uma palavra, mas caminhou bruscamente para a outra extremidade do bar, olhando para trás vez ou outra.

— Ah, e é muito gentil da sua parte, mas já nos servimos! — gritou Margery, mais alto. — Obrigada assim mesmo!

— Uau! — exclamou Alice, ajeitando a blusa ao vê-lo se afastar. — O que você disse para ele?

— Só que... por mais gentil que fosse a oferta dele, eu achava que um cavalheiro não deveria tocar em uma dama sem permissão.

— Muito bem dito. Nunca consigo encontrar as palavras certas quando mais preciso nelas.

— Sim. Bem... — Margery tomou mais um gole da bebida. — Tenho praticado um bocado ultimamente.

As duas permaneceram em silêncio por um minuto e deixaram o murmúrio das conversas do bar aumentar e minguar ao redor. Margery pediu mais um *bourbon* para o garçom, mas depois mudou de ideia e cancelou.

— Continue — disse ela. — Com o que você estava falando.

— Ah. Não posso voltar para casa. Era o que dizia a carta. Meus pais não me querem de volta.

— O quê? Mas por quê? Você é a única filha deles.

— Eu não me *encaixo* bem lá. Sempre fui motivo de constrangimento para eles. É que... Não sei. Eles se preocupam mais com as aparências do que qualquer outra coisa. É como se... como se falássemos idiomas diferentes. Sinceramente acreditei que Bennett seria a pessoa que gostaria de mim como eu sou. — Ela suspirou. — E acabei de mãos atadas.

Elas continuaram caladas por mais um tempo. Henry estava saindo, lançando olhares furiosos e ansiosos para as duas enquanto abria a porta.

— Vou lhe contar uma coisa — disse Margery, quando a porta fechou atrás do homem. Ela pegou o braço de Alice e o apertou com uma força atípica. — Para qualquer situação existe uma saída. Talvez seja desagradável. Talvez deixe você sem chão. Mas você nunca está de mãos atadas, Alice. Está ouvindo? *Sempre* existe uma saída.

— Não acredito nisso.
— O quê? — Bennett examinava as pregas em sua calça nova.
De pé com os braços esticados cheios de alfinetes enquanto experimentava um novo colete, o Sr. Van Cleve fez um gesto brusco apontando para a porta. Ele foi espetado na axila e soltou um xingamento.
— Meu Deus do Céu! Lá fora! Olhe, Bennett!
Bennett olhou pela vitrine do alfaiate. Para sua surpresa, viu Alice, de braços dados com Margery O'Hare, saindo do Bar do Todd, um pé-sujo com uma placa enferrujada pendurada na fachada dizendo cerveja buckeye à venda aqui. As duas estavam com a cabeça inclinada uma para a outra e morriam de rir.
— O'Hare! — exclamou Van Cleve, balançando a cabeça.
— Ela disse que ia fazer compras, pai — disse Bennett, desanimado.
— E aquilo parece compras de Natal para você? Aquela O'Hare está levando sua esposa para o mau caminho! Não falei que ela era da mesma laia que o patife do pai? Só Deus sabe o que está incentivando Alice a fazer. Tire esses alfinetes, Arthur. Vamos levar Alice para casa.
— Não — contestou Bennett.
Van Cleve se virou.
— Como é? Sua mulher estava bebendo em uma espelunca! Você precisa começar a tomar as rédeas, filho!
— Deixe Alice em paz.
— *Será que a moça arrancou suas bolas?* — A voz de Van Cleve ecoou na loja silenciosa.
Bennett espiou o alfaiate, cuja expressão revelava o tipo de baixaria que seria discutida calorosamente com seus colegas mais tarde.
— Vou falar com ela. Agora vamos... para casa.
— Aquela moça está causando um alvoroço. Você acha que faz bem à reputação de nossa família que ela arraste sua mulher para um bar de baixa categoria? Ela precisa de limites, e se você não fizer isso, Bennett, eu vou fazer

* * *

Alice estava deitada no sofazinho da sala, olhando para o teto, enquanto Annie preparava o jantar. Ela já desistira havia muito tempo de oferecer ajuda, pois tudo o que fizera — descascar, cortar, fritar — fora avaliado com um ar de desaprovação que a mulher nem fazia questão de esconder, e ela estava cansada dos comentários dissimulados da governanta.

Alice não se importava mais que Annie soubesse que ela dormia na sala, e não duvidava de que também tivesse contado para metade da cidade. Não se importava mais que todos soubessem que sua menstruação andava em dia. Qual era o sentido de tentar fingir? Fora da biblioteca havia poucas pessoas que quisesse impressionar. Ouviu o ruído dos homens voltando, o rugido alto do Ford do Sr. Van Cleve parando na entrada de cascalho da garagem, a porta de tela batendo, já que ele parecia incapaz de fechá-la com delicadeza. Ela soltou um suspiro silencioso e fechou os olhos por um minuto. Depois se levantou e se dirigiu ao banheiro, pronta para se arrumar para a refeição noturna.

Os dois já estavam acomodados quando Alice desceu; sentados um de frente para o outro à mesa de jantar, os pratos e talheres adequadamente dispostos nos devidos lugares. Pequenas nuvens de vapor escapavam pela porta vaivém, e, na cozinha, o bater de tampas nas panelas indicava que Annie estava prestes a servir a comida. Ambos observaram Alice entrar na sala, e por um instante ela achou que fosse porque fizera um esforço extra: usava o mesmo vestido de quando Bennett lhe pediu em casamento, o cabelo perfeitamente penteado e preso. Mas ambos estavam com um olhar hostil.

— É verdade?
— O que é verdade?

A mente dela repassou todas as coisas que podia ter feito de errado naquele dia. *Beber em um bar. Falar com homens desconhecidos. Conversar sobre o livro* Amor e Casamento *com Margery O'Hare. Escrever para a mãe e perguntar se poderia voltar para casa.*

— Onde está a Srta. Christina?
Ela piscou.
— Srta. o quê?
— Srta. Christina!
Ela olhou para Bennett e depois para o sogro de novo.

— Eu... Eu não faço ideia do que o senhor está falando.

O Sr. Van Cleve balançou a cabeça como se ela fosse deficiente mental.

— A Srta. *Christina*. E a Srta. Evangeline. As bonecas da minha esposa. Annie disse que sumiram.

Alice relaxou. Puxou uma cadeira, já que ninguém mais faria aquilo, e se sentou à mesa.

— Ah. As bonecas. Eu... peguei.

— O que você quer dizer com "peguei"? E levou para onde?

— Há duas menininhas adoráveis nas minhas rotas que perderam a mãe não faz muito tempo. Elas não iam ganhar nenhum presente de Natal, e eu sabia que passá-las adiante deixaria as meninas mais felizes do que se pode imaginar.

— Passá-las adiante? — Van Cleve arregalou os olhos. — Você... doou minhas bonecas? Para... *umas caipiras?*

Alice pousou o guardanapo no colo. Olhou para Bennett, que encarava o próprio prato.

— Duas apenas. Achei que ninguém fosse se importar. Elas só ficavam ali paradas sem fazer nada, e ainda há um monte de bonecas. Para ser sincera, nem achei que o senhor fosse notar. — Ela tentou dar um sorriso. — Afinal de contas, vocês já são homens-feitos.

— Eram bonecas da Dolores! Minha querida Dolores! Ela tinha a Srta. Christina desde criança!

— Nesse caso, me desculpe. Realmente não achei que fosse importante.

— O que deu em você, Alice?

Alice deteve o olhar em um ponto da toalha perto da colher. Quando falou, sua voz estava tensa:

— Foi uma caridade. Do tipo que o senhor sempre me disse que a Sra. Van Cleve fazia. O que o senhor faria com duas bonecas, Sr. Van Cleve? O senhor é um homem. O senhor não se importa com bonecas, assim como não se importa com metade das bugigangas desta casa. São coisas mortas! Sem significado!

— Eram relíquias da família! Iam para os filhos de Bennett!

Alice abriu a boca antes que pudesse se controlar.

— Bom, Bennett não vai ter nenhum filho, não é?

Ela ergueu o olhar e viu Annie na porta, de olhos arregalados, deliciando-se com essa reviravolta.

— O que você acabou de dizer?

— Bennett não vai ter nenhum maldito filho. Porque... não mantemos esse tipo de *relação*.

— Se não mantêm esse tipo de relação, mocinha, é por causa de suas ideias repulsivas.

— Perdão?

Annie começou a colocar as travessas na mesa. Suas orelhas estavam bem rosadas.

Van Cleve se debruçou na mesa, projetando o queixo.

— Bennett me contou.

— Pai... — O tom de Bennett tinha um ar de aviso.

— Ah, sim. Ele me contou sobre seu livro indecente e as coisas depravadas que você tentou fazer com meu filho.

Annie largou a travessa na frente de Alice com um barulho forte. E chispou para a cozinha.

Alice empalideceu e se voltou para Bennett.

— Você contou para seu pai o que acontece na *nossa* cama?

Bennett esfregou a face.

— Você... Eu não sabia o que fazer, Alice. Você... me deixou chocado.

O Sr. Van Cleve afastou a cadeira da mesa e foi pisando firme até o lugar de Alice. Ela chegou a se encolher, involuntariamente, quando ele se impôs ao seu lado, cuspindo saliva ao falar.

— Isso mesmo, sei tudo sobre aquele livro e sobre sua tal biblioteca. Sabia que esse livro foi proibido neste país? É porque é uma depravação!

— Sim, Sr. Van Cleve, e sei também que um juiz federal anulou essa mesma proibição. Sei tanto quanto o senhor. Eu leio os *fatos*.

— Você é uma víbora! Foi corrompida por Margery O'Hare e agora está tentando corromper meu filho!

— Eu estava tentando agir como uma esposa para ele! E ser uma esposa não é só organizar bonecas e estúpidos passarinhos de porcelana!

Com a última travessa na mão, Annie perscrutou pela porta, paralisada.

— Não se *atreva* a criticar os pertences preciosos da minha Dolores, sua ingrata miserável! Você nem sonha em chegar aos pés dela! Amanhã de manhã você vai subir as montanhas e pegar minhas bonecas de volta.

— Não vou, não. Não vou tirar as bonecas de duas meninas órfãs.

Van Cleve ergueu seu dedo gordo e enfiou na cara de Alice.

— Então está proibida de pisar naquela maldita biblioteca, ouviu bem?

— Não — disse ela.

— Como assim "não"?

— Eu já lhe disse antes. Sou uma mulher adulta. O senhor não pode me proibir de nada.

Mais tarde, ela se lembraria de ficar com medo de que o coração do velho Van Cleve parasse de bater, de tão vermelho que seu rosto tinha ficado. Mas, em vez disso, ele ergueu o braço e, antes que ela percebesse o que estava acontecendo, uma dor abrasadora explodiu na lateral de sua cabeça. Ela caiu na mesa após os joelhos cederem.

Tudo ficou preto. Suas mãos agarraram a toalha, as travessas caindo em cima dela enquanto os dedos se fechavam em torno do tecido adamascado branco, puxando-o até seus joelhos baterem no chão.

— Pai!

— Estou fazendo o que você já devia ter feito muito tempo atrás! Enfiando bom senso na cabeça da sua mulher! — rugiu Van Cleve, o punho gordo descendo com um estrondo na mesa, dando a impressão de que tudo no cômodo estremecia.

Então, antes que Alice pudesse organizar seus pensamentos, seu cabelo foi puxado para trás com força, e ela levou outra bofetada, dessa vez na têmpora, de tal modo que sua cabeça ricocheteou violentamente na quina da mesa. Enquanto tudo girava, ela ficava levemente consciente da movimentação, dos gritos e do barulho de pratos caindo no chão. Alice levantou um braço, tentando se proteger, pronta para o golpe seguinte. Porém, pelo canto do olho, teve um vislumbre de Bennett entrando na frente do pai, e ouviu uma discussão em que ela mal conseguia discernir as vozes por causa do zumbido nos ouvidos.

Com muito esforço, Alice se levantou, a dor nublando seus pensamentos, e cambaleou. A sala girava ao seu redor, e ela indistintamente percebeu o rosto chocado de Annie na porta da cozinha. O gosto do sangue inundou o fundo de sua garganta.

Ouviu uma gritaria distante, o *Não... Não, pai* de Bennett. Reparou que o guardanapo ainda estava na sua mão fechada. Olhou para baixo. Estava sujo de sangue. Ela olhou aquilo com os olhos vidrados, piscando, tentando assimilar o que via. Depois se empertigou, esperou um minuto até a sala parar de girar e colocou o guardanapo impecavelmente na mesa.

Então, sem parar para pegar o casaco, passou vacilante pelos dois homens, atravessou o corredor, foi até a entrada, abriu a porta da frente e subiu o caminho coberto de neve.

* * *

Uma hora e vinte e cinco minutos depois, Margery abriu uma fresta da porta, os olhos estreitados no escuro, e não encontrou McCullough nem nenhum comparsa, mas a figura magra de Alice van Cleve tremendo em um vestido azul-claro, as meias rasgadas e os sapatos cheios de neve. Seus dentes batiam, a lateral da cabeça estava ensanguentada, e o olho esquerdo, inchado e com um hematoma roxo. A gola do vestido estava manchada de escarlate e ferrugem, e o colo, sujo com o que parecia molho de carne. As duas se entreolharam enquanto Bluey latia furiosamente na janela.

A voz de Alice, quando saiu, era enrolada, como se sua língua estivesse inchada.

— Você... disse que éramos amigas?

Margery destravou o rifle e o colocou contra o batente. Abriu a porta e amparou a amiga.

— Entre. Entre logo. — Deu uma olhada em volta, para a montanha escura, e depois fechou e trancou a porta.

12

A mulher das montanhas leva uma vida difícil, enquanto o homem é o senhor da casa. Se ele trabalha, faz visitas ou perambula pela floresta com um cachorro e uma arma, ninguém tem nada a ver com isso a não ser ele mesmo... É totalmente incapaz de compreender qualquer interferência da sociedade em seus negócios; se ele transformar seu milho em um licorzinho, é problema dele.

— WPA, *Guia do Kentucky*

Havia certas regras implícitas entre os moradores de Baileyville, e um princípio inabalável é que não se podia interferir em assuntos particulares entre marido e esposa. É possível que muitas pessoas estivessem cientes da violência física nas redondezas, tanto de homem contra mulher quanto, ocasionalmente, do contrário, mas poucos cidadãos sonhariam em intervir, a não ser que os envolvidos perturbassem de maneira direta suas vidas — por exemplo, impedindo-os de dormir ou desrespeitando noções compartilhadas de civilidade. Era assim que as coisas funcionavam. Palavras eram ditas, golpes eram dados e, de vez em quando, desculpas eram pedidas, ou não, e depois machucados e cortes saravam e as coisas voltavam ao normal.

Para sorte de Alice, Margery nunca prestara muita atenção em como as outras pessoas agiam. Ela limpou o sangue do rosto da amiga e aplicou uma pasta de confrei nos machucados. Não perguntou nada, e Alice não se dispôs a falar nada, só estremeceu e contraiu o maxilar quando doía muito. Depois, quando a amiga foi se deitar, Margery conversou de maneira discreta com Sven, e os dois concordaram em fazer turnos no andar inferior da casa logo antes do amanhecer, de modo que, se Van Cleve ou seus homens fossem lá, aprenderiam que havia circunstâncias em que não, um homem não podia apenas arrastar sua mulher — ou mesmo sua nora — de volta para casa, não importa quanto constrangimento isso aparentemente causasse a ele aos olhos do restante da cidade.

Como era de se prever, sendo ele um homem acostumado a conseguir o que queria, Van Cleve de fato apareceu logo antes do amanhecer do dia seguinte, embora Alice, dormindo no quartinho extra de Margery o sono de quem havia passado por grandes abalos, nunca chegasse a saber disso. A casa de Margery não era acessível pela estrada, e ele foi obrigado a andar os últimos oitocentos metros, de modo que chegou corado e suado apesar da neve, segurando uma tocha diante de si.

— O'Hare? — rugiu. Como não obteve resposta, repetiu: — O'HARE!

— Você vai atender? — Sven, que estava fazendo café, levantou a cabeça.

O cão latiu furiosamente em direção à janela, recebendo um xingamento resmungado do lado de fora. Nos estábulos, Charley chutou seu balde.

— Não vejo por que eu deveria atender um homem que nem teve a cortesia de me chamar de "senhorita", concorda?

— Concordo, acho que você não deve atender — disse Sven, calmo.

Ele havia jogado paciência durante metade da noite, de olho na porta, uma torrente de pensamentos sombrios sobre homens que batem em mulheres passando pela sua cabeça.

— *Margery O'Hare!*

— Ai, Deus. Você sabe que ele vai acordar Alice se continuar falando tão alto.

Sem dizer uma palavra, Sven entregou sua arma a Margery, que se encaminhou até a porta de tela e a abriu, o rifle pendendo frouxo na mão esquerda quando saiu para a varanda, apenas para se certificar de que Van Cleve pudesse avistar a arma.

— Posso ajudá-lo, Sr. Van Cleve?

— Traga Alice. Eu sei que ela está aí.

— E como é que o senhor sabe?

— Isso já foi longe demais. Traga a moça e não falamos mais no assunto.

Margery fitou as próprias botas por um minuto, refletindo.

— Acho que não, Sr. Van Cleve. Bom dia.

Ela se virou para entrar em casa, e a voz dele se elevou.

— O quê? Espere, você não pode fechar a porta na minha cara!

Margery deu meia-volta lentamente até o encarar.

— E o senhor não pode bater em uma mulher só porque ela contestou alguma coisa. Não uma segunda vez.

— Alice fez uma coisa louca ontem. Admito que os ânimos ficaram exaltados. Ela precisa voltar para casa agora para nós resolvermos as coisas. Em família. — Ele passou a mão pelo rosto e a voz se suavizou. — Seja razoável, Srta. O'Hare. Alice é casada. Ela não pode ficar aqui.

— No meu ponto de vista, ela pode fazer o que quiser, Sr. Van Cleve. É uma mulher adulta. Não um cachorro ou uma... uma *boneca*.

O olhar dele endureceu.

— Quando ela acordar, vou perguntar o que ela quer fazer. Agora, tenho que me preparar para o trabalho. Então ficarei agradecida se o senhor me deixar lavar a louça do café da manhã. Obrigada.

Ele a fitou por um instante e disse em voz baixa:

— Acha que é bastante esperta, não é, mocinha? Acha que eu não sei o que você andou fazendo com aquelas cartas em North Ridge? Acha que eu não sei sobre seus livros imundos e suas companheiras imorais tentando levar boas mulheres para o caminho do pecado?

Por alguns segundos, o ar ao redor deles pareceu ficar em suspenso. Até o cão ficou quieto.

A voz do homem, quando voltou a falar, estava carregada de ameaça.

— Tome cuidado, Margery O'Hare.

— Tenha um bom dia, Sr. Van Cleve.

Margery se virou e entrou em casa. A voz dela estava calma, e seus passos, firmes, mas ela parou atrás da cortina e observou de esguelha pela janela, até ter certeza de que Van Cleve havia desaparecido.

— Onde diabo está o *Mulherzinhas*? Juro que estou procurando esse livro há décadas. Da última vez que entreguei, foi para Peg, do mercado, mas ela disse que devolveu, e está assinalado no livro de registros.

Izzy esquadrinhava as prateleiras, o dedo passando pelas lombadas dos livros enquanto ela balançava a cabeça em desaprovação.

— Albert, Alder, Allemagne... Será que alguém roubou?

— Talvez tenha rasgado e Sophia esteja consertando.

— Já perguntei. Ela disse que não viu. Isso está me irritando, porque duas famílias estão me pedindo e parece que ninguém sabe onde está. E você sabe como Sophia fica enfezada quando os livros somem. — Izzy ajustou a bengala embaixo do braço e se moveu para a direita, examinando os títulos mais de perto.

As vozes sossegaram quando Margery entrou pela porta dos fundos, seguida de perto por Alice.

— Você está com o *Mulherzinhas* enfiado na sua bolsa, Margery? Izzy está reclamando sem parar e... *Uau*. Parece que alguém levou uma surra.

— Caiu do cavalo — disse Margery, em um tom de voz que não abria espaço para discussão.

Beth fitou o rosto inchado de Alice e depois seu olhar pousou em Izzy, que mantinha a cabeça baixa. Houve um breve silêncio.

— Espero que você... hum... não tenha se machucado muito, Alice — comentou Izzy, em voz baixa.

— Ela está usando seu culote de couro? — perguntou Beth.

— Você acha que eu tenho o único culote de couro de todo o estado do Kentucky, Beth Pinker? Não sabia que você era tão obcecada pela aparência das pessoas. Dá até a impressão de que você não tem nada melhor para fazer. — Margery caminhou até o livro de registros na mesa e começou a folheá-lo.

Beth não levou a repreensão a sério.

— Tenho que admitir que caiu melhor nela mesmo. Meu Deus, está frio para burro. Alguém viu minhas luvas?

Margery examinou as páginas.

— Bom, Alice está um pouco dolorida, então, Beth, você pode fazer as duas rotas para Blue Stone Creek. A Srta. Eleanor está visitando a irmã, então não vai precisar de livros novos no momento. E, Izzy, você pode se encarregar da família McArthur? Você pode pegar um atalho por aquele campo de quinze hectares para juntar aos seus trajetos habituais. Aquele com o celeiro caindo.

Elas concordaram sem reclamar, lançando olhares furtivos para Alice, que não disse nada e manteve a atenção em algum ponto indeterminado a cerca de um metro dos pés, as bochechas queimando. Ao sair, Izzy levou a mão ao ombro de Alice e o apertou com gentileza. Alice esperou até que elas tivessem arrumado as bolsas e subido nas montarias, e depois se sentou com cuidado na cadeira de Sophia.

— Você está bem?

Alice assentiu. As duas permaneceram sentadas por um tempo, escutando o som dos cascos desaparecendo na estrada.

— Você sabe qual é a pior coisa de quando um homem bate em você? — perguntou Margery, finalmente. — Não são os machucados. É que naquele instante você percebe a verdade sobre ser mulher. Que não importa o quanto você é inteligente, como você argumenta melhor, como você é melhor que eles, ponto. É quando você percebe que eles sempre podem calar você com um tapa. Simples assim.

Alice se lembrou de como a atitude de Margery mudara quando o homem no bar se colocara entre elas, a maneira como ela olhou intensamente para o ponto no ombro de Alice onde o homem tocara.

Margery tirou o bule de café do suporte e xingou quando descobriu que estava vazio. Pensou por um instante, depois se endireitou, e lançou a Alice um breve sorriso.

— Claro que você sabe que isso só acontece até você aprender a rebater mais forte.

Como as horas com luz natural agora eram mais escassas, aquele dia lhe parecia demorado e esquisito, a pequena biblioteca preenchida com uma sensação de suspense, como se Alice não tivesse muita certeza se deveria esperar alguém, ou algo acontecer. As pancadas não tinham doído tanto na noite anterior. Agora percebia que fora a reação do seu corpo ao choque; conforme as horas passavam, sentia as regiões afetadas inchando e enrijecendo, um ligeiro pulsar incômodo latejando nas partes da cabeça atingidas pelo punho carnudo de Van Cleve ou pelo implacável tampo de mesa.

Margery saiu depois de Alice lhe assegurar que, sim, ela estava bem, e, não, ela não queria mais gente deixando de receber livros, e prometeu trancar a porta durante todo o tempo que estivesse lá. Na verdade, precisava de um tempo sozinha, um intervalo em que não precisasse se preocupar com as reações de todos ao vê-la, assim como com todo o resto.

Então, por umas duas horas, era apenas Alice na biblioteca, ela sozinha com seus pensamentos. A cabeça doía demais para ler, e, de todo modo, ela não sabia o que ler. Seus pensamentos estavam perturbados, confusos. Tinha dificuldade de se concentrar enquanto as dúvidas sobre seu futuro — onde moraria, o que faria, se até mesmo tentaria voltar à Inglaterra — pareciam tão imensas e complexas que no fim ficou mais fácil só focar nas pequenas tarefas. Limpar alguns livros. Fazer café. Sair para usar o banheiro no lado de fora e depois voltar apressada para trancar a porta de novo.

Na hora do almoço, ela ouviu uma batida na porta e ficou paralisada. Mas foi a voz de Fred que chamou:

— Sou eu, Alice.

Ela se levantou da cadeira e destravou o trinco, dando um passo atrás para deixá-lo entrar.

— Trouxe sopa para você — disse ele, apoiando com cuidado na mesa uma tigela com um pano enrolado por cima. — Achei que poderia estar com fome.

Foi então que viu o rosto dela. Ela registrou o choque dele, reprimido tão rápido quanto surgiu, para ser substituído por algo mais sombrio, e mais furioso. Ele caminhou até os fundos da sala e ficou parado lá por um minuto, de costas para ela, e de repente pareceu que era feito de algo mais duro, como se seu corpo tivesse se transformado em ferro.

— Bennett van Cleve é um imbecil — disse ele após um instante, e seu queixo mal se movia, como se ele estivesse tendo dificuldade para se conter.

— Não foi Bennett.

Ele demorou alguns instantes para absorver aquela informação.

— Maldição.

Ele voltou e parou na frente de Alice. Ela virou o rosto, o rubor surgindo nas suas bochechas, como se ela tivesse feito algo que fosse motivo de vergonha.

— Por favor — falou ela, sem ter certeza do que estava pedindo a ele.

— Me deixe ver.

Ele levou a ponta dos dedos ao rosto dela, examinando-a, com a testa franzida. Ela fechou os olhos enquanto os dedos dele traçavam a linha do seu queixo, tocando-a com delicadeza. Estavam tão próximos que ela podia sentir o cheiro e o calor da sua pele, o tênue odor de cavalo que ele sempre carregava nas roupas.

— Você foi ao médico?

Ela fez que não com a cabeça.

— Pode abrir a boca?

Ela obedeceu. Depois voltou a fechá-la, com um tremor.

— Escovei meus dentes hoje de manhã. Acho que alguns dentes devem ter chacoalhado um pouco.

Ele não riu. Seus dedos deslizavam pelo rosto dela, com o toque tão delicado que ela mal os sentia, mesmo quando passavam sobre os cortes e machucados, da mesma maneira que deslizavam suavemente sobre a coluna de um potro, procurando desvios. Ele franziu a testa de novo quando os dedos passaram pelas maçãs do rosto dela e se encontraram na testa, onde hesitaram e depois afastaram uma mecha de cabelo.

— Acho que não quebrou nada. — A voz dele era um murmúrio baixo.

— Isso não diminui em nada minha vontade de acabar com ele.

Sempre aquela gentileza que a desarmava. Ela sentiu uma lágrima descendo devagar pelo rosto, e esperava que ele não tivesse notado.

Ele deu meia-volta. Ela podia ouvi-lo perto da mesa, mexendo em uma colher.

— É de tomate. Eu mesmo fiz. Tem ervas e um pouco de creme de leite. Imaginei que você não tivesse trazido nada. E... hum... não precisa mastigar.

— Eu não conheço muitos homens que saibam cozinhar. — A voz dela saiu com um soluço.

— É. Bem... Eu teria passado muita fome se não soubesse.

Alice abriu os olhos, e ele estava colocando a colher perto do prato e arrumando um guardanapo xadrez do lado. Por um instante, ela teve um *flashback* da mesa posta para a refeição da noite anterior, mas a repeliu. Esse era Fred, não Van Cleve. E ficou surpresa ao perceber que estava com fome.

Fred permaneceu sentado enquanto ela tomava a sopa, os pés para cima, apoiados em uma cadeira, lendo um livro de poesia, aparentemente satisfeito só de deixá-la sossegada.

Alice tomou quase tudo, estremecendo cada vez que abria a boca, a língua de vez em quando indo para trás em direção aos dois dentes que sentia amolecidos. Não falou nada, porque não sabia o que dizer. Um estranho e inesperado sentimento de humilhação pesava sobre ela, como se de alguma maneira ela tivesse provocado aquilo, como se os hematomas no rosto fossem símbolos de seu fracasso. Ela se viu repassando sem parar os acontecimentos da noite anterior. Ela devia ter ficado quieta? Devia simplesmente ter concordado? E, ainda assim, fazer aquelas coisas a tornaria... o quê? Uma daquelas malditas bonecas.

A voz de Fred interrompeu seus pensamentos.

— Quando descobri que minha mulher estava indo embora, acho que quase todos os homens, daqui até a Hoffman, me perguntaram por que eu não tinha dado uma boa surra nela e a trazido de volta para casa.

Alice girou a cabeça com rigidez para olhá-lo, mas Fred fitava o livro, como se estivesse lendo o que estava escrito.

— Eles diziam que eu deveria dar uma lição nela. Nunca pensei nisso, nem mesmo no primeiro lampejo de raiva, quando achei que ela tinha pisoteado meu coração. Você bate em um cavalo e consegue domá-lo. Você faz com que ele se submeta a suas ordens. Mas ele nunca vai esquecer. E pode ter certeza de que nunca mais se importará com você. Então, se eu não faria isso com um cavalo, nunca entendi por que deveria fazer com um ser humano.

Alice empurrou devagar o prato enquanto ele continuava falando:

— Ah, Selena não estava feliz comigo. Eu sabia, apesar de não querer pensar nisso. Ela não foi feita para ficar aqui, com a poeira e os cavalos e o frio.

Era uma garota da cidade, eu talvez não tenha dado a devida atenção a isso. Fiquei preocupado com os negócios depois da morte do meu pai. Acho que pensei que ela seria como minha mãe, feliz em forjar o próprio caminho. Três anos e nenhum bebê, e eu deveria ter imaginado que o primeiro vendedor com boa lábia que prometesse alguma coisa diferente faria sua cabeça. Mas não, eu nunca encostei um dedo nela. Nem mesmo quando vi minha mulher parada na minha frente, mala na mão, me falando de todas as maneiras que eu tinha falhado com ela enquanto homem. E acho que metade desta cidade ainda acha que sou menos homem por causa da minha reação.

Eu não, ela queria lhe dizer, mas as palavras de alguma maneira não saíram da sua boca.

Os dois permaneceram em silêncio por mais um tempo, com os próprios pensamentos. Por fim, ele se levantou, serviu café para ela e pegou a tigela vazia.

— Vou trabalhar hoje à tarde com um potro de Frank Neilsen no picadeiro aqui perto. Ele está um pouco desequilibrado e prefere um chão nivelado. Qualquer coisa que deixe você preocupada, é só bater naquela janela. Tudo bem?

Ela não falou nada.

— Vou estar bem aqui do lado, Alice.

— Obrigada — sussurrou ela.

— Ela é minha esposa. Eu tenho direito de falar com ela.

— Se você acha que eu me importo...

Fred foi quem falou com ele primeiro. Ela estava cochilando na cadeira — completamente exausta — e acordou ao som de vozes.

— Está tudo bem, Fred — gritou ela. — Deixe Bennett entrar.

Ela destrancou a porta e abriu uma fresta.

— Bom, então eu também vou entrar.

Fred entrou logo atrás de Bennett, de modo que os dois homens ficaram ali por um instante, sacudindo a neve das botas e das roupas.

Bennett recuou quando a viu. Ela não tinha ousado olhar para o próprio reflexo no espelho, mas a reação dele lhe disse tudo o que precisava saber. Ele inspirou e esfregou a palma da mão na parte de trás da cabeça.

— Você precisa voltar para casa, Alice — disse, depois acrescentou: — Ele não vai fazer isso de novo.

— Desde quando você tem algum poder sobre o que seu pai faz, Bennett? — perguntou ela.

— Ele prometeu. Ele não queria bater tão forte.
— Só um pouquinho. Ah, então tudo bem — retrucou Fred.
Bennett olhou para ele.
— Os ânimos estavam exaltados. Papai apenas... Bem, ele não está acostumado a uma mulher sendo petulante com ele.
— Então o que ele vai fazer da próxima vez que Alice abrir a boca?
Bennett se virou e encarou Fred.
— Ei, Sr. Guisler, quer ficar fora disso? Porque, até onde eu sei, não é da sua conta.
— É da minha conta quando eu vejo uma mulher indefesa apanhar dessa maneira.
— Você deve ser especialista em como lidar com uma esposa, não é? Porque todos nós sabemos o que aconteceu com a sua...
— Já chega — interrompeu-o Alice. Ela se levantou com cuidado, pois movimentos rápidos faziam sua cabeça latejar, e se virou para Fred. — Já chega. Você pode nos deixar por um momento, Fred? Por favor?
Os olhos dele foram de Alice para Bennett, e de novo para ela.
— Vou ficar aqui fora — murmurou ele.
Alice e Bennett ficaram observando os próprios pés até a porta se fechar. Ela levantou a cabeça primeiro, observando o homem com quem havia se casado apenas um ano antes, um homem, agora Alice percebia, que havia simbolizado uma rota de fuga mais do que um encontro genuíno de almas ou mentes. O que, de fato, eles sabiam um sobre o outro? Tinham se achado exóticos, uma sugestão de um mundo diferente para duas pessoas que estavam atadas, cada uma à sua maneira, às expectativas dos que os rodeavam. E pouco a pouco o fato de ela ser diferente se tornara repugnante para ele.
— Você vai voltar para casa então? — perguntou ele.
Nada de *Sinto muito. Podemos resolver isso, conversar sobre isso. Eu amo você e passei a noite toda preocupado com seu bem-estar.*
— Alice?
Nada de *Nós vamos para algum outro lugar sozinhos. Começaremos de novo. Senti saudade de você, Alice.*
— Não, Bennett, eu não vou voltar.
Ele demorou um minuto para compreender o que ela dissera.
— O que você quer dizer?
— Que eu não vou voltar.
— Bem... Para onde você vai?

— Ainda não sei.
— Você... você não pode simplesmente *ir embora*. Não funciona assim.
— Quem disse isso? Bennett... você não me ama. E eu não posso... não posso ser a esposa de que você precisa. Estamos nos fazendo desesperadamente infelizes, e não há nada... nada que sugira que isso vai mudar. Então, não. Não faz sentido eu voltar.
— Isso é influência de Margery O'Hare. Papai tinha razão. Aquela mulher...
— Ah, pelo amor de Deus. Eu tenho opinião própria.
— Mas nós somos *casados*.
Ela o encarou.
— Eu não vou voltar para aquela casa. E, se você e seu pai me arrastarem daqui cem vezes, vou continuar indo embora.
Bennett coçou a nuca. Balançou a cabeça e se afastou um pouco.
— Você sabe que ele não vai aceitar isso.
— *Ele* não vai.
Ela observou o rosto dele, notou as várias emoções que pareciam competir entre si, e de repente se sentiu abatida pela tristeza de tudo aquilo, pelo reconhecimento do que de fato representava: o término. Mas havia outra coisa lá, algo que ela esperava que ele pudesse detectar também. Alívio.
— Alice? — chamou ele.
E lá estava ela de novo, irrefreável como um botão se abrindo na primavera, a louca esperança de que mesmo no último minuto ele a tomaria nos braços, juraria que não conseguia viver sem ela, que tudo aquilo fora um erro terrível e que eles ficariam juntos, como ele havia prometido. Essa crença, profundamente arraigada nela, de que toda história de amor tinha, em sua essência, o potencial para um fim feliz.
Ela fez que não com a cabeça.
E, sem mais palavras, Bennett se foi.

O Natal não foi um grande evento. Margery não comemorava o Natal de forma tradicional, já que não o associava a nenhuma lembrança boa, mas Sven insistiu e comprou um pequeno peru que ele mesmo recheou e cozinhou, e fez biscoitos de canela com a receita sueca da mãe. Margery tinha muitas habilidades, ele dissera a ela, balançando a cabeça, mas, se dependesse dela para cozinhar, seria magro como um cabo de vassoura.
Eles convidaram Fred, o que por alguma razão deixou Alice constrangida. Cada vez que ele olhava para ela à mesa, conseguia acertar o exato segundo

em que ela o estava observando, então ela corava. Ele levou para a comemoração um bolo, receita da mãe, e uma garrafa de vinho tinto francês, que estava em sua adega desde antes da morte do pai, e eles beberam e o acharam interessante, embora Sven e Fred concordassem que nada superava uma cerveja gelada. Não cantaram músicas natalinas nem fizeram brincadeiras, mas havia algo de relaxante naquela camaradagem tranquila entre quatro pessoas que se sentiam à vontade umas com as outras e que estavam gratas pela boa comida e um ou dois dias de folga do trabalho.

Dito isso, o dia todo Alice temeu que alguém batesse à porta, o confronto inevitável. Afinal, o Sr. Van Cleve era um homem acostumado a conseguir o que queria, e havia poucas ocasiões mais propensas a esquentar os ânimos do que o Natal. E de fato alguém bateu à porta, mas não quem ela esperava. Alice se levantou de um salto, espiando pela janela, lutando por espaço com um eufórico Bluey, que latia freneticamente, mas foi Annie que apareceu nos degraus da entrada, o mesmo mau humor de sempre. Alice, no entanto, não podia culpá-la, considerando que era evidente que não tinham lhe dado folga naquele dia.

— O Sr. Van Cleve pediu para lhe trazer isso — disse ela, as palavras saindo de sua boca como bolhas de raiva estourando.

Ela estendeu um envelope na direção de Alice.

Alice segurava Bluey, que se debatia para se libertar e pular e saudar a visita. Ele era o cão de guarda mais incompetente do mundo, Margery dizia com carinho. O mais fraco da ninhada. Sempre estupidamente feliz, deixando todo mundo perceber como estava contente só por estar vivo. Annie o fitou de maneira desconfiada quando Alice pegou o envelope.

— E ele disse que desejava um Feliz Natal — acrescentou Annie.

— Não conseguiu sair da própria mesa para dizer isso pessoalmente, hein? — gritou Sven pela porta.

Annie fechou a cara para ele, e Margery fez uma careta, repreendendo-o em silêncio.

— Annie, você é bem-vinda se quiser aproveitar e comer alguma coisa, antes de voltar — chamou ela. — A tarde está fria, e ficaríamos felizes em dividir nossa refeição.

— Obrigada. Mas tenho que voltar.

Ela parecia relutante em estar perto de Alice, como se, com a mera proximidade, se arriscasse a ser infectada por sua tendência a *práticas sexuais depravadas*.

— Bom, obrigada assim mesmo por vir até aqui — disse Alice.

Annie se virou e a fitou desconfiada, como se a jovem estivesse caçoando dela. Deu meia-volta e acelerou o passo colina abaixo.

Alice fechou a porta e soltou o cachorro, que na mesma hora deu um salto e começou a latir para a janela, como se tivesse se esquecido por completo de quem acabara de ver. Alice observou o envelope.

— E então, o que você ganhou?

Margery estava à mesa, recostada. Alice notou o olhar que a amiga trocara com Fred quando abriu o cartão, um arranjo elaborado de purpurina e laços.

— Ele está tentando reconquistar Alice — disse Sven, recostando-se na cadeira. — Isso é algo especial e romântico. Bennett está tentando impressioná-la.

O cartão, porém, não era de Bennett. Ela o leu.

Alice, precisamos que você volte para casa. Já passou dos limites, e meu filho está definhando. Sei que errei com você e estou pronto para fazer as pazes. Aqui vai um presentinho para você comprar algo vistoso em Lexington, e com a esperança de que isso mude seus sentimentos a respeito de voltar para casa logo. Essa sempre foi uma medida frutífera com a minha querida falecida Dolores, e confio que você também a apreciará.

Podemos todos esquecer o passado.

Seu pai,

Geoffrey van Cleve

Alice observou o cartão, do qual uma nota de cinquenta dólares novinha tinha escorregado para a toalha da mesa. Ela encarou o dinheiro.

— É o que estou pensando? — perguntou Sven, debruçando-se para examiná-la.

— Ele quer que eu saia e compre um vestido bonito. E depois volte para casa.

Ela colocou o cartão sobre a mesa.

Um longo silêncio instaurou-se.

— Você não vai fazer isso — interveio Margery.

Alice ergueu a cabeça.

— Eu não faria isso nem que ele me pagasse mil dólares. — Ela engoliu em seco e enfiou a nota de volta no envelope. — Mas vou tentar encontrar um lugar para morar. Não quero incomodar mais.

— Está brincando? Fique aqui o quanto quiser. Você não dá trabalho. Além do mais, Bluey está tão apegado a você que é bom não ter que disputar a atenção do Sven com o cachorro.

Talvez Margery tenha sido a única a perceber o profundo suspiro de alívio que Fred soltou.

— Certo! — disse ela. — Está combinado. Alice fica. Então vou limpar tudo e podemos provar um dos biscoitos de canela do Sven. Se estiver duro demais para comer, podemos usá-los para praticar tiro ao alvo.

27 de dezembro de 1937.

Caro Sr. Van Cleve,
O senhor deixou bastante claro em mais de uma ocasião que o senhor me considera uma prostituta.
Porém, não posso ser comprada.
Portanto, estou devolvendo o seu dinheiro por intermédio de Annie.
Por favor, mande minhas coisas para a casa de Margery O'Hare por enquanto.

Sinceramente,
Alice

Van Cleve bateu a carta na mesa. Bennett lançou um olhar para o pai do outro lado do escritório e murchou um pouco, como se adivinhasse a mensagem.

— Chega! — disse Van Cleve, e amassou o papel. — Aquela garota O'Hare ultrapassou todos os limites

Os panfletos começaram a circular dez dias mais tarde. Izzy foi a primeira a descobrir um deles, levado pelo vento na estrada perto da escola. Ela saltou do cavalo e o apanhou, limpando a neve para ler com mais nitidez.

Cidadãos de Baileyville,
Estejam cientes do perigo moral representado pela Biblioteca a Cavalo.

Recomenda-se a presença de todos os cidadãos de bem.
Salão comunitário, terça-feira, às seis da tarde.
A RETIDÃO MORAL DE NOSSA CIDADE ESTÁ EM RISCO.

— Retidão moral. De um homem que acabou de quebrar a cara de uma garota na mesa de jantar. — Margery balançou a cabeça.

— O que vamos fazer?

— Acho que vamos comparecer à assembleia. Afinal, somos cidadãs de bem. — Margery parecia confiante. No entanto, Alice reparou no modo como a mão dela agarrou o panfleto, o modo como um músculo se retesou ao longo de seu pescoço. — E não vou deixar aquele velho...

A porta abriu de repente. Era Bryn, as bochechas coradas e a respiração ofegante depois de correr.

— Srta. O'Hare? Srta. O'Hare? Beth escorregou no gelo, caiu e quebrou o braço bem feio.

Elas saíram em disparada da biblioteca, todas ao mesmo tempo, seguindo-o pela estrada coberta de neve, até encontrarem a figura robusta de Dan Meakins, o ferreiro da cidade, carregando Beth, o rosto lívido, no colo. Ela agarrava o próprio braço, e estava com olheiras profundas, como se não dormisse havia uma semana.

— O cavalo caiu em uma poça de gelo perto do poço de cascalho — explicou Dan Meakins. — Dei uma olhada no animal e acho que ele está bem. Mas parece que todo o peso dele caiu em cima do braço dela.

Margery se aproximou para examinar o braço de Beth e ficou abalada. Ele já estava inchado e de um tom escuro de vermelho a uns dez centímetros acima do pulso.

— Vocês estão fazendo confusão por nada — disse Beth, com os dentes cerrados.

— Alice, vá chamar Fred. Nós temos que levar Beth até o médico em Chalk Ridge.

Uma hora mais tarde, as três se encontravam no pequeno consultório do Dr. Garnett, que cuidadosamente colocava o braço machucado entre duas talas, cantarolando baixinho enquanto o amarrava. Beth mantinha os olhos fechados e os dentes trincados, determinada a não deixar a dor transparecer, o que fazia sentido, considerando que foi criada como a única filha entre vários irmãos homens.

—Ainda posso cavalgar, não é? — indagou Beth, quando o médico terminou.

Ela mantinha o braço no alto enquanto ele fixava a tipoia com delicadeza ao redor do pescoço dela e a amarrava com cuidado.

— De jeito nenhum. Minha jovem, você vai precisar descansar esse braço por no mínimo seis semanas. Nada de cavalgar, nem pegar peso ou bater o braço contra qualquer coisa.

— Mas tenho que cavalgar. Como é que vou entregar os livros?

— Não sei se o senhor já ouviu falar da nossa pequena biblioteca, doutor — começou Margery.

— Ah, todos nós já ouvimos falar da biblioteca. — Ele se permitiu um sorriso irônico. — Srta. Pinker, no momento a fratura parece limpa, e estou confiante de que vai cicatrizar bem. Mas não posso deixar de salientar a importância de evitar um novo ferimento no local. Se o braço infeccionar, talvez tenhamos que pensar em amputação.

— Amputação?

Alice se sentiu invadida por alguma coisa; se era repulsa ou medo, ela não tinha certeza.

De repente, Beth havia arregalado os olhos, sem o menor indício da compostura anterior.

— Vamos dar um jeito, Beth — garantiu Margery, parecendo mais confiante do que estava. — Agora você tem é que obedecer ao médico.

Fred dirigiu o mais rápido possível, mas, quando chegaram à assembleia, a reunião já tinha começado havia quase meia hora. Alice e Margery se esgueiraram para os fundos do salão comunitário, Alice baixando a aba do chapéu e jogando o cabelo na frente do rosto na tentativa de ocultar os hematomas mais feios. Fred seguia alguns centímetros atrás dela, como tinha feito o dia todo, como uma espécie de guarda-costas. A porta fechou com discrição atrás deles. Van Cleve falava com tamanho entusiasmo que ninguém nem parou para olhar quando eles entraram.

— Não me entendam mal. Sou *completamente* a favor de livros e de aprendizado. Meu próprio filho, Bennett, foi o orador da turma na formatura, como alguns talvez se recordem. Mas existem livros bons e existem livros que plantam ideias erradas, que espalham mentiras e pensamentos impuros. Livros que podem, se não forem bem controlados, causar *divisões* na sociedade. E temo que talvez tenhamos sido indulgentes ao deixarmos tais livros correrem por nossa comunidade sem exercer *vigilância* suficiente para proteger as mentes mais jovens e vulneráveis.

Margery examinou os presentes, avaliando quem havia comparecido e quem acenava com a cabeça em concordância. Era difícil distinguir de onde estava.

Van Cleve caminhou ao longo da fileira de cadeiras da frente balançando a cabeça, como se tivesse que divulgar uma informação que o deixasse muito pesaroso.

— Às vezes, vizinhos, meus bons vizinhos, fico pensando se o único livro que deveríamos realmente ler não seria apenas o Livro dos Livros. Ele não contém todos os fatos e aprendizados de que necessitamos?

— Então, o que está propondo, Geoff?

— Ora, não é óbvio? Temos que encerrar as atividades daquilo.

Os rostos da multidão se entreolharam, alguns chocados e preocupados, outros aquiescendo em muda aprovação.

— Fico satisfeito que tenha havido um bom trabalho em compartilhar receitas e ensinar as crianças a ler e tudo o mais. E agradeço por isso, Sra. Brady. Mas já passou dos limites. Temos que retomar o controle de nossa cidade. E o primeiro passo é fechar essa suposta biblioteca. Vou passar essa ideia para o nosso governador na primeira oportunidade e espero contar com o apoio da maioria dos senhores, enquanto cidadãos de bem.

A multidão se dispersou meia hora depois com um comportamento atipicamente silencioso e difícil de avaliar. Aos cochichos, algumas pessoas lançavam olhares curiosos para as mulheres que permaneciam nos fundos do salão. Van Cleve saiu absorto em uma conversa com o pastor McIntosh e não reparou que elas estavam lá, ou então apenas decidiu ignorar a presença delas.

Contudo, a Sra. Brady as viu. Ainda com o grosso chapéu de pele que usava em ambientes abertos, esquadrinhou o fundo da multidão até avistar Margery e fez um sinal para que ela fosse ao seu encontro perto do pequeno palco.

— É verdade? Sobre o livro *Amor e Casamento*?

Margery sustentou seu olhar.

— É, sim.

A Sra. Brady disse em voz baixa e entredentes:

— Tem ideia do que fez, Margery O'Hare?

— São apenas fatos, Sra. Brady. Fatos, para ajudar as mulheres a terem controle do próprio corpo, da própria vida. Nada de pecaminoso. Nossa senhora, até a corte federal aprovou o livro.

— Corte federal. — A Sra. Brady fungou audivelmente. — Você sabe tanto quanto eu que a vida na nossa comunidade é outra realidade se comparada à dos tribunais federais, e que, na verdade, ninguém liga a mínima para o que eles decidem. Você sabe que nosso cantinho do mundo é muito conservador, em especial no que se refere a assuntos da carne.

Ela cruzou os braços sobre o peito, e as palavras de repente explodiram.

— Droga, Margery, achei que você não ia arrumar encrenca! Sabe como esse tipo de projeto é delicado. Agora a cidade inteira está em rebuliço com boatos sobre o tipo de material que você está distribuindo. E aquele velho idiota está mexendo os pauzinhos para garantir que tudo corra do jeito que ele quer e que a biblioteca seja fechada.

— Tudo o que eu fiz foi ser franca com as pessoas.

— Bom, uma mulher mais sábia do que você teria percebido que às vezes é necessário ser política para conseguir o que se quer. E, com as suas ações, você deu a ele exatamente a munição de que ele precisava.

Margery mudou o peso de um pé para o outro, pouco à vontade.

— Ah, vamos lá, Sra. Brady. Ninguém leva o Sr. Van Cleve a sério.

— É o que você pensa? Bom, o pai de Izzy, por exemplo, bateu o pé.

— O quê?

— O Sr. Brady hoje insistiu que Izzy abandonasse o projeto.

Margery ficou de queixo caído.

— A senhora está brincando.

— É claro que não estou. Essa biblioteca depende da boa vontade dos moradores. Depende da noção de bem público. O que quer que você tenha feito acabou gerando uma polêmica, e o Sr. Brady não quer que a filha única seja arrastada para o meio da confusão.

Ela levou a mão à bochecha.

— Ah, meu Deus. A Sra. Nofcier não vai ficar feliz quando ouvir a história. Não vai ficar nem um pouquinho feliz.

— Mas... mas... Beth Pinker acabou de quebrar o braço. Já estamos com uma bibliotecária a menos. Se perdermos Izzy também, não vamos ter condições de continuar.

— Bom, talvez você devesse ter pensado nisso antes de começar a misturar as coisas com a sua... literatura radical.

Foi então que a Sra. Brady reparou no rosto de Alice. Ela piscou intensamente, depois franziu o cenho e balançou a cabeça, como se isso também fosse prova de que algo muito errado estava acontecendo na Biblioteca a Cavalo. Em seguida, saiu apressada, com Izzy lançando um olhar desesperado para as amigas, enquanto era puxada pela manga da roupa na direção da porta.

— Bom, isso estragou tudo.

Margery e Alice ficaram na escadaria do salão comunitário, agora vazio, quando os últimos carros e casais conversando se afastaram. Pela primeira vez, Margery parecia realmente confusa. Ela ainda segurava um panfleto amassado e o jogou no chão, destruindo-o com o pé contra a neve do degrau.

— Vou voltar a cavalgar amanhã — disse Alice.

Sua voz ainda soava abafada por causa da boca inchada, como se estivesse falando através de um travesseiro.

— Você não pode. Ia assustar os cavalos, sem falar as famílias. — Ela esfregou os olhos e inspirou profundamente. — Vou fazer o máximo de rotas extras que conseguir. Mas, nossa, a neve já tem atrasado tudo para começo de conversa.

— Ele quer nos destruir, não é? — disse Alice sem forças.

— Quer.

— Sou eu. Eu disse a ele onde enfiar os cinquenta dólares que me mandou. Ele está tão louco que faria qualquer coisa para me punir.

— Alice, se você não tivesse lhe dito onde enfiar os cinquenta dólares, eu o teria feito por você. Van Cleve é o tipo de homem que não tolera ver uma mulher assumir qualquer espaço no mundo. Você não pode se culpar por causa de um homem como aquele.

Alice afundou as mãos nos bolsos do casaco.

— Talvez o braço de Beth melhore mais rápido do que o médico previu.

Margery lhe dirigiu um olhar enviesado.

— Você vai pensar em alguma coisa — acrescentou Alice, como se estivesse na verdade confirmando aquilo para si mesma. — Você sempre pensa.

Margery suspirou e disse:

— Venha. Vamos voltar.

Alice desceu dois degraus e puxou o casaco de Margery mais para perto de seu corpo. Ficou pensando se Fred poderia acompanhá-la quando fosse buscar seus pertences. Tinha medo de ir sozinha.

Então uma voz quebrou o silêncio:

— Srta. O'Hare?

Kathleen Bligh apareceu virando a esquina do salão comunitário, segurando um lampião a óleo diante de si com uma das mãos e as rédeas de um cavalo com a outra.

— Sra. Van Cleve.

— Olá, Kathleen. Como vai?

— Eu estava na assembleia. — Seu rosto parecia cansado sob a luz inclemente. — Escutei o que ele estava dizendo sobre vocês.

— Pois é. Bem, todo mundo tem uma opinião nesta cidade. Você não precisa acreditar em tudo...

— Vou trabalhar com vocês.

Margery inclinou a cabeça, como se não tivesse certeza de haver escutado direito.

— Vou cavalgar. Ouvi a conversa que estava tendo com a Sra. Brady. A mãe de Garrett vai cuidar dos meus bebês. Vou trabalhar com vocês. Até que a moça do braço quebrado fique boa.

Como nem Margery nem Alice reagiram, ela continuou:

— Conheço cada canto desta região em uma área de até uns trinta quilômetros. Sei montar tão bem quanto qualquer um. Sua biblioteca me ajudou numa época difícil e não vou deixar um velho idiota acabar com ela.

As mulheres se entreolharam.

— Então, a que horas venho amanhã?

Foi a primeira vez que Alice viu Margery sem palavras. Ela até gaguejou um pouco antes de responder.

— Um pouco depois das cinco seria bom. Temos uma área grande para cobrir. Claro que se for muito difícil por causa dos seus filhos...

— Cinco horas então. Tenho meu cavalo. — Ela ergueu o queixo. — O cavalo de Garrett.

— Nesse caso, sou grata a você.

Kathleen assentiu e depois montou no grande cavalo negro, deu meia-volta e se perdeu na escuridão.

Mais tarde, ao olhar para trás, Alice se lembraria de janeiro como o mês mais escuro. Não apenas os dias eram curtos e gelados, mas grande parte dos trajetos agora era feita na escuridão completa, com as golas levantadas para proteger o pescoço e os corpos envoltos no máximo de roupas que conseguiam vestir sem perder a agilidade. Com frequência, as famílias que visitavam também estavam azuis de frio; as crianças e os idosos metidos nas camas, alguns tossindo com olhos vermelhos e lacrimosos, amontoados ao redor de lareiras fracas, e todos ainda desesperados pela distração e pela esperança que uma boa história podia trazer. Conseguir livros para distribuir tinha ficado infinitamente mais difícil, as rotas muitas vezes encontravam-se intransitáveis, os cavalos cambaleavam pela neve espessa ou deslizavam no gelo em caminhos íngremes, de forma que Alice acabava desmontando e caminhando, assombrada pela imagem do braço vermelho e inchado de Beth.

Kathleen, mantendo a promessa, aparecia às cinco da manhã quatro vezes na semana com o magro cavalo preto do marido, apanhava duas bolsas de livros e saía cavalgando para as montanhas sem dizer uma palavra. Era muito raro ela precisar confirmar os percursos, e as famílias que ela visitava a recebiam de portas abertas e expressões de prazer e respeito. Alice observou que sair de casa fez bem a Kathleen, apesar do trabalho árduo e das longas horas longe dos filhos. Em poucas semanas, havia nela um novo ar — senão de felicidade, pelo menos de serena realização —, e mesmo as famílias manipuladas pelo Sr. Van Cleve foram convencidas a permanecer no projeto, diante da insistência de Kathleen de que a biblioteca era *uma coisa boa, e ela e Garrett tiveram motivos genuínos para acreditar nisso.*

Mas ficou difícil da mesma maneira. Cerca de um quarto das famílias que moravam nas montanhas tinha desistido, assim como um bom número na cidade, e os boatos tinham aumentado exponencialmente, de forma que aqueles que antes as acolhiam bem passaram a vê-las com olhos cautelosos.

O Sr. Leland diz que uma das bibliotecárias está esperando um bebê fora do casamento por ter ficado enlouquecida de luxúria após ler um romance.

Ouvi dizer que todas as cinco irmãs de Split Willow se recusam a ajudar os pais nos afazeres domésticos depois de terem sido afetadas por textos políticos inseridos em seus livros de receitas. Pelos começaram a nascer nas costas das mãos de uma das irmãs.

É verdade que a moça inglesa é de fato comunista?

De vez em quando, elas eram até mesmo xingadas e maltratadas por pessoas que visitavam. Começaram a evitar passar na frente das espeluncas da rua principal, pois os homens assobiavam obscenidades da porta ou as seguiam pela rua, imitando o que eles alegavam estar nos textos delas. Sentiam falta de Izzy, de suas músicas e seu entusiasmo alegre e estranho, e, apesar de ninguém falar abertamente, a ausência do apoio da Sra. Brady dava a sensação de que haviam perdido um pilar da instituição. Beth aparecia de tempos em tempos, mas estava tão rabugenta e desanimada que ela — e, no fim, as outras também — achava mais fácil simplesmente não ir. Sophia passava as horas que não usava mais para arquivar livros confeccionando novos álbuns de recortes.

— As coisas ainda podem mudar — dizia ela para as duas mulheres mais jovens com determinação. — Vamos ter fé.

Alice reuniu coragem e foi até a casa dos Van Cleve, acompanhada por Margery e Fred. Sentiu uma onda de alívio quando viu que Van Cleve não estava lá, e foi Annie que, calada, lhe entregou as duas malas cuidadosamente feitas e fechou a porta atrás de si, batendo-a com determinação. Contudo, de volta à casa de Margery, apesar de a amiga assegurar que ela podia ficar o tempo que quisesse, Alice não conseguia deixar de se sentir uma intrusa, uma refugiada em um mundo cujas regras ela ainda não compreendia inteiramente.

Sven Gustavsson era solícito, um homem gentil que nunca fez Alice se sentir mal recebida e, sempre que aparecia, fazia questão de perguntar coisas sobre ela, sua família na Inglaterra e o que tinha feito durante o dia, como se Alice fosse uma hóspede estimada que ele sempre tinha prazer em encontrar ali, e não apenas uma alma perdida atravancando a moradia deles.

Sven contou a Alice sobre o que realmente acontecia nas minas de Van Cleve: brutalidade, sindicalistas, acidentes e condições de trabalho que ela mal podia imaginar. Ele explicou tudo em um tom de voz que sugeria que as coisas eram assim mesmo, mas ela ficou profundamente envergonhada ao se dar conta de que os confortos da grande casa em que morara eram fruto de tais procedimentos.

Alice então se recolhia a um canto distante e lia um dos cento e vinte e dois livros de Margery, ou ficava deitada, porém desperta, os pensamentos de vez em quando interrompidos pelos sons que vinham do quarto da anfitriã. A natureza desinibida e a alegria inesperada deles primeiro a fizeram sentir um constrangimento agudo, então, depois de uma semana, sobrou apenas uma curiosidade tingida de tristeza pelo fato de a experiência de amor de Margery e Sven ser tão diferente da dela.

Ela também dava espiadelas furtivas para ver como Sven se comportava perto de Margery, como ele a observava com uma aprovação muda, como a mão dele a tocava sempre que ela estava próxima, como se a sensação da pele dela fosse tão imprescindível para ele como respirar. Sentia-se maravilhada com o modo como ele conversava sobre o trabalho de Margery, como se fosse algo do qual ele se orgulhava, oferecendo sugestões ou palavras de apoio. Notava a forma como ele puxava Margery para perto de si sem qualquer vergonha nem constrangimento, murmurando-lhe segredos no ouvido e compartilhando sorrisos iluminados com intimidades tácitas, e era nesse ponto que algo dentro de Alice parecia ser escavado, como se ela sentisse algo cavernoso dentro de si, um grande buraco que crescia e crescia até ameaçar engoli-la por inteiro.

Concentre-se na biblioteca, dizia para si mesma, puxando a manta até o queixo e tapando os ouvidos. *Enquanto você tiver isso, você terá alguma coisa.*

13

Não existe religião sem amor, e as pessoas podem falar o quanto quiserem que gostam de sua religião, mas, se ela não as ensina a serem boas e gentis com os homens e com os animais, é tudo uma fraude.

— Anna Sewell, *Diamante Negro*

Por fim, mandaram o pastor McIntosh, como se a palavra de Deus fosse capaz de se impor quando a de Van Cleve não conseguira. Ele bateu à porta da sede da Biblioteca a Cavalo em uma terça-feira à noitinha e encontrou as mulheres sentadas em círculo, limpando as selas, com um balde de água morna entre elas, conversando de maneira amigável enquanto a lenha queimava no aquecedor a um canto. Ele tirou o chapéu e o segurou dobrado sobre o peito.

— Moças, lamento interromper o trabalho de vocês, mas gostaria de dar uma palavrinha com a Sra. Van Cleve.

— Se vem a mando do Sr. Van Cleve, pastor McIntosh, vou evitar que o senhor gaste saliva à toa e dizer exatamente o que eu disse a ele, e ao filho dele, e à governanta dele, e é o que direi a qualquer pessoa que queira saber. Eu não vou voltar.

— Nossa, como aquele homem é insistente – murmurou Beth.

— Bem, trata-se de uma reação compreensível, dados os ânimos exaltados das últimas semanas. Mas é uma mulher casada agora, minha cara. Está sujeita a uma autoridade maior.

— Do Sr. Van Cleve?

— Não. De Deus. *O que Deus uniu, o homem não separa.*

— Que bom que ela é mulher, então – murmurou Beth, com um risinho abafado.

O sorriso do pastor McIntosh vacilou. Ele se sentou pesadamente no assento perto da porta e se inclinou para a frente.

— Você se casou diante de Deus, Alice, e é seu dever voltar para casa. O fato de simplesmente ir embora, abandonar a todos como fez... Bem, isso está gerando burburinhos. Você precisa pensar na extensão das consequências do seu comportamento. Bennett está infeliz. O pai dele está infeliz.

— E... a minha felicidade? Imagino que não venha ao caso.

— Minha cara jovem... é por meio da vida doméstica que você vai alcançar o verdadeiro contentamento. O lugar de uma mulher é no lar. *Mulheres, sujeitem-se a seus maridos, como ao Senhor. Pois o marido é a cabeça da mulher, como Cristo é a cabeça da Igreja, e ele é o Salvador do corpo.* Efésios, capítulo cinco, versículos vinte e dois e vinte e três.

Margery esfregava a sela com um sabão apropriado em círculos vigorosos, sem levantar os olhos.

— Pastor, o senhor sabe que está falando para uma sala repleta de mulheres solteiras e felizes, certo?

Ele agiu como se não a tivesse escutado.

— Alice. Peço encarecidamente que se deixe guiar pela Bíblia Sagrada, para que escute a palavra de Deus. Por isso, *quero que as moças jovens se casem, tenham filhos, sejam boas donas de casa e não deem ao adversário ocasião para críticas.* Isso está em Timóteo, capítulo cinco, versículo quatorze. Compreende o que ele está lhe dizendo, minha cara?

— Ah, acho que compreendo. Obrigada, pastor.

— Alice, você não precisa ficar sentada aí e...

— Estou bem, Margery — disse Alice, levantando a mão para ela. — O pastor e eu sempre tivemos conversas interessantes. E acho que entendo o que o senhor está me dizendo, pastor.

As outras mulheres trocaram olhares silenciosos. Beth sacudiu levemente a cabeça.

Alice esfregou com um pano um pedaço da sela onde havia uma sujeira que teimava em não sair. E inclinou a cabeça, pensativa.

— Mas eu ficaria muito grata se o senhor pudesse me aconselhar um pouco mais.

O pastor uniu a ponta dos dedos.

— Ora, claro, minha filha. O que você quer saber?

Alice comprimiu os lábios por um momento, como se estivesse escolhendo as palavras com cuidado. Então, sem levantar os olhos, começou a falar:

— O que Deus diz sobre um homem bater com a cabeça da nora repetidas vezes contra a mesa porque ela teve a audácia de dar dois brinquedos velhos para garotinhas órfãs de mãe? O senhor tem um versículo para isso? Porque eu adoraria ouvi-lo.

— Desculpe... O que você...

— Talvez o senhor tenha um versículo para quando a visão de uma mulher ainda está embaçada porque o sogro dela bateu com tanta força em seu rosto que ela chegou a ver estrelas? Ou poderia me informar qual é o versículo da Bíblia para quando um homem tenta dar dinheiro a uma mulher para que ela se comporte como ele quer? Acha que há em Efésios alguma posição sobre isso? Afinal, cinquenta dólares é uma bela quantia. Boa o bastante para que se ignore qualquer tipo de pensamento pecaminoso.

Beth arregalou os olhos. Margery abaixou a cabeça.

— Alice, minha cara. Isso... Bem, isso tudo é um assunto particu...

— Esse é o comportamento de um devoto, pastor? Porque estou prestando muita atenção ao que dizem, e tudo o que escuto é todo mundo me dizer que, pelo visto, *eu* estou agindo errado. Quando na verdade acho que talvez eu tenha sido a mais devota no lar Van Cleve. É verdade que não passo muito tempo na igreja, mas cuido de verdade dos pobres, dos doentes e dos necessitados. Nunca prestei atenção em outro homem, tampouco dei motivos ao meu marido para ele desconfiar de mim. Doo o que posso.

Ela se inclinou por cima da sela que estava em seu colo.

— Vou lhe dizer o que eu não faço. Não mando chamar homens armados do outro lado da fronteira do estado para ameaçar meus empregados. Não cobro desses empregados quatro vezes mais do que o preço justo pelos alimentos, até os trabalhadores terem uma dívida tão grande que seja impossível de pagar em vida. Aliás, caso esses empregados tentem comprar comida fora da loja da empresa, serão demitidos. Não expulso os doentes das casas cedidas pela empresa quando não podem trabalhar. E, com certeza, não espanco jovens mulheres até elas não conseguirem mais enxergar, nem mando uma empregada oferecer dinheiro à mulher em questão para que tudo seja esquecido. Então, me diga, pastor, quem é o verdadeiro pecador em toda essa situação? Quem precisa mesmo de um sermão sobre como se comportar? Porque eu, com certeza, não consigo entender.

A pequena sala estava em silêncio total. O pastor abriu e fechou a boca enquanto olhava para o rosto de cada uma das mulheres — Beth e Sophia inclinadas inocentemente sobre o trabalho que faziam, a atenção de Margery indo do pastor para Alice, e Alice com o queixo erguido, o rosto como uma interrogação ardente.

Ele colocou o chapéu na cabeça.

— Vejo... Vejo que está ocupada, Sra. Van Cleve. Talvez eu volte em outra hora.

— Ah, por favor, faça isso, pastor — pediu ela, enquanto ele abria a porta e saía apressado para a noite escura. — Gosto demais dos nossos estudos da Bíblia!

Com aquela última tentativa do pastor McIntosh — um homem que não podia ser considerado um grande exemplo de discrição —, finalmente se espalhou por todo o condado a notícia de que Alice van Cleve deixara o marido e não voltaria atrás. Aquilo não melhorou nem um pouco o humor de Geoffrey van Cleve — que já estava abalado pelos agitadores na mina. Encorajados pelas cartas anônimas, os mesmos encrenqueiros que tinham tentado ressuscitar os sindicatos, ao que parecia, tinham voltado a se empenhar no movimento. Dessa vez, no entanto, estavam sendo mais espertos e tudo estava sendo feito de forma tranquila, em conversas casuais no Marvin's Bar ou naquela espelunca que era o The Red Horse, e com frequência tudo acontecia com tanta rapidez que, quando os homens Van Cleve chegavam, só encontravam alguns homens da Hoffman tomando uma merecida cerveja gelada depois de uma longa semana de trabalho e apenas um vago ar de alvoroço.

— Dizem por aí que você está perdendo o pulso firme — falou o governador enquanto estavam sentados no bar do hotel.

— O pulso firme?

— Você está obcecado com a maldita biblioteca em vez de se concentrar no que vem acontecendo em sua própria mina.

— Onde ouviu esse absurdo? Tenho o pulso muito firme, governador. Ora, não descobrimos um bando daqueles arruaceiros do sindicato há apenas dois meses e acabamos com o que eles queriam começar? Coloquei Jack Morrissey e os rapazes dele para cuidar daquele bando. Ah, sim.

O governador se concentrou na bebida à sua frente.

— Tenho olhos e ouvidos por todo o condado. Estou monitorando esses elementos subversivos. Mas mandamos, digamos assim, um aviso. E tenho amigos na delegacia que são muito compreensivos quanto a esse tipo de assunto.

O governador arqueou um pouco as sobrancelhas.

— O que foi? — perguntou Van Cleve após uma pausa.

— Estão dizendo que você não consegue manter o controle nem na sua própria casa.

Van Cleve reagiu de imediato jogando o pescoço para trás, ao ponto de bater no colarinho da camisa.

— É verdade que a esposa de Bennett fugiu para uma casa nas montanhas e você não foi capaz de fazê-la voltar para casa?

— Bem, os dois jovens talvez estejam tendo alguns probleminhas. Ela... Ela pediu para passar um tempo na casa da amiga. Bennett permitiu que ficasse até a poeira baixar. — Ele passou a mão pelo rosto. — A moça ficou muito perturbada, você sabe, por não conseguir dar um filho a ele...

— Ora, fico triste em ouvir isso, Geoff. Mas preciso lhe dizer que não é nisso que as pessoas acreditam.

— O quê?

— Dizem que a moça O'Hare está levando a melhor sobre você.

— A filha de Frank O'Hare? Pelo amor de Deus. Aquela... caipirazinha. Ela... Ela só fica pendurada na barra da saia de Alice. Tem uma espécie de fascinação pela minha nora. Você não vai querer ouvir nada que ninguém diga sobre aquela moça. Ah! E pelas últimas informações que eu tive, aquela suposta biblioteca dela estava, de qualquer modo, com os dias contados. Não que eu esteja muito preocupado com a biblioteca, de um jeito ou de outro. Ah, não.

O governador assentiu. Mas não riu nem concordou, tampouco deu um tapinha camarada nas costas de Van Cleve ou lhe ofereceu um uísque. Apenas assentiu, terminou a bebida, desceu do tamborete e foi embora.

Quando Van Cleve por fim se levantou para sair do bar, várias doses de *bourbon* mais tarde e após muito matutar, seu rosto estava do mesmo tom de roxo-escuro do estofamento.

— Tudo bem, Sr. Van Cleve? — perguntou o garçom.

— Por quê? Você também tem uma opinião, assim como todo mundo?

Ele arremessou o copo vazio, fazendo com que deslizasse pelo balcão, e apenas os reflexos rápidos do garçom impediram que o objeto saísse voando pelo bar.

Bennett olhou quando o pai bateu a porta de tela. O filho estava escutando rádio e lendo uma revista de beisebol, que foi arrancada de sua mão por Van Cleve.

— Para mim, chega. Pegue seu paletó.

— O quê?

— Vamos trazer Alice para casa. Vamos pegá-la e colocá-la dentro da mala do carro se for necessário.

— Pai, já disse uma centena de vezes para você: Alice falou que vai continuar indo embora até entendermos a mensagem.

— E você vai aceitar isso de uma mocinha? Da sua própria esposa? Sabe o que isso está fazendo com minha reputação?

Bennett abriu a revista de novo e murmurou para baixo:

— É só fofoca. Logo, logo passa.

— O que você quer dizer com isso?

Bennett deu de ombros.

— Não sei. Só que... talvez devêssemos deixá-la ir.

Van Cleve estreitou os olhos para encarar o filho, como se talvez o rapaz tivesse sido substituído por um estranho que mal reconhecia.

— Você ao menos *quer* que ela volte para casa?

Bennett deu de ombros de novo.

— Que diabo significa isso?

— Não sei.

— Ah... Isso é por causa da pequena Peggy Foreman, que anda correndo atrás de você de novo? Ah, é, sei tudo sobre isso. Eu vejo você, filho. Ouço o que as pessoas falam. Você acha que eu e sua mãe não tivemos nossas dificuldades? Acha que não houve vezes que não queríamos chegar nem perto um do outro? Mas sua mãe era uma mulher que compreendia as responsabilidades que tinha. Você é *casado*. Entende isso, filho? Casado aos olhos de Deus e aos olhos da lei, e de acordo com as leis da natureza. Se quiser se divertir por aí com Peggy Foreman, aja de maneira discreta, por debaixo dos panos, não de um jeito que faça com que os outros saibam e falem disso. Entendeu?

Van Cleve ajeitou o casaco e checou seu reflexo no espelho acima da lareira.

— Você precisa agir como um homem agora. Cansei de ficar parado esperando, enquanto uma mocinha inglesa arrogante acaba com a reputação da minha família. O nome Van Cleve tem importância aqui. Pegue seu maldito casaco.

— O que o senhor vai fazer?

— Vamos trazê-la para cá. — Van Cleve olhou para o filho, maior que ele, parado em seu caminho. — Está me bloqueando, garoto? Meu próprio filho?

— Não vou fazer parte disso, pai. Algumas coisas é melhor... deixar para lá.

O homem mais velho fechou a boca com força, como a armadilha de uma ratoeira. E empurrou Bennett para passar.

— Isso é só a ponta do iceberg. Você talvez seja covarde demais para dar um bom recado àquela moça. Mas se acha que sou o tipo de homem que fica sentado sem fazer nada, então realmente não conhece seu velho pai.

Margery seguiu a cavalo para casa, perdida em suas reflexões, saudosa da época em que tudo em que precisava pensar era se tinha comida suficiente para os próximos três dias. Como sempre fazia quando seus pensamentos tomavam um rumo mais profundo e triste, ela murmurou baixinho:

— As coisas não estão tão ruins assim. Ainda estamos aqui, não estamos, Charley, meu garoto? Os livros ainda estão saindo.

As orelhas grandes do burro balançaram para trás e para a frente, fazendo Margery jurar que o animal compreendia boa parte da conversa. Sven ria do jeito como a mulher conversava com os animais dela, e toda vez ela retrucava que era mais fácil entender os bichos do que metade dos humanos que a cercavam. Depois, claro, Margery o pegava sussurrando com o cachorro como se fosse um bebê quando achava que ela não estava olhando — *Quem é o garotão dessa casa, hein? Quem é o melhor cachorro?* Um homem de coração mole, apesar do jeito brusco. E bondoso também. Poucos homens seriam tão hospitaleiros com outra mulher em casa. Margery se lembrou da torta de maçã que Alice tinha improvisado na noite da véspera, da qual sobrara metade. Parecia que naqueles dias a casa dela estava sempre cheia de gente, se movimentando, preparando comida, ajudando com as tarefas domésticas. Um ano atrás, aquilo a teria enfurecido. No momento, a ideia de voltar para uma casa vazia lhe parecia estranha, não mais um alívio.

Delirando um pouco de cansaço, Margery começou a divagar enquanto o burro avançava penosamente pela trilha escura. Ela pensou em Kathleen Bligh, voltando para uma casa que ecoava a perda todas as noites. Graças à viúva, elas haviam conseguido fazer quase todas as rotas nas duas últimas semanas, apesar do clima, e, com a perda das famílias que haviam deixado o projeto por causa dos boatos de Van Cleve, as bibliotecárias estavam em dia com o trabalho. Se tivesse orçamento para isso, Margery contrataria Kathleen em definitivo. Mas a Sra. Brady não estava querendo muita conversa sobre o futuro da biblioteca naquele momento. *Tenho adiado escrever para a Sra. Nofcier sobre nossos problemas atuais*, dissera a Sra. Brady na semana anterior, confirmando que o Sr. Brady ainda estava irredutível em relação ao retorno de Izzy. *Tenho esperança de que possamos conquistar o apoio dos moradores da cidade de modo que a Sra. Nofcier nem chegue a precisar ouvir a respeito desse... infortúnio.*

Alice voltara a montar, os machucados já tinham se tornado hematomas amarelados. Ela ficara com a longa rota que subia até Patchett's Creek naquele dia, supostamente para esticar um pouco as pernas de Spirit. Margery, no entanto, sabia que Alice fizera aquilo para que ela, Margery, pudesse ter algum tempo a sós com Sven em casa. As famílias daquela rota gostavam de Alice, pediam que ela dissesse o nome de lugares ingleses — *Beaulieu, Piccadilly* e *Leicester Square* — e morriam de rir do sotaque dela. Alice não se importava. Ela não se ofendia com facilidade. Essa era uma das coisas que gostava na amiga, pensou Margery. Enquanto muitas pessoas por ali viam ofensa nas palavras mais brandas, e achavam que cada elogio que lhes era dirigido continha uma alfinetada secreta, Alice ainda parecia disposta a ver o melhor em todos que cruzavam seu caminho. Provavelmente por isso se casara com aquele tolo do Bennett.

Margery bocejou, perguntando-se quanto tempo demoraria para Sven chegar em casa.

— O que você acha, Charley, meu garoto? Será que vou ter tempo de ferver um pouco de água e limpar essa sujeira do corpo? Acha que ele vai se importar com isso?

Ela fez o animal parar diante do grande portão e desmontou para abri-lo.

— Do jeito que estou cansada, vou ter sorte se conseguir ficar acordada até ele chegar.

Após trancar o portão novamente, Margery demorou um minuto para se dar conta de que faltava algo.

— Bluey?

Ela subiu o caminho até a casa, chamando por ele, as botas fazendo barulho na neve. Margery prendeu as rédeas do burro na parte de cima da cerca perto da varanda e levou a mão à testa. Para onde aquele cachorro danado tinha ido? Duas semanas antes, ele se afastara quase cinco quilômetros na outra margem do riacho, até a casa de Henscher, só para brincar com o cachorrinho dele. Voltara envergonhado para casa, as orelhas baixas, como se soubesse que tinha feito bobagem, a expressão tão culpada que Margery não teve coragem de brigar com o animal. A voz dela ecoou quando voltou a chamar:

— Bluey?

Margery subiu os degraus da varanda de dois em dois. Então o viu, na parte mais distante da varanda, perto da cadeira de balanço. Um corpo flácido e sem cor, os olhos cor de gelo virados para cima, a língua para fora e as pernas abertas, como se tivesse sido detido de repente no meio de uma corrida. Havia um buraco de tiro vermelho-escuro atravessando o crânio do cachorro.

— Não. Ah, não.

Margery correu para Bluey, caiu de joelhos e deixou escapar um uivo de dor de algum lugar dentro de si.

— Ah, não, meu menino. Ah, não.

Ela segurou a cabeça do cachorro no colo, sentindo o pelo aveludado e macio dele, acariciando seu focinho, mas já sabendo que não havia nada mais a ser feito.

— Ah, Bluey. Meu amorzinho.

Ela pressionou o rosto contra a cabeça dele.

— *Desculpe, desculpe, desculpe.*

Suas mãos o agarraram, todo o corpo dela sofrendo por um sabujo bobo que nunca mais pularia de novo em cima da cama.

E foi assim que Alice a encontrou quando chegou com Spirit meia hora mais tarde, com as pernas doendo e os pés dormentes de frio.

Margery O'Hare, uma mulher que não derramara uma lágrima sequer durante o funeral do próprio pai, que mordera o lábio até sangrar quando enterrara a irmã, uma mulher que levara quase quatro anos para confessar seus sentimentos ao homem que mais amava no mundo, e que ainda jurava que tinha um coração de pedra, estava chorando como uma criança, sentada na varanda, as costas curvadas de dor, com a cabeça do cachorro morto aconchegada com ternura no colo.

Alice viu o Ford de Van Cleve antes de ver o homem propriamente dito. Por semanas ela tinha se escondido nas sombras quando ele passava, virado o rosto, com o coração na boca, preparada para mais uma abordagem raivosa do sogro exigindo que ela voltasse para casa de imediato e parasse com toda aquela bobagem ou *acabaria se arrependendo*. Mesmo quando estava acompanhada, a mera visão de Van Cleve a fazia estremecer um pouco, como se houvesse alguma memória residual alojada em suas células que ainda repercutisse o impacto do punho firme.

Mas nesse momento, impelida pela longa noite de luto que, de certa forma, fora muito mais difícil de testemunhar do que o sofrimento pelo qual ela mesma passara, Alice parou onde estava assim que se deparou com o carro vinho descendo a colina. Ela guiou Spirit para o meio da rua, de modo a ficar bem na frente do automóvel e obrigando Van Cleve a pisar no freio com força, fazendo o carro guinchar até parar na frente da loja, o que fez com que todos os pedestres — uma considerável quantidade de pessoas, já que a loja estava com uma promoção especial de farinha — observassem a comoção. Van Cleve piscou e ficou olhando confuso, pelo para-brisa, para a moça a cavalo, a princípio sem reconhecer quem era. Ele abaixou o vidro da janela do motorista.

— Perdeu de vez a cabeça agora, Alice?

Ela o encarou com raiva. Então, largou as rédeas e falou alto, a voz cortando o ar como um pedaço de vidro, cintilando de raiva.

— O senhor atirou no *cachorro* dela?

Houve um breve momento de silêncio.

— O senhor atirou no *cachorro* de Margery?

— Não atirei em nada.

Alice ergueu o queixo e o encarou com firmeza.

— Não, é claro que não foi o senhor. Não sujaria as próprias mãos, não é mesmo? Provavelmente mandou seus homens lá só para matar aquele cachorrinho. — Ela balançou a cabeça. — Meu Deus, que tipo de homem o senhor *é*?

Ela viu, então, pela expressão questionadora que Bennett dirigiu ao pai, que ele não sabia do ocorrido, o que deixou feliz um pedacinho do seu coração.

Van Cleve, que ficara boquiaberto, logo recuperou a compostura.

— Você está louca. Morar com aquela moça O'Hare deixou você louca!

Van Cleve olhou pela janela e reparou que todos ao redor haviam parado para ouvir aquilo e que agora murmuravam entre si. Era mesmo uma baita fofoca para uma cidade tranquila. *Van Cleve mata a tiros o cão de Margery O'Hare.*

— Ela é louca! Olhem para ela, vindo com o cavalo para cima do meu carro! Como se eu fosse atirar em um cão! — Ele bateu com as mãos no volante. Alice não se moveu. A voz dele ficou ainda mais alta. — Eu! Atirando em um maldito cachorro!

Então, por fim, ao ver que ninguém se moveu nem falou nada, ele se dirigiu ao filho:

— Vamos, Bennett. Temos muito trabalho a fazer.

E girou o volante de modo que o carro contornou Alice e acelerou bruscamente para avançar pela rua, fazendo Spirit empinar, assustada, enquanto as rodas jogavam o cascalho perto de suas patas.

* * *

Não deveria ser uma surpresa. Sven se debruçou sobre a mesa de madeira rústica com Fred e as duas mulheres e relatou as histórias que chegavam do Condado de Harlan. De homens explodidos por dinamite enquanto estavam deitados em suas camas por causa das rixas crescentes do sindicato, de bandidos com metralhadoras, de xerifes fazendo vista grossa. Considerando tudo isso, um cachorro morto não deveria causar grande espanto. Mas a morte de Bluey pareceu acabar com a disposição de Margery para lutar. Ela vomitara duas vezes por causa do choque com o que havia acontecido, e buscava o cachorro pela casa, a mão pressionada contra o rosto de maneira reflexiva, como se parte dela ainda esperasse vê-lo surgir saltando de um canto.

— Van Cleve é astuto — resmungou Sven quando Margery saiu da sala para ver como estava Charley, como fazia várias vezes durante a noite. — Ele sabe que ela nem ia piscar se alguém apontasse o cano de uma arma para ela. Mas, mexendo com algo que ela ama...

Alice pensou a respeito.

— Sven... *Você* está preocupado?

— Comigo? Não. Sou funcionário dele. E Van Cleve precisa de um capitão dos bombeiros. Não sou sindicalizado, mas, se alguma coisa acontecer comigo, todos os meus rapazes dão o fora. Temos um acordo em relação a isso. Se nós sairmos, a mina fecha. Van Cleve pode até ter o xerife na palma da mão, mas há limites para o que o estado está disposto a tolerar. — Ele fungou. — Além do mais, isso é entre vocês duas e ele. E ele não vai querer atrair atenção para o fato de que está metido em uma briga com duas mulheres. Ah, não.

Ele tomou um gole de *bourbon*.

— Van Cleve só está tentando assustar você. Mas os homens dele não machucariam uma mulher. Mesmo os bandidos. Eles honram o código das montanhas.

— E quanto a esses que vêm de fora do estado? — perguntou Fred. — Tem certeza de que eles também honram o código das montanhas?

Sven parecia não ter uma resposta para isso.

Fred ensinou Alice a usar uma espingarda. Ele mostrou como equilibrar a coronha e apoiar a parte de trás no ombro; como calcular o deslocamento provocado pelo coice forte da arma indo para trás na hora de fazer a mira; lembrou a Alice de não prender a respiração na hora de disparar, mas de apertar o gatilho enquanto soltava o ar lentamente. A primeira vez que ela puxou o gatilho, Fred estava parado bem atrás, as mãos sobre a dela, e Alice cambaleou com tanta força contra ele que ficou com o rosto vermelho de vergonha por uma hora.

Fred disse que Alice tinha um talento natural para aquilo ao alinhar as latas sobre o tronco de uma árvore caída nos limites das terras de Margery. Em poucos dias, Alice já conseguia derrubar as latas, como maçãs caindo de um galho. À noite, quando se certificava de que as novas trancas das portas estavam bem fechadas, ela passava a mão pelo cano da arma, erguia-a especulativamente no ombro, disparando cartuchos imaginários contra intrusos invisíveis que subiam a trilha que levava à casa. Estava disposta a puxar o gatilho pela amiga, não tinha a menor dúvida disso.

Porque uma outra coisa também mudara, algo fundamental. Alice havia descoberto que, ao menos para uma mulher, era muito mais fácil ficar furiosa por alguém de quem se gostava do que por si mesma, era muito mais fácil acessar aquele ódio intenso, era mais fácil querer fazer alguém sofrer caso essa pessoa tivesse machucado alguém que se amava.

Ela se deu conta de que já não sentia mais medo.

14

Cavalgar no inverno obrigava as bibliotecárias a se agasalharem tanto que ficava difícil lembrar qual era sua aparência por baixo de tudo: dois coletes, uma camisa de flanela, um suéter grosso e um casaco, com um ou dois cachecóis por cima — aquele era o uniforme diário nas montanhas. Talvez ainda com um par de luvas masculinas grossas, de couro, por cima das próprias luvas, um chapéu puxado o mais baixo possível e mais um cachecol cobrindo o nariz, de modo que o próprio hálito ficasse preso e conseguisse aquecer um pouco a pele. Em casa, a roupa era tirada com relutância, expondo muito brevemente ao frio o mínimo indispensável de pele nua — apenas entre se livrar da roupa de baixo e se enfiar sob a pilha de cobertas. A não ser pelos momentos em que se lavava com um pano úmido, uma mulher trabalhando na Biblioteca a Cavalo poderia passar semanas sem ver quase nada do próprio corpo.

Alice ainda estava envolvida em sua batalha particular com os homens Van Cleve, embora, para sua alegria, eles parecessem tê-la deixado em paz por ora. Com frequência podia ser encontrada no bosque atrás da casa, com a velha espingarda de Fred, o *craque* e *zingue* das balas que atingiam as latas ecoando no ar parado.

Elas encontravam Izzy só de passagem, quando a viam infeliz na companhia da mãe pela cidade. E Beth, que era a única pessoa que repararia nessas coisas, ou faria piada delas, só aparecia de vez em quando e estava mais preocupada com o próprio braço quebrado e com o que podia ou não fazer. Assim, ninguém reparou que Margery havia engordado um pouco, tampouco pensou em comentar a respeito. Sven, que conhecia o corpo dela como se fosse o seu, compreendia as variações que aconteciam no organismo feminino e apreciava todas igualmente, e além disso era um homem sábio o bastante para não tecer comentários sobre o assunto.

A própria Margery se acostumara a estar exausta, tentando dobrar as rotas que fazia, batalhando todos os dias para convencer os céticos da importância das histórias, dos fatos, do conhecimento. Mas isso e a constante sensação de mau agouro tornavam difícil levantar a cabeça do travesseiro todas as manhãs. O frio parecia tê-la marcado depois de meses de neve, e as longas horas ao ar livre a deixavam permanentemente faminta. Assim, uma mulher poderia ser desculpada por não reparar em sinais que outras teriam percebido mais rápido, ou, se tivesse reparado, que varresse o pensamento para baixo da pilha cada vez maior de coisas com que precisava se preocupar.

Mas sempre havia um ponto em que se tornava impossível ignorar esse tipo de situação. Certa noite, no fim de fevereiro, Margery pediu a Sven para não ir à casa dela, e acrescentou com uma naturalidade enganosa que precisava colocar algumas tarefas em dia. Ela ajudou Sophia com os últimos livros, despediu-se com um aceno quando Alice saiu para a noite coberta de neve e trancou a porta. Agora estava sozinha na pequena biblioteca, o aquecedor ainda quente, depois que Fred — que Deus o abençoasse — o enchera de lenha antes de também ir para casa comer, a mente concentrada em uma pessoa completamente diferente. Margery se sentou em uma cadeira, os pensamentos voando baixo na escuridão, até ela finalmente se levantar, tirar um livro didático pesado da estante e folheá-lo até encontrar o que procurava. Então, leu a informação com a maior atenção, o cenho franzido. Margery assimilou o que lera e então contou nos dedos: *um, dois, três, quatro, cinco, cinco e meio.*

E repetiu a contagem.

Apesar do que as pessoas no Condado de Lee podiam pensar sobre a família de Margery O'Hare, sobre o tipo de mulher que com certeza ela devia ser, levando-se em consideração sua origem, Margery não era dada a praguejar. Naquele momento, no entanto, praguejou baixinho uma, duas vezes, e afundou a cabeça nas mãos em silêncio.

15

Os banqueiros, donos de mercearia, editores e advogados, a polícia, o xerife, talvez o próprio governo das cidades pequenas, eram todos aparentemente subservientes aos senhores do dinheiro e das corporações da área. Era a compulsão deles, quando não seu desejo, permanecer em bons termos com aqueles capazes de lhes causar problemas materiais ou pessoais.

— Theodore Dreiser, introdução de *Harlan Miners Speak*

— Três famílias que só me deixaram entregar um livro se lesse histórias da Bíblia. Uma porta batida na minha cara em uma daquelas casas novas perto da Hoffman. Mas a Sra. Cotter parece ter voltado atrás agora que entendeu que não temos a intenção de tentá-la a ceder aos chamados da carne, e Doreen Abney pergunta se ela pode receber a revista com a receita da torta de coelho, que se esqueceu de copiar duas semanas atrás.

O alforje pesado de Kathleen caiu em cima da mesa com um baque. Ela se virou para olhar para Alice e esfregou as mãos para se livrar da sujeira.

— Ah, e o Sr. Van Cleve me parou na rua para me dizer que somos uma abominação e que quanto antes sairmos desta cidade, melhor.

— Vou mostrar a ele a abominação — disse Beth em tom sombrio.

Por volta de meados de março, Beth voltara a trabalhar em tempo integral, mas ninguém teve coragem de dizer a Kathleen que ela não era mais necessária. A Sra. Brady, que era uma mulher justa, mesmo que fosse um pouco inflexível, havia se recusado a receber o salário de Izzy, já que a moça não estava trabalhando. Assim, Margery simplesmente entregara o pacotinho de papel pardo para Kathleen. Foi um certo alívio, já que Margery estava pagando a Kathleen com o próprio dinheiro, tirado das parcas economias que mantinha escondidas desde a morte do pai. A sogra de Kathleen aparecera na biblioteca duas vezes para levar as crianças e mostrar a elas em que a mãe estava envolvida, a voz cheia de orgulho. As crianças eram muito queridas por todas as mulheres ali, que lhes mostravam os livros recém-recebidos e deixavam que se sentassem no burro. E algo no sorriso sereno de Kathleen e no carinho genuíno da sogra em relação a ela fazia com que todas ali se sentissem um pouco melhor.

Ao perceber que Alice não cederia em relação a voltar para casa, o Sr. Van Cleve adotara uma nova estratégia, dizendo à jovem que ela deveria deixar a cidade, que não era bem-vinda ali, acompanhando-a de carro quando ela saía para as rotas, de manhã cedo, fazendo Spirit revirar os olhos e desviar para o lado para se afastar do homem que berrava pela janela do motorista.

— Você não tem como se sustentar, Alice. E aquela biblioteca vai ser fechada em questão de semanas. Ouvi isso do próprio governador. Se não vai voltar para a nossa casa, então é melhor encontrar outro lugar para ir. Algum lugar na Inglaterra.

Alice aprendera a cavalgar com o rosto firme, olhando só para a frente, como se não o escutasse, e isso o enfurecia ainda mais, então o velho Van Cleve sempre terminava gritando do meio da estrada, enquanto Bennett afundava no assento do passageiro.

— *Você nem é mais tão bonita!*

— Acha que Margery não se incomoda mesmo em me hospedar? — Alice costumava perguntar a Fred. — Eu não quero incomodá-la. Mas o Sr. Van Cleve está certo. Não tenho mais para onde ir.

Fred mordia o lábio, como se quisesse dizer alguma coisa, mas não pudesse.

— Acho que Margery gosta de ter você por perto. Assim como todos nós — respondia ele com cautela.

Alice começara a perceber coisas novas sobre Fred: o modo confiante como suas mãos descansavam sobre os cavalos, seus movimentos leves — diferente de Bennett, que, apesar de ser atlético, sempre parecia desconfortável, como se seus músculos o restringissem e o movimento apenas irrompesse dele de vez em quando. Ela encontrava desculpas para ficar até mais tarde na biblioteca, ajudando Sophia, que não comentava sobre o assunto. Sophia sabia. Ah, todas elas sabiam.

— Você gosta dele, não gosta? — perguntou Sophia a Alice, sem rodeios, uma noite.

— Eu? Do... Fred? Ah, bem. Eu... — balbuciou.
— Ele é um bom homem. — Sophia disse isso com ênfase no *bom*, como se o estivesse comparando a outra pessoa.
— Você já foi casada, Sophia?
— Não. — Ela levou o fio de linha aos dentes e o cortou. E, bem quando Alice já se perguntava se, mais uma vez, tinha sido direta demais, Sophia acrescentou: — Já amei um homem certa vez. Benjamin. Trabalhava na mina. Era o melhor amigo de William. Nós nos conhecíamos desde crianças.

Ela ergueu a costura na direção da lâmpada.
— Mas ele está morto.
— Ele... morreu nas minas?
— Não. Uns homens atiraram nele. Benjamin estava cuidando da própria vida, caminhando de volta para casa depois do trabalho.
— Ah, Sophia. Eu sinto muito, muito mesmo.

A expressão de Sophia era inescrutável, como se ela tivesse anos de prática em esconder o que sentia.
— Eu não consegui aguentar esta cidade por muito tempo depois disso. Fui embora para Louisville e me dediquei de corpo e alma ao trabalho na biblioteca para negros lá. Construí uma nova vida, embora sentisse falta de Benjamin todos os dias. Quando soube que William tinha sofrido o acidente, rezei para que Deus não me fizesse voltar. Mas, você sabe, Ele tem os próprios caminhos.
— Ainda é difícil?
— No início foi. Mas... As coisas mudam. Ben morreu há quatorze anos. O mundo segue seu rumo.
— Você acha... que algum dia vai encontrar outra pessoa?
— Ah, não. Esse momento passou. Além do mais, não me encaixo em lugar nenhum. Sou culta demais para a maior parte dos homens por aqui. E meu irmão diria que sou muito obstinada. — Sophia riu.
— Ora, isso me soa familiar — falou Alice, e suspirou.
— William me faz companhia. Nós nos damos bem. E tenho esperanças. As coisas estão bem. — Ela sorriu. — É preciso ser grata pelas bênçãos que temos. Gosto do meu trabalho. Tenho amigos aqui, agora.
— É um pouco como eu me sinto.

Quase em um impulso, Sophia estendeu a mão esguia e apertou a de Alice, que retribuiu o gesto, impressionada com o conforto inesperado de um toque humano. Elas apertaram a mão uma da outra com firmeza, e então, quase com relutância, se soltaram.

— Acho, sim, que ele é gentil — comentou Alice, depois de um momento. — E... bem bonito.

— Garota, tudo que você tem que fazer é dizer o que quer. Aquele homem está babando por você como um cachorro atrás de um osso desde o dia em que cheguei aqui.

— Mas eu não posso, posso?

Sophia levantou a cabeça para encará-la.

— Metade da cidade já acha que esta biblioteca é um viveiro de imoralidade, e muito por minha causa. Dá para imaginar o que diriam sobre nós se eu me envolvesse com um homem? Um homem que não é o meu marido?

Ela tinha razão nessa parte, comentou Sophia com William mais tarde. Porém dava tanta pena, duas pessoas boas, tão felizes na companhia uma da outra...

— Ora — disse William. — Ninguém nunca disse que o mundo é justo.

— Isso é bem verdade — concordou Sophia.

E voltou para sua costura, perdendo-se por um momento na lembrança de um homem de riso fácil, que nunca deixava de fazê-la sorrir, e do peso, perdido havia tanto tempo, do braço dele em sua cintura.

— Ela é uma professora, a velha Spirit — disse Fred enquanto eles voltavam para casa em meio ao crepúsculo que os rodeava. Ele vestia um casaco de linóleo pesado para protegê-lo da chuva e, em volta do pescoço, o cachecol verde que as bibliotecárias tinham lhe dado de presente de Natal e que usava todos os dias desde então. — Você notou isso hoje? Toda vez que este aqui se assustava, ela o olhava como se estivesse dizendo *Controle-se*. E quando ele não ouvia, as orelhas dela se abaixavam para trás. Ela estava avisando a ele.

Alice observou os dois cavalos avançando lado a lado e ficou maravilhada com as pequenas mudanças que Fred conseguia perceber. Ele era capaz de fazer uma leitura corporal do animal, e ficava insatisfeito diante de espáduas inclinadas ou jarretes de vacas ou lombos que não estavam tão desenvolvidos quanto deveriam, enquanto tudo que Alice via era um "cavalinho bonito". Ele conseguia distinguir sua personalidade também. Dizia que era a mesma desde o nascimento, bastava que os homens não a estragassem muito.

— É claro que a maioria dos homens não consegue se conter — afirmou Fred.

Em geral, Alice ficava com a impressão de que, quando Fred dizia essas coisas, se referia a outros assuntos, completamente diferentes.

Ele passou a encontrá-la nas rotas dela, montado em Pirata, um jovem puro-sangue que tinha uma cicatriz na orelha. Fred falou que seria útil o jovem cavalo trabalhar ao lado de Spirit, que tinha um temperamento mais razoável, porém Alice desconfiava que havia outros motivos por trás da presença dele — e não se importava. Era bastante difícil ficar a sós com seus pensamentos durante a maior parte do dia.

— Terminou de ler o livro do Hardy?

Fred fez uma careta.

— Terminei, sim. Mas não virei muito fã daquele personagem, Angel.

— Não?

— Metade do tempo fiquei querendo dar um chute nele. Lá estava ela, a pobre garota, querendo apenas amor. E ele, como uma espécie de pregador, julgando a moça. Mesmo quando não tinha sido culpa dela. E aí, no fim, ele vai e se casa com a irmã da garota!

Alice segurou uma risada e disse:

— Eu tinha me esquecido dessa parte.

Os dois conversavam sobre livros que tinham recomendado um ao outro. Ela gostou bastante de Mark Twain e descobriu que os poemas de George Herbert eram surpreendentemente emocionantes. Nos últimos tempos, parecia que era mais fácil para Alice e Fred conversarem sobre livros do que sobre a realidade.

— Então... Você quer uma carona? — Eles haviam chegado à biblioteca e conduziam os cavalos para o estábulo de Fred, onde os animais passariam a noite. — Está úmido demais para subir a pé todo o caminho até a casa de Marge. Eu poderia lhe dar uma carona de carro até aquele carvalho grande.

Ah, como aquilo era tentador. A longa caminhada até a casa, no escuro, era a pior parte do dia — quando ela já estava com fome, dolorida, a mente parecia não conseguir pensar em coisas boas. Houve um tempo em que ela talvez tivesse ido para casa ainda montada em Spirit e deixado a égua lá até o dia seguinte, mas naquele momento Alice e Margery tinham um acordo implícito de não manter mais animais no terreno da casa.

Fred trancara o estábulo e a encarava com expectativa. Alice teve um vislumbre do prazer tranquilo que seria se sentar ao lado dele, observando suas mãos fortes no volante, o sorriso dele enquanto lhe contava coisas em pequenos rompantes, confidências que eram oferecidas como conchas na palma da mão dele.

— Não sei, Fred. Na verdade, não posso ser vista...

— Bem, eu estava pensando... — Ele mudou o peso do corpo de um pé para outro. — Sei que você gosta de dar um pouco de espaço para que Margery e Sven fiquem juntos... e agora ainda mais...

Algo estranho estava acontecendo entre Margery e Sven. Alice demorara uma semana ou duas para perceber, mas a casa já não se enchia mais com os gritos abafados dos dois fazendo amor. Sven muitas vezes já tinha ido embora quando Alice se levantava pela manhã, e, quando ele estava lá, não havia piadinhas sussurradas ou intimidades casuais, só silêncios rígidos e olhares pesados. Margery parecia preocupada. O rosto dela estava tenso, e seu jeito, brusco. Na noite da véspera, quando Alice perguntara diretamente se Margery preferia que ela fosse embora, o rosto da amiga suavizara e ela respondera de forma bastante inesperada — sem desdém — afirmando estar bem, e que Alice não deveria se preocupar, mas falara baixinho *Não. Por favor, não vá*. Uma briga de casal? Alice não trairia a amiga comentando sobre assuntos particulares dela, mas estava muito confusa.

— ... então, eu estava me perguntando se você gostaria de comer comigo. Eu ficaria feliz em cozinhar. E eu poderia...

Alice voltou a se concentrar no homem à sua frente.

— ... levá-la de volta para casa por volta das oito e meia.

— Fred, eu não posso.

Ele fechou abruptamente a boca, engolindo o que estava dizendo.

— Não... Não é que eu não fosse gostar. É só que... se eu fosse vista... Bem, as coisas estão bastante complicadas no momento. Você sabe como esta cidade adora uma fofoca.

Ele pareceu de certa forma esperar por aquilo.

— Não posso correr o risco de tornar as coisas ainda piores para a biblioteca. Ou... para mim mesma. Talvez quando a situação se acalmar um pouco.

Mas, assim que falou, Alice se deu conta de que não sabia como aquilo poderia dar certo. Aquela cidade era capaz de polir com o maior cuidado cada pedacinho de fofoca e preservá-lo como um inseto em âmbar. Ainda falariam daquilo séculos mais tarde.

Fred também sabia.

— Claro — disse ele. — Bem, só quero que saiba que a oferta está de pé. Só para o caso de você se cansar da comida de Margery.

Ele tentou rir, e os dois ficaram se encarando, ambos um pouco constrangidos, então Fred ergueu o chapéu em despedida e seguiu o caminho molhado que levava à casa dele. Alice ficou parada, observando, pensando em como a casa estaria aquecida, no tapete azul de retalhos, no cheiro adocicado da madeira encerada. Ela suspirou, puxou o cachecol por cima do nariz e começou a longa caminhada no frio montanha acima, até a casa de Margery.

Sven sabia que Margery não era uma mulher que podia ser pressionada. Mas quando ela lhe disse, pela terceira vez naquela semana, que seria melhor ele ficar na própria casa, não pôde mais ignorar o pressentimento que tinha. Enquanto a via desmontar de Charley, Sven se pegou cruzando os braços e a examinando com olhos mais frios e avaliadores, até dizer, por fim, as palavras que estava ruminando havia semanas:

— Eu fiz alguma coisa errada, Marge?

— O quê?

E lá estava de novo. O modo como ela mal o olhava quando Sven falava.

— Nas últimas semanas, parece que você mal me quer por perto.

— Você está falando bobagem.

— Parece que não consigo dizer nada que agrade você. Quando vamos para a cama, você está sempre toda agasalhada, como um bicho-da-seda. Não quer que eu toque em você... — balbuciou ele, hesitando de um modo que não era característico. — Nunca fomos frios um com o outro, nem quando estávamos separados. Nenhuma vez em dez anos. Eu só... quero saber se fiz alguma coisa que tenha ofendido você.

Os ombros de Margery se curvaram um pouco. Ela passou a mão por baixo do burro para pegar a cilha e a passou por cima do assento da sela, a fivela tilintando ao encostar no couro. Havia um cansaço nos movimentos dela que fez Sven se lembrar de uma mãe tendo que lidar com os filhos que não davam sossego. Margery permitiu que um breve silêncio se instalasse antes de falar:

— Você não fez nada para me ofender, Sven. Só estou... cansada.

— Então por que não quer nem que eu abrace você?

— Ora, nem sempre eu quero ser abraçada.

— Nunca pareceu se importar com isso antes.

Como não estava gostando de como a própria voz soava naquele momento, Sven tirou a sela da mão dela e carregou para a casa, enquanto Margery deixou Charley solto em sua baia, o escovou, trancou a porta do estábulo e só depois o seguiu. Eles trancavam tudo naqueles dias, os olhos atentos a qualquer mudança, os ouvidos alertas a qualquer som estranho ao redor. A trilha que subia da estrada até a casa contava agora com uma fileira de fios com sinos e latas para avisá-la de qualquer aproximação, e Margery mantinha duas espingardas carregadas ao lado da cama.

Sven deixou a sela em seu suporte e permaneceu parado, refletindo por um momento. Então foi até Margery e pousou delicadamente a mão em seu rosto, em uma oferta de paz. Ela não levantou os olhos. Antes, Margery teria pressionado mais a mão dele contra sua pele e a beijado. Isso, no entanto, não aconteceu, e Sven sentiu o coração afundar no peito.

— Sempre fomos sinceros um com o outro, não é verdade?

— Sven...

— Respeitei a forma como você quer viver. Aceitei que não quer se sentir presa. Nem sequer mencionei mais o assunto desde...

Ela esfregou a testa.

— Podemos não fazer isso agora?

— O que estou dizendo é que... nós fizemos um acordo. Combinamos que... se decidisse que não me queria mais, você me diria.

— Vamos voltar a esse assunto? — Margery soava triste e exasperada. Ela deu as costas a ele. — Não é você. Não quero que você vá a lugar nenhum. Eu só... só estou com muita coisa na minha mente agora.

— Todos nós estamos assim.

Ela balançou a cabeça.

— Margery.

Ela continuou parada ali, teimosa como Charley. Não cedeu nada a ele.

Sven Gustavsson não era um homem de temperamento difícil, mas era orgulhoso, e tinha seus limites.

— Não posso continuar com isso. Não vou mais incomodar você.

Margery levantou a cabeça quando ele se virou.

— Você sabe onde me encontrar quando estiver pronta para me ver de novo.

Ele levantou a mão em despedida enquanto descia a trilha. E não olhou para trás.

Como elas estavam em dia com os reparos nos livros (provavelmente graças ao tempo extra que Alice passava na biblioteca), Margery convencera Sophia a tirar folga na sexta-feira e passar o dia com o irmão, porque era aniversário dele. Alice subiu Split Creek quando a noite já caía, reparou que a luz ainda estava acesa e se perguntou, já que Sophia estava de folga, qual das bibliotecárias ainda estaria ali dentro. Beth não perdia tempo na hora de ir embora, devolvendo rápido os livros que carregava e correndo de volta para a fazenda onde morava (caso não se apressasse, quando chegasse em casa os irmãos já teriam devorado toda a comida dela). Kathleen também estava sempre com pressa na hora de voltar para casa, para aproveitar os últimos momentos dos filhos acordados. Apenas Alice e Izzy deixavam os cavalos no estábulo de Fred, e Izzy, ao que parecia, abandonara o projeto de vez.

Alice tirou a sela de Spirit e ficou parada por um instante no calor da baia, então beijou as orelhas da égua, que tinham um cheiro doce, e pressionou o rosto contra o pescoço quente do animal, estendendo guloseimas quando Spirit ficou farejando seus bolsos com o focinho macio e inquisitivo. Ela passara a amar Spirit, conhecia a personalidade e os pontos fortes dela como conhecia a si mesma. Alice se deu conta de que a égua era o relacionamento mais estável em sua vida. Quando teve certeza de que Spirit estava confortável, foi até a porta dos fundos da biblioteca, onde ainda conseguia ver uma faixa prateada de luz saindo pelos vãos da madeira que não estavam forrados com papel.

— Marge? — chamou.

— Ora, você realmente não tem a menor pressa.

Alice olhou espantada para Fred, sentado diante de uma mesinha no meio da biblioteca e vestindo jeans e uma camisa limpa de flanela.

— Concordo com você sobre não ser vista comigo em público. Mas achei que talvez pudéssemos jantar juntos de qualquer modo.

Alice fechou a porta enquanto fitava a mesa posta elegantemente, com um vaso de flores no meio, um indicador da primavera, duas cadeiras e os lampiões a óleo cintilando sobre as escrivaninhas próximas, projetando sombras na lombada dos livros ao redor deles.

Ele pareceu interpretar o silêncio chocado dela como hesitação.

— É só porco e feijão-preto ensopado. Nada muito chique, já que eu não sabia bem a que horas você voltaria. As vagens talvez tenham esfriado um pouco. Não tinha me dado conta de como você é dedicada com aquela minha égua.

Fred levantou a tampa da panela pesada de ferro e de repente o cômodo se encheu com o aroma de carne ensopada. Ao lado de Alice, na mesa, estava uma forma pesada de pão de milho e uma tigela de vagens.

O estômago de Alice roncou alto inesperadamente, e ela levou a mão à barriga, tentando não enrubescer.

— Ora, ora, alguém aprova — comentou Fred, tranquilo.

Ele se levantou e deu a volta para puxar a cadeira para Alice se sentar.

Ela apoiou o chapéu na mesa e desenrolou o cachecol.

— Fred, eu...

— Eu sei. Mas gosto da sua companhia, Alice. E sendo homem e morando aqui, não tenho a oportunidade de receber alguém como você com muita frequência. — Ele se inclinou na direção dela para servir uma taça de vinho. — Por isso, eu ficaria muito grato se você... me fizesse essa gentileza.

Ela abriu a boca para protestar, então percebeu que não sabia direito o motivo do protesto. Quando o olhou, percebeu que Fred a observava, à espera de um sinal.

— Está tudo com uma aparência maravilhosa — elogiou Alice.

Só então ele soltou o ar, como se, mesmo àquela altura, não tivesse certeza se ela daria meia-volta e fugiria. Então, quando já começava a servir a comida, Fred sorriu, um sorriso lento e largo, tão cheio de prazer que Alice não pôde evitar retribuir.

A Biblioteca a Cavalo havia se tornado, nos meses de sua existência, um símbolo de muitas coisas e um foco para outras, algumas controversas e algumas capazes de provocar desconforto em certas pessoas enquanto a instituição permanecesse ali. Mas, por uma noite fria e úmida de março, o lugar se tornou um refúgio, minúsculo e cintilante. Duas pessoas trancadas em segurança ali dentro, livres de suas histórias complicadas e das pesadas expectativas da cidade ao redor delas por um breve período, comendo uma boa comida, rindo, conversando sobre poesia e histórias pessoais, sobre cavalos e erros. E, embora mal tenha havido qualquer toque entre eles, a não ser quando sua pele roçou acidentalmente no momento em que um entregou o pão ao outro ou ao servir vinho em uma taça, Alice redescobriu um pedacinho de si que não se dera conta de que sentia falta: a jovem que flertava e gostava de conversar sobre as coisas que lera, vira e pensara tanto quanto gostava de subir a cavalo uma trilha na montanha. E Fred adorou ter toda a atenção de uma mulher concentrada nele, o riso pronto para suas piadas e o desafio de quando uma opinião dela era diferente da sua. O tempo voou, e cada um dos dois terminou a noite saciado, feliz e com o brilho único que nasce quando se percebe plenamente compreendido por outra pessoa, e diante da ideia de que talvez haja alguém no mundo que só vá ver, sempre, o seu melhor.

Fred não encontrou dificuldades na hora de levantar a mesa para descer com ela os últimos degraus, deixando-a pronta para ser levada de volta para dentro de sua casa, e em seguida ele se virou para passar a tranca dupla na porta da biblioteca. Alice estava ao seu lado, o cachecol ao redor do rosto, o estômago cheio e um sorriso nos lábios. Os dois estavam fora do campo de visão de qualquer um que passasse, escondidos pela própria biblioteca, e, de alguma forma, acabaram se vendo parados a poucos centímetros um do outro.

— Tem certeza de que não vai me deixar levar você de carro até a montanha? Está frio, escuro e o caminho é longo.

Ela balançou a cabeça.

— Esta noite, vão parecer apenas cinco minutos.

Fred a fitou à meia-luz.

— Você não se assusta tão fácil agora, não é?

— Não.

— É influência de Margery.

Eles sorriram um para o outro, e Fred, por um breve instante, ficou com uma expressão pensativa.

— Espere um pouco — pediu.

Ele correu até a casa e voltou, um minuto depois, com uma espingarda, que entregou a ela.

— Só por garantia. Você pode até não ficar mais assustada, mas isso vai garantir que ao menos eu consiga dormir. Traga de volta amanhã.

Ela pegou a arma da mão dele sem protestar e sorriu. Então, seguiram-se alguns minutos longos e estranhos, como costumam ser as despedidas entre duas pessoas que sabem que têm que ir embora mas não querem, e por mais que nenhum dos dois admita, ambos acreditam que o outro se sente da mesma forma.

— Bem... — disse Alice por fim. — Está ficando tarde.

Fred roçou o polegar pelo tampo da mesa, a boca fechada, guardando palavras que ele não poderia dizer.

— Obrigada, Fred. De verdade, foi a noite mais agradável que eu já tive. Provavelmente desde que cheguei aqui. Eu... agradeço de coração.

O olhar que trocaram era uma mistura complicada de sentimentos. Um reconhecimento, do tipo que em geral faria um coração cantar de felicidade, mas misturado com a consciência de que certas coisas eram impossíveis e que seu coração poderia se partir um pouco por saber disso.

E, de repente, um bocado da magia da noite se dissipou.

— Bem, boa noite, Alice.

— Boa noite, Fred.

Então, pendurando a espingarda no ombro, Alice se virou e avançou pela rua, antes que ele pudesse dizer algo que complicasse ainda mais as coisas.

16

Eis o único problema deste país: tudo, clima, todo o resto, perdura por muito tempo. Como nossos rios, nossa terra: opacos, lentos, violentos; formando e criando a vida do homem à sua imagem implacável e ameaçadora.

— William Faulkner, *Enquanto agonizo*

A chuva chegou tarde em março. Primeiro transformou as calçadas e pedras congeladas em rinques de patinação, depois continuou implacável, deixando um interminável lençol cinza no lugar da neve e do gelo. Havia pouco prazer nesse pequeno aumento da temperatura, na perspectiva de dias mais quentes pela frente. Porque não parava de chover. Depois de cinco dias, a chuva já havia transformado as ruas de terra em lama e, em alguns lugares, lavara completamente o solo, revelando pedras pontiagudas e buracos que faziam estrago nos desavisados. Os cavalos esperavam amarrados do lado de fora, cabeça baixa, resignados, as caudas coladas às ancas, e carros rugiam para cima e para baixo das estradas escorregadias das montanhas. Camponeses resmungavam na loja enquanto os lojistas comentavam que só Deus sabia como podia haver tanta água ainda nos céus.

Margery voltou de sua rota das cinco da manhã com as meias ensopadas e encontrou as bibliotecárias sentadas, ao lado de Fred, com mãos e pés inquietos.

— Da última vez que choveu assim, o rio Ohio transbordou — comentou Beth, olhando pela porta aberta, de onde se podia ouvir o gorgolejar da água escorrendo pela rua.

Ela deu uma última tragada no cigarro e o apagou com o salto da bota.

— Uma coisa é certa: está tudo muito molhado para a gente cavalgar — disse Margery. — Não vou sair com o Charley de novo.

Fred dera uma olhada no tempo de manhã cedo e avisara Alice que era má ideia sair. Embora normalmente houvesse pouca coisa capaz de detê-la, ela levou a sério o alerta. Fred colocara seus cavalos em uma parte mais alta do terreno, onde os animais ficavam em um monte úmido e escorregadio.

— Eu poderia ter deixado todos no estábulo — disse ele a Alice, que o ajudava a subir com os dois últimos cavalos. — Mas lá em cima é mais seguro.

Quando pequeno, Fred vira o pai perder todas as éguas e potros trancados no estábulo: o rio havia transbordado enquanto a família dormia, e, quando acordaram, só restava o palheiro sobre a água. O pai chorara ao contar para ele; e aquela foi a única vez que o menino presenciou tal acontecimento.

Fred contou a Alice sobre a grande enchente do ano anterior, quando a água arrastara casas inteiras rio abaixo, deixando muitos mortos. Na ocasião, depois que as águas baixaram, uma vaca foi encontrada presa no alto de uma árvore, a uns oito metros, e tiveram que abater o animal com um tiro para dar fim ao seu martírio. Ninguém conseguiu pensar em um jeito de tirá-la de lá.

Os quatro ficaram sentados por uma hora na biblioteca, ninguém muito ansioso para ir embora, mas ao mesmo tempo sem ter o que fazer lá. Conversaram sobre travessuras que aprontaram na infância, sobre onde encontrar ração animal por uma pechincha, sobre um homem que três deles conheciam e que conseguia assobiar pelo sorriso banguela e ainda cantar, tal qual uma orquestra de um homem só. Comentaram que se Izzy estivesse ali teria cantado uma música ou duas. Mas a chuva aumentou, aos poucos a conversa morreu, e todos ficaram apenas olhando pela porta, com um pressentimento terrível.

— O que você acha, Fred? — Margery quebrou o silêncio.

— Não estou gostando disso.

— Nem eu.

Naquele momento, eles ouviram o som de cascos de cavalo. Fred foi até a porta, talvez com medo de que seus cavalos estivessem fugindo. Mas era o carteiro, com uma cascata de água caindo da aba do chapéu.

— O rio está subindo, e muito rápido. Precisamos avisar as pessoas que ficam nos leitos do córrego, mas não há ninguém no gabinete do xerife.

Margery se virou para Beth e Alice.

— Vou pegar os bridões — disse Beth.

Izzy estava tão imersa nos próprios pensamentos que não percebeu quando a mãe pegou o bordado de seu colo e estalou a língua, bem alto.

— Ah, *Izzy*. Vou ter que desfazer todos esses pontos. Não estão nada parecidos com o modelo original. O que você andou *fazendo* aqui?

A Sra. Brady puxou um exemplar do *Woman's Home Company* e folheou a revista até encontrar a imagem que estava procurando.

— Totalmente diferente. Veja, você fez ponto corrido em um trecho que era para ser ponto corrente.

Izzy voltou a atenção para a revista.

— Eu odeio costurar.

— Nunca pareceu se incomodar. Não sei o que deu em você ultimamente.

Izzy não respondeu, o que fez a Sra. Brady se mostrar ainda mais aborrecida.

— Nunca conheci moça mais mal-humorada.

— A senhora sabe muito bem o que deu em mim. Estou entediada por ficar presa aqui. E não consigo aceitar que a senhora e o papai tenham se deixado influenciar por um idiota feito Geoffrey van Cleve.

— Isso não é jeito de falar. Por que não costura essa colcha? Você gostava de trabalhar com retalhos. Tenho alguns tecidos antigos encantadores no meu baú lá em cima e...

— Sinto falta do meu cavalo.

— O cavalo não era seu. — A Sra. Brady se calou e fez uma pausa diplomática antes de voltar a falar. — Mas eu estava pensando que talvez pudéssemos lhe comprar um se você achar que ia gostar de montar, que tal?

— Para quê? Para andar por aí em círculos? Para deixá-lo bonito feito uma boneca idiota? Sinto falta do meu trabalho, mãe. E das minhas amigas. Pela primeira vez na vida, fiz amigas de verdade. Estava feliz na biblioteca. Isso não significa nada para a senhora?

— Ora, agora você está fazendo drama. — A Sra. Brady suspirou e se sentou no sofazinho ao lado da filha. — Escute, querida, sei como você adora cantar. E se eu combinar com o seu pai de você ter aulas? Talvez pudéssemos procurar alguém em Lexington que a ajudasse a trabalhar sua voz. Quem sabe, quando seu pai ouvir como você é boa, mude de ideia? Ah, Senhor, mas teremos que esperar até essa chuva diminuir. Já viu coisa assim?

Izzy não respondeu. Ela foi se sentar perto da janela da frente e ficou olhando a vista embaçada pela chuva.

— Sabe, acho que vou telefonar para seu pai. Estou com receio de que o rio transborde. Perdi bons amigos na enchente de Louisville no ano passado, e desde então esse rio me assusta. Por que você não desfaz esses últimos pontos e refazemos a costura juntas depois?

A Sra. Brady desapareceu no corredor, e Izzy a ouviu discar para o escritório do pai e depois murmurar. Izzy continuou olhando para o céu cinza, traçando com os dedos os caminhos que a água fazia ao escorrer em zigue-zague pelo vidro e estreitando os olhos para enxergar um horizonte escondido.

— Ora, seu pai acha que devemos ficar quietas aqui. Ele diz que talvez seja bom ligarmos para Carrie Anderson, em Old Louisville, para ver se ela e a família gostariam de passar um ou dois dias em nossa casa, só por garantia. Mas só o Senhor sabe o que faremos com aqueles cachorrinhos delas. Acho que eu não conseguiria aguentar o... Izzy?... *Izzy?* — A Sra. Brady olhou ao redor da sala vazia. — Izzy? Você subiu?

Cruzou o corredor e passou pela cozinha, onde a empregada tirou os olhos da massa que estava sovando, surpresa, e balançou a cabeça. Então a Sra. Brady se voltou para a porta dos fundos e viu que tudo estava molhado de chuva, mesmo dentro de casa. O suporte para a perna de Izzy estava jogado no piso, e as botas de montaria haviam sumido.

Margery e Beth desceram trotando a rua principal, em um borrão de cascos e respingos de chuva. Ao redor, a água escorria das colinas pelas ruas mal-acabadas até os pés delas, enquanto as sarjetas gorgolejavam, reclamando da correnteza. Elas seguiram protegendo o rosto, as golas levantadas, e quando chegaram às margens fizeram os cavalos andarem a meio-galope, as patas afundando na relva encharcada. Na parte mais baixa de Spring Creek, cada uma foi para um lado da estrada, desmontando e correndo para esmurrar as portas.

— *A água está subindo* — gritaram, enquanto os animais repuxavam as rédeas. — *Vão para um terreno mais alto.*

Atrás delas, começaram a surgir uma ou outra pessoa espiando por portas e janelas, avaliando se deveriam levar as instruções a sério. Cerca de quinhentos metros à frente, alguns moradores começavam a levar a mobília para os andares de cima das casas enquanto outros enchiam caminhonetes ou caminhões com o que poderia ser protegido. Lonas foram jogadas por cima das caçambas dos veículos, crianças pequenas se queixavam entre adultos pálidos. As pessoas em Baileyville sabiam por experiência própria que uma inundação não era brincadeira.

Margery bateu à última porta de Spring Creek, o cabelo molhado grudado no rosto.

— *Sra. Cornish? Sra. Cornish?*

Uma mulher usando um lenço de cabeça encharcado apareceu à porta, mal conseguindo se conter de tanta agitação.

— Ah, graças a Deus. Margery querida, não consigo pegar o burro.

Ela se virou e saiu correndo, fazendo sinal para que Margery e Beth a seguissem.

O burro estava nos fundos do quintal, que dava para o riacho. A parte mais baixa do terreno, que já era lamacento nos dias mais secos, encontrava-se coberta por uma lama grossa, cor de caramelo, e o burrinho marrom e branco estava imóvel, aparentemente resignado, afundado até o peito.

— Acho que ele não consegue se mexer. Por favor, ajudem.

Margery puxou o cabresto dele. Quando percebeu que não adiantaria nada, jogou todo seu peso contra o burro, tentando mover pelo menos uma das patas dianteiras. O burro levantou o focinho, mas todo o resto de seu corpo continuou preso.

— Está vendo? — A Sra. Cornish torcia as mãos ásperas. — Ele está atolado.

Beth correu para o outro lado do animal e tentou de tudo também, batendo na traseira, gritando e o empurrando com o ombro, mas nada deu resultado. Margery recuou e olhou para Beth, que assentiu ligeiramente.

Margery voltou a apoiar o ombro no animal, mas, a não ser pelas orelhas balançando, ele continuava imóvel. Ela parou e pensou.

— Não posso deixá-lo — disse a senhora.

— Não vamos deixá-lo, Sra. Cornish. Tem os arreios dele? E uma corda? Beth? Beth? Vem cá. Sra. Cornish, segura o Charley para mim?

Enquanto a chuva continuava a cair com força, as duas jovens correram para pegar os arreios e voltaram com dificuldade até o burro. A água subira mais desde que elas haviam chegado, avançando pela relva. O lugar onde por meses se ouvira apenas o som doce de um filete de água, um riacho iluminado pelo sol, fora dominado por uma corredeira amarela e impiedosa. Margery passou os arreios pela cabeça do burro e apertou as fivelas, os dedos deslizando pelas tiras molhadas. A chuva rugia em seus ouvidos, por isso ela e Beth precisaram berrar e apontar para se comunicarem, mas meses trabalhando juntas haviam garantido uma compreensão tácita. Enfim, ambas gritaram:

— *Pronto!*

Elas haviam afivelado correias à barrigueira, então passaram a corda pelo gancho de metal no ombro do animal.

Poucos burros iam tolerar uma tira saindo da cilha e passando por entre suas patas, mas Charley era um animal esperto, e só precisou ser acalmado uma vez. Beth prendeu as correias ao peitoral de Scooter, e, juntas, estimularam ambos a avançarem pelo terreno menos encharcado.

— *Vamos! Vai, Charley, agora! Vamos, Scooter!*

As orelhas dos dois se agitaram, e Charley arregalou os olhos de um jeito que não lhe era comum, quando sentiu o peso morto que não estava acostumado a carregar. Beth o animou a seguir em frente enquanto Margery puxava a corda, gritando para encorajar o burrinho da Sra. Cornish, que se debateu um pouco, inclinando a cabeça ao sentir que estava sendo puxado para a frente.

— É isso aí, camarada, você consegue.

A Sra. Cornish se agachou do outro lado do animal, com duas placas de madeira largas na frente do peito dele, prontas para servir de apoio para ele.

— *Vamos, rapazes!*

Margery se virou, viu Charley e Scooter fazendo força, os flancos tremendo enquanto cravavam as patas no chão, cambaleando, jogando lama para todos os lados. Ela percebeu, consternada, que o burro da Sra. Cornish estava mesmo atolado. E que, se os dois animais à frente continuassem a afundar os cascos na lama daquele jeito, logo ficariam atolados também.

Beth olhou para ela, chegando à mesma conclusão. E franziu o cenho.

— Temos que deixá-lo aqui, Marge. A água está subindo muito rápido.

Margery colocou a mão no focinho do animal.

— Não podemos deixá-lo.

Elas se viraram ao ouvir um grito. Dois camponeses, de casas mais atrás, corriam até elas. Eram homens robustos, de meia-idade, usavam macacões e casacos emborrachados; Margery os conhecia de vista do mercado de milho. Não disseram uma palavra, apenas foram para o lado do burro e começaram a puxar os arreios, junto com Charley e Scooter, as botas cravadas com firmeza na terra, os corpos inclinados em um ângulo de quarenta e cinco graus.

— *Vamos! Vamos, rapazes!*

Margery começou a puxar também, abaixando a cabeça e colocando todo o peso na corda. Um centímetro. Mais um. Todos ouviram um som terrível de sucção, e uma das patas dianteiras do burrinho se soltou. O animal levantou a cabeça, surpreso, e os dois homens puxaram de novo, juntos, grunhindo com o esforço, os músculos estirados. Charley e Scooter cambalearam na frente deles, as cabeças baixas, as patas traseiras tremendo. Então, de repente, com uma guinada, o burro foi erguido, tombou para o lado, puxado por alguns metros na relva enlameada, até que Charley e Scooter entendessem que deveriam parar. O burro, de olhos arregalados e narinas dilatadas de surpresa, vacilou para se manter em pé, e os homens tiveram que pular para trás e sair do seu caminho.

Margery mal teve tempo de agradecer aos dois. Um breve meneio de cabeça, um toque na aba molhada do chapéu, e eles já corriam pelo dilúvio de volta às próprias casas para salvar o que pudessem. E, por um momento, Margery se permitiu sentir o amor mais puro pelas pessoas com quem crescera, as que jamais abandonariam uma pessoa — ou um burro — passando aperto sozinha.

— Ele está bem? — gritou Margery para a Sra. Cornish, que passava as mãos molhadas pelas patas cobertas de lama do animal.

— Está.

— A senhora precisa ir para um terreno mais alto.

— Deixem que eu cuido disso agora, meninas. Podem ir!

Margery se encolheu de repente ao sentir um músculo até então desconhecido reclamar na barriga. Ela hesitou, curvou-se e foi até Charley, enquanto Beth soltava as correias.

— Para onde vamos agora? — gritou Beth, montando no cavalo agitado.

Margery, ofegante depois de montar em Charley, teve que se apoiar por um instante e recuperar o fôlego antes de responder, subitamente:

— Sophia. Vou ver Sophia. Se aqui está alagando, a casa dela e de William também vai estar. Você pode ir para as casas do outro lado do córrego.

Beth assentiu, deu meia-volta com o cavalo e se foi.

Kathleen e Alice encheram o carrinho de mão com livros e o cobriram com um saco de palha, para que Fred o levasse pelo caminho aberto e encharcado até a casa dele. Elas só tinham um carrinho de mão, que carregavam o mais depressa que conseguiam, empurrando os livros em pilhas até a porta dos fundos, e então seguiam Fred com mais um tanto de exemplares enfiados nos quatro alforjes. Passavam de cabeça baixa para se protegerem da chuva, os joelhos levemente flexionados por causa do peso. Em uma hora, haviam removido um terço da biblioteca, mas a água já estava na altura do segundo degrau, e Alice tinha medo de que não conseguissem retirar muito mais do que isso antes que a biblioteca inundasse de vez.

— Você está bem? — perguntou Fred, quando passou por Alice voltando à biblioteca.

Usava um casaco emborrachado, e um filete de água escorria pela lateral do chapéu.

— Acho que Kathleen deveria ir embora. Ela tinha que ficar perto dos filhos.

Fred olhou para o céu e depois para a rua, onde as montanhas desapareciam em um borrão cinza.

— Diga a ela para ir — falou ele.

— Mas como vocês vão fazer? — retrucou Kathleen, minutos mais tarde. — Não vão conseguir mover todos esses livros só vocês dois.

— Vamos salvar o que pudermos. Você precisa ir para casa.

Diante da hesitação da mulher, Fred tocou seu braço.

— São apenas livros, Kathleen.

Ela não voltou a protestar. Apenas assentiu, montou no cavalo de Garrett e deu a volta, galopando pela rua e espirrando água para trás.

Fred e Alice pararam um segundo para descansar na casinha seca, observando Kathleen ir embora, o peito subindo e descendo. A água escorria dos casacos e formavam poças no piso de madeira.

— Tem certeza de que está bem, Alice? É um trabalho pesado.

— Sou mais forte do que pareço.

— Bem, isso é verdade.

Ambos deram um sorrisinho. Quase sem pensar, Fred levantou a mão e secou lentamente uma gota debaixo dos olhos dela com o polegar. Alice ficou paralisada por um momento, eletrizada pelo toque dele, pela intensidade inesperada nos olhos cinza-claro, os cílios molhados formando pontos negros cintilantes. Ela se viu dominada por uma estranha vontade de colocar o polegar dele na boca e morder. Os olhos deles se encontraram, e Alice ficou sem ar, o rosto enrubescido, como se Fred pudesse ler seus pensamentos.

— Posso ajudar?

Os dois se afastaram depressa ao verem Izzy na porta, segurando as botas de montaria. O carro da mãe estava estacionado todo torto perto da cerca. O rugido da chuva no telhado de zinco abafara o barulho da chegada dela.

— Izzy! — disparou Alice, desconcertada, com a voz alta e aguda demais. Ela se adiantou impulsivamente e abraçou a jovem. — Ah, que saudade sentimos de você! Veja, Fred, é a Izzy!

— Vim ver se posso ajudar — disse ela, ligeiramente corada.

— Ah, que... que ótima notícia. — Fred estava prestes a continuar a falar quando percebeu que ela não estava usando o suporte da perna. — Você não vai conseguir subir a trilha caminhando, não é?

— Ah... Não muito rápido.

— Muito bem. Deixe-me pensar. Você dirigiu aquela coisa ali? — perguntou ele, incrédulo.

Izzy assentiu.

— Não sou muito boa na embreagem com a perna esquerda, mas se empurrar o pedal com a bengala, consigo.

Fred ergueu as sobrancelhas, mas logo se controlou.

— Margery e Beth foram para as rotas mais próximas do lado sul da cidade. Vá de carro até o mais longe da escola que conseguir e diga a todos do outro lado do córrego que precisam ir para os terrenos mais altos. Mas atravesse pela ponte. Não tente atravessar a água com essa coisa, certo?

Izzy correu para o carro, protegendo a cabeça com os braços, e entrou no veículo, tentando entender o que acabara de ver: Fred segurando o rosto de Alice com ternura e os dois a poucos centímetros um do outro. Subitamente, ela se sentiu como no colégio, quando, no fundo, sempre ficava de fora de tudo que acontecia. Mas tratou de tirar aquilo da cabeça e tentou se apegar à lembrança da alegria de Alice ao vê-la. *Que saudade sentimos de você!*

Pela primeira vez em um mês, Izzy Brady se sentiu bem de novo. Enfiou a bengala no pedal da embreagem, deu ré, manobrou e partiu para o outro lado da cidade, o queixo erguido com determinação: uma mulher com uma missão novamente.

Monarch Creek já estava sob trinta centímetros de água quando elas chegaram lá. Aquele era um dos pontos mais baixos do condado. Não era à toa que grande parte daquelas terras tinha sido deixada para os negros: exuberante, sim, mas propensa a inundações, e, nos meses de verão, o ar ficava carregado de várias espécies de mosquitos. Naquele momento, enquanto Charley descia a colina sob chuva pesada, Margery mal conseguia ver Sophia, com uma caixa de madeira em cima da cabeça, arrastando-se pela água, a barra do vestido boiando a seu redor. Havia uma pilha de pertences dela e de William na subida da trilha para o bosque acima. William olhava da porta, ansioso, a muleta de madeira enfiada embaixo do braço.

— Ah, graças ao Senhor! — gritou Sophia quando Margery se aproximou. — Precisamos salvar as nossas coisas.

Margery desceu do burro e correu para a casa, enfiando o pé na água. Sophia havia estendido uma corda entre a varanda e um poste telegráfico na rua, na qual Margery se segurou para atravessar o córrego. A água estava gelada, e a correnteza, assustadoramente forte, embora só batesse na altura do joelho. Dentro de casa, a mobília tão querida de Sophia estava empilhada, os itens menores boiando emborcados. Margery se viu momentaneamente paralisada: o que salvar? Pegou as fotos na parede, os livros e enfeites, e foi enfiando no casaco, depois pegou uma cômoda pequena e a jogou na grama. A barriga doía, uma dor que ia até a pélvis. Margery percebeu que se retraía, com gestos hesitantes.

— Não dá para salvar mais nada — gritou para Sophia. — A água está subindo rápido demais.

— Tudo que temos está lá dentro. — Havia desespero na voz de Sophia. Margery mordeu o lábio.

— Mais uma viagem, então.

William dava voltas na sala inundada, escorando-se na parede, tentando juntar o essencial: uma panela, uma tábua de cortar, duas tigelas. Segurava tudo nas mãos enormes.

— A chuva diminuiu um pouco? — perguntou, mas sua expressão mostrava que ele já sabia a resposta.

— Temos que ir agora, William.

— Vou só pegar mais algumas coisas.

Como dizer a um homem orgulhoso e amputado que ele não podia ajudar em nada? Como dizer que só de estar ali ele era não só um estorvo, mas provavelmente um risco para todos? Margery conteve suas palavras, resgatou e colocou embaixo do braço a caixa de costura de Sophia, depois saiu da casa. Lá fora, pegou uma cadeira de madeira na varanda e a levou até uma parte seca do terreno, rangendo os dentes com o esforço. Então, carregou a pilha de mantas apoiada no alto da cabeça. Só Deus sabia como iam secar aquilo tudo. Margery olhou para baixo, sentindo mais uma vez o protesto agudo de seu ventre. A água chegava no quadril, e seu casaco comprido boiava. O nível tinha subido quase dez centímetros em dez minutos?

— *Temos que ir* — gritou ela, enquanto Sophia entrava mais uma vez na casa. — *Não temos mais tempo.*

Sophia assentiu com uma expressão de dor. Margery conseguiu sair da água, sentindo a correnteza insistente fluindo e tentando levar tudo. No alto da margem, Charley se agitava, nervoso, puxando as rédeas amarradas ao poste e deixando claro seu desejo de estar longe dali. Ele não gostava de água, nunca havia gostado, e Margery parou um instante para acalmá-lo.

— Eu sei, camarada. Você está indo muito bem.

Margery juntou os últimos itens de Sophia e jogou uma lona por cima de tudo, perguntando-se se conseguiria levar o restante para cima da colina. Alguma coisa pareceu oscilar dentro dela, que, por um momento, ficou perplexa, até que se deu conta do que era. Margery parou, levou a mão à barriga, sentiu o movimento de novo e, subitamente, foi inundada por uma emoção que não conseguiu identificar.

— *Margery!*

Ela se virou e viu Sophia agarrada à manga de William. Parecia ter havido mais um aumento súbito da água, que já chegava à cintura de Sophia. E a água tinha ficado preta.

— Ah, Deus — murmurou. — *Fiquem aí*!

Sophia e William haviam descido, quase caindo, os degraus submersos, ambos segurando a corda esticada e o braço livre de Sophia em torno da cintura do irmão. A água negra formava quase uma corredeira ao redor deles, sua força deixando o ar com uma estranha energia. William olhava para baixo, os dedos contraídos ao tentar apoiar a muleta mais à frente, no rio cada vez mais cheio.

Margery desceu a colina em uma corrida cambaleante, sem tirar os olhos deles, que tentavam alcançá-la.

— Venham! Vocês vão conseguir! — gritou ela, deslizando pela terra até parar na beira.

Então... *Snap!* A corda arrebentou, derrubando Sophia e William na corredeira. Sophia gritou. Ela caiu para a frente, os braços esticados, desapareceu por um momento, então voltou à superfície e conseguiu se agarrar a um arbusto. Margery correu até ela, o coração na boca. Ela se jogou de barriga no chão e segurou o punho de Sophia, que, por sua vez, segurou a outra mão de Margery. Depois de um segundo, Margery já conseguia puxar a amiga para a margem, desabando de costas. Sophia caiu de quatro, toda suja de lama, ofegante, com as roupas pretas e ensopadas.

— William!

Margery se virou ao ouvir a voz de Sophia e viu William meio submerso, o rosto franzido de tentar se segurar novamente na corda. A muleta havia desaparecido, e a água batia na sua cintura.

— Não consigo atravessar! — gritou ele.

— Ele sabe nadar?

— Não! — berrou Sophia.

Margery correu para Charley, as próprias roupas molhadas se arrastando pelo chão a cada passo. Ela havia perdido o chapéu em algum lugar, e precisava ficar toda hora tirando do rosto o cabelo que caía com a água.

— Muito bem, rapaz — murmurou, soltando as rédeas de Charley do poste. — Preciso que me ajude agora.

Ela desceu a margem com ele, entrou na água e caminhou, estendendo o braço livre para o lado para se equilibrar, as botas tateando o fundo em busca de algum obstáculo. Por um momento, o animal empacou, as orelhas para trás, os olhos arregalados, mas, ao sentir a urgência de Margery, ele deu um passo hesitante e depois outro, as orelhas enormes oscilando para a frente e para trás, concentradas no som da voz dela, e logo estava espalhando água em sua travessia do córrego, lutando contra a correnteza ao lado de Margery. William arquejava quando Margery e Charley enfim o alcançaram, segurando a corda com as duas mãos para se firmar. Ele se agarrou cegamente a Margery, o rosto em pânico, e ela gritou, mais alto que o barulho da água.

— Segure o pescoço dele, William, está bem? Agarre o pescoço dele.

William se agarrou e grudou em Charley. Margery, grunhindo de cansaço, virou os dois de volta para a margem. O burro protestava em silêncio a cada passo. A água negra tinha chegado ao peito dela, e Charley, assustado, levantou o focinho e tentou saltar para a frente. Uma onda súbita os atingiu. Enquanto tudo girava, Margery sentiu os pés perderem o chão e foi dominada por uma sensação de puro terror, como se eles nunca mais fossem pisar em terra firme outra vez. Mas quando já achava que também seriam arrastados, sentiu as botas tocarem o fundo de novo, e soube que o mesmo havia acontecido com Charley quando percebeu que o burro dava outro passo hesitante para a frente.

— Você está bem, William?

— Estou aqui.

— Bom garoto, Charley. Vamos garoto.

O tempo passava devagar. Eles pareciam avançar centímetros por vez. Margery não tinha ideia do que estava abaixo. Uma gaveta solitária de madeira com roupas dobradinhas passou boiando na frente deles, seguida por outra, e então passou um cachorrinho morto. Só uma parte distante do seu cérebro reparava em tudo aquilo. A água negra havia ganhado vida, pulsava. Agarrava e puxava o casaco dela, impedia sua passagem, exigia submissão. Era incansável, ensurdecedora, e fazia o medo subir e fechar a garganta de Margery, tão denso quanto ferro. Ela estava azul de frio, grudada ao pescoço castanho de

Charley, a cabeça batendo nos braços grandes de William, toda a consciência reduzida a uma coisa.

Só me leve para casa, rapaz, por favor.

Um passo.

Dois.

— Você está bem aí, Margery?

Ela sentiu a mão grande de William em seu braço, agarrando-a, e não sabia se era para garantir a segurança dele ou a dela. O mundo havia encolhido até só restarem ela, William e o burro, o rugido em seus ouvidos, a voz de William murmurando uma prece que Margery não conseguia entender, Charley abrindo caminho bravamente pela água, o corpo fustigado por uma força que o animal não era capaz de compreender, o chão escorregando e deslizando debaixo dos cascos dele a cada poucos passos, em um ciclo que logo se repetia. Um tronco passou zunindo por eles, grande e rápido demais. Os olhos de Margery ardiam, cheios de areia e água. Ela mal percebia Sophia se aproximando na margem, estendendo a mão, como se pudesse erguer os três simplesmente com a força de vontade. Vozes se juntaram à dela na margem. Um homem. Mais homens. Margery já não enxergava mais por causa da água nos olhos. Não conseguia pensar em nada, os dedos, então dormentes, enrolados na crina curta de Charley, a outra mão no freio dele. *Mais seis passos. Mais quatro passos. Um metro.*

Por favor.

Por favor.

Por favor.

Então, o burro arremeteu o corpo para a frente e para cima, e Margery sentiu mãos fortes a puxando pelos ombros, pelas mangas, seu corpo entregue. Ouviu a voz trêmula de William dizendo:

— Obrigado, meu Deus! Obrigado!

Margery, ao sentir que o rio a soltava com relutância, disse silenciosamente as mesmas palavras através dos lábios congelados. Instintivamente, levou o punho cerrado, com pelos da crina de Charley ainda entre os dedos, até a barriga.

Então, tudo escureceu.

17

Antes mesmo de ver as meninas, Beth ouviu as vozes agudas, mais altas que o rugido da água, infantis e estridentes. Elas se agarravam à frente de um barraco, os pés mergulhados na água até os tornozelos, e chamavam aos gritos:

— *Senhorita! Senhorita!*

Ela tentou se lembrar do sobrenome delas — McCarthy? McCallister? — e instigou o cavalo a atravessar a água, mas Scooter, assustado com a atmosfera estranha e elétrica e com a chuva densa que não dava trégua, já estava na metade do córrego alto quando empinou e se virou quase derrubando Beth. Ela se endireitou na sela, mas ele empacou, bufando e recuando, tão agitado que a mulher teve medo de acabar se machucando.

Desmontou, xingando, amarrou as rédeas em um poste e atravessou a água. As meninas eram pequenas, a mais nova devia ter no máximo dois anos, e usavam vestidos de algodão fino colados à pele pálida. Conforme Beth se aproximava, elas estenderam os bracinhos, como anêmonas, acenando e tentando alcançá-la. Ela chegou um instante antes da onda. Uma onda negra, tão rápida e furiosa que Beth precisou agarrar o bebê pela cintura para que não fosse carregado. E, de uma hora para outra, lá estava ela, com três crianças a tiracolo, agarradas ao seu casaco. Beth tentou acalmá-las enquanto seu cérebro procurava desesperadamente uma forma de sair daquela enrascada.

— *Tem alguém em casa?* — gritou para a mais velha, em meio à barulheira.

A criança fez que não. *Ora, já é um começo*, pensou Beth, afastando da mente imagens de vovós acamadas. Beth já sentia o braço ruim doer por causa do peso do bebê. Ela via Scooter do outro lado, inquieto ao lado do poste, sem dúvida pronto para arrebentar as rédeas e fugir. Quando Fred lhe ofereceu o animal, ela ficou feliz por ser um puro-sangue: Scooter era rápido, exibido e não precisava ser forçado a avançar. Mas, nesse momento, Beth amaldiçoava sua tendência a entrar em pânico e seu cérebro do tamanho de uma ervilha. Como levaria três crianças pequenas até ele? Beth olhou para a água já na altura das botas, penetrando em suas meias e naufragando seu coração.

— Senhorita, estamos presas aqui?

— Não, não estamos presas.

Então ela ouviu. O gemido de um carro descendo a rua. Seria a Sra. Brady? Beth estreitou os olhos. O carro diminuiu a velocidade até parar. Então, não é que Izzy Brady desceu, a mão protegendo os olhos, como se tentasse entender o que via do outro lado da água?

— Izzy? É você? Preciso de ajuda!

Separadas pelo córrego, elas gritaram instruções uma para a outra, mas não conseguiram se escutar direito. Finalmente, Izzy acenou, como se pedisse para Beth esperar, ligou o motor barulhento do grande carro lustroso e foi devagar até elas.

Você não vai conseguir atravessar a água com esse maldito carro, sussurrou Beth, balançando a cabeça. *Essa garota não tem juízo?*

Mas Izzy parou o carro no ponto em que as rodas da frente estavam quase submersas, correu a duras penas até o porta-malas e pegou uma corda. Então, voltou para a frente do veículo, desenrolou a corda e jogou uma das pontas para Beth, uma, duas e três vezes, até que enfim Beth conseguiu pegar. Foi nesse momento que ela compreendeu a intenção da amiga. Dali a corda chegava à coluna da varanda do casebre. Beth apoiou o peso na corda e constatou com alívio que estava firme.

— *Seu cinto* — gritava Izzy, gesticulando. — *Prenda a corda no cinto.*

Enquanto isso, Izzy amarrava a ponta que tinha ficado com ela no carro, as mãos rápidas e precisas. Então segurou a corda e foi até Beth e as meninas. Na água, não parecia mancar.

— Você está bem? — perguntou Izzy quando as alcançou, erguendo o corpo até a varanda.

O cabelo dela estava escorrido, e o pulôver macio e claro por baixo do casaco de feltro, encharcado.

— Pegue o bebê — respondeu Beth.

Sentiu vontade de abraçar Izzy, sensação que lhe era estranha e que disfarçou com uma ação brusca. Izzy pegou o bebê e sorriu para a menininha, como se estivessem meramente saindo para um piquenique. Ainda sorrindo, tirou seu cachecol e enrolou na cintura da mais velha, prendendo-o à corda.

— Agora, eu e Beth vamos atravessar, segurando aqui, e você vai ficar bem no meio de nós duas, amarrada à corda. Ouviu?

A menina mais velha, de olhos muito arregalados, apenas assentiu.

— Vai demorar só um minuto. Logo, logo estaremos belas e secas do outro lado e poderemos levar vocês para sua mãe. Vamos lá, meu bem.

— Estou com medo — disse a menina, apenas mexendo os lábios, sem emitir nenhum som.

— Eu sei, mas mesmo assim temos que atravessar.

A criança olhou de relance para a água e recuou um passo, parecendo prestes a se enfiar de volta no casebre.

Beth e Izzy se entreolharam. O nível da água subia rápido.

— Que tal cantarmos uma música? — sugeriu Izzy. Ela se agachou para ficar da mesma altura da menina. — Quando estou com medo, canto uma música feliz. Isso me deixa mais calma. Que músicas você conhece?

A criança estava tremendo, mas olhava para Izzy fixamente.

— Que tal a música do Seu Lobato? Você sabe essa, não sabe, Beth?

— Ah, é minha favorita — respondeu Beth, de olho na água.

— Muito bem! — disse Izzy.

Seu Lobato tinha um sítio
Ia, ia ô!
E nesse sítio tinha uma vaquinha
Ia, ia ô!

Ela sorriu, pisando na água, que chegara à altura das suas coxas. Izzy continuou de olho na menina, incentivando-a a seguir, a voz alta e animada, como se não tivesse sequer uma preocupação na vida.

Era mu, mu, mu pra cá!
Era mu, mu, mu pra lá!
Era mu, mu, mu pra todo lado
Ia, ia ô!

— Isso, meu amor, me siga. Segure firme agora.

Beth ia atrás delas, a irmã do meio presa à sua cintura. Ela sentia a força da corrente ali embaixo, o cheiro acre dos produtos químicos dissolvidos. Não havia nada que quisesse menos do que entrar naquela água, e não culpava a menina mais velha por também não querer. Beth agarrou com mais firmeza a garotinha, que enfiou o dedão na boca e fechou os olhos, como se pudesse se desligar daquilo tudo.

— Vamos, Beth — disse Izzy lá na frente, naquele tom musical e insistente. — Agora é sua vez.

Seu Lobato tinha um sítio
Ia, ia ô!
E nesse sítio tinha um pato
Ia, ia, ô!

E lá foram elas, atravessando a água, a voz de Beth fraca, a respiração difícil, incentivando a criança. A menininha cantava, hesitante, as mãos pequeninas agarradas à corda com toda a força, o rosto contorcido de medo, deixando escapar um grito toda vez que os pés perdiam contato com o fundo. Izzy continuou olhando para trás, estimulando Beth a cantar e seguindo em frente.

A água estava mais alta e mais rápida. Beth ouvia Izzy, calma e animada.

— E então, já estamos adiantadas, não estamos? Que tal isso? *Era quá, quá, quá pra cá...*

Beth ergueu o rosto quando Izzy parou de cantar. E, de um lugar remoto de sua mente, surgiu um pensamento: *Tenho certeza de que o carro não estava tão longe.* Nesse momento, Izzy puxou a menina mais velha pela cintura, os dedos frenéticos tentando desfazer o nó do cachecol, e Beth compreendeu por que a amiga tinha parado de cantar. Então praticamente jogou a criança na margem enquanto agarrava o próprio cinto e tentava abrir a fivela.

Rápido, Beth! Abra logo!

Ela perdeu o controle dos dedos. O pânico subiu pela garganta. Sentiu as mãos de Izzy segurando seu cinto, erguendo-o acima do nível da água, e sentiu a pressão na cintura. Quando já começava a sentir o corpo sendo puxado, *clique*, o cinto deslizou por seus dedos, e Izzy a puxou com uma força inimaginável. De repente, o enorme carro verde estava parcialmente submerso, descendo a uma velocidade improvável, afastando-se delas, no outro extremo da corda.

Elas se levantaram, cambaleantes, usando toda a força que tinham, as mãos das crianças agarradas às delas, os olhos de todas vidrados na cena que se desenrolava. A corda tensionou, o carro balançou e travou por um momento. Então, diante de um peso irrefreável, e com um som imponente de algo se rompendo, a corda, derrotada pelo peso implacável e pela física, arrebentou.

O Oldsmobile da Sra. Brady, com a pintura personalizada em verde-floresta e o interior em couro creme, trazido de Detroit, virou elegantemente suas rodas para cima, feito uma foca gigante exibindo a barriga. E enquanto as cinco olhavam, pingando e tremendo, o carro se afastou, levado pela maré negra, fez uma curva, e o que restava de seu para-choque cromado desapareceu.

Ninguém falou nada. Então o bebê levantou os braços e Izzy se inclinou para pegar a menininha no colo.

— Bem — disse ela, um minuto depois. — Acho que vou ficar de castigo pelos próximos dez anos.

Beth, que não era dada a grandes demonstrações de emoção, de repente se vira dominada por um impulso que mal conseguira compreender, puxou Izzy e deu um beijo estalado no rosto da amiga. Então, as duas caminharam de volta para o centro da cidade, um pouco enrubescidas e, para espanto das meninas, com súbitas e aparentemente inexplicáveis crises de riso.

— Pronto!

O último livro foi colocado na sala de Fred. A porta estava fechada, e Fred e Alice ficaram parados observando a enorme pilha no espaço que outrora tinha sido tão arrumado. Um se virou para o outro.

— Não faltou nem unzinho — disse Alice, maravilhada. — Salvamos absolutamente todos.

— Aham. E vamos voltar a funcionar quando você menos esperar.

Ele colocou a chaleira no fogo e espiou a despensa, de onde pegou ovos e queijo, colocando tudo na bancada.

— Então... Estava pensando que você poderia descansar um pouco aqui. Talvez comer alguma coisa. Ninguém vai conseguir ir muito longe hoje.

— Acho que não adianta sair enquanto estiver chovendo assim. — Ela levou a mão à cabeça e esfregou o cabelo molhado.

Eles sabiam dos perigos que a chuva representava, mas por ora Alice não pôde evitar olhar para a água correndo lá embaixo, uma aliada secreta, alterando o fluxo normal do mundo. Ninguém poderia julgá-la por descansar um pouco na casa de Fred, poderia? Afinal, passara o dia carregando livros para cima e para baixo.

— Se quiser pegar uma blusa seca emprestada, tem uma pendurada na escada.

Alice subiu, despiu o suéter molhado, secou-se com uma toalha e vestiu a camisa, apreciando a sensação da flanela macia na pele úmida enquanto fechava os botões. Vestir a camisa de um homem — a camisa de Fred —, de algum modo, a deixou sem fôlego. Não conseguia esquecer o toque do polegar dele em sua pele, os olhos dele nos seus com tanta intensidade, como se Fred fosse capaz de ver em seu íntimo. Cada movimento que parecia ecoar o primeiro, cada olhar casual, cada palavra que diziam um para o outro era carregada de uma nova intensidade.

Alice desceu a escada lentamente e olhou para os livros, sentindo a pele queimar, como acontecia sempre que se lembrava do toque da pele dele. Quando olhou ao redor, à procura de Fred, deparou-se com ele encarando-a.

— Essa camisa fica muito melhor em você do que em mim.

Alice sentiu que enrubescia e desviou o olhar.

— Pegue. — Ele lhe ofereceu uma caneca de café quentinho.

Ela envolveu a caneca com as mãos, sentindo o calor se espalhar por sua pele, grata por ter algo em que se concentrar.

Fred se afastou dela e desviou dos livros, enfiando a mão na cesta de lenha para alimentar a lareira. Alice reparou nos músculos do braço dele se contraindo a cada movimento, as coxas flexionando quando ele se agachou para checar o fogo. Como mais ninguém naquela cidade percebia os belos gestos comedidos de Frederick Guisler, a graciosidade com que usava os braços, os músculos rijos que se destacavam sob a pele dele?

Deixe a chama oscilante de sua alma tremular sobre mim
Que em meu corpo possa entrar a intensidade do fogo...

Fred se levantou e se virou para ela, e Alice soube que ele percebera: a verdade nua de tudo o que ela sentia escrita em letras enormes em seu rosto. Nenhuma regra se aplicava àquele dia, pensou Alice subitamente. Eles estavam em um vórtice, um lugar só deles, longe da água, do sofrimento e das tragédias do mundo lá fora. Ela deu um passo na direção dele, como se por atração magnética, pisando nos livros, sem olhar para baixo, e colocou a caneca na cornija da lareira, encarando-o. Poucos centímetros separavam os dois, o calor ardente da lareira esquentava o corpo deles, os olhares fixos um no outro. Alice queria dizer alguma coisa, mas não fazia ideia do quê. Só sabia que queria que ele a tocasse de novo, queria sentir a pele dele em seus lábios, sob seus dedos. Queria conhecer aquilo que aparentemente todos conheciam de maneira natural e fácil, segredos sussurrados em quartos escuros, intimidades que iam além das palavras. Alice se sentia consumida por aquela necessidade. Os olhos de Fred buscaram os dela e então ficaram mais brandos, a respiração acelerou, e então Alice soube que ele era dela. Que daquela vez seria diferente. Ele pegou a mão de Alice, e ela sentiu algo disparando pelo corpo, algo urgente, derretendo. Fred fez aquela sensação aumentar, e Alice ouviu a própria respiração ofegante.

Então, ele disse:

— Vou parar por aqui, Alice.

Demorou um instante para que ela registrasse o que ele dizia, e o choque foi tão grande que quase a derrubou.

Você é impulsiva demais, Alice.

— Não é que...

— Preciso ir.

Ela virou as costas, humilhada. *Como podia ter sido tão tola?* As lágrimas marejavam seus olhos, e ela passou tropeçando nos livros e praguejou alto quando quase caiu.

— Alice.

Onde estava seu casaco? Ele havia pendurado em algum lugar?

— Meu casaco. Onde está meu casaco?

— *Alice.*

— Por favor, me deixe... — Ela sentiu a mão de Fred em seu braço, mas se desvencilhou e levou a mão ao peito, como se tivesse se queimado. — Não *toque* em mim.

— Não vá.

Alice se deu conta, constrangida, de que estava prestes a chorar. Escondeu o rosto contorcido nas mãos.

— Alice. Por favor. Me escute. — Ele engoliu em seco e comprimiu os lábios, como se fosse difícil falar. — Não vá. Se você tivesse ideia... Se tivesse a mínima ideia de como eu a quero aqui, Alice. Eu passo a maior parte das noites acordado, meio insano com... — A voz dele saía em rompantes baixos, incomuns. — Eu amo você. Desde a primeira vez que nos vimos. Quando não está por perto, tenho a sensação de que é apenas um tempo perdido. Quando está aqui é como... se o mundo ficasse um pouco mais colorido. Quero sentir a sua pele. Quero ver seu sorriso e ouvir sua risada quando você se distrai por um momento e deixa escapar com gosto... Quero fazer você feliz... Acordar toda manhã ao seu lado e... e... — Ele esfregou o rosto brevemente, como se tivesse ido longe demais. — E... você é *casada*. Estou fazendo um esforço enorme para ser um homem bom. Portanto, até eu encontrar uma solução para essa situação, não posso. Simplesmente não posso encostar um dedo em você. Não do jeito que eu desejo. — Fred respirou fundo e soltou o ar, trêmulo. — Tudo que posso lhe dar, Alice, são... palavras.

Um redemoinho havia entrado na sala, virado tudo de cabeça para baixo e assentado ao redor de Alice, minúsculos turbilhões de poeira cintilando enquanto se desintegravam.

Pareceu que alguns anos se passaram. Ela esperou por um instante até ter certeza de que sua voz voltara ao normal.

— Palavras.

Ele assentiu.

Alice pensou e secou os olhos com as mãos. Então, levou novamente a mão ao peito, esperando seus batimentos acalmarem um pouco, e, ao ver a cena, Fred se encolheu, como se sentisse dor.

— Talvez eu possa ficar um pouco mais — disse ela.

— Café — repetiu Fred, um instante depois, e entregou a caneca a ela.

Ele tomou cuidado para que seus dedos não encostassem nos de Alice.

— Obrigada.

Eles trocaram um breve olhar. Alice deixou escapar um longo suspiro, então, sem dizer mais nada, ficaram um ao lado do outro e voltaram lentamente a empilhar os livros.

Havia parado de chover. O Sr. e a Sra. Brady buscaram a filha no grande Ford dele e aceitaram sem protestos as passageiras adicionais, três garotinhas que ficariam hospedadas em casa até a manhã seguinte. O Sr. Brady ouviu a história das crianças, da corda e do carro da Sra. Brady. Ficou calado, digerindo a perda do veículo, até que a esposa se aproximou e abraçou a filha com força, em silêncio, por alguns minutos — o que não era de seu feitio —, os olhos marejados. Eles abriram a porta do carro em silêncio e seguiram pelo curto trajeto até a casa, enquanto Beth subia a trilha encharcada de volta para a dela, a mão erguida dando adeus até o automóvel desaparecer de vista.

Margery acordou e sentiu a mão quente de Sven entrelaçada à sua. Já começava a apertar os dedos dele por reflexo quando a consciência retornou para lembrar todas as razões para não fazer isso. Estava semienterrada por mantas e colchas de retalhos, cujo peso excessivo a imobilizava. Margery tentou mover cada dedo do pé e se tranquilizou ao notar que o corpo respondia aos seus comandos.

Abriu os olhos e piscou algumas vezes, absorvendo a escuridão, o lampião a óleo tremulando ao lado da cama. Sven olhou para ela, e seus olhares se encontraram por um instante, bem no momento em que os pensamentos de Margery começaram a entrar em ordem. A voz dela, quando emergiu, saiu rouca:

— Por quanto tempo fiquei apagada?

— Pouco mais de seis horas.

Ela absorveu a informação por um momento.

— Sophia e William estão bem?

— Estão lá embaixo. Sophia está preparando alguma coisa para comer.

— E as garotas?

— Todas em segurança. Parece que em Baileyville quatro casas foram perdidas, e aquele assentamento logo abaixo da Hoffman foi todo destruído. Mas acho que vamos ficar sabendo de mais coisas amanhã. O nível do rio ainda está alto, mas parou de chover há uma ou duas horas, então temos esperança de que o pior já tenha passado.

Conforme ele falava, o corpo de Margery se lembrou da força do rio, do redemoinho que pareceu arrastá-la, e estremeceu.

— E Charley?

— Está bem. Dei uma boa esfregada nele e o recompensei por sua bravura com um balde de cenouras e maçãs. Ele tentou me dar um coice em agradecimento.

Margery deu um sorrisinho.

— Nunca conheci um burro como esse, Sven. Exigi demais dele.

— Dizem que você ajudou muitas pessoas.

— Qualquer um teria feito o mesmo.

— Mas ninguém fez.

Margery ficou imóvel, exausta, aceitando o peso das cobertas, o calor sonolento da cama. A mão dela, embaixo de tantas camadas, foi até o volume na barriga, e, depois de um minuto, a resposta que queria se mexeu ali dentro, tranquilizando-a.

— Então — disse ele finalmente. — Você ia me contar?

Ela ergueu os olhos para o rosto gentil e sério dele.

— Precisei tirar sua roupa antes de deitar você na cama. Finalmente compreendi por que estava me afastando todas essas semanas.

— Sinto muito, Sven. Eu não... Não sabia o que fazer. — Margery piscou para afastar lágrimas inesperadas. — Acho que eu estava com medo. Nunca quis ter filhos, você sabe disso. Não levo jeito para a maternidade. — Ela fungou. — Não consegui proteger nem meu próprio cachorro, consegui?

— Marge...

Ela secou os olhos.

— Acho que eu pensei que, se ignorasse o assunto, por causa da minha idade e tudo o mais, talvez... — Margery deu de ombros. — Fosse embora...

Sven se encolheu; o tipo de homem que não aguentava ver um fazendeiro afogar um gatinho.

— ... Mas...

— Mas?

Ela não disse nada por um momento. Então, sua voz virou um sussurro:

— Posso senti-la. Me dizendo coisas. E percebi isso lá na água. Não é nem uma questão. Ela já está aqui. Quer estar aqui.

— Ela?

— Eu sei que é uma menina.

Ele sorriu e balançou a cabeça. A mão dela ainda tinha manchas de carvão, que Sven esfregou com o dedo. Em seguida, coçou a nuca.

— Então, vamos fazer isso.

— Acho que sim.

Eles ficaram sentados por algum tempo, na semiescuridão, digerindo a perspectiva daquele futuro novo e inesperado. Margery ouviu, no andar de baixo, o murmúrio de vozes, o tilintar de pratos e panelas.

— Sven. — Ele se virou para ela. — Você acha que... todo esse negócio das inundações... Toda essa coisa de subir, descer, puxar, e a água negra... Acha que pode ter feito mal ao bebê? Tive aquelas dores. E senti muito frio. Ainda não me sinto recuperada.

— Alguma dor agora?

— Nada desde... Ah, não me lembro.

Sven pensou cuidadosamente na resposta.

— Está fora do nosso controle, Marge. — Ele segurou novamente a mão dela. — Mas ela é parte de você. E, sendo parte de Margery O'Hare, pode apostar que é feita de ferro forjado. Se algum bebê é capaz de superar uma tempestade como aquela, esse bebê é sua filha.

— Nossa filha — corrigiu ela.

Margery puxou a mão quentinha dele para debaixo das cobertas, de modo que tocasse sua barriga, sem desfazer o contato visual. Ela ficou absolutamente imóvel por um minuto, aproveitando a sensação de paz profunda que a pele dele lhe proporcionava. Então, obediente, o bebê se mexeu de novo, o mais sutil dos movimentos, e os olhos deles se arregalaram, procurando confirmação para o que tinham acabado de sentir.

Margery assentiu.

E Sven Gustavsson, um homem que não demonstrava grandes emoções, levou a outra mão ao rosto, e teve que se virar para que ela não visse as lágrimas em seus olhos.

Os Brady não estavam acostumados a usar palavras duras. Embora a união deles não pudesse ser descrita como uma relação em que havia concordância de ideias, nenhum dos dois era fã de conflitos em casa, e um nutria um respeito tão saudável pelo outro que eles raramente se permitiam uma discussão declarada, e, depois de quase trinta anos, conheciam muito bem as respectivas reações para evitar que isso acontecesse.

Assim, a noite seguinte às inundações foi como uma espécie de abalo sísmico no lar dos Brady. A Sra. Brady garantiu que as três crianças tivessem comida e água no quarto de hóspede, colocou Izzy na cama e, depois de esperar até que todos os empregados tivessem se recolhido, anunciou ao marido a intenção da filha de voltar ao projeto da Biblioteca a Cavalo, usando um tom de voz que sugeria que não havia espaço para discussão. O Sr. Brady, depois de pedir à esposa que repetisse duas vezes aquelas palavras, só para garantir que havia ouvido corretamente, teve uma reação explosiva incomum — sua paciência provavelmente estava desgastada por conta da perda de um carro e dos telefonemas frequentes que recebera, detalhando a inundação de várias empresas em Louisville. A Sra. Brady rebateu com a mesma intensidade, informando ao marido que conhecia a filha deles como a si mesma e que nunca se sentira tão orgulhosa de Izzy quanto naquele dia. E que ele poderia cruzar os braços e deixar a menina trancafiada em casa, insatisfeita e insegura, como acontecera com a irmã — e todos eles sabiam como *aquilo* tinha acabado —, ou poderia encorajar aquela versão ousada, arrojada da moça, nunca antes vista nesses vinte anos, e deixá-la fazer o que amava. E, a Sra. Brady acrescentou, ligeiramente exaltada, que se ele preferisse dar mais valor ao que o tolo do Van Cleve dizia do que à própria filha, ora, ela não saberia dizer por que ficara casada com ele todos aqueles anos.

Aquelas palavras eram uma declaração de guerra. O Sr. Brady reagiu à altura. E embora a casa fosse grande, as vozes ecoaram pelos corredores amplos e revestidos de madeira, e continuaram noite adentro até o amanhecer — mas não foram ouvidas pelas crianças, praticamente desmaiadas, ou por Izzy, que também pegara no sono pesado. Já com o dia nascendo, depois de terem enfim chegado a uma trégua desconfortável, ambos exaustos por aquela guinada inesperada na relação, o Sr. Brady anunciou, acabado, que precisava fechar os olhos por pelos menos uma hora, porque tinha um longo dia de limpeza à frente e só Deus sabia como ele conseguiria enfrentá-lo depois daquilo.

A Sra. Brady, um pouco mais calma por causa da vitória, sentiu uma súbita ternura pelo marido e, depois de um instante, ofereceu um gesto conciliatório. E foi assim, quando o dia clareou, que a empregada os encontrou, uma hora e meia mais tarde, ainda completamente vestidos e roncando na enorme cama de mogno, de mãos dadas.

18

O dono de uma mercearia em Oklahoma recentemente vendeu duas dúzias de chicotes em dois dias. Três clientes, no entanto, disseram que usariam o utensílio como vara de pesca, e um foi vendido para uma mãe que queria "dar uma surra" no filho.

— *The Furrow*, setembro/outubro de 1937

Margery lavava o cabelo no domingo de manhã, a cabeça enfiada em um balde de água quente, enxaguando e torcendo os fios como se fossem uma corda sedosa, quando Alice entrou. Ainda sonolenta e um pouco grogue, murmurou um pedido de desculpa — *não tinha percebido que havia alguém ali* —, e já ia saindo da cozinha quando reparou, de relance, na barriga de Margery através do algodão fino da camisola. Teve que olhar duas vezes. Margery olhava de lado para Alice enquanto enrolava uma toalha na cabeça, e percebeu o que ela observava. Então, empertigou-se e botou a mão na barriga.

— Sim, é isso mesmo. Pouco mais de seis meses, e eu sei. Não era bem o que tinha planejado.

Alice logo levou a mão à boca, lembrando-se de Margery e Sven no Nice'N'Quick na noite anterior. A amiga tinha passado o tempo todo sentada no colo dele, protegendo a barriga com a mão.

— Mas...

— Acho que não prestei tanta atenção ao livrinho azul quanto deveria.

— Mas... Mas o que você vai fazer?

Alice não conseguia tirar os olhos do volume arredondado da barriga da amiga. Era tão improvável... Ela reparou, então, que os seios de Margery estavam quase obscenamente fartos, e bem no decote o pijama frouxo revelava um pedaço da pele branca riscado por uma cruz de veias azuis.

— Fazer? Não tenho muita escolha.

— Mas você não é casada!

— Casada! É com isso que está preocupada? — Margery assobiou. — Alice, acha que eu me importo com o que as pessoas deste lugar pensam de mim? Ora, o que Sven e eu temos é praticamente um casamento. Vamos criar essa criança e vamos ser mais gentis com ela e um com o outro do que a maioria das pessoas casadas daqui. Vou educar minha filha e ensinar a ela o que é certo e o que é errado. E, desde que ela tenha o pai e a mãe para amá-la, não vejo por que o que uso ou deixo de usar na mão esquerda seria da conta de alguém.

Alice não conseguia aceitar a ideia de que alguém com seis meses de gravidez não se preocupasse em ter um filho bastardo, que talvez fosse até para o inferno... Ainda assim, diante da segurança animada de Margery — na verdade, olhando com atenção para o rosto dela, era possível até dizer que estava radiante —, não dava para encarar aquilo como um desastre.

Alice deixou escapar um longo suspiro.

— Alguém... Alguém sabe?

— Além de Sven? — Margery esfregou vigorosamente o cabelo, depois conferiu se os fios ainda estavam muito molhados. — Bem, não saímos exatamente anunciando aos quatro ventos. Mas imagino que não vá permanecer em segredo por muito mais tempo. O pobre e velho Charley daqui a pouco vai começar a dobrar os joelhos se eu ficar muito maior.

Um bebê. Alice se viu tomada por uma complicada mistura de emoções: choque e espanto por mais uma vez Margery ter decidido viver de acordo com as próprias regras; mas acima de tudo tristeza, por saber que as coisas mudariam, porque talvez não fosse mais ter a amiga para galopar com ela pelas encostas das montanhas, para dar risadas em algum canto escondido da biblioteca. Margery com certeza ficaria em casa sendo mãe, como faziam todas as outras. Alice se perguntou o que aconteceria com a biblioteca sem Margery, que era o coração e a espinha dorsal daquele projeto. Então, um pensamento mais preocupante lhe ocorreu. Como Alice poderia continuar naquela casa depois que o bebê nascesse? Não haveria lugar. Mal cabiam os três.

— Posso ouvir daqui suas preocupações, Alice — falou Margery, enquanto voltava para o quarto. — E posso garantir que nada precisa mudar. Vamos nos preocupar com o bebê quando for a hora. Não adianta nada esquentar a cabeça antes disso.

— Estou bem — disse Alice. — Feliz por você.

E desejou desesperadamente que aquilo fosse verdade.

* * *

Margery cavalgou por Monarch Creek no sábado, cumprimentando as famílias que faziam faxina, tiravam a lama de casa e empilhavam restos da mobília que só serviriam para fogueira. As inundações haviam destruído as partes mais baixas da cidade, onde morava a população mais humilde, menos propensa a reclamar. E a ser ouvida. Nas partes mais abastadas, a vida já havia praticamente voltado ao normal.

Ela parou com Charley em frente à casa de Sophia e William, sentindo um peso no coração ao avaliar o estrago. Saber era uma coisa; ver com os próprios olhos era outra. A pequena casa continuava de pé, por pouco, mas, situada no nível mais baixo da rua, sofreu todo o impacto da enchente. As pilastras dos degraus de entrada estavam quebradas e rachadas, os vasos de planta e as cadeiras de balanço que ficavam ali tinham sido levados pela água, assim como duas janelas da frente.

O que antes era uma bela hortinha se tornou um mar de lama preta, pedaços de madeira quebrados fincados no solo no lugar das plantas, tudo exalando um fedor sulfuroso. No alto das tábuas de madeira da casa, havia uma linha grossa e escura indicando o nível que a maré atingira, e Margery não precisou entrar para imaginar como estava lá dentro. Sentiu um calafrio ao se lembrar do abraço gelado da água e apertou o pescoço de Charley, sentindo uma necessidade visceral de voltar para o quentinho e a segurança de sua casa.

Desmontou — o que agora exigia dela um esforço ligeiramente maior — e amarrou as rédeas em uma árvore ali perto. Não havia nada além de lama escura para distrair o burro em uma boa área ao redor.

— William? — chamou ela, a bota afundando com um guincho no caminho até o casebre. — William? Sou eu, Margery.

Ela chamou mais algumas vezes até ter certeza de que não havia ninguém, então deu meia-volta, estranhando a nova sensação da barriga pesada, a pele esticando, como se o bebê fizesse questão de marcar presença. Margery parou ao lado da árvore e já ia pegando as rédeas do burro quando algo atraiu sua atenção. Ela inclinou a cabeça, analisando a marca da enchente alguns metros acima da raiz da árvore. Em todo o caminho da biblioteca até ali, o rio tinha deixado uma marca marrom-avermelhada, variando um pouco o tom, mas sempre visivelmente de lama ou lodo. Ali, as marcas eram pretas como piche. Ela se lembrou de quando a água ficou preta de repente, do amargor químico que fizera seus olhos arderem e que ficara entalado no fundo de sua garganta.

Van Cleve estivera fora da cidade nos três dias seguintes à inundação.

Ela se agachou, esfregando os dedos na casca da árvore e depois cheirando. Ficou ali, absolutamente imóvel, pensando. Enfim esfregou as mãos na jaqueta e, com um grunhido, voltou para a sela.

— Vamos lá, Charley. Ainda não está na hora de ir para casa.

Margery passou pelo caminho estreito a nordeste de Baileyville, rota que muitos consideravam intransponível por ser íngreme e com vegetação muito densa. Mas ela e Charley, acostumados a terrenos pedregosos, abriam caminho por ali instintivamente, feito comerciantes atrás de lucro. Ela batia a fivela das rédeas no pescoço dele, debruçada, instigando-o e afastando os galhos. Quanto mais alto chegavam, mas frio ficava. Margery afundou mais o chapéu na cabeça e enfiou o queixo na gola, observando a respiração condensar.

As árvores ficavam mais densas à medida que eles subiam, e o chão era tão íngreme e cheio de pedras que Charley, mesmo sendo um burro de passo firme, tropeçava e hesitava. Quando chegou a um afloramento rochoso, ela desmontou e prendeu as rédeas em um arbusto para subir o resto a pé — o que a deixava ofegante por causa do peso extra de sua nova carga. Tinha que parar de tempos em tempos, com a mão na lombar. Depois da enchente, passou a sentir um cansaço atípico e tentou tirar da cabeça o que Sven diria se soubesse onde ela havia se metido.

Levou quase uma hora para chegar a um ponto de onde via os fundos da Hoffman, o trecho de duzentos e cinquenta hectares que não era possível ver das minas, escondida pela escarpa em forma de ferradura coberta de árvores que a rodeava. Margery se apoiou em um tronco para subir os últimos metros e parou por um instante para tomar fôlego e se recompor.

Então, olhou para baixo e soltou um palavrão.

Atrás do pico onde ela se encontrava, havia três enormes barragens, cujo único acesso era um túnel fechado por um portão no cume da montanha. Duas ainda estavam cheias da água negra e turva da chuva. A terceira era a única vazia; o fundo estava todo sujo de lama preta e o dique havia desmoronado, deixando a lama passar de um lado a outro e formando um rastro negro no leito dos rios que seguiam para a parte mais baixa de Baileyville.

Annie podia sentir dor nas pernas qualquer dia, e foi escolher logo o mais inoportuno, murmurou Van Cleve para si mesmo enquanto esperava na mesa a moça servir sua comida. À sua frente, Bennett estava sentado em silêncio, lançando olhares furtivos para os clientes como se tentasse descobrir o que as pessoas diziam a seu respeito. Se dependesse de Van Cleve, eles teriam evitado a cidade por mais alguns dias, mas, com a empregada impossibilitada de cozinhar e a nora fora de seu juízo e longe de casa, o que um homem poderia fazer? A meio caminho de Lexington, Nice'N'Quick era o único lugar onde conseguiria uma refeição quente.

— Veja se não é o Sr. Van Cleve — disse Molly, servindo-lhe um prato de frango frito. — Caprichamos na salada e no purê, como o senhor pediu. Sorte sua ter feito o pedido naquela hora. Nosso estoque já está acabando, os fornecedores não têm feito as entregas.

— Então somos mesmo muito sortudos! — exclamou ele.

Seu humor tinha melhorado diante daquele belo frango dourado e crocante. Suspirou, satisfeito, e enfiou o guardanapo no colarinho. Estava prestes a dizer para Bennett fazer o mesmo, em vez de dobrá-lo e colocá-lo no colo feito um maldito europeu, quando um punhado de lama preta entrou voando e caiu com um *splash* alto bem no frango. Ele olhou, tentando compreender a cena.

— Mas que...

— Deseja mais alguma coisa, Van Cleve? — Margery O'Hare estava debruçada na mesa dele, o rosto vermelho e a voz falhando de raiva. Ela estendeu o punho sujo de lama. — Não foram as inundações que invadiram as casas em Monarch Creek. Foi a sua barragem que rompeu, e o senhor sabe muito bem disso. Deveria se envergonhar!

O restaurante ficou em silêncio. Atrás dela, duas pessoas se levantaram para ver o que estava acontecendo.

— Você jogou *lama* no meu *jantar*? — Van Cleve também se levantou, empurrando a cadeira longe. — Quem pensa que é para entrar aqui, depois de tudo que tem feito, e ainda jogar *sujeira* na minha comida?

Os olhos de Margery brilharam.

— Sujeira, não. Lama de rejeitos. Veneno. *Seu* veneno. Subi na colina e vi sua barragem destruída. Foi você! Não a chuva. Não aconteceu nada em Ohio. As únicas casa destruídas foram as invadidas pela sua água imunda.

Um murmúrio percorreu o restaurante. Van Cleve arrancou o guardanapo do colarinho e partiu para cima de Margery, o dedo apontado para o rosto dela.

— Escuta aqui, O'Hare. É melhor tomar muito cuidado antes de sair fazendo acusações. Já causou muitos problemas...

Mas Margery não se deixou intimidar.

Um caminho para a liberdade   263

— *Eu* causei problemas? Olha quem fala, o homem que atirou no meu cachorro. Que arrancou dois dentes da nora... Eu, Sophia e William quase nos afogamos na sua lama! Eles, que já não tinham quase nada na vida, agora têm menos ainda! Você teria matado três menininhas afogadas se as *minhas* funcionárias não tivessem salvado as crianças! E fica andando por aí fingindo que não tem nada a ver com isso. Você tem que ir para a cadeia!

Sven chegou por trás e segurou o ombro de Margery, mas ela estava tomada pela fúria e o empurrou.

— Trabalhadores morrem porque você se preocupa mais com dinheiro do que com segurança. Convence pessoas a abrirem mão de suas casas antes que se deem conta do que estão fazendo. Você destrói a vida das pessoas! Sua mina é uma ameaça para a população! Você é uma ameaça!

— Já chega. — Abraçando Margery por trás, Sven a puxava, embora ela continuasse enfiando o dedo no rosto de Van Cleve, gritando. — Vamos lá para fora.

— Sim! Obrigado, Sven! Tire essa mulher daqui!

— Você age como se fosse o Todo-Poderoso! Como se estivesse acima da lei! Mas estou de olho em você, Van Cleve. Enquanto restar um sopro de ar em meus pulmões, eu vou jogar a verdade sobre você e...

— *Chega.*

O ar parecia ter sido sugado do lugar quando Sven a conduziu, ainda relutante, para fora. Pelo painel de vidro, os clientes do restaurante viam Margery se debatendo e berrando com ele, tentando se soltar. Van Cleve olhou ao redor e se sentou, enquanto os outros continuaram atentos à cena.

— Ah, esses O'Hare! — disse ele, bem alto, recolocando o guardanapo. — A gente nunca sabe o que essa família vai aprontar.

Bennett tirou os olhos do prato por um momento, mas logo voltou a olhar para baixo.

— Gustavsson tem a cabeça no lugar. Ele sabe. Ah, sim. E essa garota aí é a mais doida, certo?... Certo? — O sorriso de Van Cleve oscilou um pouco, até que as pessoas voltaram a suas mesas. Ele soltou um suspiro e chamou a garçonete. — Molly? Querida? Poderia... hum... me trazer outro frango, por favor? Agradeço muito.

Molly fez uma careta.

— Sinto muito, Sr. Van Cleve. Acabamos de fazer o último que tínhamos. — Ela olhou para o prato, acuada. — Tenho um pouco de sopa e alguns biscoitos que posso requentar, que tal?

— Aqui, fique com o meu. — Bennett empurrou sua refeição intacta para o pai.

Van Cleve arrancou novamente o guardanapo do colarinho.

— Perdi o apetite. Vou pagar um drinque para Gustavsson, e depois vamos para casa. — Ele olhou pelo vidro para o jovem ainda lá fora com a mulher.

— Ele vai voltar depois que se livrar dela.

Não passou despercebida certa decepção que sentiu por não ter sido seu filho a afastar a mulher.

Mas tinha algo mais estranho na cena: O'Hare continuava gritando e gesticulando, e Gustavsson, em vez de mandá-la embora e voltar para o restaurante, aproximou-se e encostou a testa na dela.

Van Cleve observou, enfezado, a mulher cobrir o rosto com as mãos, e ambos ficarem parados. Então, claro como o luar, viu Sven Gustavsson tocar a barriga de O'Hare, em um gesto de proteção, e esperou que ela olhasse para ele. Ela então segurou a mão dele e se beijaram.

— Tem noção do problema que está arrumando para você mesma?

Margery empurrou Sven sem pensar, tentando se soltar, mas ele segurou seus braços com força.

— Você não viu, Sven! Milhões de litros de veneno! Ele agindo como se fosse só o rio. Não sobrou praticamente nada da casa de William e Sophia, todo o trecho de terra ou água ao redor de Monarch Creek está destruído, e não sei por quanto tempo vai continuar assim.

— Não duvido, Marge, mas desafiá-lo em um restaurante cheio de gente não vai ajudar em nada.

— Ele tem que passar vergonha mesmo. Acha que pode se safar de tudo! E você não tem o direito de me tirar de lá como se eu fosse um cachorro desobediente!

Ela o empurrou com força, enfim conseguindo se libertar. Ele ergueu as mãos, na defensiva.

— Eu só... Só não queria que ele partisse para cima de você. Você viu o que ele fez com Alice.

— Não tenho medo dele.

— Bem, talvez devesse ter. Precisa ser esperta para lidar com um homem do tipo de Van Cleve. Ele é astuto. Você *sabe* disso. Poxa, Margery. Não deixe seu temperamento atrapalhar. Vamos cuidar disso do jeito certo. Não sei. Falar com o procurador. Com os sindicatos. Escrever para o governador. Tem outras formas.

Margery se acalmou um pouco.

— Agora vamos sair daqui. — Ele esticou a mão. — Você não precisa entrar em todas as brigas sozinha.

Algo dentro dela cedeu. Ela chutou terra, esperando a respiração normalizar. Quando ergueu o rosto, seus olhos cintilavam com lágrimas.

— Eu odeio aquele homem, Sven. Muito. Ele destrói tudo que é bonito no mundo.

Sven a puxou.

— Nem tudo. — Ele colocou a mão na barriga dela e esperou até que ela o deixasse abraçá-la. — Vamos — disse, e depois a beijou. — Vamos para casa.

Sendo aquela uma cidade pequena, e sendo ela Margery O'Hare, não demorou muito para que se espalhasse a notícia de que ela estava esperando um bebê. Por no mínimo alguns dias, em todos os lugares em que os moradores costumavam se esbarrar — loja de ração, igrejas, armazém —, não se falava de outro assunto. Havia os que achavam que aquilo só confirmava tudo o que se dizia da filha de Frank O'Hare. Outra criança O'Hare bastarda, sem dúvida destinada à desgraça ou ao desastre. Para esses qualquer bebê nascido fora dos laços do matrimônio era motivo de sonora e enfática desaprovação. Mas também havia aqueles cuja mente, ainda tão abalada pela enchente, mantinha fresca a lembrança do papel que, segundo Margery, Van Cleve teve na tragédia. Para sorte dela, a maior parte da população aparentemente integrava o segundo grupo, que acreditava que, em meio a tanto infortúnio, a notícia de um bebê, independentemente das circunstâncias de seu nascimento, não era motivo de aborrecimento. Isto é, a não ser por Sophia.

— Você vai se casar com aquele homem agora? — perguntou ela, quando soube.

— Não.

— Por causa do seu egoísmo?

Margery, que escrevia uma carta para o governador, largou a caneta e encarou Sophia.

— Não me olhe atravessado, Margery O'Hare. Sei o que pensa da união sob as leis de Deus. Acredite, todos sabemos das suas convicções. Mas isso já não é mais apenas sobre você, certo? Quer que esse bebê ganhe apelidinhos no pátio da escola? Quer que essa criança cresça e se torne um cidadão de segunda classe? Quer vê-la excluída porque as pessoas não vão receber alguém desse *tipo* em casa?

Margery abriu a porta para que Fred pudesse descarregar outra leva de livros na biblioteca.

— Podemos pelo menos esperar que ela chegue antes de você começar a me passar sermões?

Sophia ergueu as sobrancelhas.

— É só minha opinião. A vida já é dura o bastante para quem cresce nesta cidade, você não precisa colocar mais um peso nos ombros da pobre criança. Sabe muito bem como as pessoas julgavam você pelo que seus pais faziam, cujas decisões não cabiam a você.

— Está certo, Sophia.

— Sim, elas julgavam. E você só conseguiu construir a vida que queria porque é cabeça-dura. E se ela não for como você?

— Ela vai ser como eu.

— Isso mostra quanto você sabe sobre crianças. — Sophia deu uma risadinha sarcástica. — Só vou dizer uma vez: agora a vida não diz mais respeito apenas ao que você quer. — Ela bateu com o livro de registros na mesa. — E precisa pensar nisso.

Com Sven as coisas não estavam melhores. Ele se sentou na cadeira bamba da cozinha, engraxando as botas, enquanto Margery se acomodava do outro lado da mesa. E, embora ele fosse menos prolixo e seu tom fosse mais calmo, o foco era exatamente o mesmo.

— Não vou pedi-la em casamento de novo, Margery. Mas sua gravidez muda as coisas. Quero ser reconhecido como o pai dessa criança. Quero fazer tudo como deve ser feito. Não quero que nosso bebê cresça como um bastardo.

Ele a encarou por cima da mesa de madeira, e Margery, sentindo-se subitamente tão teimosa e na defensiva quanto era aos dez anos, brincou distraidamente com uma manta de lã e se recusou a olhar para ele.

— Acha que não temos nada mais importante para falar agora?

— Isso é tudo o que vou dizer.

Ela tirou o cabelo do rosto e mordeu o lábio. Sven cruzou os braços, o cenho franzido, pronto para ouvi-la gritar que ele queria enlouquecê-la, que havia prometido não insistir e que estava farta, para ele voltar para casa.

Mas Margery o surpreendeu.

— Me dê um tempo para pensar.

Eles ficaram sentados em silêncio por alguns minutos. Margery tamborilou na mesa e esticou uma perna, virando o tornozelo de um lado para outro.

— O que foi? — perguntou Sven.

Ela voltou a brincar com o canto da manta, então alisou o tecido e olhou de soslaio para ele.

— O que foi? — perguntou Sven mais uma vez.

— Você vai vir se sentar perto de mim, Sven Gustavsson? Ou já perdeu todo o interesse, agora que me deixou inchada feito uma vaca leiteira?

Alice chegou tarde em casa, o pensamento em Fred ofuscando tudo o mais que presenciara naquele dia: pedidos de desculpa das famílias que haviam perdido livros da biblioteca na enchente com o resto dos pertences, a lama negra marcando o tronco das árvores, objetos aleatórios espalhados, sapatos sem par, cartas, peças de mobília, tudo quebrado ou danificado, enchendo as margens dos córregos novamente tranquilos.

Tudo que posso lhe dar, Alice, são... palavras.

Como acontecia toda manhã e toda noite, ela sentiu os dedos de Fred contornando seu rosto, viu o olhar cuidadoso e sério, perguntou-se como seria ter aquelas mãos fortes percorrendo seu corpo daquele mesmo modo gentil e determinado. A imaginação dela preenchia as lacunas. As lembranças da voz dele, a intensidade de sua expressão a deixavam ofegante. Ela pensava tanto em Fred que achava que os outros conseguiriam perceber, talvez ouvissem o zunido febril em sua cabeça, que parecia escapar pelos ouvidos. Foi quase um alívio chegar à casa de Margery, a gola erguida protegendo o rosto do vento de abril, e saber que seria forçada a pensar em outra coisa, ao menos por algumas horas — fosse encadernação de livros, lama ou vagens.

Alice entrou, fechou silenciosamente a porta de tela (tinha horror de portas batendo desde que deixara a casa dos Van Cleve), tirou o casaco e o pendurou no gancho. A casa estava silenciosa, o que em geral significava que Margery estava lá fora cuidando de Charley ou das galinhas. Ela foi até a cesta de pão e espiou dentro, pensando em como o lugar ficava vazio sem a presença brincalhona de Bluey.

Estava prestes a chamar pela amiga nos fundos quando ouviu um som que não escutara mais ali nas últimas semanas: gritinhos abafados e gemidos baixos no quarto de Margery. Ela parou na mesma hora, e, como se em resposta, as vozes de repente aumentaram e voltaram a ficar baixas, entremeadas com palavras de carinho e transbordando emoção. As molas da cama rangiam, e a cabeceira batia enfaticamente na parede de madeira; o ritmo parecia aumentar.

— Ah, que maravilhoso — murmurou Alice, baixinho.

Então, vestiu novamente o casaco, enfiou um pedaço de pão na boca e foi se sentar na cadeira na varanda, comendo com uma das mãos e tapando o ouvido bom com a outra.

Não era incomum que nevasse mais de um mês no topo das montanhas. Era como se, determinada a ignorar o que quer que estivesse acontecendo na cidade lá embaixo, a neve se recusasse a soltar as garras geladas das montanhas antes do último minuto, até que os brotos verdinhos começassem a surgir no fino tapete cristalino e, nas trilhas mais altas, as árvores perdessem o aspecto marrom e esquelético e cintilassem com um sutil tom de verde.

Portanto, foi só em algum momento de abril que o corpo de Clem McCullough foi encontrado. O nariz congelado foi a primeira coisa a aparecer, conforme a neve se derretia, depois surgiu o resto do rosto, com partes devoradas por alguma criatura faminta, e já sem os olhos havia muito tempo. Ele foi encontrado por um caçador de Berea mandado para as encostas acima de Red Lick para procurar veados, que por meses teria pesadelos com rostos apodrecendo e órbitas vazias.

Encontrar o corpo de um bêbado conhecido não foi grande surpresa em uma cidade pequena, ainda mais em um país de alambiques clandestinos. Em circunstâncias normais, a notícia talvez gerasse apenas alguns comentários e expressões de pena por alguns dias.

Mas esse caso acabou sendo diferente.

Pouco depois que desceu da encosta da montanha com seus homens, o xerife anunciou que a cabeça de Clem McCullough havia batido em uma pedra pontuda. E que, sobre o seu peito, estava, como a neve derretida por fim revelou, um exemplar encadernado em tecido do livro *Mulherzinhas*, com uma enorme mancha de sangue e o selo *Biblioteca a Cavalo da WPA de Baileyville*.

19

Os homens esperam que as mulheres sejam calmas, controladas, cooperativas e castas. A conduta excêntrica não é vista com bons olhos, e qualquer mulher que saia muito desses limites pode acabar em sérios problemas.

— Virginia Culin Roberts, *The Women Were Too Tough*

Van Cleve, com a barriga cheia de torresmo e uma fina camada de suor na testa que demonstrava toda a sua excitação, encaminhou-se, com um enorme sorriso, para o gabinete do xerife carregando uma caixa de madeira com charutos, embora jamais fosse admitir que houvesse algum motivo específico para aquilo. Não, mas a descoberta do corpo de McCullough significava que o rompimento da barragem e a limpeza da lama e dos rejeitos seriam esquecidos. Van Cleve e o filho poderiam voltar a andar pelas ruas, e, pela primeira vez em semanas, quando saiu do carro, ele percebeu certa leveza no passo.

— Ora, Bob, não posso dizer que estou surpreso. Você sabe que ela vem criando confusão o ano todo, desestabilizando nossa comunidade, espalhando perversidade. — Ele se inclinou para a frente e acendeu o charuto do xerife com um clique do isqueiro de metal.

O xerife voltou a se sentar em sua cadeira.

— Não sei se concordo com você, Geoff.

— Bom, você vai prender a garota O'Hare, não vai?

— Por que acha que ela está envolvida nisso?

— Bob, Bob... Somos amigos há muito tempo. Você sabe tão bem quanto eu a rixa que havia entre os McCullough e os O'Hare. Tão antiga que nenhum de nós lembra quando começou. E quem mais cavalgaria tão longe?

O xerife não disse nada.

— E para piorar: um passarinho me contou que encontraram um livro da biblioteca com o corpo. Bom, isso acaba com qualquer dúvida. Caso encerrado.

Ele deu um longo trago no charuto.

— Quem dera os meus homens resolvessem os casos com tanta eficiência quanto você, Geoff. — O xerife semicerrou os olhos, achando graça.

— Mas veja só: você sabe que ela convenceu a esposa do meu Bennett a largá-lo, embora tenhamos tentado não fazer estardalhaço sobre isso para poupá-lo do constrangimento. Eles eram um casal feliz até essa mulher aparecer! Ela coloca ideias terríveis na cabeça das moças e causa desordem por onde passa. Vou dormir em paz hoje se souber que ela será presa.

— Isso é verdade? — perguntou o xerife, que acompanhava os passos da moça Van Cleve havia meses.

Pouca coisa naquele condado escapava a ele.

— Aquela família, Bob. — Van Cleve soprou a fumaça do charuto para o teto. — Toda a linhagem O'Hare é atravessada por inimizades. Ora, você se lembra do tio dela, o Vincent? Aquele era um patife...

— Não posso dizer que a prova é conclusiva, Geoff. Cá entre nós, nas atuais circunstâncias, não podemos provar sem sombra de dúvida que ela estava naquela rota, e nossa testemunha agora afirma não ter certeza a respeito de quem era a voz que ouviu.

— É claro que era ela! Você sabe muito bem que aquela mocinha que teve pólio não faria isso, nem nossa Alice. Só sobram a camponesa e a negra. E posso apostar que a negra não monta a cavalo.

O xerife torceu os lábios, indicando que não estava convencido.

Van Cleve fincou o dedo gordo na mesa.

— Ela é má influência, Bob. Pergunte ao governador Hatch. Ele sabe. Aquela mulher vem espalhando material lascivo sob o disfarce de biblioteca familiar... Ah, você não sabia? Ela fomentou a discórdia lá em North Ridge, entravando os negócios legais da mina. É possível ligar cada confusão que aconteceu por aqui no último ano a Margery O'Hare. Essa biblioteca lhe deu ideias acima de sua posição social. Quanto mais tempo essa moça permanecer presa, melhor.

— Você sabe que ela está esperando uma criança.

— Ora, mais um motivo! Que bela bússola moral ela é. É assim que uma mulher decente se comporta? Você quer alguém assim entrando nas casas de família, com pessoas jovens e suscetíveis?

— Acho que não.

Van Cleve apontou para o ar enquanto narrava, olhando para algum horizonte distante.

— Ela pegou aquela rota, esbarrou com o pobre McCullough, que voltava para casa, e, quando percebeu que ele estava bêbado, viu uma oportunidade de vingar aquele mau elemento que era o pai dela e o matou com o que tinha à mão, sabendo muito bem que ele ficaria soterrado na neve. Ela provavelmente achou que os animais o comeriam e que ninguém jamais encontraria o corpo. Foi só mesmo por sorte e pela graça de Deus Todo-Poderoso que alguém o encontrou. Mulher de sangue-frio, é isso que ela é! Contrariando as leis da natureza de todas formas possíveis. — Ele tragou fundo o charuto e balançou a cabeça. — Vou lhe dizer, Bob, eu não ficaria nada surpreso se ela fizesse de novo. — Esperou um momento, então acrescentou: — Por isso fico feliz por haver um homem feito você aqui no comando. Um homem que dará fim à ilegalidade. Que não tem medo de fazer *valer a lei*. — Van Cleve estendeu a mão para a caixa de charuto. — Por que não leva uns dois destes para casa, para fumar mais tarde? Melhor ainda, leve a caixa toda.

— É muito generoso da sua parte, Geoff.

O xerife não disse mais nada, mas deu uma longa tragada no charuto, apreciando aquilo.

Margery O'Hare foi presa na biblioteca na noite em que eles recolocaram os últimos livros nas prateleiras. O xerife chegou com um sub-xerife, e, a princípio, Fred os cumprimentou calorosamente, achando que estavam ali para ver as tábuas do piso recém-recolocadas e as prateleiras realinhadas, como os moradores estavam fazendo a semana toda — checar o progresso no reparo dos outros era um novo passatempo em Baileyville. Mas o rosto longo do xerife tinha uma expressão fria como uma tumba. E, quando firmou as botas no centro da sala e olhou ao redor, Margery teve a sensação de que algo afundava no peito, feito uma pedra pesada em um poço sem fundo.

— Qual de vocês faz a rota para as montanhas acima de Red Lick?

Elas trocaram olhares.

— Qual é o problema, xerife? Alguém atrasou a devolução dos livros? — perguntou Beth, mas ninguém riu.

— O corpo de Clem McCullough foi encontrado no alto de Arnott's Ridge há dois dias. Parece que a arma do crime veio da biblioteca de vocês.

— Arma do crime? — questionou Beth. — Não temos armas letais aqui. Só histórias de crimes.

A cor sumiu do rosto de Margery, que piscou várias vezes e precisou se escorar. O xerife reparou.

— Ela está esperando um bebê — explicou Alice, segurando o braço da amiga. — De vez em quando fica um pouco tonta.

— E essa é uma notícia bem impactante para uma mulher esperando um bebê ouvir de repente — acrescentou Izzy.

Mas o xerife encarava Margery.

— Você faz essa rota, Srta. O'Hare?

— Nós dividimos as rotas, xerife — intrometeu-se Kathleen. — Na verdade, depende de quem está trabalhando no dia e de como está cada cavalo. Alguns não se saem tão bem nas rotas mais longas e difíceis.

— Vocês têm os registros de quem vai aonde? — perguntou ele a Sophia, que estava de pé, atrás da escrivaninha dela, os nós dos dedos brancos, tamanha a força com que segurava a beira do móvel.

— Sim, senhor.

— Quero ver todas as rotas que cada bibliotecária fez nos últimos seis meses.

— Seis meses?

— O corpo do Sr. McCullough está em estado de... certa... decomposição. Não se sabe há quanto tempo ficou lá. E, de acordo com nossos registros, a família não reportou o desaparecimento dele, portanto, precisamos de toda a informação que pudermos reunir.

— Isso... Bem, são vários livros de registros, senhor. E ainda está tudo um pouco desordenado por aqui por causa da enchente. Devo demorar um pouco para localizar esses livros entre os outros. — Apenas Alice, de onde estava, conseguiu ver Sophia empurrar lentamente com o pé o livro de registros para debaixo da mesa.

— Para ser franca, Sr. xerife, perdemos muitos livros — acrescentou Alice. — É possível que registros relevantes tenham sido danificados com a água. Alguns foram levados pela correnteza. — Ela forçou ao máximo o sotaque britânico, que notadamente mexia até com homens mais rígidos do que ele.

Mas aparentemente o xerife não ouviu. Foi até Margery e parou diante dela, a cabeça inclinada para o lado.

— Os O'Hare tinham uma longa rixa com os McCullough, estou certo?

Margery observou um arranhão na bota.

— Acho que sim.

— Meu próprio pai se lembra de seu pai indo atrás do irmão de Clem McCullough. Tom? Tam? Deu um tiro na barriga do homem no Natal de 1913... 1914, se bem me lembro. Aposto que se eu perguntar por aí vou descobrir mais histórias de derramamento de sangue entre as duas famílias.

— Pelo que eu sei, xerife, qualquer rixa morreu com o último dos meus irmãos.

— Teria sido a primeira rixa de sangue por aqui que simplesmente derreteu com a neve — comentou ele, e colocou um palito entre os dentes, subindo e descendo. — Bastante incomum.

— Bom, nunca fui o que se poderia chamar de convencional. — Ela parecia ter se recuperado.

— Então, não faz ideia de como Clem McCullough acabou sendo abatido?

— Não, senhor.

— Para seu azar, é a única pessoa viva que poderia ter algum ressentimento contra ele.

— Ah, pelo amor de Deus, xerife Archer — protestou Beth. — O senhor sabe tão bem quanto eu que naquela família só tem camponeses ignorantes. Eles provavelmente têm inimigos daqui até Nashville, no Tennessee.

Todos concordaram que aquilo era verdade. Até mesmo Sophia se sentiu segura o bastante para assentir.

Foi naquele momento que ouviram o barulho do motor. Um carro estava subindo, e o xerife se arrastou até a porta, como se tivesse todo o tempo do mundo. Outro sub-xerife chegou e murmurou algo no ouvido dele. O xerife ergueu o rosto, olhou para Margery ali atrás e então se inclinou para ouvir mais do que o policial tinha a dizer.

O oficial entrou na biblioteca, e ali havia agora dois policiais mais o xerife. Alice fez contato visual com Fred e viu que ele estava tão perplexo quanto ela. O xerife se virou, e, quando voltou a falar, na opinião de Alice a voz dele tinha um toque de satisfação sinistra.

— O sub-xerife Dalton estava agora há pouco falando com a velha Nancy Stone, que disse que você estava fazendo a rota naquela região, em dezembro deste ano, quando ela ouviu o barulho de um tiro e uma agitação. Nancy disse que você não apareceu naquele dia e que, fizesse sol ou chuva, nunca havia perdido uma entrega antes. Disse que é conhecida pela assiduidade.

— Eu me lembro de não ter conseguido ir além do cume da montanha naquele dia. A neve estava muito pesada. — A voz de Margery falhava um pouco, percebeu Alice.

— Não é o que a velha Nancy disse. Segundo ela, tinha parado de nevar dois dias antes e você já havia passado o córrego. Ela ouviu você falando ali em cima até minutos antes de o revólver disparar. Disse que chegou a ficar preocupada com você por algum tempo.

— Não era eu. — Margery balançou a cabeça.

— Não? — O xerife pareceu pensar a respeito, fazendo um bico exagerado. — Nancy parece ter certeza absoluta de que havia uma bibliotecária cavalgando lá em cima naquele dia. Está me dizendo então que era uma das outras damas, Srta. O'Hare?

Ela olhou ao redor feito um animal acuado.

— Acha então que devo conversar com uma dessas moças? Acha que alguma delas é capaz de cometer um assassinato? Que tal você, Kathleen Bligh? Ou talvez essa bela dama inglesa? A esposa de Van Cleve Júnior, certo?

Alice ergueu o queixo.

— Ou você... Qual é o seu nome, moça?

— Sophia Kenworth.

— So-phia Ken-worth.

Ele não comentou nada sobre a cor da pele dela, mas destacou as sílabas, falando bem devagar e dando um peso a elas.

O salão ficou em absoluto silêncio. Sophia olhou para a beira da mesa, o maxilar tenso, sem piscar.

— Não. — Margery quebrou o silêncio. — Sei com certeza que não foi nenhuma dessas mulheres. Acho que talvez tenha sido um ladrão ou um destilador. O senhor sabe como podem ser as coisas lá no alto da montanha. Acontece de tudo.

— *Acontece de tudo*. Isso é bem verdade. Mas, quer saber, parece muito estranho que, em um condado cheio de facas e revólveres, de machados e porretes, a arma usada para atacar seu vizinho caipira ignorante tenha sido... — Ele faz uma pausa, como se tentasse se lembrar direito. — A primeira edição encadernada em tecido de *Mulherzinhas*.

Ao ver o lampejo de consternação, sem disfarce, no rosto dela, algo no xerife relaxou, como um homem suspirando de prazer depois de uma bela refeição. Ele endireitou os ombros, fazendo o pescoço ficar mais escondido no colarinho.

— Margery O'Hare, você está presa por suspeita do assassinato de Clem McCullough. Homens, levem-na.

* * *

Depois disso, como Sophia contou a William naquela noite, a confusão se instalou. Alice voou no pescoço do homem como se estivesse possuída, gritando, urrando e atirando livros nele, até que o oficial ameaçou prendê-la também, e Frederick Guisler teve que segurá-la com os dois braços para fazê-la parar. Beth gritava que eles haviam entendido tudo errado, que não sabiam o que estavam falando. Kathleen ficou apenas observando em silêncio, chocada, balançando a cabeça. E a pequena Izzy caiu no choro e não parava de gritar *Vocês não podem fazer isso! Ela vai ter um bebê!* Fred correu até o carro e foi o mais rápido possível contar a Sven Gustavsson, que ficou branco como uma folha de papel, tentando entender que diabos estava acontecendo. Enquanto isso, Margery O'Hare ficou calada feito um fantasma, permitindo que a levassem pela multidão de curiosos até o banco de trás do Buick da polícia, a cabeça baixa e uma das mãos na barriga.

William assimilou tudo o que ouvira e balançou a cabeça. Ele ainda tentava limpar a casa, o macacão preto de sujeira, e, quando passou a mão na nuca, deixou uma mancha preta oleosa na pele.

— E o que você acha? — perguntou à irmã. — Que ela matou alguém?

— Não sei — respondeu Sophia, balançando a cabeça. — Sei que Margery não é uma assassina, mas... tinha uma peça faltando... Alguma coisa que ela não estava dizendo. — Ela encarou o irmão. — Mas de uma coisa eu tenho certeza. Se tiver dedo de Van Cleve nisso, aí é que ela não vai ser solta mesmo.

Sven se sentou na cozinha de Margery naquela noite e contou toda a história a Alice e Fred. Depois do incidente no alto da montanha, Margery achou que McCullough iria atrás dela para se vingar, e Sven passou duas longas noites frias sentado na varanda, com a espingarda no colo e Bluey aos seus pés, até ambos terem certeza de que McCullough voltara aos tropeços para casa caindo aos pedaços, provavelmente com a cabeça doendo e bêbado demais para se lembrar das besteiras que havia feito.

— Você precisa contar isso ao xerife! — disse Alice. — Isso significa que foi legítima defesa!

— Você acha que isso vai ajudar? — perguntou Fred. — No momento em que ela disser que deu com o livro nele, vão encarar como uma confissão. Vai ser acusada de homicídio culposo, no mínimo. A coisa mais inteligente a fazer agora é aguentar firme e torcer que não tenham provas suficientes para mantê-la na cadeia.

A fiança foi estabelecida em 25 mil dólares — quantia que ninguém por ali jamais chegara perto de ter.

— É o mesmo valor que determinaram para Henry H. Denhardt, que atirou à queima-roupa na própria noiva.

— Pois é, só que, sendo homem, ele tinha amigos de prestígio que podiam depor a seu favor.

Tudo indicava que Nancy Stone caíra no choro quando soube o que os policiais haviam feito com seu depoimento. Ela se dignou a descer a montanha naquela noite — a primeira vez em dois anos — e bater à porta do gabinete do xerife, exigindo que eles a deixassem refazer seu depoimento.

— Eu falei tudo errado! — disse ela, e praguejou pelos vãos dos dentes que faltavam: — Não sabia que vocês iam prender Margery! Ora, aquela moça só fez o bem para mim e para a minha irmã... para esta cidade, vocês sabem, e é assim que a recompensam?

De fato, a notícia da prisão fora recebida com um burburinho incômodo pela cidade. Mas assassinato era assassinato, e os McCullough e os O'Hare davam fim uns aos outros fazia tantas gerações que ninguém nem se lembrava mais de como tudo começara, assim como acontecia com os Cahill e os Rogerson e aqueles dois lados da família Campbell. Não, Margery O'Hare sempre fora esquisita, do contra desde que deu os primeiros passos, e às vezes as coisas eram assim mesmo. Ela com certeza sabia ser muito fria também — ora, não ficara sentada, impassível, durante o funeral do próprio pai, sem derramar uma lágrima? Não demorou muito para que a eterna gangorra da opinião pública começasse a desconfiar de que talvez houvesse, sim, algo de maligno em Margery O'Hare afinal de contas.

Na parte baixa da cidadezinha de Baileyville, bem a sudeste do Kentucky, a luz do sol desapareceu lentamente atrás das montanhas, e, não muito depois, nas casinhas ao longo da rua principal e espalhadas por colinas e vales, os lampiões a óleo oscilaram e se apagaram, um a um. Cães latiam uns para os outros, os uivos ecoando na encosta das montanhas, mas logo eram repreendidos pelos donos exaustos. Bebês choravam, e alguns eram consolados. Os mais velhos se perdiam em lembranças de tempos melhores, e os mais jovens, no conforto de outros corpos, e cantarolavam com o rádio ou com o som distante de algum violino.

Kathleen Bligh, em sua casinha no alto da montanha, puxava os filhos adormecidos para si, suas cabecinhas leves e cheias de vida pendendo, um de cada lado, como marcadores de livro, e pensava no marido com ombros de bisão e um toque tão terno capaz de fazê-la chorar de felicidade.

Um caminho para a liberdade

A cinco quilômetros a noroeste, em uma casa grande, cercada pela grama baixa, a Sra. Brady tentava ler mais um capítulo de seu livro enquanto a filha cantava escalas abafadas no quarto. Ela largou o livro com um suspiro, triste, porque a vida acabava nunca saindo como se esperava, e se perguntando como explicaria aquilo para a Sra. Nofcier.

Em frente à igreja, Beth Pinker estava sentada na varanda dos fundos de casa, lendo um atlas e fumando o cachimbo da avó, pensando em todas as pessoas que ela gostaria de machucar — Geoffrey van Cleve figurava bem no topo da lista.

Em uma casa cuja alma era Margery O'Hare, duas pessoas estavam sentadas, uma de cada lado da porta de acabamento rústico, insones, tentando encontrar outra saída, os pensamentos parecendo um quebra-cabeça chinês, e com um nó de ansiedade.

A poucos quilômetros dali, Margery estava sentada no chão, encostada à parede da cela, tentando controlar o pânico que lhe subia pelo peito e pela garganta, ameaçando sufocá-la. Do outro lado do corredor, dois homens — um bêbado forasteiro e um ladrão, de rosto vagamente familiar mas cujo nome ela não lembrava — gritavam obscenidades para ela, e o policial que fazia a vigia, um homem justo que acreditava que deveria haver instalações separadas para mulheres (ele mal se lembrava da última vez que uma mulher passara a noite na cadeia de Baileyville, que dirá uma mulher grávida), havia pendurado um lençol entre as barras para protegê-la um pouco. Mas Margery continuava ouvindo os homens, e também sentindo o cheiro acre da urina e do suor deles. Aquele tempo todo, eles sabiam que ela estava ali, o que gerava, no confinamento da cadeia, uma intimidade tão perturbadora e embaraçosa que, por mais exausta que estivesse, ela sabia que não conseguiria dormir.

Margery teria ficado muito mais confortável no colchão, ainda mais àquela altura da gravidez, quando o bebê parecia pressionar partes inesperadas do corpo dela, mas o colchão era encardido e cheio de insetos. Após cinco minutos sentada ali, já começara a se coçar.

— Quer dar uma espiada atrás dessa cortina, garota? Vou mostrar algo que vai botar você para dormir.

— Pare com isso, Dwayne Froggatt.

— Estou só me divertindo um pouco, policial. Você sabe que ela gosta. Está escrito naquela barriguinha, não está?

No fim, McCullough fora atrás dela, sim, a arma carregada era o próprio corpo ensanguentado, o livro da biblioteca, uma confissão escrita sobre o peito dele. Ele a seguira montanha abaixo, tão certeiro quanto se tivesse uma arma carregada na mão.

Margery tentou pensar no que poderia alegar como atenuante: não sabia que havia machucado McCullough. Ficara com medo. Estava só tentando fazer seu trabalho quando tudo acontecera. Era só uma mulher tentando cuidar de si mesma. Mas não era tola. Entendia a situação. Nancy, sem saber, selara a sorte de Margery ao colocá-la lá em cima, com o livro da biblioteca na mão.

Margery O'Hare apertou os olhos com a base das mãos e deixou escapar um longo suspiro, tremendo, sentindo o pânico crescer novamente. Pelas barras, via o azul-malva da noite avançando, ouvia o canto distante do pássaro anunciando o fim do dia. E, conforme a noite caía, Margery sentiu as paredes começarem a se fechar ao redor, o teto baixando, e fechou bem os olhos.

— Não posso ficar aqui. Não posso — falou, baixinho. — Não posso ficar aqui.

— *Está sussurrando por mim, garota? Quer que eu cante uma canção de ninar para você?*

— *Puxa essa cortina. Vem. Para o papai aqui.*

Uma explosão de gargalhadas bêbadas.

— Não posso ficar aqui.

A respiração ficou entalada no peito, os nós dos dedos já brancos, e a cela começou a girar, o chão oscilando, e a onda de pânico a engolindo.

Então, o bebê se mexeu em seu ventre, uma, duas vezes, como se lhe dissesse que ela não estava sozinha, que de nada adiantaria aquele pânico. Margery deixou escapar um meio soluço, levou as mãos à barriga, fechou os olhos e soltou o ar lentamente, esperando que o terror passasse.

2 0

— Você disse que estrelas eram mundos, Tess?
— Sim.
— Que nem o nosso?
— Não sei, mas acho que sim. Às vezes as estrelas são como maçãs numa árvore. A maioria é bonita e saudável; algumas são podres.
— E em qual nós vivemos? Nas bonitas ou nas podres?
— Nas arruinadas.

— Thomas Hardy, *Tess dos D'Urbervilles*

A notícia havia se espalhado de manhã, e algumas poucas pessoas se deram o trabalho de passar na biblioteca para comentar que aquilo tudo era uma loucura, que não maldiziam Margery e que era uma vergonha a polícia tratá-la daquele jeito. Mas a maior parte das pessoas não fez isso, e Alice reparou nas conversas sussurradas por todo o caminho da casa delas ao longo de Split Creek. Ela tentou controlar a própria ansiedade se ocupando. Mandou Sven de volta para casa, prometendo cuidar das galinhas e do burro, e Sven concordou, tendo o tato de perceber que não seria bom para eles serem vistos dormindo no mesmo lugar sozinhos. Mas os dois sabiam que ele provavelmente voltaria ao cair da noite, incapaz de ficar só com os próprios medos.

— Sei como funcionam as coisas — disse Alice, colocando no prato dele um ovo e quatro fatias de bacon que permaneceriam intocadas. — Já estou aqui por tempo suficiente para saber que Margery vai ser solta em um piscar de olhos. Enquanto isso, vou levar roupas limpas à cadeia.

— Aquela cadeia não é lugar para mulher — disse ele, baixinho.

— Vamos tirá-la de lá logo, logo.

Alice despachou as bibliotecárias em suas rotas normais naquela manhã, checando os registros e ajudando a carregar os alforjes. Ninguém questionou sua autoridade, gratas por alguém ter assumido o controle. Beth e Kathleen pediram a Alice que desejasse boa sorte a Margery. Então, Alice trancou a biblioteca, montou em Spirit com a bolsa de roupas limpas para a amiga e cavalgou até a cadeia sob um céu bonito e claro.

— Bom dia — disse ao guarda, um homem magro de expressão cansada, que corria o risco de ter a calça arriada pelo peso do molho enorme de chaves pendurado. — Vim trazer uma muda de roupas para Margery O'Hare.

Ele a olhou de cima a baixo e fungou, torcendo o nariz.

— Tem seu passe?

— Que passe?

— Do xerife. Permitindo que veja a prisioneira.

— Não tenho passe.

— Então não pode entrar. — Ele assoou o nariz bem alto em um lenço.

Alice ficou parada por um momento, sentindo o rosto ficar vermelho. Então, empertigou os ombros.

— Senhor. Está mantendo uma mulher em estado avançado de gravidez nas circunstâncias mais insalubres. O mínimo que eu esperaria do senhor é que permitisse a ela mudar de roupa. Que tipo de cavalheiro é?

Ele ao menos pareceu um pouco constrangido.

— O que foi? Acha que estou levando uma lima escondida para ela? Ou um revólver? A mulher está *esperando um bebê*. Pronto, policial. Vou lhe mostrar o que estou planejando entregar à pobre moça. Veja. Uma blusa limpa de algodão. E, olhe, meias de lã. Quer ver a outra bolsa? Pronto, pode conferir, uma muda de roupa de baix...

— Está certo, está certo — disse ele, erguendo a mão. — Guarde isso. Tem dez minutos, certo? Na próxima vez, quero um passe.

— É claro. Muito obrigada, policial. Muito gentil de sua parte.

Alice tentou manter o ar de confiança enquanto o seguia e descia os degraus para os confins das celas. O guarda abriu um pesado portão de metal, as chaves chacoalhando, procurou até encontrar a certa e abriu outro portão para um corredor pequeno com quatro celas enfileiradas. O ar era ranhoso e fétido, a única luz ali era a de uma janela horizontal estreita no topo de cada cela. Conforme seus olhos se ajustavam à luminosidade, Alice viu vultos se movendo nas celas à esquerda.

— A dela é a da direita, a que está com o lençol na frente — disse ele, e se virou para sair, trancando o portão e dando uma sacudida tão alta para conferir se tinha trancado que Alice sentiu o coração chacoalhar também.

— Ora, olá, moça bonita — disse uma voz de homem nas sombras.

Ela não olhou.

— Margery? — sussurrou, caminhando até as barras da cela.

Foi recebida pelo silêncio, então o lençol foi puxado alguns centímetros, e o rosto de Margery apareceu do outro lado. Estava pálida e cheia de olheiras. Atrás dela havia um catre estreito com um colchão manchado e surrado e, no canto, um urinol de metal. Alice notou alguma coisa correndo no chão.

— Você está... bem? — Ela tentou não deixar transparecer o choque.

— Estou bem.

— Trouxe algumas coisas. Achei que fosse gostar de uma muda de roupas. Vou trazer outra amanhã. Pegue. — Ela tirou as peças da bolsa, uma a uma, passando-as pelas barras. — Trouxe também uma barra de sabão, escova de dentes, e... Bem, trouxe o meu frasco de perfume. Achei que talvez você pudesse gostar de sentir... — Alice hesitou.

Naquele momento, a ideia lhe pareceu absurda.

— Você tem alguma coisa para mim aí, moça bonita? Estou tão sozinho aqui.

Ela deu as costas para o homem.

— Enfim — disse, a voz mais baixa. — Trouxe também um pedaço de pão de milho e uma maçã enrolados nas suas ceroulas, porque não sabia se estavam alimentando você. Em casa está tudo bem. Dei comida ao Charley e às galinhas, não precisa se preocupar com nada. Quando voltar para casa, vai encontrar tudo do mesmo jeito que deixou.

— Onde está Sven?

— Ele teve que ir trabalhar. Mas virá mais tarde.

— Ele está bem?

— Está um pouco abalado, na verdade. Todo mundo está.

— Ei! Ei, venha até aqui, moça bonita! Quero mostrar uma coisa!

Alice se inclinou para a frente, até encostar a testa nas barras da cela.

— Ele nos contou o que aconteceu. Com o tal McCullough.

Margery fechou os olhos por um minuto. Segurou firme e apertou as barras.

— Nunca tive a intenção de ferir ninguém, Alice. — A voz de Margery falhou.

— É claro que não. Você fez o que qualquer um teria feito. — Alice foi firme. — Qualquer um com metade de um cérebro. Isso se chama legítima defesa.

— Ei! Ei! Para de tagarelar e vem aqui, garota. Tem alguma coisa para mim, hein? Porque eu tenho para você.

Alice se virou, furiosa, e colocou as mãos na cintura.

— Ah, *cale* essa boca! Estou tentando conversar com a minha amiga! *Pelo amor de Deus!*

Houve um breve silêncio, então, da outra cela veio uma gargalhada aguda.

— Sim, cale a boca! Ela está tentando conversar com a amiga!

Os dois homens imediatamente começaram a discutir, cada vez mais alto e com mais palavrões.

— Não posso ficar aqui, Alice — disse Margery, baixinho.

Alice ficou abalada com o estado de Margery depois de apenas uma noite naquele lugar. Era como se a mulher tivesse perdido todas as forças.

— Olha, nós vamos resolver isso. Você não está sozinha, e não vamos permitir que nada lhe aconteça.

Margery olhou para ela com olhos cansados. Cerrou os lábios, como se estivesse se controlando para não falar.

Alice tocou os dedos de Margery, tentando segurar a mão dela.

— Isso *vai* se resolver. Só tente descansar e comer alguma coisa. Estarei de volta amanhã.

Margery pareceu levar um minuto para assimilar o que ela dizia. Então, assentiu, desviou os olhos de Alice e, com a mão na barriga, escorregou lentamente pela parede e se sentou no chão.

Alice sacudiu a tranca de metal até conseguir a atenção do guarda. Ele se levantou com esforço da cadeira e abriu o portão. Depois que o fechou novamente, olhou para o lençol lá atrás, por onde se via ligeiramente o ombro de Margery.

— Veja — disse Alice, olhando para o guarda. — Voltarei amanhã. Não sei se terei tempo de arrumar um passe, mas tenho certeza de que não haverá objeções a uma mulher fornecendo artigos básicos de higiene e assistência a uma grávida. Isso é apenas o decente a se fazer. E posso não morar aqui há muito tempo, mas sei que o povo do Kentucky é dos mais decentes. — O guarda olhou para ela como se não soubesse o que dizer. — De qualquer modo — continuou Alice, antes que ele pudesse pensar muito. — Trouxe para você um pedaço de pão de milho para agradecer por ser tão... flexível. É uma situação terrível, que com sorte será resolvida rapidamente, e neste meio-tempo sou muito grata por sua bondade, Sr....

O guarda deu duas piscadelas.

— Dulles.

— Agente Dulles. Ótimo.

— Sub-xerife.

— Sub-xerife. Perdão. — Ela entregou o pão de milho embrulhado em um guardanapo. — Ah — disse, enquanto ele abria. — E vou querer o guardanapo de volta. Se puder me devolver amanhã, quando eu trouxer mais, seria ótimo. Basta dobrá-lo. Obrigada.

Antes que ele pudesse responder, Alice se virou e saiu depressa da cadeia.

Sven contratou um advogado de Louisville após vender o relógio de bolso de prata do avô para arcar com os custos. O homem tentou exigir um valor de fiança mais razoável, o que foi estritamente recusado. A moça era uma assassina, foi a resposta, de uma família de assassinos, e o Estado não ficaria satisfeito em saber que ela estava livre para fazer aquilo de novo. Mesmo quando uma pequena multidão se reuniu do lado de fora do gabinete do xerife para protestar, ele se manteve irredutível, declarando que aquelas pessoas poderiam gritar quanto quisessem, mas seu trabalho era fazer com que a lei fosse cumprida, e que, fosse o pai deles assassinado enquanto cuidava do negócio legal, talvez pensassem diferente.

— Bem, a boa notícia — disse o advogado, voltando para o carro — é que o estado do Kentucky não executa uma mulher desde 1868. Ainda mais uma mulher grávida.

Esse fato não pareceu animar muito Sven.

— O que vamos fazer agora? — perguntou ele, quando voltava com Alice da visita à cadeia.

— Seguimos em frente — retrucou Alice. — Continuamos vivendo normalmente e esperamos que alguém seja sensato.

Mas seis semanas se passaram, e ninguém foi sensato. Margery permaneceu na cadeia, mesmo quando vários outros canalhas entravam e saíam (e, em alguns casos, retornavam). Tentativas de transferi-la para uma prisão feminina foram rejeitadas, e, no fundo, Alice achava que, se era para Margery ficar trancafiada, que fosse ali, onde eles podiam passar para vê-la, e não em algum outro lugar na cidade onde ninguém a conheceria e onde ficaria cercada por barulhos e vapores de um mundo completamente estranho.

Assim, Alice cavalgava todos os dias para a cadeia, levando uma lata com pão de milho ainda quentinho (pegara a receita em um livro da biblioteca e já conseguia preparar o pão sem nem consultá-lo), ou uma torta, ou o que tivesse à mão. Acabara também se tornando uma queridinha dos guardas. Ninguém nunca mais falou em passes, apenas devolviam a ela o guardanapo do dia anterior e a deixavam entrar sem mal dizer uma palavra. Com Sven, eles eram um pouco mais rigorosos, porque seu tamanho costumava deixar outros homens nervosos. Além de comida, Alice levava uma muda de roupas de baixo, suéteres de lã, se necessário, e um livro, embora o porão da cadeia fosse tão escuro que Margery só conseguia algumas horas de luz boa para ler por dia. E quase todo dia, ao cair da noite, quando terminava o trabalho na biblioteca, Alice seguia para casa, no bosque, sentava-se à mesa com Sven, e eles diziam um ao outro que, sem dúvida, aquilo tudo uma hora seria resolvido e Margery voltaria a ser a mesma quando respirasse novamente o ar puro, e nenhum deles acreditava em uma palavra do que o outro dizia, até que enfim ele se retirava, e ela ia para a cama — onde ficava acordada olhando para o teto até o amanhecer.

Naquele ano, foi como se eles tivessem se esquecido completamente da existência da primavera. Em um instante, estava congelante; no outro, era como se as chuvas tivessem levado ao menos dois meses, porque o Condado de Lee foi jogado abruptamente em uma enorme onda de calor. As borboletas-monarcas retornaram, as ervas daninhas na beira da estrada já batiam no meio das árvores, e Alice pegou emprestado o chapéu de couro de aba larga de Margery. Também passou a usar um lenço no pescoço para evitar queimaduras de sol, e batia com as rédeas no pescoço do cavalo para afastar mosquitos.

Alice e Fred passavam o maior tempo possível juntos, mas não conversavam muito sobre Margery. Faziam de tudo para atender às necessidades físicas dela, mas não sabiam muito o que dizer.

O laudo do legista revelara que a causa da morte de Clem McCullough tinha sido um ferimento letal na parte de trás do crânio, possivelmente causado pelo golpe na nuca ou pela colisão com uma pedra. Infelizmente, a decomposição do corpo não permitiu uma conclusão mais precisa. Margery foi chamada a testemunhar diante do legista, mas uma enorme multidão se aglomerou ao redor do prédio e, dada sua condição, foi declarado que não seria inteligente fazê-la entrar lá.

Quanto mais se aproximava a data prevista do parto, mais frustrado Sven ficava. Criticou tanto o sub-xerife da cadeia que foi proibido de visitar Margery por uma semana — teria sido por mais tempo, mas Sven era querido na cidade, e todos sabiam que ele estava consumido pelo nervosismo. Margery estava pálida, o cabelo escorrido preso em uma trança suja. Ela comia por obrigação o que Alice levava, mas sem nenhuma vontade. Não havia uma só visita em que Alice não saísse achando que manter Margery naquela cela era um crime contra a natureza: uma inversão da ordem das coisas. Tudo parecia errado enquanto Margery estava presa: as montanhas, vazias demais; a biblioteca, sem uma parte vital. Até Charley estava apático; andava para a frente e para trás ao longo da cerca ou permanecia parado em um canto, as orelhas enormes a meio-mastro, o focinho voltado para o chão.

Às vezes, Alice esperava ficar sozinha no longo trajeto de volta para casa e, protegida pelas árvores e pelo silêncio, chorava à vontade, soluçando bem alto de medo e frustração. Lágrimas que ela sabia que Margery não choraria por si mesma. Ninguém comentava como seria quando o bebê nascesse. Ninguém comentava o que aconteceria com Margery depois disso. A situação como um todo era muito surreal, e a criança ainda era uma abstração, um cenário que poucos conseguiam imaginar.

Alice se levantava às quatro e meia da manhã todos os dias, jogava-se em Spirit e desaparecia na floresta densa da encosta da montanha, carregada de alforjes, e antes de despertar por completo já tinha concluído o primeiro quilômetro. Cumprimentava pelo nome todo mundo que encontrava, normalmente fazendo algum comentário pertinente: *Conseguiu aquele manual de conserto de tratores, Jim? E sua esposa, gostou dos contos?* Também parava de propósito a égua na frente do carro de Van Cleve sempre que o via, obrigando-o a parar e a colocar o motor em marcha lenta, enquanto o encarava de cima de Spirit.

— Conseguiu dormir bem, Van Cleve? — perguntava, o tom tão afiado que era capaz de perfurar o ar. — Está se sentindo em paz consigo mesmo?

Com as bochechas estufadas e roxas, ele a contornava.

Alice não tinha medo de ficar sozinha na casa, mas Fred a ajudara a instalar mais armadilhas para alertar sobre a chegada de alguém. Certa noite, ela estava lendo quando ouviu o sino que penduraram entre as árvores bater. Com um reflexo rápido, ela esticou a mão para a lareira e pegou a espingarda, posicionando-a no ombro com destreza e enfiando os dois canos no vão estreito da porta.

Ela espiou, procurando movimentos lá fora e ao mesmo tempo tentando se manter imóvel. Examinou a escuridão por mais algum tempo antes de relaxar.

— Foi só um veado — murmurou ela, abaixando a espingarda.

Na manhã seguinte, ao sair de casa, encontrou um bilhete, que fora enfiado por baixo da porta durante a noite, com um garrancho preto:

Você não pertence a este lugar. Vá embora.

Não foi a primeira vez, e reprimiu os sentimentos que aqueles dizeres geraram nela. Margery teria rido, então foi o que ela fez. Amassou o papel, jogou no fogo e praguejou baixinho, tentando não pensar a que lugar pertencia ultimamente.

Fred estava ao lado do celeiro cortando lenha à meia-luz — uma das poucas tarefas que Alice ainda não dominava. Ela achava o peso do machado muito incômodo, raramente conseguia cortar a tora até o fim e acabava sempre deixando a lâmina fincada em um ângulo torto até Fred voltar para tirá-la. Ele acertava cada pedaço em um movimento perfeito e ritmado: os braços giravam em velocidade, cortando o tronco em duas e depois quatro partes iguais, parando a cada três golpes, quando o machado pendia em uma das mãos enquanto a outra atirava a lenha na pilha. Ela o observou por um momento, esperando, até que ele parou, passou o braço pela testa e olhou para ela, que estava em pé na soleira da porta com um copo na mão.

— É para mim?

Ela foi até lá e entregou a ele.

— Obrigado. Tem mais do que pensei.

— Que bom que você está cuidando disso.

Ele deu um longo gole na água e devolveu o copo.

— Ora, não podia deixar você passar frio no inverno. E a lenha queima melhor se os pedaços forem menores. Tem certeza de que não quer tentar de novo? — Mas algo na expressão dela o interrompeu. — Você está bem, Alice?

Ela sorriu e fez que sim, mas não convenceu nem a si mesma. Então desabafou aquilo que estava guardando a semana inteira.

— Meus pais me mandaram uma carta. Disseram que posso voltar para casa.

O sorriso de Fred sumiu.

— Eles não estão felizes com isso, mas disseram que não posso ficar aqui sozinha e que estão dispostos a encarar o casamento como um erro juvenil. Minha tia Jean me convidou para ficar com ela em Lowestoft. Está precisando de ajuda com os filhos, e todos concordam que essa seria uma ótima forma de... Bom, de voltar para a Inglaterra sem fazer muito alarde. Aparentemente podemos resolver toda a burocracia a distância.

— O que é Lowestoft?

— Uma cidadezinha na costa do Mar do Norte. Não é exatamente minha primeira opção, mas... Ah, pelo menos acho que assim teria certa independência. — *E manteria distância dos meus pais*, ela acrescentou em silêncio e engoliu em seco. — Eles vão mandar dinheiro para a passagem. Eu disse que preciso ficar até o fim do julgamento de Margery. — Deu uma risada seca. — Acho que ter uma amiga acusada de assassinato não melhorou muito a opinião deles a meu respeito.

Houve um longo momento de silêncio.

— Então você está indo embora.

Ela assentiu. Não podia dizer mais nada. Depois daquela carta, foi como se tivesse lembrado de repente que tudo que vivera naquele lugar havia sido um devaneio. Alice se imaginou de volta à Mortlake, naquela casa com arquitetura inspirada nos Tudor em Lowestoft, e o educado inquérito da tia a respeito de como Alice havia passado a noite, se estava pronta para o café da manhã e se gostaria de dar um passeio à tarde no parque municipal. Alice olhou para as mãos secas e rachadas, para as unhas quebradas, para o suéter que estava usando fazia quatorze dias por cima das outras camadas de roupa, mesmo com feno e grama presos à lã. Olhou para as botas, o couro arranhado que contava histórias de trilhas remotas nas montanhas, da água dos leitos dos córregos que ela atravessava ou das vezes que precisara desmontar para subir a pé passagens estreitas, pisando na lama, do sol forte ou da chuva interminável. Como seria voltar a ser aquela moça de antes? A que usava sapatos engraxados com meias e tinha uma existência doméstica e regrada? Com unhas cuidadosamente manicuradas, cabelo lavado com xampu e modelado duas vezes por semana. Não precisar mais desmontar para se aliviar atrás de árvores, colher maçãs para se alimentar durante o trabalho, sentir as narinas invadidas pelo cheiro da fumaça de lenha e da terra úmida, e, em vez disso, trocar apenas algumas palavras polidas com o condutor do ônibus, perguntar se ele tinha certeza de que o 238 parava em frente à estação ferroviária.

Fred a observava. Havia algo tão dolorido em sua expressão que ela ficou de coração partido. Ele tentou esconder, pegando o machado.

— Bem, acho que é melhor eu terminar isso enquanto estiver aqui.

— Margery vai precisar. Quando ela voltar para casa.

Ele assentiu, sem tirar os olhos da lâmina.

— Pois é.

Alice esperou um instante.

— Vou preparar algo para você comer. Se ainda quiser ficar.

Ele assentiu, ainda abatido.

— Seria ótimo.

Ela esperou mais um pouco, então se virou e voltou para dentro da casa de Margery com o copo vazio, estremecendo cada vez que ouvia o machado acertar a lenha, como se não fosse apenas a madeira que estivesse sendo partida ao meio.

A comida estava horrível, como toda comida feita sem amor, mas Fred era gentil demais para comentar, e Alice tinha pouco a dizer, então a refeição teve como pano de fundo um silêncio incomum, acompanhado apenas pelo canto dos grilos e sapos lá fora. Ele agradeceu pelo jantar e mentiu dizendo que estava ótimo. Ela recolheu a louça suja e ficou observando Fred se preparar para ir embora, rígido, como se cortar lenha tivesse sugado mais dele do que revelava. Ele hesitou, depois saiu para a varanda, onde ela viu sua sombra pela porta de tela enquanto o homem observava as montanhas.

Sinto muito, Fred, disse em silêncio. *Não quero deixar você.*

Então se voltou para os pratos e começou a esfregar com ferocidade, engolindo o choro.

— Alice? — Fred apareceu na porta.

— Hum?

— Venha aqui fora.

— Tenho que lavar a lou...

— Venha. Quero mostrar uma coisa.

A noite estava tomada por aquela escuridão densa de quando as nuvens engolem a lua e as estrelas. Ela mal viu Fred apontar para o balanço da varanda. Os dois se sentaram com alguns centímetros de distância, sem se tocar, mas conectados pelos pensamentos, que, ocultos, estavam se envolvendo um no outro como hera.

— Para que estamos olhando? — perguntou Alice, tentando disfarçadamente limpar as lágrimas.

— Espere só. — A voz de Fred surgiu do seu lado.

Alice ficou sentada no escuro, o balanço rangendo baixinho sob o peso dos dois, os pensamentos dela se atropelando conforme conjecturava o futuro. O que faria se não voltasse para casa, na Inglaterra? Tinha pouco dinheiro, certamente não o bastante para pagar por uma casa. Não sabia nem se teria emprego — quem poderia afirmar que a biblioteca continuaria funcionando sem o comando firme de Margery? E, mais importante de tudo, dificilmente poderia ficar para sempre naquela cidadezinha, perseguida pela nuvem pesada de Van Cleve, sua raiva e aquele casamento fracassado pairando sobre ela. Ele conseguira pegar Margery, e com certeza a pegaria também, de um jeito ou de outro.

Mas ainda assim...

Ainda assim, só de pensar em deixar aquele lugar, em não cavalgar mais por aquelas montanhas, tendo por companhia apenas o som dos cascos de Spirit e a luz matizada e cintilante da floresta, só de pensar em não dar mais risadas com as outras bibliotecárias, costurar tranquilamente ao lado de Sophia ou bater os pés enquanto a voz de Izzy reverberava na biblioteca... Só de pensar naquilo, era tomada por uma dor visceral. Ela amava aquele lugar. Amava as montanhas, as pessoas e o céu infinito. Amava a sensação de fazer um trabalho significativo, de estar testando a si mesma todos os dias, mudando a vida das pessoas, palavra por palavra. Havia conquistado cada um de seus hematomas e bolhas, construído uma nova Alice sobre a estrutura da anterior, com quem nunca se sentira inteiramente à vontade. E essa nova Alice simplesmente sumiria se ela retornasse. Isso aconteceria em um piscar de olhos, ela sabia. Baileyville se tornaria um breve interlúdio, resumido a mais um episódio sobre o qual os pais dela, de lábios cerrados, prefeririam não comentar. Ela sentiria saudade do Kentucky por algum tempo, mas ia se recompor. E, então, depois de talvez um ou dois anos, teria permissão para se divorciar, e acabaria conhecendo um homem tolerante que não se ressentiria de seu passado complicado e se casaria. Em alguma área tolerante de Lowestoft.

Mas então havia Fred. A ideia de se separar dele corroía seu estômago. Como suportaria a perspectiva de nunca mais voltar a vê-lo? De nunca mais ver o rosto dele se iluminar quando ela chegava? De nunca mais encontrar os olhos dele na multidão, de não sentir mais o calor sutil que sempre a percorria quando ficava ao lado de um homem que a desejava mais do que qualquer outro havia desejado? Ela passara a sentir aquilo todos os dias em que estavam juntos, mesmo quando ficavam em silêncio — a conversa não verbalizada que, como uma corrente subterrânea, percorria tudo que eles faziam. Ela nunca havia sentido uma conexão tão grande com ninguém, tanta certeza em relação a uma pessoa, nunca tinha desejado tanto a felicidade de alguém. Como desistir disso?

— Alice?

— Sim?

— Olhe para cima.

Sua respiração travou. A encosta da montanha diante deles estava acesa, toda iluminada, como uma muralha de luzinhas tridimensionais entre as árvores, piscando e cintilando enquanto se moviam, lançando luz nas sombras daquele breu. Alice piscou, boquiaberta, sem acreditar.

— Vaga-lumes — disse Fred.

— Vaga-lumes?

— Insetos luminosos. Ou como quiser chamá-los. Eles aparecem todos os anos.

Alice não conseguia assimilar o que via. As nuvens se dissiparam e os vaga-lumes cintilavam, se misturavam, atravessando as sombras das árvores, e os milhões de corpos brancos luminosos seguiam em perfeita sintonia para o céu estrelado. Por um segundo pareceu que o mundo todo estava coberto por minúsculas luzes douradas. Era uma visão tão absurda, tão improvável e insanamente linda que Alice se viu gargalhando, com as mãos no rosto.

— Eles fazem isso muitas vezes? — perguntou ela, percebendo o sorriso dele.

— Não. Uma semana, talvez, por ano. Duas no máximo. Mas nunca os vi tão lindos assim.

Alice sentiu, então, um enorme soluço subindo pelo peito, fruto da intensa emoção que a dominava e, talvez, da perda iminente. Pela ausência da mulher que era a alma daquela casa e pelo homem ao seu lado, que ela não poderia ter. Antes que pudesse pensar no que estava fazendo, Alice esticou a mão na escuridão e encontrou a de Fred. Os dedos dele se fecharam ao redor dos dela, quentes, fortes, entrelaçados como se moldados uns aos outros. Eles ficaram sentados daquele jeito por algum tempo, assistindo ao espetáculo cintilante diante deles.

— Eu... entendo por que você precisa ir. — A voz de Fred quebrou o silêncio, as palavras ditas com cautela. — Só quero que saiba que vai ser terrivelmente difícil quando isso acontecer.

— Estou em um dilema, Fred.

— Sei disso.

Ela inspirou fundo, ofegante.

— Está tudo meio caótico, não está?

Um longo silêncio se instalou. Uma coruja fez um barulho ao longe. Fred apertou a mão de Alice, e eles ficaram sentados ali por algum tempo, sentindo a brisa fresca da noite.

— Você sabe o que é realmente maravilhoso nesses vaga-lumes? — perguntou ele, enfim, como se estivessem tendo uma longa conversa. — Eles vivem só algumas semanas. O que não é muito no grande esquema da vida. Mas, enquanto estão por aqui, a beleza deles... Nossa, é de tirar o fôlego. — Ele passou o polegar pelos nós dos dedos dela. — Você consegue ver o mundo de uma forma completamente nova. Então, essa imagem linda fica registrada no seu coração. Para levar para onde for. E nunca esquecer.

Antes mesmo que ele continuasse, Alice sentiu a lágrima escorrer pelo rosto.

— Percebi isso sentado aqui. Talvez seja isso que nós tenhamos que entender, Alice. Que algumas coisas são um presente, mesmo se não pudermos tê-las. — Houve mais um longo silêncio antes que ele voltasse a falar. — Talvez apenas saber que algo tão lindo assim existe seja tudo que realmente possamos pedir.

Ela escreveu para os pais confirmando seu retorno para a Inglaterra, e Fred deixou a carta no correio quando foi a Booneville entregar um jovem potro. Alice percebeu, odiando a si mesma, o maxilar dele enrijecer ao se dar conta do endereço. Ficou observando, com os braços cruzados em sua blusa de manga curta, Fred subir na caçamba do caminhão enferrujado, o trailer barulhento atracado e o cavalo inquieto. Ficou olhando o caminhão seguir por Split Creek até eles sumirem de vista.

Alice observou, com a mão protegendo o rosto do sol, a estrada vazia por um momento, as montanhas que se erguiam dos dois lados e desapareciam na bruma do verão, os falcões que pairavam, preguiçosos, tão alto que parecia impossível. Soltou um suspiro longo e vacilante. Então, finalmente, limpou as mãos no culote e se virou para entrar na biblioteca.

21

O chamado veio às 2h45 da manhã, em uma noite tão quente que Alice mal conseguira dormir, embrenhando-se, suada e determinada, em uma luta com o lençol. Ouviu a batida rápida à porta e pulou da cama, o sangue gelado, os ouvidos atentos. Os pés descalços encostaram nas tábuas do assoalho silenciosamente, e ela vestiu o robe de algodão, pegou a arma que mantinha ao lado da cama e foi até a porta na ponta dos pés. Prendeu a respiração e aguardou até ouvir o barulho outra vez.

— Quem é? Olha que eu atiro!

— Sra. Van Cleve? É a senhora?

Ela piscou e espiou pela janela. Lá estava o sub-xerife Dulles, completamente uniformizado e esfregando a nuca, nervoso. Ela abriu a porta.

— Sub-xerife Dulles?

— É a Srta. O'Hare. Acho que chegou a hora. Não posso acordar o Dr. Garnett, e não fico nada feliz de ver que está sozinha em trabalho de parto.

Alice levou alguns minutos para se vestir. Ela montou em Spirit, que ainda estava sonolenta, e seguiu as marcas dos pneus do oficial, anulando com sua determinação qualquer hesitação natural da égua em abrir caminho pela floresta densa no breu da noite. Spirit trotava escuridão adentro, as orelhas em pé, receosa mas decidida, e Alice quis lhe dar um beijo por isso. Quando chegou à trilha coberta de musgo às margens do riacho, conseguiu iniciar um galope, incentivando o animal a dar tudo de si, grata pelo luar que iluminava o caminho.

Na estrada, não foi direto para o presídio; deu meia-volta, direcionando Spirit ao casebre de William e Sophia em Monarch Creek. Sim, Alice havia mudado durante o tempo que passou no Kentucky e não se assustava à toa. Mas ainda era capaz de reconhecer quando precisava de reforço.

* * *

Sophia chegou ao presídio e encontrou Margery, ensopada de suor, empurrando Alice como se fosse uma jogadora de rúgbi, curvada e gemendo de dor. Fazia só uns vinte minutos que Alice estava lá, mas pareciam horas. A inglesa ouvia a própria voz distante, elogiando Margery pela coragem, insistindo que ela estava se saindo muito bem e que quando desse por si o bebê já estaria em seus braços, mesmo sabendo que só uma dessas coisas podia ser verdade. O sub-xerife deixara com elas um lampião cuja luz bruxuleava, projetando sombras vagas nas paredes. O cheiro de sangue, urina e de alguma outra coisa crua e indizível deixava fétido o ar parado e denso da cela. Alice não tinha se dado conta de que um parto poderia ser tão *nauseante*.

Sophia correra até ali, a velha maleta de parteira da mãe debaixo do braço, e Dulles, amansado por dois meses de guloseimas e acreditando que as moças da biblioteca só tinham boas intenções, abriu a porta barulhenta da cela para ela entrar.

— Ah, graças a Deus! — exclamou Alice sob a luz fraca enquanto ele trancava a porta novamente com um tilintar de chaves. — Eu estava com tanto medo de que você demorasse.

— Há quanto tempo começou?

Alice deu de ombros, e Sophia passou a mão pela testa de Margery. Os olhos da mulher estavam fechados com força, a mente em algum lugar distante, e outra onda de dor a atingiu.

Sophia esperou, os olhos atentos, até que passasse.

— Margery? Margery? As dores estão vindo de quanto em quanto tempo?

— Não sei — murmurou Margery com os lábios secos. — Onde está Sven? Por favor. Preciso de Sven.

— Você precisa aguentar firme agora, concentre-se. Alice, você está de relógio? Comece a contar quando eu mandar, tudo bem?

A mãe de Sophia fora a parteira de todas negras de Baileyville. Quando criança, Sophia a acompanhava nas visitas, carregava a maleta de couro grande e velha, passava instrumentos e ervas necessários à mãe e, por fim, ajudava a esterilizar e a guardar tudo para que pudessem usar o material novamente. Sophia não tinha um treinamento completo, mas com certeza era a melhor opção.

— Está tudo bem aí dentro? — perguntou o sub-xerife Dulles.

Ele se manteve atrás do lençol, respeitoso, enquanto Margery voltava a gemer, a voz oscilando e crescendo. Ele tratou de ficar bem longe quando a própria esposa dera à luz seus filhos, e os sons e odores desagradáveis do parto já o deixavam um pouco enjoado.

— Senhor? Seria possível um pouco de água quente? — Sophia fez sinal para que Alice abrisse a maleta, apontando para um pano limpo de algodão.

— Vou ver se Frank pode ferver um pouco. Ele costuma estar acordado a esta hora. Volto logo.

— *Não consigo*.

Os olhos de Margery se abriram, vidrados em algo que nenhuma delas via.

— É claro que consegue — respondeu Sophia com firmeza. — Isso é só a natureza dizendo que você está quase lá.

— Não consigo. — Margery parecia sem fôlego, exausta. — Estou tão cansada...

Alice pegou um lenço e limpou o rosto dela. Margery estava tão pálida, tão frágil apesar da barriga enorme. Sem os esforços diários da vida lá fora, seus membros haviam perdido a musculatura, ficando flácidos e sem cor. Vê-la assim, o vestido de algodão apertado e grudado na pele úmida, deixava Alice incomodada.

— Um minuto e meio — disse ela no momento em que Margery voltou a gemer.

— É isso. O bebê já está vindo mesmo. Certo, Margery. Vou encostar você aqui um minuto enquanto coloco um lençol nesse colchão velho. Tudo bem? Apoie-se em Alice por um momento.

— *Sven*. — Alice viu os lábios de Margery formarem o nome dele enquanto os dedos da amiga quase rasgavam sua manga.

Ela ouvia Sophia murmurando palavras reconfortantes enquanto avançava com os pés firmes na semiescuridão. As celas em frente, pela primeira vez, estavam em silêncio.

— Certo, meu bem. O bebê está chegando, então precisamos colocá-la na melhor posição para a criança sair. Está ouvindo? — Sophia fez sinal para Alice ajudá-la a virar Margery, que mal parecia assimilar as palavras. — Continue prestando atenção ao que digo, entendeu?

— Estou com medo, Sophia.

— Não está, não. No fundo não é medo. É só o trabalho de parto falando.

— Não quero que ela nasça aqui. — Margery abriu os olhos, suplicantes, para Sophia — Aqui, não. Por favor...

Sophia colocou a mão atrás da cabeça úmida de Margery e encostou a bochecha na dela.

— Eu sei, querida, mas é isso que vai acontecer. Então, só nos resta facilitar ao máximo para vocês. Está bem? Agora, fique de quatro. Sim, de quatro, e segure aquele estrado. Alice, fique na frente e segure Margery com força, está bem? Vai ficar um pouco difícil daqui a pouco, e ela vai precisar de apoio. Isso, deixe ela repousar no seu colo.

Alice não teve tempo de sentir medo. Logo que Sophia disse isso, Margery a agarrou e enfiou o rosto nas suas coxas tentando abafar os gritos. Ela apertava com muita força, como se estivesse possuída por forças incontroláveis. Alice observou os tremores atravessarem o corpo dela e contraiu o rosto, tentando ignorar o próprio desconforto, enquanto palavras inconscientes de encorajamento jorravam por sua boca. Atrás dela, Sophia levantara o vestido de Margery e posicionara o lampião para visualizar suas partes íntimas, mas Margery não parecia se importar. Ela só gemia, o corpo balançando de um lado para outro como se para afastar a dor, e as mãos pegajosas buscando as de Alice.

— Consegui a água — disse o sub-xerife Dulles. Quando Margery começou a gritar, ele completou: — Vou destrancar a porta e empurrar a jarra para dentro. Está bem? Mandei chamar o médico, só por precaução. *Meu Deus, mas o que em nome de Nosso Senhor...* Sabem de uma coisa? Vou só deixar isso aqui fora. Eu... *Eu... Nosso Senhor...*

— Pode trazer um pouco de água fresca também, por favor, senhor? Água potável?

— Eu... vou deixar em frente à porta. Confio em vocês, moças, sei que não vão a lugar nenhum.

— O senhor não precisa se preocupar, pode acreditar.

Sophia trabalhava freneticamente, dispondo os instrumentos de aço da mãe com cuidado no lenço limpo de algodão dobrado. Ela mantinha a mão sobre Margery, como se faz com um cavalo, reconfortando e encorajando com palavras de ternura. Deu uma olhada lá embaixo e se posicionou.

— Certo, acho que está vindo. Alice, aguente firme agora.

Depois disso, tudo virou um borrão. Enquanto o sol nascia, enfiando filetes de luz azul por entre as barras estreitas, Alice se lembrou dos acontecimentos como se estivesse em um navio em alto-mar: o chão tremendo sob seus pés, o corpo de Margery jogado de um lado a outro pela força do parto, os odores de sangue, suor e corpos comprimidos, *o barulho, o barulho, o barulho*. Margery agarrada a ela, o rosto suplicante, com medo, implorando *me ajude, me ajude*, seu pânico cada vez maior. E, em meio a tudo isso, Sophia, calma e tranquilizadora em um momento, ameaçadora e feroz em outro. *Consegue, sim, Margery. Ande, garota. Você tem que empurrar agora! Com mais força!*

Alice temera por um momento aterrorizante que ali, no calor, no escuro, entre sons animalescos, com a sensação de que só existiam elas no mundo, as três presas àquela jornada, fosse desmaiar. Teve medo das profundezas incalculáveis da dor de Margery, medo ao ver aquela mulher sempre tão forte, tão capaz, reduzida a um animal ferido e choroso. Mulheres morriam fazendo aquilo, não é? Como Margery sobreviveria àquele sofrimento tão agudo? Mas enquanto o cômodo flutuava, ela viu o olhar feroz de Sophia, viu o cenho franzido de Margery, os olhos nadando em lágrimas de desespero — *Não consigo!* — e cerrou os dentes e se inclinou, encostando a testa na de Margery.

— Você consegue, Marge. Está tão perto! Ouça Sophia. Você consegue.

Então, de repente, quando o lamento de Margery atingiu uma altura insuportável, um som que parecia o fim do mundo e todo o seu sofrimento reunido, fino, esgotado, intolerável, houve um grito e o barulho de um peixe caindo em uma tábua, e Sophia estava com uma criatura molhada e púrpura nos braços, o rosto radiante e o avental ensanguentado, enquanto as mãos do bebê balançavam a esmo, buscando no ar algo para segurar.

— Ela nasceu!

Margery virou o rosto, mechas de cabelo grudadas nas bochechas, a sobrevivente de uma batalha terrível e solitária, mas no rosto uma expressão que Alice jamais vira, a voz, um gemido como o de uma vaca no curral esfregando o focinho no seu bezerrinho, *Ah, minha bebê, ah, minha bebê.* E quando a menininha deixou escapar um choro fino e saudável, o mundo mudou, e todas de repente estavam rindo, chorando, pegando umas nas outras. Os homens nas celas, cuja presença Alice nem sequer percebera, exclamavam, comovidos: *Obrigado, Senhor! Bendito seja Cristo!* E, em meio à escuridão e à esqualidez, ao sangue e à sujeira, quando Sophia limpou e enrolou a bebê delicadamente no lençol de algodão limpo, entregando-o a Margery, que tremia, Alice se recostou e limpou os olhos com as mãos suadas e ensanguentadas, pensando que aquele era o lugar mais glorioso onde já estivera na vida.

A bebê era, Sven disse naquela noite, no brinde em sua homenagem na biblioteca, a criança mais linda que já existiu. Seus olhos, os mais negros; o cabelo, o mais volumoso; o narizinho e os membros, perfeitos e sem precedentes na história. Ninguém podia discordar. Fred levara uma jarra de bebida alcoólica caseira e uma caixa de cerveja, e as bibliotecárias molharam a cabeça da bebê e agradeceram ao Senhor por sua misericórdia, decidindo, pelo menos naquela noite, não pensar em mais nada além da alegria daquele parto bem-sucedido e de Margery aninhando a criancinha com o orgulho inabalável de uma mãe — embevecida com seu rostinho perfeito e suas minúsculas unhas feito conchas do mar —, por um breve momento esquecendo a própria dor e as circunstâncias em que se encontrava. Até o sub-xerife Dulles e os outros guardas passavam para admirá-la e parabenizá-la.

Nenhum homem jamais sentira tanto orgulho quanto Sven. Ele não conseguia parar de falar: sobre quão corajosa e inteligente Margery era por ter gerado aquela criatura, quão esperta a bebê era, como segurara o dedo do pai com firmeza.

— Ela é mesmo uma O'Hare — disse ele, e todos aplaudiram.

Alice e Sophia começaram a sentir os efeitos daquela noite. Alice estava exausta, as pálpebras caindo, o olhar procurando o de Sophia, que, embora cansada, estava aliviada. Alice sentia como se tivesse saído de um túnel, perdido uma camada de inocência que não havia se dado conta de que existia.

— Costurei um enxoval para ela — disse Sophia a Sven. — Se você puder levá-lo amanhã, a criança terá algo decente para usar. Um cobertor, umas botinhas, um gorro e um suéter de algodão leve.

— É muita gentileza sua, Sophia — disse Sven.

Sua barba estava por fazer, e os olhos não paravam de se encher de lágrimas.

— E tenho algumas coisas dos meus bebês que gostaria de dar a ela — disse Kathleen. — Camisetinhas, lenços de algodão e coisas do tipo. Não vou precisar mais.

— Nunca se sabe — disse Beth.

Mas Kathleen balançou a cabeça, decidida.

— Ah, eu sei, sim. — Abaixou-se para pegar algo no culote. — Houve apenas um homem para mim.

Nesse momento, o olhar de Fred encontrou o de Alice, e, depois da euforia de mais cedo, ela se sentiu inesperadamente triste e esgotada.

Disfarçou com um brinde.

— A Marge — disse Alice, erguendo o caneco de ágata.

— A Margery.

— E Virginia — acrescentou Sven, ao que todos olharam para ele. — Em homenagem à irmã de Margery. — Ele engoliu em seco. — É o que ela quer. Virginia Alice O'Hare.

— Mas que nome lindo — comentou Sophia, balançando a cabeça em aprovação.

— Virginia Alice — repetiram todos, erguendo os canecos.

Então Izzy se levantou de repente e anunciou que com certeza tinha um livro com a etimologia dos nomes em algum lugar, e que gostaria muito de saber a origem daquele. E todos concordaram, engolindo também em seco e mais do que gratos pela distração, assim não teriam que olhar para Alice, que soluçava baixinho em um canto.

22

Uma instituição de uma imundície inacreditável, onde homens e mulheres estão confinados cumprindo penas por contravenções e crimes, e onde homens e mulheres que não foram sentenciados apenas aguardam julgamento [...] em geral infestada com percevejos, baratas, piolhos e outros insetos; com um odor de desinfetante e sujeira.

— Joseph F. Fishman, *Crucibles of Crime*

Os presídios do Kentucky, como de praxe nos Estados Unidos, eram administrados conforme a necessidade do momento, e as regras e a flexibilidade no cumprimento delas variavam de acordo com a rigidez do xerife — e, no caso de Baileyville, com o gosto do sub-xerife por guloseimas. Sendo assim, Margery e Virginia puderam receber muitas visitas, e, apesar do interior desagradável da cela, a menininha passou suas primeiras semanas como todos os bebês que cresciam cercados de amor: com roupas limpas e delicadas, sendo admirada pelas pessoas, festejada com brinquedinhos e aninhada boa parte do tempo no seio da mãe. Ela era muito alerta, os olhos escuros percorriam a cela em busca de sinais de movimento, a mãozinha minúscula, parecendo uma estrela-do-mar, se mexia no ar ou se fechava em punho enquanto mamava, satisfeita.

Margery, por sua vez, era outra pessoa, uma mulher com a expressão mais suave, concentrada apenas na filha, carregando-a de um lado para outro como se já fizesse isso havia anos. Apesar das dúvidas no início, ela parecia ter acolhido a maternidade de maneira instintiva; mesmo quando Alice pegava a bebê para que Margery pudesse comer ou trocar de roupa, a mãe ficava de olho em Virginia, esticando a mão para tocá-la como se não aguentasse sequer um afastamento momentâneo.

Alice observou com alívio que ela parecia menos deprimida do que antes, como se a bebê fosse uma distração do que havia perdido do lado de fora daquela cela. Margery estava comendo melhor (*Sophia diz que preciso me alimentar para continuar produzindo leite*), sorria com frequência, ainda que a maioria dos sorrisos fosse para a criança, e a ninava indo de um lado para outro da cela, enquanto antes parecia estar sempre no chão. O sub-xerife Dulles havia emprestado um balde e um esfregão para que elas pudessem manter o lugar um pouco mais limpo, e quando as garotas levaram um saco de dormir, reclamando que não era certo fazer um bebê dormir em um colchonete velho cheio de bichos-de-pé, ele não protestou. Elas haviam queimado o colchão antigo no pátio, fazendo careta diante das inúmeras manchas.

A Sra. Brady visitou Margery no sexto dia depois do parto, acompanhada por um médico de fora da cidade para verificar se a cicatrização estava boa e se a bebê tinha tudo de que precisava. Quando o sub-xerife Dulles tentou reclamar, por causa da ausência das devidas autorizações ou de qualquer aviso prévio, a Sra. Brady o interrompeu com um olhar capaz de congelar até sopa quente e anunciou, de maneira assertiva, que, caso fosse impedida *de alguma forma* de cuidar de uma mãe em fase de amamentação, o xerife Archer seria o primeiro a saber, e o governador Hatch, o segundo. Garantiu ao oficial que estava disposta a fazer isso. O médico examinou Margery e a bebê enquanto a Sra. Brady permanecia em pé em um canto da cela — ela havia examinado milimetricamente a cela escura e decidido não se sentar. Embora as condições não fossem nada ideais, o médico declarou que mãe e filha estavam saudáveis e no melhor estado de espírito possível. Os homens das outras celas tinham algumas reclamações sobre o fedor das fraldas sujas, mas a Sra. Brady mandou que eles se calassem e declarou que, para ser franca, uma limpeza ocasional com sabonete e água também não lhes faria mal, então talvez eles devessem cuidar do próprio umbigo antes de reclamar.

As bibliotecárias só souberam da visita depois, quando a Sra. Brady apareceu e anunciou que, após ter debatido a questão a fundo com a Srta. O'Hare, ambas haviam concordado que ela assumiria a administração da biblioteca. A Sra. Brady esperava não ser uma inconveniência para a Sra. Van Cleve, pois sabia como a moça trabalhara duro para manter tudo em ordem enquanto Margery estava *incapacitada*.

Mesmo pega de surpresa, Alice não se sentiu incomodada. Andava exausta nas últimas semanas, tentando visitar Margery todos os dias e manter a casa em ordem enquanto lidava com os próprios sentimentos complexos e avassaladores. A ideia de outra pessoa assumir ao menos uma dessas coisas era um alívio. Principalmente porque partiria do Kentucky muito em breve, pensou ela. Não que tivesse contado isso a nenhuma das outras: todas já tinham muitas preocupações naquele momento.

A Sra. Brady tirou o casaco e pediu para ver os livros-caixa. Ela se sentou à mesa de Sophia e examinou as folhas de pagamento, as contas com o ferreiro, conferindo os contracheques e os fundos para despesas miúdas, e por fim declarou que estava satisfeita. Voltou depois do jantar e passou uma hora com Sophia naquela noite, tentando identificar o paradeiro de livros danificados ou perdidos, e repreendeu o Sr. Gill por ter aparecido muito tarde para devolver um livro sobre a criação de cabras. Em poucas horas, a impressão era de que ela sempre trabalhara ali. Era como se houvesse um adulto no comando outra vez.

Assim, o verão avançou sob uma atmosfera de calor escaldante e insetos, umidade, suor e cavalos incomodados por moscas. Alice tentava viver um dia de cada vez, lidando com esses pequenos desconfortos sem pensar nos muito maiores e infinitamente mais desagradáveis que se amontoavam como lenha em seu futuro.

Sven pediu demissão do emprego, pois os turnos não lhe permitiam visitar Margery e a bebê durante a semana. Além disso, como confessou a Alice, metade do seu coração estava sempre naquela maldita cela. Os companheiros da brigada de incêndio da Hoffman enfileiraram-se com as picaretas nos ombros e os capacetes contra o peito quando ele saiu, para irritação do supervisor, que levou a demissão de Sven para o lado pessoal.

Van Cleve, ainda irritado após descobrir o duradouro relacionamento de Sven com Margery O'Hare, disse que o homem já ia tarde, que era um espião e um traidor, apesar de não haver prova de qualquer uma das acusações. Ele alertou que se o traiçoeiro do Gustavsson fosse visto passando mais uma vez pelos portões da Hoffman, atirariam nele sem aviso, e o mesmo valia para a sua mulher assanhada e herege.

Alice sabia que Sven teria gostado de se mudar para a casa de Margery para, de certa forma, ficar mais perto dela. Mas, como era um cavalheiro, ele recusou a oferta de Alice para que ela escapasse da censura daqueles moradores da cidade que veriam com maus olhos um homem e uma mulher vivendo sob o mesmo teto, ainda que ambos amassem a mesma mulher, de maneiras diferentes.

Além disso, Alice já não sentia mais medo de ficar sozinha na casa. Dormia cedo e tinha o sono pesado, levantava às quatro e meia, com o sol, banhava-se com a água gelada, alimentava os animais, vestia quaisquer roupas que estivessem secas e preparava um café da manhã com ovos e pão, jogando os farelos para as galinhas e os cardeais-do-norte que se reuniam no peitoril da janela. Ela comia lendo um dos livros de Margery, e de dois em dois dias assava de manhã uma bandeja de broa de milho para levar ao presídio. Ao redor de Alice, a montanha amanhecia com o canto dos pássaros, as folhas das árvores eram de um laranja cintilante, depois azul, depois verde-esmeralda, a relva sarapintada de lírios e sálvia. Quando a porta de tela da casa batia, imensos perus selvagens agitavam as asas, desajeitados, ou um pequeno veado corria de volta para a mata, como se ela, Alice, é que fosse a intrusa.

Ela levava Charley do celeiro até o pequeno pasto atrás da casa e checava o galinheiro à procura de ovos. Se tivesse tempo, preparava algo para o jantar, sabendo que estaria cansada à noite. Então, selava Spirit, guardava nos alforjes tudo de que precisaria no dia, enfiava o chapéu de abas largas e partia montanha abaixo em direção à biblioteca. Ao descer o caminho de terra, ela soltava as rédeas de Spirit e usava as duas mãos para amarrar um lenço de algodão em volta da gola. Quase não usava mais as rédeas, porque a égua logo identificava o caminho que estavam tomando no início de qualquer trajeto e trotava a passos largos, as orelhas em pé; mais uma criatura que conhecia — e amava — o próprio trabalho.

Na maioria das noites, ela ficava mais uma hora na biblioteca só pela companhia de Sophia, e de vez em quando Fred se juntava às duas, levando comida de casa. Duas vezes, Alice percorrera o caminho a pé para comer na casa dele, acreditando que ninguém mais se interessava em sua vida e que, de qualquer forma, eram poucas as pessoas que a veriam ali. Ela adorava a casa de Fred, com seu cheiro de cera de abelha e seus assentos gastos, menos rústicos e bem-acabados que os da casa de Margery, e com tapetes e mobília que revelavam um dinheiro de família herdado por mais de uma geração.

Alice achava reconfortante a falta de enfeites na casa.

Eles comiam o que Fred preparava e conversavam sobre tudo e sobre nada ao mesmo tempo, rindo como bobos. Algumas noites, Alice cavalgava de volta à casa de Margery sem a menor ideia do que haviam conversado, o zumbido de desejo e carência em seus ouvidos abafando qualquer diálogo que tivessem travado. Às vezes, ela o desejava tanto que precisava beliscar a própria mão debaixo da mesa para que não a esticasse e encostasse nele. E, quando chegava em casa e se deitava sob as cobertas, a mente ficava imaginando o que aconteceria se uma vez, apenas uma, ela conseguisse convidá-lo para acompanhá-la.

O advogado de Sven o visitava a cada duas semanas, e Sven perguntou se as reuniões poderiam ser na casa de Fred, e se Alice e o anfitrião poderiam participar. Ela entendeu que era porque Sven ficava tão nervoso — a perna em uma inquietação que não combinava com a personalidade dele, e os dedos tamborilando sem parar na mesa — que acabava se esquecendo de metade do que fora conversado. O advogado falava da maneira menos objetiva possível, de um jeito complicado e pomposo, dando várias voltas em vez de ir direto ao ponto.

Ele observou que, apesar do desaparecimento inesperado do pertinente livro de registros (ele fez uma pausa significativa nesse momento), o Estado estava confiante nas provas contra Margery O'Hare. Em seu primeiro depoimento, a velha situara a Srta. O'Hare na cena do crime, e não importava o que tivesse alegado depois. O livro da biblioteca, com respingos de sangue, parecia a única arma possível do crime, já que não havia ferimentos a bala nem cortes no corpo. Nenhuma bibliotecária ia a pontos tão distantes quanto a Srta. O'Hare, de acordo com outros livros de registros. Assim, as chances de qualquer outra ter usado um livro da biblioteca naquele local eram muito pequenas. E havia ainda a complicada questão da personalidade de Margery, o fato de muitas pessoas estarem mais que dispostas a falar da antiga rixa entre a família dela e os McCullough e o hábito da própria Margery de dizer as coisas mais desagradáveis sem se preocupar com o impacto que poderiam ter.

— Margery vai precisar prestar atenção nessas coisas quando formos a julgamento — disse ele, juntando seus papéis. — É importante que o júri... simpatize com ela.

Sven balançou a cabeça sem dizer nada.

— Ninguém vai conseguir fazer Marge ser quem não é — argumentou Fred.

— Não estou dizendo que ela tem que ser outra pessoa. Mas se ela não conseguir conquistar a simpatia do juiz e do júri, suas chances de liberdade serão muito reduzidas. — O advogado se recostou na cadeira e apoiou as mãos na mesa. — Não se trata só da verdade, Sr. Gustavsson. Trata-se de estratégia. E não importa qual seja a verdade; pode apostar que o outro lado está trabalhando duro em uma estratégia.

— Você gosta disso, hein?
— Gosto do quê? — Margery levantou a cabeça.
— De ser mãe.
— Eu me vejo tão inundada de sentimentos que às vezes fico perdida — disse Margery baixinho, arrumando a camiseta de algodão em Virginia. — Nossa, até aqui em cima está quente. Queria que desse para sentir uma brisa.

Desde o nascimento de Virginia, o sub-xerife Dulles permitira que as visitas ocorressem na cela desocupada do andar de cima. Ela era mais iluminada e limpa que as do porão — e, eles suspeitavam, mais aceitável para a temida Sra. Brady. Mas, em um dia como aquele, com o ar quente e tão úmido, não fazia muita diferença.

Alice de repente pensou no quanto aquela prisão seria terrível no inverno, com as janelas expostas e o chão frio de cimento. Quanto a penitenciária estadual poderia ser pior? *Ela será libertada antes disso*, disse Alice a si mesma com convicção. Nada de antecipar as coisas. Pensar em um dia de cada vez, sem se preocupar com a hora seguinte.

— Nunca pensei que pudesse amar outra criatura desse jeito — continuou Margery. — Tenho a impressão de que ela é um pedaço de mim, sabe?

— Sven está completamente apaixonado.

— Não está? — Margery sorriu ao se lembrar. — Ele vai ser o melhor pai do mundo para você, menininha.

Ela ficou séria por um momento, como se houvesse algo que não quisesse admitir. Sua expressão logo suavizou, e ela ergueu a bebê, apontando para a cabeça da filha e sorrindo de novo.

— Você acha que o cabelo dela vai ser escuro como o meu? Ela tem um pouco de Cherokee, afinal de contas. Ou você acha que o cabelo vai clarear e ficar mais parecido com o do pai? Você sabia que quando Sven era bebê o cabelo dele era branco como giz?

Margery se recusava a discutir o julgamento. Ela balançava a cabeça duas vezes, em movimentos breves, parecendo achar inútil. E, apesar desse seu novo jeito terno, havia algo duro o bastante naquele movimento que impedia Alice de contradizê-la. A mulher fizera o mesmo quando Beth e a Sra. Brady a haviam visitado, e a Sra. Brady chegou à biblioteca vermelha de frustração.

— Eu estava conversando com o meu marido sobre o julgamento e o que acontece depois... se as coisas não saírem como esperamos. Ele tem alguns amigos no mundo jurídico, e parece que fora do estado há alguns lugares que permitem que as crianças fiquem com as mães e que enfermeiras cuidem dessas mães. Alguns têm instalações muito boas, considerando as circunstâncias.

Margery agira como se não tivesse ouvido uma única palavra.

— Estamos todos rezando por você na igreja. Por você e Virginia. Ela não é a coisa mais linda? Eu só queria saber se você gostaria que nós tentássemos...

— Agradeço pela intenção, Sra. Brady, mas ficaremos bem.

E foi isso, contou a Sra. Brady, erguendo as mãos.

— É como se ela estivesse enterrando a cabeça na areia. Sinceramente, acho que ela não pode só acreditar que vai sair. Ela precisa de um plano.

Mas Alice não achava que o motivo do comportamento de Margery fosse otimismo. Esse era um dos motivos que a deixavam cada vez mais preocupada à medida que o dia do julgamento se aproximava.

Uma semana antes do início do julgamento, os jornais começaram a especular sobre a suspeita. Uma das publicações obtivera a fotografia das mulheres na parede do Nice'N'Quick e cortara a imagem para que só o rosto de Margery fosse visível. A manchete dizia:

A BIBLIOTECÁRIA ASSASSINA:
TERIA ELA ACABADO COM A VIDA DE UM HOMEM INOCENTE?

O hotel mais próximo, em Danvers Creek, logo estava com todos os quartos reservados, e havia boatos de que alguns vizinhos haviam arrumado os quartinhos dos fundos das casas, colocando camas, para abrigar os repórteres que chegariam à cidade. Parecia que todo mundo só falava de Margery e McCullough, exceto na biblioteca, onde ninguém sequer mencionava aqueles nomes.

Sven partiu para o presídio de tarde. Era um dia muito quente, e ele andava devagar, usando o chapéu para se abanar e erguendo a mão para cumprimentar quem passava, uma atitude que não transparecia como se sentia. Ele entregou a lata com a broa de milho de Alice ao sub-xerife Dulles e conferiu os bolsos à procura da camisetinha limpa e do babador que ela dobrara para ele levar. Margery estava na cela do andar de cima, sentada com as pernas cruzadas no beliche enquanto amamentava a bebê. Ele aguardou para beijá-la, sabendo que a bebê se distraía com facilidade. Margery costumava oferecer uma bochecha para ele, mas desta vez continuou olhando para a menina. Após um momento, ele se sentou em um banquinho ao lado.

— Ela ainda mama a noite toda?

— O máximo que consegue.

— A Sra. Brady disse que ela pode ser um desses bebês que precisam de comida sólida antes que o esperado. Peguei um livro sobre isso com as garotas, só para já ir me preparando.

— Desde quando você conversa com a Sra. Brady sobre bebês?

Ele olhou para as botas.

— Desde que pedi demissão da Hoffman.

Quando ela o encarou, ele acrescentou:

— Não se preocupe. Nunca me faltou trabalho desde que eu tinha quatorze anos. E Fred me deixou ficar no quarto desocupado da casa dele, então estou bem. Vamos ficar bem.

Margery não disse nada. Havia dias em que ficava assim. Mal dizia uma palavra durante todo o tempo em que ele estava lá. Esses dias rarearam desde o nascimento de Virginia — como se ela não conseguisse evitar falar com a criança, apesar do desânimo. Mas Sven ainda detestava quando isso acontecia. Ele esfregou a própria cabeça.

— Alice pediu para dizer que as galinhas estão bem. Winnie botou um ovo de duas gemas. Charley está engordando. Acho que ele está gostando do descanso. Nós o colocamos com os potros de Fred esta semana, e ele já está mostrando quem é que manda.

Margery continuou calada. Abaixou a cabeça e olhou para Virginia, checando se ela havia acabado de mamar, e em seguida arrumou o vestido e levou a filha ao ombro para arrotar.

— Sabe? Eu estava pensando... — continuou Sven. — Talvez, quando você sair, a gente possa ter outro cachorro. Um fazendeiro em Shelbyville tem uma cadela de caça, já faz tempo que estou de olho nela. E ele quer colocar para dar cria. Ela é carinhosa. É bom para uma criança crescer com um cachorro. Se pegarmos um filhote, ele e Virginia vão crescer juntos. O que você acha?

— Sven...

— Não que a gente precise pegar um cachorro agora. Podemos esperar até ela ficar mais velha. Só pensei...

— Você se lembra de quando eu disse que nunca falaria para você me deixar? — Ela continuava olhando para a bebê.

— Mas é claro. Quase fiz você escrever em um papel para eu ter como prova. — Ele conseguiu dar um sorriso fraco.

— Bem... eu estava errada. Quero que você vá embora.

Ele se inclinou para a frente, a cabeça de lado.

— O que você disse?

— É preciso que você leve Virginia. — Quando ela finalmente o encarou, seus olhos estavam arregalados e sérios. — Fui arrogante, Sven. Pensei que pudesse viver como bem entendesse, contanto que não machucasse ninguém. Mas tive tempo para pensar aqui... e entendi. Isso não é possível no Condado de Lee, e talvez em nenhum lugar do Kentucky. Não se você é mulher. Ou você segue as regras deles, ou... ou eles a esmagam como se você fosse um inseto.

Enquanto ele a observava, ela continuou, a voz calma e constante, como se tivesse ensaiado as palavras nas tantas horas que passava em silêncio:

— Preciso que você a leve para bem longe daqui, para Nova York ou Chicago, talvez até para a Costa Oeste, se tiver trabalho lá. Leve nossa filha para algum lugar bonito, onde ela possa ter oportunidades, uma boa educação e não precise se preocupar com as cicatrizes que a família deixou em seu futuro antes mesmo de ela nascer. Leve Virginia para longe de pessoas que vão julgá-la por seu sobrenome muito antes de ela saber escrevê-lo.

Ele ficou confuso.

— O que você está falando é loucura, Marge. Não vou deixar você.

— Por vinte anos? Você sabe que é isso que vão me dar, mesmo se eu for condenada por homicídio culposo. E vai ser pior se for doloso.

— Mas você não fez nada de errado!

— Você acha que vão ligar? Você sabe como é esta cidade. Sabe que eles querem acabar comigo.

Ele a olhou como se ela estivesse louca.

— Eu não vou. Pode esquecer.

— Bem, não vou mais receber você. Então, você não tem opção.

— O quê? Do que está falando?

— Esta é a última vez que recebo você. É um dos poucos direitos que tenho aqui: não receber visitas. Sven, sei que é um homem bom e que fará tudo para me ajudar. E juro que amo você por isso. Mas agora o que importa é Virginia. Então, preciso que me prometa que vai fazer o que estou pedindo e nunca mais vai trazer nossa filha aqui.

Ela se recostou na parede.

— Mas... e o julgamento?

— Não quero ver você lá.

Sven se levantou.

— Isso é conversa de doido. Não vou ouvir isso. Eu...

Margery ergueu a voz. Ela se jogou sobre ele, agarrando sua mão e o interrompendo.

— Sven, não tenho mais nada. Não tenho liberdade, dignidade, futuro. Maldição, a única coisa que me resta é a esperança de que, para esta menina, meu *coração*, a coisa que mais amo no mundo, as coisas sejam diferentes. Então, se você me ama como diz, faça o que pedi. Não quero a infância da minha bebê marcada por visitas à mãe na prisão. Não vou permitir que vocês dois testemunhem enquanto fico pior a cada semana, a cada ano, no presídio estadual, com piolho e fedendo por causa do cheiro dos penicos, derrotada pelos preconceituosos que administram esta cidade e perdendo o juízo aos poucos. Não vou admitir que ela veja isso. Você vai fazê-la feliz. Sei que é capaz... E, quando pensar em mim, não conte a ela sobre nada disso, só a lembrança que tem de mim montando Charley, nas montanhas, fazendo o que amo.

Ele segurou as mãos dela. Com a voz embargada, continuava balançando a cabeça como se não soubesse nem que estava fazendo aquilo.

— Não posso deixar você, Marge.

Ela retirou a mão. Colocou a bebê adormecida com delicadeza nos braços dele. Em seguida, Margery se inclinou e deu um beijo na testa da filha. Ela manteve os lábios ali por um momento, os olhos fechados com força. Então, voltou a abri-los, olhando para a menina como se estivesse gravando parte dela dentro de si.

— Tchauzinho, minha querida. Mamãe ama muito você.

Ela tocou de leve os dedos de Sven, dando uma instrução. E então, enquanto ele permanecia sentado, em choque, Margery O'Hare ficou de pé, a mão apoiada na mesa, e gritou para o guarda levá-la de volta à sua cela.

Ela não olhou para trás.

Mantendo sua palavra, Sven foi a última visita que ela recebeu. Alice chegou naquela tarde com um bolo inglês, e o sub-xerife Dulles disse com pesar (pois adorava os bolos de Alice) que sentia muito, mas a Srta. O'Hare tinha deixado claro que não queria ver ninguém.

— Algum problema com a bebê?

— A bebê não está mais aqui. Foi embora com o pai hoje de manhã.

Ele sentia muito, mas regras eram regras, e não podia forçar a Srta. O'Hare a receber Alice. Mas acabou aceitando o bolo com a promessa de que ia levá-lo para ela mais tarde. Quando Kathleen Bligh foi dois dias depois, recebeu a mesma resposta, e o mesmo aconteceu com Sophia e com a Sra. Brady.

Alice cavalgou para casa com a cabeça girando e encontrou Sven na varanda com a bebê no ombro, os olhinhos de botão de Virginia admirados com a luz do sol e as sombras das árvores, coisas com as quais ela não estava familiarizada.

— Sven?

Alice desmontou e amarrou as rédeas de Spirit à cerca.

— Sven? O que está acontecendo?

Ele não conseguia encará-la. Seus olhos estavam vermelhos, e ele manteve o rosto virado para o outro lado.

— Sven?

— Maldição, ela é a mulher mais teimosa do Kentucky.

A bebê entendeu o comentário como uma deixa para começar a chorar, os gritos agudos e irregulares de uma criança que enfrentou mudanças demais em um só dia e de repente está mais que exausta. Sven dava batidinhas inúteis em suas costas, e, após um momento, Alice se aproximou e pegou a bebê. Sven enterrou o rosto nas mãos grandes marcadas por cicatrizes. Virginia encostou o nariz no ombro de Alice, mas logo em seguida reergueu a cabeça, a boquinha aberta em um ó de assombro, como se horrorizada ao descobrir que aquela não era sua mãe.

— Nós vamos dar um jeito, Sven. Vamos botar juízo na cabeça dela.

Ele fez que não com a cabeça.

— E por que faríamos isso? — A voz dele saiu abafada por entre as mãos calejadas. — Ela está certa. Isso é o pior, Alice. Ela está certa.

Com a ajuda de Kathleen, que sabia tudo e conhecia todo mundo, Alice encontrou uma mulher na cidade vizinha, cujo filho havia desmamado recentemente, para ser a ama de leite da bebê por uma pequena quantia. Todas as manhãs, Sven levava a pequena Virginia de carro à casa de fazenda de madeira branca, onde a menina era alimentada e recebia cuidados.

Ninguém gostava de ver aquilo — afinal, o lugar dela era com a mãe. Virginia logo se tornou distante, com olhar alerta, o polegar na boca, como se não visse mais o mundo como um lugar bom e confiável. Mas o que eles podiam fazer? A criança estava alimentada, e Sven tinha tempo para procurar emprego. Alice e as meninas seguiam em frente da melhor maneira que conseguiam, com um peso no coração e um nó no estômago, mas, bem... as coisas eram assim mesmo.

23

"Eu não peço para que me ame assim para sempre, mas peço que se lembre. Em algum lugar dentro de mim, sempre existirá a pessoa que sou hoje à noite."

— F. Scott Fitzgerald, *Suave é a noite*

Uma atmosfera de tom quase circense tomou conta de Baileyville, o tipo de comoção que fazia a visita de Tex Lafayette parecer uma aula de catequese. Quando a notícia da data do início do julgamento espalhou-se pela cidade, o clima pareceu mudar, e não a favor de Margery. Parentes do clã dos McCullough começaram a chegar — primos distantes do Tennessee, de Michigan e da Carolina do Norte, alguns que mal tinham visto McCullough em décadas, mas que estavam muito determinados em garantir a punição do culpado pela morte do primo amado. Eles logo começaram a se reunir em frente ao presídio ou à biblioteca para gritar ofensas e fazer ameaças de vingança.

Fred tentara acalmar a situação em dois momentos, e, quando isso não deu certo, precisou mostrar a arma e ordenar que deixassem as mulheres trabalharem. A cidade pareceu se dividir em duas com a chegada daqueles parentes. Havia o lado de quem estava disposto a ver os males cometidos pela família de Margery como prova de que a mulher vinha de uma linhagem ruim e o de quem preferia levar em conta o convívio que tivera com ela e no fim das contas era grato por Margery ter trazido livros e mais cordialidade às suas vidas.

Beth chegou a trocar socos em duas ocasiões para defender a reputação da amiga, uma na loja e outra nos degraus do lado de fora da biblioteca, e passara a andar pela cidade com os punhos fechados, como se estivesse só esperando para socar alguém. Izzy chorava baixinho e balançava a cabeça em silêncio se alguém mencionasse o assunto, como se falar fosse demais para ela suportar.

Kathleen e Sophia quase não diziam nada, mas suas expressões sombrias entregavam suas expectativas. Alice não podia mais visitar a prisão, obedecendo aos desejos de Margery, mas sentia a presença dela na pequena construção de concreto, como se as duas estivessem conectadas por fios. Margery estava comendo, informou o sub-xerife Dulles quando Alice foi ao presídio, mas quase não falava. Parecia passar muito tempo dormindo.

Sven foi embora. Comprou uma carroça pequena e um cavalo jovem, reuniu seus pertences e deixou a casa de Fred com destino a uma casinha de um quarto perto da ama de leite, na região leste do Desfiladeiro de Cumberland. Não podia permanecer em Baileyville, não com o que as pessoas estavam dizendo. Não com a perspectiva de ver a mulher que amava ser ainda mais difamada e a bebê chorando ao alcance dos ouvidos da mãe. Os olhos de Sven estavam vermelhos de exaustão, e agora havia vincos profundos em sua boca, embora todos soubessem que eles não tinham nada a ver com a bebê. Fred prometeu que iria à casinha do amigo assim que tivesse alguma notícia.

— Vou dizer a ela... Vou dizer... — começou Fred.

E aí percebeu que não fazia ideia do que dizer a Margery. Eles trocaram um olhar, o tapinha no ombro que os homens que não falam muito costumam usar para demonstrar emoção, e Sven iniciou a viagem com o chapéu enterrado na cabeça, a boca em uma linha carrancuda.

Alice também começou a fazer as malas. No silêncio da casa, separou as roupas que poderiam ser úteis na Inglaterra e na sua vida futura entre as que não se imaginava mais usando. Ela erguia as blusas de seda fina, as saias de corte elegante, vestidos de gaze leve e roupas de dormir, e fazia careta. Algum dia havia mesmo sido aquela pessoa que usava vestidos florais verde-esmeralda e golas de renda? Ela precisava mesmo de todos aqueles bobes, loções e broches de pérolas? Sentia que tais coisas efêmeras pertenciam a alguém que ela não conhecia mais.

Alice preferiu concluir essa tarefa antes de contar às meninas. Àquela altura, todas haviam decidido, por algum acordo tácito, ficar juntas na biblioteca até bem depois do fim do experiente. Era como se aquele fosse o único lugar onde suportavam estar. Duas noites antes do início do julgamento, Alice esperou Kathleen começar a arrumar seus alforjes e falou:

— Bem, tenho uma novidade para contar. Vou embora. Se alguém quiser algo meu, vou deixar um baú de roupas na biblioteca para darem uma olhada. Podem pegar o que quiserem.

— Embora de onde?
— Daqui. — Ela engoliu em seco. — Tenho que voltar para a Inglaterra.
Seguiu-se um silêncio pesado. Izzy levou as mãos à boca e disse:
— Você não pode ir embora!
— Mas também não posso ficar, a não ser que eu volte para Bennett. Van Cleve virá atrás de mim assim que a prisão de Margery for definitiva.
— Não diga isso — interveio Beth.
Elas ficaram caladas por um bom tempo. Alice tentou ignorar os olhares que as outras trocaram.
— Bennett é tão ruim assim? — perguntou Izzy. — Quer dizer, se fosse possível convencê-lo a sair da sombra do pai, talvez vocês dois tivessem outra chance. E aí você poderia ficar.
Como Alice poderia explicar que, diante do que sentia por Fred, não tinha mais como voltar para Bennett? Ela preferiria estar a milhões de quilômetros de Fred a passar por ele todos os dias sabendo que teria de voltar para outro homem. Fred mal encostara nela, e ainda assim Alice sentia que os dois se entendiam melhor do que ela e Bennett jamais haviam conseguido.
— Não posso. E vocês sabem que Van Cleve não vai descansar enquanto não se livrar da biblioteca também. O que vai nos deixar sem emprego. Fred o viu com o xerife, e Kathleen, com o governador. Ele está fazendo de tudo para prejudicar a gente.
— Mas... se a gente não tiver Margery nem você... — A voz de Izzy foi sumindo aos poucos.
— Fred está sabendo? — perguntou Sophia.
Alice fez que sim com a cabeça.
Os olhos de Sophia fixaram-se nos de Alice por um momento, como se ela estivesse buscando algum tipo de confirmação.
— Quando você vai? — quis saber Izzy.
— Assim que o julgamento terminar.
Fred mal falara no caminho de volta para casa. Alice pensara em esticar a mão, tocar a dele e dizer que sentia muito, que aquilo estava longe de ser o que ela queria. Mas estava paralisada pela tristeza de ter a passagem de volta.
Izzy esfregou os olhos e fungou.
— Parece que está tudo desmoronando — comentou ela. — Tudo pelo que trabalhamos. Nossa amizade. Este lugar...
Em geral, se uma das mulheres expressasse sentimentos tão dramáticos, as demais logo se manifestariam, dizendo que parasse de ser ridícula, que

estava louca, que só precisava de uma boa noite de sono ou de uma boa refeição, ou que se recompusesse, pois só devia estar "naqueles dias". O fato de ninguém ter dito nada só comprovava a tristeza de todas.

Sophia quebrou o silêncio. Ela deu um suspiro alto e espalmou as mãos na mesa.

— Bem, por enquanto, seguiremos. Beth, acho que ainda não registrou seus livros desta tarde. Se fizer a gentileza de trazê-los aqui, eu me encarrego disso. E, Alice, se puder me dizer a data exata em que planeja partir, vou atualizar a folha de pagamento.

Durante a madrugada, dois trailers chegaram à estrada ao lado do fórum. Havia mais policiais estaduais espalhados pela cidade, e na hora do chá da segunda-feira uma multidão começou a se formar em frente ao presídio, incentivada por uma matéria do *Lexington Courier* com a manchete:

FILHA DE PRODUTOR ILEGAL DE BEBIDAS MATOU HOMEM COM LIVRO DA BIBLIOTECA POR CAUSA DE RIXA ENTRE FAMÍLIAS.

— Que lixo — comentou Kathleen quando a Sra. Beidecker lhe entregou uma cópia na escola.

Mas aquilo não impediu o aumento da multidão, tendo surgido inclusive algumas vaias aos fundos, de modo que o som alcançasse a janela aberta da cela de Margery. O sub-xerife Dulles saiu duas vezes, com os braços erguidos, tentando apaziguar os ânimos. Porém, um bigodudo alto com um terno que não lhe caía bem e que não era familiar a ninguém, mas informava ser primo de Clem McCullough, disse que eles só estavam exercendo seu direito divino de liberdade de expressão. E se ele quisesse falar que aquela garota O'Hare era uma assassina, isso não era da conta de ninguém. Eles se acotovelavam, tendo o álcool como combustível para suas declarações ousadas. Ao anoitecer, o pátio em frente ao presídio estava lotado de bêbados, alguns gritando insultos contra Margery. Havia ainda outros que respondiam, também aos gritos, que quem não era daquelas bandas devia fazer desordem em outro lugar. As senhoras mais velhas da cidade se refugiavam reclamando atrás das portas, enquanto alguns homens mais jovens, encorajados pelo caos, embebedavam-se e acendiam uma fogueira na garagem. Por um momento, parecia que qualquer coisa podia acontecer naquela cidadezinha em geral tão ordeira. E nada seria bom.

A notícia chegou às bibliotecárias enquanto elas retornavam de suas rotas, e todas desmontaram dos cavalos e se sentaram em silêncio por um momento com a porta aberta, ouvindo os sons distantes de protesto.

— *Assassina!*

— *Você vai pagar, sua vadia!*

— *Calma, calma, cavalheiros. Há senhoras aqui na multidão. Vamos manter as coisas em um certo nível.*

— Juro que estou feliz por Sven Gustavsson não estar aqui para ver isso — disse Beth. — Vocês sabem que ele não aguentaria ver as pessoas falando de Marge desse jeito.

— Eu não aguento — respondeu Izzy, que observava pela porta entreaberta. — Imaginem como ela deve estar se sentindo ao ouvir tudo isso.

— E deve estar muito triste sem a bebê.

Alice só pensava nisso. Ser alvo de tanto ódio sem poder contar com nenhuma palavra de consolo de quem a amava. O modo como Margery havia se isolado fazia Alice querer chorar. Era como um animal que vai de propósito para um lugar solitário antes de morrer.

— Que o Senhor ajude a nossa amiga — disse Sophia baixinho.

E então a Sra. Brady entrou, olhando para trás e balançando a cabeça, as bochechas coradas e o cabelo em pé de tanta raiva.

— Juro que pensei que esta cidade fosse mais inteligente que isso — falou ela. — Estou com vergonha dos meus vizinhos, de verdade. Só imagino o que a Sra. Nofcier diria se soubesse.

— Fred acha que eles vão passar a noite toda lá.

— Realmente não sei onde esta cidade vai parar. Não consigo entender por que o xerife Archer não usa um chicote neles. Juro que aqui está ficando pior que o Condado de Harlan.

Foi nesse momento que elas ouviram a voz de Van Cleve erguer-se acima do som da multidão:

— Vocês não podem dizer que não avisei, meu povo! Ela é um perigo para os homens e para esta cidade. O tribunal vai ouvir que tipo de má influência O'Hare é, podem escrever o que digo. Só há um lugar para ela!

— Inferno, agora *ele* está querendo agitar as coisas — comentou Beth.

— Amigos, vocês vão ouvir a abominação que essa moça é — continuou ele. — Contra as leis da natureza! Não se pode acreditar em nada do que diz!

— Já chega — disse Izzy, os dentes cerrados.

A Sra. Brady virou-se para a filha quando Izzy ficou de pé. A jovem pegou a bengala e foi até a porta.

— Mãe? Pode me acompanhar?

Todas se movimentaram como se fossem uma só, calçando as botas e colocando os chapéus em silêncio. E então, sem falar nada, puseram-se de pé juntas no topo da escada: Kathleen e Beth, Izzy e a Sra. Brady, e, após um momento de hesitação, Sophia, que se levantou de detrás da mesa, a expressão tensa mas determinada, pegou a bolsa. As outras pararam e olharam para ela, e então Alice, o coração na garganta, estendeu o braço para Sophia. As seis mulheres saíram da biblioteca em um grupo unido, percorrendo em silêncio a estrada tortuosa até o presídio, as expressões impassíveis no rosto e o ritmo determinado.

A multidão foi se separando assim que elas chegaram, em parte pela força da Sra. Brady, que usou os cotovelos e uma expressão ameaçadora, mas também pelo choque diante de terem uma mulher negra entre eles, de braços dados com a esposa de Bennett van Cleve e com a viúva Bligh.

A Sra. Brady chegou à frente da multidão, abrindo caminho de modo a ficar de costas para o presídio e de frente para as pessoas.

— Vocês não têm vergonha de seu comportamento? — esbravejou ela. — Que tipo de homens vocês são?

— Ela é uma assassina!

— Neste país, acreditamos que a pessoa é inocente até que se prove o contrário. Então, é melhor pegarem seu discurso nojento e suas frases de efeito e deixarem a moça em paz até a lei dizer que vocês têm razão para falar isso!

Ela apontou para o bigodudo.

— E o que o senhor veio fazer na nossa cidade? Tenho certeza de que alguns de vocês só estão aqui para fazer baderna. Porque todo mundo sabe que não são de Baileyville.

— Sou primo em segundo grau de Clem. Tenho tanto direito de estar aqui quanto qualquer um. Eu gostava do meu primo.

— Gostava do primo é uma ova — retrucou a Sra. Brady. — Onde o senhor estava quando as filhas dele corriam por aí passando fome e cheias de piolhos? Quando roubavam comida dos jardins das pessoas, porque o pai estava bêbado demais para se importar em dar de comer a elas? Onde o senhor estava nessa época, hein? O senhor não tem nenhum sentimento genuíno por aquela família.

— A senhora só está defendendo sua amiga. Todo mundo sabe o que as bibliotecárias têm aprontado.

— O senhor não sabe de nada! — retorquiu a Sra. Brady. — E você, Henry Porteous, na sua idade deveria ter mais juízo. Esse inconsequente... — Ela apontou para Van Cleve. — Bem, eu sinceramente acreditava que nossos vizinhos fossem inteligentes o suficiente para não confiarem em um homem que fez fortuna com a pobreza e a destruição, sobretudo às custas desta cidade. Quantos de vocês perderam as casas por causa da barragem dele, hein? Quantos se salvaram graças ao alerta da Srta. O'Hare? Ainda assim, com base em rumores e fofocas sem qualquer fundamento, vocês castigam uma mulher em vez de verem quem é o verdadeiro criminoso.

— Isso é uma calúnia, Patricia!

— Pois me processe, então, Geoffrey!

Van Cleve ficou com o rosto roxo.

— Eu avisei a todos vocês! Ela é uma influência nociva!

— Você é a única influência nociva por aqui! Por que acha que sua nora prefere viver em um estábulo a passar mais uma noite na sua casa? Que tipo de homem bate na esposa do filho? E você ainda age como se fosse uma espécie de guardião da moral. É chocante como as pessoas nesta cidade julgam o comportamento dos homens comparado ao das mulheres.

A multidão começou a murmurar.

— Que tipo de mulher mata um homem decente sem ter sido provocada?

— Isso não tem nada a ver com McCullough, e você sabe disso. O que você quer é se vingar de uma mulher que expôs seu verdadeiro caráter.

— Estão vendo, senhoras e senhores? Está aí a verdadeira face dessa tal biblioteca. Um discurso feminino grosseiro, um comportamento contra a decência. Ora, vocês acham certo a Sra. Brady falar assim?

Com isso, a multidão avançou, mas foi interrompida de repente por dois tiros no ar. Houve um grito. As pessoas se abaixaram e olharam ao redor, nervosas. O xerife Archer apareceu na porta dos fundos do presídio e seus olhos percorreram a multidão.

— Fui paciente, mas não quero ouvir mais nenhuma palavra aqui. O tribunal vai julgar o caso a partir de amanhã, e a isso se seguirá o devido processo. Se alguém mais sair da linha, vai fazer companhia à Srta. O'Hare na cadeia. E isso vale para você também, Geoffrey, e para você, Patricia. Vou prender qualquer um de vocês. Entenderam?

— Nós temos direito à liberdade de expressão! — gritou um homem.

— Têm mesmo. E eu tenho a liberdade de colocar vocês para falarem isso em uma das minhas celas.

A multidão começou a gritar de novo, palavrões, vozes duras e agressivas. Alice olhou em volta e começou a tremer diante do veneno daquelas palavras, do ódio estampado em rostos que já cumprimentara de maneira alegre com acenos e desejos de bom-dia. Como eles podiam ficar contra Margery daquele jeito? Alice sentiu uma onda de pânico no peito, a energia da multidão deixando o ar pesado. E então sentiu o toque de Kathleen e viu que Izzy dera um passo à frente. Enquanto os manifestantes gritavam e reclamavam diante delas, acotovelando-se e brigando por espaço, Izzy mancou para sair da frente deles, um pouco desengonçada e se apoiando na bengala, até chegar embaixo da janela da cela. E, diante de todos, Izzy Brady, que tinha dificuldades em enfrentar uma plateia de cinco, virou o rosto para a multidão inquieta, olhou ao redor, respirou fundo e começou a cantar.

Fique comigo, o entardecer cai rapidamente,
A escuridão aprofunda e, Senhor, fique comigo.

Ela fez uma pausa, tomou fôlego, piscando ao reparar em seu entorno.

Quando outros ajudantes falharem e o conforto fugir,
Ajuda do impotente, ó, fique comigo.

A multidão se calou, a princípio sem saber o que estava acontecendo, os que estavam atrás ficaram na ponta dos pés. Um homem vaiou, e alguém o xingou. Izzy permaneceu de pé, as mãos juntas diante de si, e voltou a cantar, ligeiramente trêmula, a voz crescendo em força e intensidade.

Rápido com o brilho, o pequeno dia da vida decai,
A alegria da Terra escurece, suas glórias passam.
Mudança e decadência em tudo que eu vejo,
Ó, não mude, fique comigo.

A Sra. Brady se empertigou, deu passos decididos, abriu caminho e se postou ao lado da filha, encostada à parede do presídio com o queixo erguido. Enquanto cantavam, Kathleen, seguida por Beth e enfim por Sophia e Alice, os braços ainda dados, passaram também pelas pessoas e começaram a cantar mais alto, unindo-se às duas, de cabeça erguida e encarando a multidão. Os homens xingavam, mas elas aumentaram o volume das vozes, determinadas e destemidas.

Não venhas com terror, qual o Rei dos reis,
Mas doce e bom, com cura em Tuas asas,
Lágrimas para toda a tristeza, um coração para todo pedido —
Vem, Amigo dos pecadores, e fique comigo.

Elas cantaram até a multidão ficar quieta, sob o olhar do xerife Archer. Ombro a ombro, as mãos estendidas à procura de outras, os corações acelerados, mas as vozes firmes. Alguns moradores se juntaram a elas — a Sra. Beidecker, o cavalheiro do mercado, Jim Horner e as filhas, as mãos dadas e as vozes crescendo, sobrepondo-se ao som do ódio, saboreando a ressonância de cada palavra, transmitindo conforto ao mesmo tempo que tentavam se confortar.

A poucos centímetros, do outro lado da parede, Margery O'Hare permanecia imóvel no beliche, o cabelo colado ao rosto em mechas úmidas, a pele pálida e quente. Já fazia quase quatro dias que não se levantava, os seios doloridos, os braços vazios como se alguém houvesse enfiado a mão dentro dela e arrancado o que quer que lhe permitia ficar de pé. Para que resistir agora? Para que ter esperança? Ela permanecia em uma imobilidade anormal, com os olhos fechados e a estopa rústica contra a pele, quase sem ouvir a multidão gritar ofensas do lado de fora. Alguém mais cedo conseguira jogar uma pedra através das grades da janela e a atingira na perna, deixando um corte comprido e sangrento.

Segure a Tua cruz perante meus olhos que se fecham,
Brilhe na escuridão e me aponte para o céu.

Ela abriu os olhos ao ouvir um som ao mesmo tempo familiar e estranho. Tentando se concentrar, aos poucos reconheceu a voz de Izzy, inesquecível e doce, subindo lá fora e alcançando a janela elevada, tão perto que Margery quase conseguia tocá-la. A voz falava de um mundo muito distante daquela cela, de bondade e gentileza, de um céu aberto e infinito em direção ao qual uma voz podia se elevar. Margery apoiou-se no cotovelo, escutando. E então outra voz se juntou à da jovem, mais profunda e ressonante. Depois, quando a postura de Margery ficou mais ereta, lá estavam vozes que ela conseguia distinguir das demais: Kathleen, Sophia, Beth e Alice.

Nasce o sol do Paraíso, e as sombras vãs da terra desaparecem.
Na vida e na morte, ó, Senhor, fica comigo.

Margery as ouviu e percebeu que era para ela que cantavam, ouvindo o grito de Alice no fim do hino, sua voz clara e cristalina:

— *Aguente firme! Estamos com você! Estamos bem aqui com você!*

E Margery O'Hare se encurvou, levando a cabeça aos joelhos, cobriu o rosto com as mãos e enfim chorou.

24

Eu amei algo que inventei, algo tão morto quanto Melly. Confeccionei um belo terno e me apaixonei por ele. E então Ashley veio a cavalo, tão bonito, tão diferente, que lhe dei aquelas roupas e fiz com que as usasse, quer coubessem nele ou não. E não vi quem ele era de verdade. Continuei a amar os belos trajes — e não ele, não mesmo.

— Margaret Mitchell, *E o vento levou*

De comum acordo, no primeiro dia do julgamento, a Biblioteca a Cavalo da WPA de Baileyville, Kentucky, não abriu. O mesmo aconteceu com o correio, as igrejas Pentecostal, Episcopal, Primeira Presbiteriana e Batista e o armazém — que só abriu rapidamente às sete da manhã e na hora do almoço, para atender ao grande número de pessoas de fora da cidade que estavam em Baileyville. Havia carros desconhecidos largados pelo acostamento desde o fórum, trailers pontilhavam os campos vizinhos e homens de terno sofisticado e chapéu fedora percorriam as ruas com blocos de anotações à luz do amanhecer, pedindo informações, fotografias e qualquer tipo de coisa relacionada à bibliotecária assassina, Margery O'Hare.

Quando chegaram à biblioteca, a Sra. Brady os ameaçou com uma vassoura e disse que acabaria com a raça de qualquer um que ousasse entrar lá sem ser convidado, acrescentando que imprimissem isso em seus malditos jornais. Ela não pareceu se importar muito com o que a Sra. Nofcier poderia pensar *daquilo*.

Policiais estaduais, parados em duplas nas esquinas, conversavam, e barracas de refrescos haviam sido montadas no entorno do fórum, enquanto um encantador de cobras convidava a multidão a desafiar o medo e se aproximar. Bares ofereciam dois barris de chope pelo preço de um ao fim de cada dia de julgamento.

A Sra. Brady concluiu que não havia por que as meninas tentarem fazer as rotas. As estradas estavam congestionadas, as bibliotecárias não tinham ânimo para trabalhar, e todas queriam estar no tribunal para apoiar Margery. Além disso, muito antes das sete daquela manhã já havia uma fila de pessoas tentando entrar na galeria do tribunal. Alice era a primeira. Enquanto esperava, junto com Kathleen e as outras, a fila cresceu rápido. Vizinhos carregando bolsas térmicas com o almoço, clientes carrancudos da biblioteca, pessoas que Alice não reconhecia, que pareciam encarar aquilo como uma diversão, conversavam alegremente, contando piadas e se acotovelando. Ela queria gritar com todos: *Isto não é um passeio! Margery é inocente! Ela nem deveria estar aqui!*

Van Cleve chegou e estacionou o carro na vaga do próprio xerife, como se quisesse que todos soubessem a influência que exercia. Ele cumprimentou Alice, entrou direto no fórum, o queixo projetado como se tivesse certeza de que seu lugar já fora reservado. Bennett não estava à vista, talvez estivesse cuidando dos negócios na Hoffman. Ele nunca fora muito de fofoca, diferente do pai.

Alice esperou em silêncio, a boca seca e com um nó no estômago, como se ela, e não Margery, estivesse sendo julgada. Achava que as outras sentiam o mesmo. Elas mal falaram, cumprimentando-se com um aceno da cabeça e um breve e forte aperto de mãos.

Às oito e meia, as portas se abriram e a multidão entrou. Sophia se sentou nos fundos com os outros negros. Alice acenou para ela. Parecia errado a amiga não se sentar ao lado das outras bibliotecárias, mais um exemplo de um mundo fora dos eixos.

Por fim, Alice se sentou na parte da frente da galeria, ao lado das outras amigas, perguntando-se como elas conseguiriam suportar aquilo por dias.

O júri foi chamado: todos homens, em sua maioria plantadores de tabaco, considerando as roupas, e nenhum inclinado a demonstrar simpatia por uma mulher solteira, de língua afiada e cuja família tinha má reputação, pensou Alice. O escrivão anunciou que as mulheres poderiam sair bem antes dos homens na hora do almoço e no fim do dia para preparar as refeições, o que fez Beth revirar os olhos. E, por fim, Margery foi conduzida ao banco dos réus, algemada como se fosse um perigo para os presentes, sua aparição no tribunal acompanhada por murmúrios baixos e exclamações da galeria. Ela se sentou, pálida e em silêncio, parecendo indiferente a tudo ao redor, e mal encarou

Alice. Seu cabelo estava solto, sujo e oleoso, e ela parecia exausta, com olheiras profundas. Seus braços estavam involuntariamente cruzados como se segurasse um bebê, como se Virginia estivesse em seu colo. A aparência de Margery era desgrenhada e relapsa.

Em choque, Alice achou que ela parecia uma *criminosa*.

Fred dissera que ia se sentar uma fileira atrás de Alice, para manter as aparências, então ela se virou para ele, angustiada. Viu sua boca se contrair, como se demonstrasse que a compreendia, *mas o que se pode fazer?*

Nesse momento, o juiz Arthur D. Arthurs chegou mastigando tabaco de maneira preguiçosa, e todos ficaram de pé por instrução do escrivão. O juiz se sentou, e Margery foi solicitada a confirmar se era de fato Margery O'Hare, da Velha Casa, em Thompson's Pass, e o escrivão leu as acusações contra ela em voz alta. Como ela se declarava?

Margery pareceu hesitar por um momento, os olhos percorrendo a galeria.

— Inocente — declarou em voz baixa, e houve um som de escárnio do lado direito do tribunal, seguido pela batida alta do martelo do juiz.

Ele não iria, repetiu, não iria, aceitar um tribunal desrespeitoso, e ninguém daria um pio sem sua expressa permissão, entendido?

A multidão se acalmou, embora houvesse certo ar de revolta difícil de ser reprimido. Margery olhou para o juiz, e, após um instante, ele indicou com um gesto de cabeça que ela voltasse a se sentar. E esse seria o máximo esforço que ela faria até chegar a hora de deixar o tribunal.

A manhã se arrastou com procedimentos legais, mulheres se abanando e criancinhas inquietas nos assentos, e o promotor descreveu a alegação contra Margery O'Hare. Ficaria claro para todos, anunciou ele com uma voz nasalada de apresentador, que aquela mulher fora criada sem valores morais, sem qualquer preocupação com o modo decente e correto de agir, sem *fé*. Mesmo seu feito mais notável — a chamada Biblioteca a Cavalo — mostrara-se uma fachada para ideias pouco salutares, e o Estado exibiria provas disso por meio de evidências de testemunhas chocadas com os exemplos de sua negligência moral. Essas deficiências tanto de caráter quanto de comportamento haviam alcançado o auge em uma tarde em Arnott's Ridge, quando a acusada se deparara com o inimigo jurado de seu falecido pai e se aproveitara do local isolado e da completa embriaguez do Sr. Clem McCullough para terminar o que seus ascendentes hostis haviam começado.

Durante a argumentação — longa, pois o promotor amava o som da própria voz —, os repórteres de Lexington e Louisville escreviam freneticamente em pequenos cadernos pautados, protegendo as anotações uns dos outros e se concentrando em qualquer nova informação. Quando chegou a parte sobre "negligência moral", Beth gritou *Mentira!*, o que lhe rendeu um tapinha do pai, sentado logo atrás, e uma repreensão severa do juiz, que anunciou que mais uma palavra e ela passaria o restante do julgamento sentada do lado de fora, no chão sujo. Ela ouviu o fim do pronunciamento com os braços cruzados e uma expressão que fez Alice temer pelos pneus do carro do promotor.

— Você vai ver. Esses repórteres vão escrever que essas montanhas estão manchadas pelo sangue de rixas entre famílias e outras bobagens — resmungou a Sra. Brady atrás dela. — Eles sempre fazem isso. Fazem a gente parecer um bando de selvagens. Não haverá uma única palavra sobre todo o bem que a biblioteca ou Margery fizeram.

Kathleen permanecia em silêncio de um lado de Alice, Izzy do outro. Elas ouviam com atenção, o rosto sério e inexpressivo, e, quando o promotor terminou, elas trocaram olhares, demonstrando que entendiam o que Margery enfrentaria. Disputas familiares à parte, a Margery descrita pelo tribunal era tão manipuladora e monstruosa que, se não a conhecessem, ficariam com medo de se sentar perto dela.

Margery parecia saber disso. Parecia anestesiada, como se sua essência tivesse sido arrancada, sobrando apenas uma casca vazia.

Alice desejou pela centésima vez que Sven estivesse presente. Era evidente que, apesar do que havia lhe dito, Margery encontraria algum consolo em vê-lo ali. Alice não parava de imaginar como seria estar sentada no banco dos réus, enfrentando o iminente fim de tudo que amava e lhe era importante. Foi então que se deu conta de que Margery, que amava tanto a solidão, que adorava ficar sozinha e longe de julgamentos alheios, e cujo lugar era ao ar livre, como uma mula, uma árvore ou um falcão, passaria dez, vinte anos ou até mesmo o resto da vida em uma daquelas celas minúsculas e escuras.

Naquele momento, Alice precisou se levantar e abrir caminho para sair da galeria, porque sabia que o medo estava prestes a fazê-la vomitar.

— Você está bem?

Kathleen chegou por trás dela quando Alice cuspia no chão.

— Desculpa — disse Alice, tentando se recompor. — Não sei o que me deu.

Kathleen lhe entregou um lenço e ela limpou a boca.

— Izzy está guardando nossos assentos. Mas é melhor a gente não demorar muito. Já tem gente de olho neles.

— Eu só... Eu não aguento, Kathleen. Vê-la daquele jeito. Ver a cidade assim. É como se buscassem qualquer desculpa para pensar as piores coisas a respeito dela. São as provas que deveriam ser julgadas, mas parece que a questão é o fato de ela não se comportar como acham que deveria.

— É desagradável mesmo.

Alice parou por um minuto.

— O que você acabou de dizer?

Kathleen franziu o cenho.

— Eu disse que é desagradável. Ver a cidade se unir contra ela desse jeito.

— Kathleen a encarou. — O quê? O que eu disse?

Desagradável. Alice chutou uma pedra no chão. *Para qualquer situação existe uma saída. Talvez seja desagradável. Talvez deixe você sem chão.* Quando ela levantou a cabeça, seu rosto tinha voltado ao normal.

— Nada. É só uma coisa que Marge me disse uma vez. Só... — Alice balançou a cabeça. — Nada.

Kathleen lhe estendeu o braço e elas voltaram para o tribunal.

Seguiram-se longos argumentos dos advogados nos bastidores, que duraram até o horário do almoço, e quando as mulheres foram liberadas, nenhuma das bibliotecárias sabia o que fazer. Então, acabaram indo devagar até a biblioteca, acompanhadas por Fred e pela Sra. Brady, conversando.

— Você não precisa voltar à tarde, sabe? — disse Izzy, ainda horrorizada com a ideia de Alice vomitar em público. — Se for muito para você aguentar.

— Foi só nervosismo — respondeu Alice. — Acontecia a mesma coisa quando eu era criança. Eu deveria ter me forçado a comer alguma coisa no café da manhã.

Eles continuaram a caminhada calados.

— É provável que as coisas melhorem quando for a vez do nosso lado de falar — comentou Izzy.

— Verdade, o advogado chique de Sven vai dar um jeito neles — respondeu Beth.

— Com certeza — acrescentou Alice.

Mas nenhuma delas parecia ter muita convicção.

* * *

No fim das contas, o segundo dia não foi muito melhor. A promotoria fez um resumo do relatório da autópsia de Clem McCullough. A vítima, um homem de cinquenta e sete anos, morrera de um traumatismo cranioencefálico em razão de um choque na parte de trás da cabeça, causado por um objeto compacto. Ele também tinha hematomas no rosto.

— Choque do tipo que poderia ser causado, por exemplo, por um pesado livro de capa dura?

— É possível — respondeu o médico que havia conduzido o exame.

— Ou por uma briga de bar? — sugeriu o Sr. Turner, o advogado de defesa. O médico pensou por um momento.

— Bem, é, isso também. Mas ele estava um pouco longe de um bar.

A área ao redor do corpo não fora examinada de modo meticuloso por ser uma trilha afastada. Dois dos homens do xerife haviam carregado o corpo montanha abaixo, uma viagem que levara horas, e uma nevasca posterior cobrira o local onde ele havia sido encontrado. Mas existiam evidências fotográficas de sangue, e talvez marcas de cascos.

O Sr. McCullough não tinha cavalo nem burro.

O promotor começou a interrogar as testemunhas. Havia a velha Nancy, muito pressionada para admitir que seu depoimento inicial mostrava de maneira clara que ela ouvira Margery no alto da montanha e, em seguida, sons de uma discussão.

— Mas eu não falei do jeito que vocês fizeram parecer — protestou ela, levando a mão ao cabelo e se virando para o juiz. — Eles distorceram completamente minhas palavras. Eu conheço Margery. Sei que seria tão improvável ela assassinar um homem a sangue-frio quanto seria... Não sei. Que ela assasse um bolo.

Isso provocou risadas no tribunal e uma explosão furiosa do juiz. Nancy colocou as mãos no rosto, concluindo, provavelmente com razão, que até aquelas risadas só serviriam para fortalecer a imagem de Margery como transgressora, como se seu hábito de não assar bolos contrariasse as leis da natureza.

O promotor a fez falar um pouco mais sobre como a rota era isolada (muito), com que frequência ela via alguém ali (raramente) e quantas pessoas iam com frequência até o local (só Margery ou um eventual caçador).

— Sem mais perguntas, Meritíssimo.

— Bem, eu quero dizer mais uma coisa — anunciou Nancy quando o escrivão se aproximou para conduzi-la para fora do banco das testemunhas. Ela se virou e apontou para o banco dos réus. — Aquela ali é uma moça boa e gentil. Ela trazia livros para lermos, fizesse chuva ou sol, tanto para mim quanto para minha irmã, que não sai da cama desde 1933, e vocês, que se dizem cristãos e que a estão julgando, deveriam pensar no que fazem pelo próximo. Porque nenhum de vocês é tão superior e está livre de ser julgado. Ela é uma boa moça, e o que vocês estão fazendo com ela é um erro terrível! Ah, e Sr. Juiz? Minha irmã também mandou uma mensagem para o senhor.

— Trata-se de Phyllis Stone, irmã mais velha da testemunha. Ao que parece, ela está confinada à cama e não pôde descer a montanha — cochichou o escrivão para o juiz.

O juiz Arthurs se encostou, e é possível que tenha revirado os olhos discretamente.

— Prossiga, Sra. Stone.

— Ela queria que eu dissesse a vocês: "Vão todos para o inferno, porque quem vai trazer o livro de Mack Maguire para a gente agora?" — disse ela em voz alta, balançando a cabeça. — Isso mesmo, vão todos para o inferno. Foi isso.

Quando o juiz se pôs a bater o martelo outra vez, Beth e Kathleen, cada uma de um lado de Alice, não conseguiram se segurar e caíram na gargalhada.

Apesar desse momento descontraído, as bibliotecárias deixaram o tribunal naquela noite caladas e com expressões fechadas, como se o veredicto já estivesse definido. Alice e Fred caminhavam lado a lado atrás do grupo, os cotovelos se tocando de vez em quando, ambos absortos em pensamentos.

— A situação talvez melhore quando o Sr. Turner começar a falar — disse Fred quando chegaram à biblioteca.

— Quem sabe.

Ele parou quando as outras entraram.

— Quer jantar antes de ir para casa?

Alice olhou para trás, para as pessoas que ainda estavam saindo do tribunal, e, de repente, se sentiu ser tomada por uma onda de rebeldia. Por que não comer onde quisesse? Por que isso seria um pecado, considerando tudo que estava acontecendo?

— Eu adoraria, Fred. Obrigada.

Ela foi até a casa de Fred ao lado dele, as costas eretas, como se quisesse desafiar as pessoas a fofocarem. Eles cozinharam juntos com tanta harmonia que pareciam casados, algo que nenhum dos dois foi capaz de mencionar.

Não conversaram sobre Margery, Sven nem a bebê, ainda que os três não saíssem de seus pensamentos. Não falaram de como Alice havia se desfeito de quase todos os pertences adquiridos desde a chegada ao Kentucky e que só lhe restava um baú pequeno na casa de Margery, já etiquetado e aguardando a viagem de volta para a Inglaterra. Falaram de como a comida estava saborosa, da colheita surpreendente de maçãs daquele ano, do comportamento instável de um dos novos cavalos dele e de um livro que Fred havia lido chamado *Ratos e homens*, que desejou não ter lido, porque, apesar de ser bem escrito, era muito deprimente para o momento que viviam. Duas horas depois, Alice se preparou para voltar à casa de Margery e, embora tenha sorrido para Fred ao sair (porque era quase impossível não sorrir para ele), minutos depois percebeu que por baixo da aparência calma ela estava tomada por uma raiva quase permanente: do mundo, do fato de só poder passar mais alguns dias ao lado do homem que amava, e da cidadezinha onde três vidas estavam prestes a ser arruinadas para sempre por causa de um crime que uma mulher não cometera.

A semana avançou aos trancos e barrancos, o que só aumentou essa raiva. Todos os dias, as bibliotecárias ocupavam seus assentos à frente da galeria, e todos os dias ouviam vários especialistas no tribunal expondo e dissecando os fatos do caso — que o sangue na edição do *Mulherzinhas* era o de Clem McCullough e que os hematomas no rosto e na testa dele eram compatíveis com um golpe de livro. Perto do fim da semana, o tribunal ouviu as chamadas testemunhas de caráter: a esposa de lábios comprimidos que anunciou como Margery O'Hare a convencera a ler com o marido um livro que só conseguia descrever como *obsceno*. O fato de Margery ter tido um bebê sem ser casada e demonstrar não ter nenhum constrangimento por isso. Vários homens idosos — entre os quais Henry Porteous — falaram sobre a duração do conflito dos O'Hare com os McCullough e o quanto aquelas famílias eram cruéis e vingativas. O advogado de defesa tentou desacreditar essas testemunhas para conseguir um equilíbrio:

— Xerife, não é verdade que em seus trinta e oito anos de vida a Srta. O'Hare nunca foi presa por nenhum tipo de crime?

— É verdade — concordou o xerife. — Mas muitos produtores clandestinos de álcool por aqui também nunca viram o interior de uma cela.

— Protesto!

— O que quero dizer, Meritíssimo, é que só porque alguém não foi preso não quer dizer que essa pessoa se comporte como um anjo. O senhor sabe como são as coisas por estas bandas.

O juiz ordenou que a declaração fosse retirada dos autos. Porém, tivera o efeito desejado pelo xerife, manchando a reputação de Margery de uma forma vaga e indeterminada, e Alice observou os jurados fechando a cara e fazendo anotações em seus blocos. Por fim, reparou no sorriso satisfeito de Van Cleve. Fred observara que o xerife havia passado a fumar a mesma marca cara de charuto que Van Cleve, importada da França.

Que coincidência, não?

Na tarde de sexta-feira, as bibliotecárias eram puro desânimo. Tinha sido uma manchete apelativa atrás da outra. As multidões, apesar de terem diminuído um pouco, pelo menos a ponto de não ser mais necessário que cestas de comida e bebida fossem levadas de um lado para outro, continuavam hipnotizadas pela *Bibliotecária Sanguinária das Montanhas*. Quando Fred foi visitar Sven na tarde de sexta, depois de o tribunal ter entrado em recesso para o fim de semana, e contou o que havia acontecido até então, Sven passou cinco minutos calado, com a cabeça apoiada nas mãos.

Naquele dia, as mulheres foram para a biblioteca e ficaram em silêncio, sem dizer nada. Mas nenhuma delas queria ir para casa. Por fim, Alice começou a achar o silêncio sufocante e anunciou que estava indo à loja comprar bebidas.

— Acho que nós merecemos.

— Você não se importa em ser vista comprando álcool? — perguntou Beth. — Porque posso arranjar um pouco de bebida caseira com o primo do meu pai, Bert, se você quiser. Sei que é difícil para você com...

Mas Alice já estava na porta.

— Essas pessoas podem muito bem ir para o inferno. Em uma semana, eu provavelmente já vou estar longe daqui — disse ela. — Podem falar de mim à vontade até lá.

Ela percorreu a rua poeirenta entre os estranhos que, depois de se divertirem no fórum, se dirigiam aos bares ou ao Nice'N'Quick, cujos proprietários dificilmente sentiam compaixão por Margery O'Hare, considerando o sucesso nas vendas. Alice andava rápido, com a cabeça baixa e os cotovelos um pouco para fora. Não queria bater papo nem cumprimentar nenhum vizinho para quem ela e Margery haviam levado livros no ano anterior e que no momento pareciam estar gostando do que acontecia. Eles que fossem para o inferno também.

Abriu caminho até a loja, parando e suspirando em silêncio ao se dar conta de que haveria pelo menos quinze pessoas à sua frente na fila. Olhou para trás, perguntando-se se valia a pena ir até um dos bares para ver se aceitariam lhe vender alguma coisa. Que tipo de pessoas haveria lá? Estava tão furiosa nos últimos tempos que se sentia prestes a explodir, como se bastasse um comentário daqueles idiotas para ela...

Sentiu uma batidinha no ombro.

— Alice?

Ela se virou. E lá estava, entre as conservas e enlatados, vestindo uma camisa e sua calça azul de boa qualidade, sem o menor sinal de mancha de carvão: Bennett. Era provável que ele tivesse acabado de deixar o escritório, mas, como sempre, estava elegante como alguém saído do catálogo da Sears.

— Bennett — disse ela, piscando, e desviou o olhar.

Ele já não a afetava fisicamente, percebeu Alice, então qual seria o motivo para seu súbito desconforto? Só restara uma lembrança muito vaga de afeto por ele. O que ela mais sentia era descrença em relação ao fato de aquele homem ali, parado à sua frente, ter sido alguém que beijara, com quem ela já tinha se entrelaçado, pele com pele, e com quem almejara ter contato físico. Aquela intimidade estranha e desequilibrada a deixava um pouco envergonhada.

— Eu... soube que você vai embora.

Ela pegou uma lata de tomates só para ocupar as mãos.

— Pois é. Parece que o julgamento acaba na terça-feira. Vou embora na quarta. Você e seu pai não vão mais precisar se preocupar com a minha presença.

Bennett olhou para trás, preocupado com as pessoas que estivessem observando os dois, mas os fregueses eram todos de fora da cidade, e nenhum deles achava digno de fofoca o fato de um homem e uma mulher trocarem algumas palavras no canto de uma loja.

— Alice...

— Não precisa dizer nada, Bennett. Acho que já dissemos tudo. Meus pais contrataram um advogado e...

Ele tocou a manga dela.

— Meu pai disse que ninguém conseguiu falar com as filhas dele.

Ela puxou a mão para longe dele.

— O quê? Do que você está falando?

Bennett olhou para trás e voltou a falar, com a voz baixa:

— Meu pai disse que o xerife nunca falou com as filhas de McCullough. Elas não abriram a porta. Gritaram que não tinham nada para dizer e que não iam falar com ninguém. Ele comentou que elas duas são doidas, como o restante da família. Disse que o caso do Estado já é forte o suficiente e que não precisavam delas.

O olhar dele era sério.

— Por que você está me contando isso?

Ele mordeu o lábio.

— Eu achei... achei... que pudesse ajudar você.

Ela olhou para ele, para seu rosto bonito e imaturo, para as mãos macias como as de um bebê e os olhos ansiosos. E, por um momento, sentiu a própria expressão desanimar.

— Sinto muito — disse ele baixinho.

— Também sinto muito, Bennett.

Ele deu um passo para trás e passou a mão no rosto.

Eles se encararam por mais um instante, inquietos.

— Bem — disse ele, por fim —, se a gente não se vir mais... Boa viagem.

Ela assentiu. Ele se dirigiu à porta. Quando estava prestes a sair, Bennett se virou e disse, elevando a voz para conseguir ser ouvido:

— Ah, achei que você gostaria de saber que estou resolvendo a construção das barragens. Com fundação adequada e uma base de cimento. Assim elas não vão romper de novo.

— Seu pai concordou com isso?

— Ele vai concordar. — Um breve sorriso, um indício fugaz de quem ela conhecera.

— Que notícia boa, Bennett. Boa mesmo.

— É, bem... — Ele olhou para baixo. — É um começo.

Com isso, o marido dela tocou no chapéu, abriu a porta e foi engolido pela multidão que ainda tomava as ruas.

— O xerife não falou com as filhas dele? Por que não? — Sophia balançou a cabeça. — Não faz sentido.

— Pois para mim faz muito sentido — disse Kathleen de um canto onde costurava um estribo rasgado, fazendo careta ao forçar a agulha grande no couro. — Eles foram até Arnott's Ridge para falar com uma família de quem esperavam problemas. Imaginaram que as meninas não sabiam nada sobre o paradeiro do pai, já que ele era um bêbado e costumava desaparecer por dias. Então, bateram algumas vezes na porta, e aí, quando elas disseram que caíssem fora, eles desistiram e voltaram o caminho todo, perdendo metade do dia com isso.

— McCullough era um vagabundo, e dos piores — acrescentou Beth. — Talvez o xerife não quisesse pressioná-las muito e acabar ouvindo alguma coisa fora do esperado. Eles precisam apresentá-lo como um bom sujeito para fazer Marge parecer má.

— Mas o nosso advogado com certeza devia ter feito perguntas, não é?

— O Sr. Chique de Lexington? Você acha que ele vai passar metade de um dia montado em um burro para ir a Arnott's Ridge só para falar com umas caipiras?

— Não sei como isso pode nos ajudar — disse Beth. — Se elas não querem falar com os homens do xerife, vai ser difícil fazer com que falem com a gente.

— E pode ser que exatamente por esse motivo elas queiram falar com a gente — retrucou Kathleen.

Izzy apontou para a parede.

— Margery colocou a casa dos McCullough na lista de lugares aonde não ir. *Em nenhuma circunstância*. Olhem aqui.

— Bem, talvez ela só estivesse fazendo o que todo mundo fez com ela — disse Alice. — Ouvindo fofocas sem confirmar os fatos.

— Aquelas meninas não chegam nem perto da cidade há dez anos — murmurou Kathleen. — Dizem que o pai não deixava que saíssem de casa depois do desaparecimento da mãe. Uma daquelas famílias que preferem se isolar.

Alice pensou nas palavras de Margery, palavras que estavam na cabeça dela havia dias: *Para qualquer situação existe uma saída. Talvez seja desagradável. Talvez deixe você sem chão. Mas sempre existe uma saída.*

— Eu vou cavalgar até lá — avisou Alice. — Acho que não temos nada a perder.

— Talvez sua cabeça? — sugeriu Sophia.

— Neste momento, do jeito que minha cabeça está, não faria muita diferença.

— Você já ouviu as histórias sobre aquela família? E sabe o quanto eles odeiam a gente agora? Você está querendo morrer?

— Pode me dizer que outra chance Margery tem agora? — perguntou Alice.

Sophia dirigiu um olhar severo a Alice, mas não respondeu.

— Certo. Alguém tem o mapa daquela rota?

Por um momento, Sophia não se mexeu. Em seguida, abriu a gaveta sem dizer nada e folheou os papéis até encontrá-lo, entregando-o a Alice.

— Obrigada, Sophia.

— Vou com você — disse Beth.

— Então, também vou — acrescentou Izzy.

Kathleen pegou o chapéu.
— Parece que a gente vai fazer uma excursão. Às oito da manhã aqui?
— Melhor às sete — respondeu Beth.
Pela primeira vez em dias, Alice estava sorrindo.
— Que o Senhor ajude vocês — disse Sophia, balançando a cabeça.

25

Duas horas depois de partirem, ficou claro por que só Margery e Charley haviam feito a rota até Arnott's Ridge. Mesmo com o bom tempo do início de setembro, o caminho era remoto e difícil, com fendas profundas, passagens estreitas, desfiladeiros e uma variedade de obstáculos para desviar, de valas a cercas e árvores tombadas. Alice levou Charley, confiante de que ele conheceria a rota, e foi o que aconteceu. Ele cavalgava sem hesitar, as orelhas compridas indo para a frente e para trás, seguindo o próprio rastro às margens do riacho e na encosta, os outros cavalos logo atrás. Não havia entalhes nas árvores nem barbantes vermelhos, era evidente que Margery nunca esperara que ninguém além dela se aventurasse em uma rota assim, e Alice lançava olhares esporádicos às demais, torcendo para Charley ser mesmo um guia confiável.

O ar era denso e úmido, e a floresta outonal estava repleta de folhas caídas, abafando o som conforme elas avançavam pelas trilhas ocultas. Cavalgavam em silêncio, concentradas no terreno desconhecido, falando baixinho de vez em quando só para elogiar os cavalos ou dar avisos sobre um obstáculo à frente.

Enquanto subiam a montanha, Alice percebeu que elas nunca haviam cavalgado juntas, não todas, daquela forma. Também se deu conta de que era bastante provável que fosse a última vez que subiria as montanhas.

Dali a uma semana, estaria em um trem com destino a Nova York, ao imenso transatlântico que ia levá-la de volta à Inglaterra e a uma vida muito diferente. Virou-se na sela e olhou para aquele grupo de mulheres, se dando conta de que amava todas e que deixar cada uma delas, e não apenas Fred, seria a pior dor que já sentira. Ela não conseguia imaginar, em sua vida futura, entre xícaras de chá e conversas vazias e polidas, encontrar mulheres com quem tivesse tanta sintonia, tanta intimidade.

As outras bibliotecárias aos poucos iam esquecê-la, ocupadas com o trabalho, a família e os desafios de cada nova estação. Ah, é claro que prometeriam escrever, mas não seria a mesma coisa. Não compartilhariam mais experiências, o vento frio no rosto, os alertas de cobras nas trilhas, a consternação quando alguma delas levasse um tombo. Alice seria relegada a uma nota de rodapé: *Vocês se lembram daquela inglesa que passou um tempo cavalgando com a gente? A esposa de Bennett van Cleve?*

— Acham que a gente está chegando? — Kathleen interrompeu seus pensamentos enquanto a alcançava.

Alice fez Charley parar e desdobrou o mapa que carregava no bolso.

— Hum... De acordo com isto aqui, não fica muito longe daquele cume — respondeu ela, estreitando os olhos para tentar ver melhor as imagens que pareciam desenhadas à mão. — Ela disse que as irmãs moram a uns seis quilômetros indo naquela direção, e Nancy sempre percorria o último trecho a pé por causa da ponte suspensa, então acho que a casa dos McCullough fica... em algum lugar por ali.

Beth falou, zombando:

— Você está vendo o mapa de cabeça para baixo? Tenho certeza de que essa maldita ponte é para lá.

Alice sentiu o estômago se contorcer de irritação e retrucou:

— Se você sabe tanto, quer ir na frente sozinha e nos avisar quando tiver chegado lá?

— Não precisa ficar nervosa. É que você não é daqui. Só achei que...

— Ah, como se eu não soubesse disso. Como se toda a cidade não tivesse passado o último ano me lembrando desse fato.

— Não precisa reagir assim, Alice. Droga! Eu só queria dizer que algumas de nós podem conhecer estas montanhas melhor que...

— Cale a boca, Beth! — Até Izzy havia se irritado. — Nós nem teríamos chegado até aqui se não fosse pela Alice.

— Esperem — interveio Kathleen. — Olhem.

Foi a fumaça que serviu de sinal para elas, um modesto fio cinza que nem teriam visto se as árvores ao redor não tivessem perdido as folhas mais altas, deixando a linha cinzenta um pouco visível contra um céu cor de chumbo. As mulheres pararam na clareira, avistando o casebre no cume da montanha, com algumas telhas faltando e um jardim malcuidado. Era a única casa em quilômetros, e tudo ali demonstrava a falta de interesse e a antipatia em receber visitas casuais. Um cachorro hostil acorrentado começou a latir ferozmente em *staccato*, percebendo a presença delas entre as árvores.

— Acham que elas vão atirar na gente? — perguntou Beth, cuspindo ruidosamente.

Alice carregava a arma de Fred pendurada no ombro pela correia, como ele a instruíra. Ela não sabia se era uma boa ou uma péssima ideia a família McCullough ver que estava armada.

— Queria saber quantas pessoas tem lá. Alguém disse ao meu irmão mais velho que nenhum dos McCullough de fora da cidade vem aqui tão longe.

— É. Como a Sra. Brady falou, eles devem ter vindo só para ver o espetáculo — disse Kathleen, colocando a mão acima dos olhos para tentar enxergar melhor.

— Não viriam pela fortuna dos McCullough, não é? Aliás, o que sua mãe disse sobre você vir aqui? — perguntou Beth a Izzy. — Estou surpresa por ela ter deixado.

Izzy passou com Patch por uma pequena vala e respondeu com um resmungo.

— Izzy?

— Ela não sabe...

— Izzy! — Alice virou para ela.

— Ah, pode parar, Alice. Você sabe tão bem quanto eu que ela nunca me deixaria vir — defendeu-se Izzy, esfregando a bota.

Todas olharam para a casa. Alice estremeceu.

— Se alguma coisa acontecer com você, sua mãe vai me botar para fazer companhia a Margery no banco dos réus. Ai, Izzy. Isso não é seguro. Se tivesse me dito, eu não teria deixado você vir. — Alice balançou a cabeça.

— Então, por que veio, Izzy? — perguntou Beth.

— Porque somos um time, e um time fica unido. — Izzy ergueu o queixo. — Somos as bibliotecárias de Baileyville, e permanecemos juntas.

Beth deu um soquinho no braço dela enquanto seu cavalo dava um passo para a frente.

— Maldição, é isso aí.

— Você *algum dia* vai limpar essa boca, Beth Pinker?

Izzy devolveu o soquinho e soltou um gritinho quando seus cavalos se chocaram.

Alice acabou indo na frente. Elas subiram até onde a corrente do cachorro furioso permitia, e Alice desmontou, entregando as rédeas a Kathleen. Deu alguns passos na direção da porta, mantendo distância do cão, que estava com os dentes à mostra e os pelos do pescoço eriçados como espinhos. Ela olhou para a corrente, nervosa, torcendo para a outra ponta estar bem presa.

— Olá?

As duas janelas da frente, com uma camada grossa de sujeira, não revelavam nenhum movimento. Não fosse pela fumaça, ela teria certeza de que não havia ninguém em casa.

Alice deu outro passo à frente e falou mais alto:

— Srta. McCullough? Você não me conhece, mas trabalho na Biblioteca a Cavalo, na cidade. Sei que não quis falar com os homens do xerife, mas eu ficaria muito grata se pudesse nos dar qualquer ajuda.

Sua voz ecoou nas encostas das montanhas. A casa continuou quieta.

Alice se virou e olhou para as outras sem saber o que fazer. Os cavalos batiam os cascos com impaciência, suas narinas dilatando enquanto olhavam para o cachorro, que rosnava.

— Só vai levar um minuto!

O cachorro virou a cabeça e se calou por um momento. Pareceu, então, que a montanha ficou em um silêncio mortal. Não havia o menor movimento, nem dos cavalos, nem dos pássaros nas árvores. Alice sentiu um leve calafrio, como se isso fosse um presságio de algo terrível. Pensou na descrição do corpo de McCullough, os olhos comidos por pássaros. O cadáver jogado por meses não muito longe dali.

Eu não queria estar aqui, pensou ela, com uma sensação visceral de medo descendo por sua espinha. Olhou para Beth, que balançou a cabeça como se dissesse *tente novamente*.

— Olá? Srta. McCullough? Tem alguém aí?

Nada.

— Olá?

Uma voz quebrou o silêncio:

— Caiam fora daqui e nos deixem em paz!

Alice olhou para a frente e se deparou com dois canos de espingarda saindo da porta entreaberta.

Alice engoliu em seco, e estava prestes a falar outra vez quando Kathleen ficou de pé ao seu lado e apoiou uma das mãos no seu braço.

— Verna? É você? Não sei se lembra de mim, mas sou eu, Kathleen Hannigan, agora Bligh. Eu brincava com sua irmã em Split Creek... Nós fizemos bonecas de palha de milho com minha mãe uma vez na colheita, e acho que ela fez uma para você. Com uma fita de bolinha. Você se lembra disso?

O cachorro encarava Kathleen, ainda exibindo os dentes.

— Não estamos aqui para causar nenhum problema — continuou ela, as palmas das mãos erguidas. — É só que uma grande amiga nossa está em um beco sem saída, e ficaríamos muito agradecidas se desse para conversar um pouquinho com vocês sobre isso.

— A gente não tem nada para falar com vocês!

Ninguém se mexia. O cachorro parou de latir por um instante, o focinho apontado para a porta. Os dois canos da espingarda continuavam lá.

— Eu não vou lá na cidade — declarou a voz lá de dentro. — Eu não vou. Falei para o xerife qual dia que nosso pai desapareceu, e é só isso. Não tenho mais nada para vocês.

Kathleen deu mais um passo à frente.

— Nós entendemos, Verna. Só queríamos alguns minutos do seu tempo para conversar. Só para ajudar nossa amiga. Por favor?

Houve um longo silêncio.

— O que aconteceu com ela?

Elas se entreolharam.

— Você não sabe? — perguntou Kathleen.

— O xerife só disse que encontraram o corpo do meu pai. E o assassino.

Alice falou:

— É basicamente isso. Mas o detalhe, Srta. McCullough, é que é nossa amiga quem está sendo julgada, e podemos jurar com a mão sobre a Bíblia que ela não é uma assassina.

— Verna, talvez conheça Margery O'Hare. Você já deve ter ouvido o nome do pai dela. — Kathleen abaixou a voz, como se estivessem em uma conversa descontraída. — Ela é uma boa mulher, um pouco... diferente, mas não é uma assassina a sangue-frio. E a filhinha dela pode crescer sem mãe por causa de fofocas e boatos.

— Margery O'Hare teve um bebê? — A arma abaixou um pouquinho. — Com quem ela se casou?

As bibliotecárias trocaram olhares constrangidos.

— Bem, ela não se casou...

— Mas isso não tem importância — acrescentou Izzy, depressa. — Isso não significa que ela não seja uma boa pessoa.

Beth se aproximou um pouco com o cavalo e levantou um alforje.

— Quer uns livros, Srta. McCullough? Para você ou para sua irmã? A gente tem livros de receita, livros de histórias, todos os tipos. Muitas das famílias que moram nas montanhas gostam de recebê-los. Não tem que pagar nada, e a gente pode trazer outros quando você quiser.

Kathleen balançou a cabeça para Beth e disse sem emitir som: *Acho que ela não sabe ler.*

Alice, nervosa, tentou se sobressair às vozes das amigas:

— Srta. McCullough, sentimos muito mesmo pelo seu pai. Você devia amá-lo muito. E sentimos muito por incomodá-la com esse assunto. Não teríamos vindo aqui se não estivéssemos desesperadas para ajudar nossa amiga...

— Eu não sinto muito — disse a moça.

Alice engoliu o resto da frase. Seus ombros ficaram um pouco caídos. Beth fechou a boca, chocada.

— Bem, eu sei que é natural você ter ressentimentos em relação a Margery, mas só peço que ouça...

— Não por ela. — A voz de Verna se tornou mais dura. — Eu não sinto muito pelo que aconteceu com meu pai.

As mulheres se entreolharam, confusas. Devagar, a arma foi abaixada mais um pouco, e então desapareceu.

— Você é a Kathleen que usava tranças presas atrás da cabeça?

— Sou eu.

— Você veio lá de Baileyville?

— Isso mesmo — respondeu Kathleen.

Uma breve pausa se seguiu.

— Então, é melhor entrar.

As bibliotecárias viram a porta de madeira rústica se abrir um pouco e, segundos depois, se escancarar, as dobradiças rangendo. E ali, pela primeira vez, na penumbra, elas viram a silhueta de Verna McCullough, com seus vinte anos, usando um vestido azul desbotado com remendos nos bolsos e um lenço amarrado na cabeça cobrindo o cabelo. A irmã estava nas sombras, logo atrás.

Houve um breve silêncio enquanto todas absorviam aquela cena.

— Mas que *merda* — murmurou Izzy.

26

Alice era a primeira na fila para entrar no fórum na manhã de segunda-feira. Ela mal dormira, e seus olhos estavam ressecados e ardendo. Mais cedo, havia levado uma broa de milho recém-assada para o presídio, mas, depois de dar uma olhada na lata, o sub-xerife Dulles dissera, desculpando-se, que Margery não estava comendo.

— Ela quase não tocou na comida no fim de semana — dissera ele, aparentando uma preocupação genuína.

— Fique com a broa mesmo assim, para o caso de conseguir que ela coma mais tarde.

— Você não veio ontem.

— Eu estava ocupada.

Ele franzira o cenho diante da rispidez dela, mas concluiu que as coisas já estavam estranhas demais na cidade para fazer mais perguntas e se dirigiu de volta às celas.

Alice se sentou no lugar de sempre na frente da galeria e olhou ao redor. Nada de Kathleen nem Fred. Izzy se sentou ao lado dela, e depois Beth, fumando a ponta de um cigarro que apagou com o pé.

— Vocês já souberam de alguma coisa?

— Nada ainda — respondeu Alice.

Então, levou um susto. Ali, duas fileiras atrás dela, estava Sven, sua expressão sombria, com olheiras, como se não dormisse havia semanas. Ele olhava fixamente para a frente e mantinha as mãos nos joelhos. Algo na rigidez de sua postura revelava um homem no limite do autocontrole, e vê-lo fez com que Alice engolisse em seco, dolorosamente. Ela se encolheu quando a mão de Izzy tocou a sua e a apertou. Alice retribuiu o gesto, tentando manter a respiração regular.

Um minuto depois, Margery foi conduzida ao salão, cabisbaixa e com o andar lento. Ela ficou de pé, a expressão impassível, sem se importar com os olhares de ninguém. *Ânimo, Marge*, Alice ouviu Beth murmurar ao lado.

Nesse momento, o juiz Arthurs entrou no tribunal e todos se levantaram.

— A Srta. Margery O'Hare é uma vítima das circunstâncias. Ela estava no lugar errado na hora errada. Só Deus sabe a verdade sobre o que aconteceu no topo daquela montanha, mas nós sabemos que a presença de um livro de biblioteca, que pode muito bem ter sido carregado por qualquer pessoa por meio Condado de Lee, ao lado de um corpo que talvez estivesse jazendo ali há seis meses é uma prova muito fraca.

O advogado de defesa olhou quando as portas dos fundos foram abertas, e todos se viraram para ver Kathleen Bligh entrar, suada e um pouco sem fôlego.

— Com licença. Mil perdões. Com licença.

Ela correu até a frente do tribunal, onde parou para falar com o Sr. Turner. Ele olhou para trás e se levantou, a mão na gravata, enquanto as pessoas que assistiam cochichavam, surpresas.

— Meritíssimo? Temos uma testemunha que gostaria muito de dizer algo diante do tribunal.

— Ela não pode esperar?

— Meritíssimo, isso tem peso material para o caso.

O juiz suspirou.

— Peço aos advogados que se aproximem, por favor.

Os dois homens ficaram de pé na frente do juiz. Nenhum deles se esforçou muito para falar baixo, um por urgência, o outro por frustração, então o tribunal pôde ouvir quase tudo o que estava sendo dito.

— É a filha — explicou o Sr. Turner.

— Que filha? — perguntou o juiz.

— A filha de McCullough. Verna.

O promotor olhou para trás e balançou a cabeça.

— Meritíssimo, não fomos avisados previamente sobre essa testemunha, e contesto veementemente a introdução dela a esta altura.

O juiz pensou por um momento.

— Os homens do xerife não foram a Arnott's Ridge tentar contato com a moça?

O promotor gaguejou.

— Bem, s-sim. Mas a menina se recusou a sair. De acordo com quem conhece a família, ela não sai de casa há muitos anos.

O juiz se recostou na cadeira.

— Então eu diria que, se essa é a filha da vítima, é provável que tenha sido a última pessoa a vê-lo vivo, e se ela agora está disposta a vir à cidade para responder a perguntas sobre o último dia do pai, então é possível que saiba de informações pertinentes para o caso, o senhor não concorda, Sr. Howard?

O promotor olhou para trás outra vez. Van Cleve estava inclinado para a frente no assento, parecendo tenso, a boca comprimida em desagrado.

— Concordo, Meritíssimo.

— Bom. Vou ouvir a testemunha. — Ele acenou com um dedo.

Kathleen e o advogado conversaram por um minuto em voz baixa, e então ela correu até os fundos do tribunal.

— Quando estiver pronto, Sr. Turner.

— Meritíssimo, a defesa chama a Srta. Verna McCullough, filha de Clem McCullough. Srta. McCullough? Pode vir até o banco das testemunhas? Eu ficaria muito agradecido.

Houve um murmúrio de interesse na galeria. As pessoas se esticaram nos assentos. A porta se abriu nos fundos, revelando Kathleen de braços dados com uma jovem um pouco atrás dela. Enquanto todos no cômodo observavam em silêncio, Verna McCullough caminhou devagar, determinada, até a frente do tribunal, cada passo parecendo um grande esforço. Ela apoiava uma mão na lombar, e sua barriga estava imensa e inclinada para baixo.

Um murmurinho de choque e uma segunda onda de exclamações percorreram o tribunal, conforme cada pessoa presente chegava à mesma conclusão.

— Você mora em Arnott's Ridge?

Verna havia prendido o cabelo para trás com um grampo e estava brincando com ele, como se estivesse fora de lugar. Sua voz saiu em um sussurro rouco:

— Sim, senhor. Com minha irmã. E, antes disso, com nosso pai.

— Pode falar mais alto, por favor? — pediu o juiz.

O advogado prosseguiu:

— E são só vocês três?

Ela segurou a borda do banco das testemunhas e olhou ao redor, como se só então tivesse percebido quantas pessoas havia na sala. A voz falhou por um momento.

— Srta. McCullough?

— Hum... Sim. Nossa mãe foi embora quando eu tinha oito anos, e estamos sozinhos desde aquela época.

— Sua mãe morreu?

— Eu não sei, senhor. A gente acordou um dia e o pai disse que ela tinha ido embora. E foi só isso.

— Entendo. Então, a senhorita não sabe do paradeiro dela?

— Ah, acho que está morta. Porque ela sempre dizia que meu pai um dia ainda a mataria.

— Protesto! — exclamou o promotor.

— Retire isso dos autos, por favor. Deixaremos registrado que o paradeiro da mãe da Srta. McCullough é desconhecido.

— Obrigado, Srta. McCullough. E quando a senhorita viu seu pai pela última vez?

— Cinco dias antes do Natal.

— E não o viu mais?

— Não, senhor.

— A senhorita o procurou?

— Não, senhor.

— A senhorita... não ficou preocupada? Quando ele não voltou para o Natal?

— Não era... um comportamento incomum do nosso pai. Acho que todo mundo sabe que ele gostava de beber. Acho que ele é... era... conhecido do xerife.

O xerife fez que sim com a cabeça, quase com relutância.

— Senhor, posso me sentar? Estou me sentindo um pouco fraca.

O juiz fez sinal para que o escrivão levasse uma cadeira, e todos aguardaram enquanto o assento era posicionado para que ela se sentasse. Alguém lhe entregou um copo de água. O rosto dela quase não ficava visível acima do banco das testemunhas, e grande parte da galeria se inclinou para a frente na tentativa de vê-la melhor.

— Então, quando ele não voltou para casa no dia... vinte de dezembro, Srta. McCullough, a senhorita não viu nada de incomum nesse comportamento?

— Não, senhor.
— E, quando ele saiu, disse aonde ia? A um bar?

Pela primeira vez, Verna hesitou um bom tempo antes de responder. Ela olhou para Margery, que estava de cabeça baixa.

— Não, senhor. Ele disse... — Ela engoliu em seco e se virou para o juiz. — Ele disse que ia devolver um livro à biblioteca.

Houve uma comoção na galeria, um som que poderia ter sido de choque ou uma explosão de gargalhada, ou uma mistura de ambos — era difícil dizer. Margery, no banco dos réus, levantou a cabeça pela primeira vez. Alice olhou para baixo e viu que Izzy agarrava sua mão com tanta força que os nós dos dedos estavam brancos.

O advogado de defesa se virou para encarar o júri.

— Posso lhe perguntar se ouvi direito, Srta. McCullough? A senhorita falou que seu pai saiu para devolver um *livro à biblioteca*?

— Sim, senhor. Fazia pouco tempo que ele tinha começado a receber livros da Biblioteca a Cavalo da WPA, e ele estava achando aquilo ótimo. Tinha acabado de ler um livro muito bom, e dizia que era seu dever enquanto cidadão devolvê-lo logo para outra pessoa poder ler.

O promotor e seu assistente estavam quase encostando a cabeça um no outro, conversando em tom de urgência. Ele levantou a mão, mas o juiz o dispensou com um aceno e pediu:

— Prossiga, Srta. McCullough.

— Eu e minha irmã, bem, a gente avisou a ele para não partir, a gente insistiu, porque o tempo estava ruim, com a neve, o gelo e tudo o mais, e poderia causar um acidente, mas ele já tinha bebido um bocado e não queria ouvir ninguém. Estava decidido a não atrasar a devolução do livro da biblioteca.

Ela passava os olhos pelo tribunal enquanto falava, a voz agora estável e decidida.

— Então, o Sr. McCullough saiu sozinho, a pé, na neve.
— Isso mesmo, senhor. Com o livro da biblioteca.
— Para andar até Baileyville.
— Sim, senhor. Avisamos que era perigoso.
— E depois disso a senhorita nunca mais ouviu nem teve notícias dele?
— Não, senhor.
— E... a senhorita não pensou em procurá-lo?
— Eu e minha irmã... A gente não sai de casa, senhor. Depois que nossa mãe se foi, nosso pai nunca mais quis que a gente viesse à cidade, e a gente não

gostava de desobedecer, levando em conta o temperamento dele. A gente ia até o jardim antes de anoitecer e gritava por ele, só para o caso de ele ter caído, mas na maioria das vezes ele só voltava quando queria.

— Então, a senhorita e a sua irmã só esperaram que ele voltasse.

— Sim, senhor. Ele já tinha ameaçado deixar a gente, então acho que, como não voltou, meio que pensamos que finalmente tinha feito isso. E aí, em abril, o xerife foi lá em casa e disse que ele estava... morto.

— E... Srta. McCullough. Posso lhe fazer mais uma pergunta? A senhorita foi muito corajosa em descer a montanha e fazer essa viagem para dar um depoimento tão difícil, eu agradeço muito. Uma última pergunta: lembra qual era o livro de que seu pai gostou tanto e se sentia tão obrigado a devolver à biblioteca?

— Mas é claro, senhor. Eu me lembro muito bem.

E, nesse momento, Verna McCullough concentrou os olhos azul-claros nos de Margery O'Hare, e os mais próximos dela talvez tenham visto um pequeno sorriso brincando em seus lábios.

— Era um livro chamado *Mulherzinhas*.

O tribunal explodiu em um ruído estrondoso, e o juiz foi forçado a bater o martelo seis, oito vezes antes de as pessoas perceberem — ou ouvirem — que deveriam se calar. Houve risadas, som de descrença e gritos furiosos de diferentes partes da galeria, e o juiz, com as sobrancelhas arqueadas, ficou vermelho de raiva.

— Silêncio! Não vou admitir que este tribunal seja desrespeitado, ouviram? O próximo que der um pio será preso por desacato à autoridade! Silêncio no tribunal!

As pessoas se calaram. O juiz aguardou um momento para se certificar de que todos haviam captado a mensagem.

— Advogados, podem se aproximar, por favor?

Houve um diálogo murmurado, dessa vez inaudível para o restante da sala, sob o qual uma onda de cochichos se arriscava a crescer. Do outro lado da galeria, o Sr. Van Cleve parecia estar prestes a explodir. Alice o viu se levantar uma, duas vezes, mas o xerife se virou e o forçou a se sentar. Ela pôde ver que Van Cleve gesticulava enquanto falava alguma coisa, como se achasse ter o direito de ir até lá também para debater com os representantes legais. Margery permanecia imóvel.

— Vamos logo — sussurrou Beth, os nós dos dedos brancos de tanto apertar o assento. — Vamos, vamos.

E, depois do que pareceu uma eternidade, os advogados voltaram aos seus assentos e o juiz bateu o martelo de novo.

— Podemos chamar o médico mais uma vez, por favor?

Um murmurinho tomou o ambiente quando o médico foi conduzido de volta ao banco das testemunhas. A galeria estava repleta de pessoas inquietas que se entreolhavam, surpresas.

O advogado de defesa se levantou e falou:

— Sr. Tasker. Mais uma pergunta: na sua opinião profissional, seria possível que os ferimentos no rosto da vítima pudessem ter sido causados pelo peso de um livro de capa dura caindo em cima dela? Por exemplo, se a vítima tivesse escorregado e caído de costas?

Ele fez sinal para o escrivão e ergueu a cópia do *Mulherzinhas*.

— Do tamanho desta edição, por exemplo? Aqui, vou deixar o senhor sentir o peso.

O médico avaliou o peso do livro nas mãos e pensou por um momento.

— Ora, sim. Eu imagino que seria uma explicação razoável.

— Sem mais perguntas, Meritíssimo.

O juiz precisou de mais alguns instantes de deliberação antes de chegar ao veredicto. Ele bateu o martelo outra vez para exigir silêncio. Então, de repente, apoiou a cabeça nas mãos e permaneceu naquela posição por um longo minuto. Quando voltou a erguer o rosto, encarou o tribunal com uma expressão que transparecia grande exaustão. Por fim, declarou:

— Parece-me que, à luz dessa nova evidência, estou inclinado a concordar com o advogado de defesa que não há mais um caso de assassinato para ser julgado aqui. Todas as provas confiáveis parecem indicar que foi... um triste acidente. Um bom homem decidido a praticar um bom ato, e que, devido às... hum... condições climáticas, por assim dizer... teve um fim precoce. — Ele respirou fundo e juntou as mãos. — Considerando que as provas do Estado neste caso eram, em essência, circunstanciais e dependiam consideravelmente do livro da biblioteca, e dado o depoimento claro e resoluto da testemunha a respeito do paradeiro anterior desse objeto, vou encerrar o julgamento, e meu veredicto é de que a morte foi acidental. Srta. McCullough, muito obrigado pelo esforço no cumprimento do seu... dever cívico, e gostaria, mais uma vez, de expressar minhas sinceras condolências pela sua perda. Srta. O'Hare, a partir de agora, está livre para deixar este tribunal. Peço aos oficiais de justiça que libertem a prisioneira.

Dessa vez, o cômodo explodiu. Alice de repente se viu abraçada pelas outras mulheres, que pulavam sem parar, gritando, com lágrimas escorrendo, braços, cotovelos e torsos apertados em um imenso abraço. Sven saltou a grade da galeria e estava lá quando o guarda tirou as algemas de Margery, os braços ao redor dela quando ela quase caiu, em choque. Ele a amparou e depois a carregou com firmeza até a saída dos fundos, enquanto o sub-xerife Dulles isolava os dois, de modo que ninguém podia ver o que estava acontecendo. Acima de todo o barulho, os gritos de Van Cleve diziam que aquilo era um *erro*! Um enorme *erro judiciário*! E aqueles com uma boa audição conseguiram ouvir a Sra. Brady retorquindo: *Cale essa boca grande pelo menos uma vez na vida, seu bode velho.*

Em meio à algazarra, ninguém viu Sophia sair discretamente da área reservada aos negros na galeria, com a bolsa debaixo do braço, e desaparecer pela porta, caminhando a passos cada vez mais rápidos até a biblioteca.

Só quem tinha a audição muito, muito aguçada ouviu Verna McCullough, ao passar pelas bibliotecárias, com a mão ainda na lombar e uma expressão determinada e soturna, sussurrar:

— Já foi tarde!

Ninguém achava que Margery deveria ficar sozinha, então a levaram para a biblioteca e trancaram as portas, sabendo que os jornais de maior circulação do Kentucky e metade da cidade de repente iam querer falar com ela. Margery praticamente não disse nada durante a curta caminhada até lá, movendo-se com lentidão e dificuldade, parecendo doente, mas comeu meia tigela de cozido que Fred levou de casa para ela. Enquanto comia, olhava fixamente a porção, como se aquela fosse a única coisa certa que tinha. As mulheres falavam animadas sobre o choque do veredicto, a fúria impotente de Van Cleve, o fato de a jovem Verna ter mesmo cumprido sua promessa.

Ela havia passado a noite anterior na casa de Kathleen depois de ter viajado em cima de Patch, e mesmo então já estava tão nervosa com a ideia de falar diante de todos os moradores da cidade que Kathleen temera que a filha de McCullough fugisse durante a madrugada. Foi só quando Fred chegou de manhã com o carro para levá-las ao tribunal que a viúva acreditou que elas poderiam ter uma chance, mas a moça era tão esquisita e imprevisível que não faziam ideia do que diria.

Margery ouviu tudo isso distante, com uma expressão estranhamente impassível e distraída, como se o barulho e a comoção estivessem altos demais para ela, acostumada a meses de um silêncio quase completo.

Alice queria abraçá-la, mas havia algo na atitude de Margery que a impedia. Nenhuma das duas sabia ao certo o que falar para a outra, e se surpreenderam pelo modo como se portavam, como se fossem estranhas: *Queria um pouco de água? Havia alguma coisa que pudessem pegar para ela? Era só Margery dizer, mesmo.*

Então, quase uma hora depois de terem chegado, houve uma batida na porta. Ao ouvir uma voz conhecida, Fred foi destrancá-la. Ele abriu um pouco a porta e viu algo que as mulheres lá dentro não conseguiam ver, algo que o fez dar um largo sorriso. Ele recuou um passo, e Sven subiu os dois pequenos degraus segurando a bebê, que usava um vestido amarelo-claro e calçolas. Os olhos da menina estavam alertas, e as mãos, em punhos pequenininhos, seguravam com força as mangas do pai.

Margery levantou a cabeça e levou as mãos devagar à boca ao vê-la. Seus olhos se encheram de lágrimas e ela ficou de pé lentamente.

— Virginia? — disse ela, a voz falhando como se mal conseguisse acreditar no que via.

Sven se aproximou e entregou a bebê com delicadeza à mãe. As duas se olharam, a criança analisando a mãe como se quisesse se certificar de alguma coisa. E então, após um momento, enquanto todos observavam a cena, a menininha colocou a cabeça devagarinho sob o queixo da mãe, o dedo na boca. Quando ela fez isso, Margery fechou os olhos e começou a soluçar, em silêncio, seu peito subindo e descendo e seu rosto contorcido, como se uma dor terrível estivesse sendo exorcizada dela. Sven deu um passo para a frente e abraçou as duas com força, a cabeça abaixada. Cientes de que era um momento íntimo e participar daquilo não seria respeitoso, Fred e as bibliotecárias deixaram o recinto e percorreram o caminho até a casa dele sem fazer nenhum barulho.

Sim, as mulheres da Biblioteca a Cavalo da WPA de Baileyville eram um time, e um time permanece unido. Mas havia momentos em que ficar sozinho era importante.

Dias depois, as bibliotecárias encontraram o livro de registros que a polícia acreditara estar perdido, desaparecido na Grande Enchente, empilhado com cuidado junto aos outros na prateleira à esquerda da porta. Na data de 15 de dezembro de 1937, o livro indicava um empréstimo para o *Sr. C. McCullough, Arnott's Ridge,* de uma edição de capa dura de *Mulherzinhas, por Louisa May Alcott (uma página arrancada, contracapa danificada).* Só alguém com olhar muito atento perceberia que a anotação havia sido feita entre duas linhas, com uma tinta de cor um pouquinho diferente da usada no restante da página. E só alguém muito cínico poderia ter se perguntado por que havia uma observação logo ao lado, feita com a mesma tinta: *ainda não devolvido.*

27

Nessa altitude, você respirava com facilidade, adquirindo autoconfiança e leveza na alma. Nos planaltos, você acordava de manhã e pensava: Estou aqui, onde deveria estar.

— Karen Blixen, *A fazenda africana*

Para a grande decepção dos comerciantes e donos de bar, em menos de um dia Baileyville ficou vazia. Depois que as manchetes de *Veredicto chocante: inocente* se tornaram apenas combustível para lareira e material para vedar portas, que o último trailer chacoalhou pelo caminho para longe do condado e que o promotor, com três pneus inexplicavelmente rasgados, conseguiu estepes de Lexington, Baileyville aos poucos foi voltando ao normal. Não restou nada além de marcas de pneus no terreno lamacento, ladeadas de embalagens vazias de comida, para provar que houvera um julgamento ali.

Kathleen, Beth e Izzy levaram Verna de volta para casa, revezando-se a pé enquanto Verna montava a robusta Patch. A jornada levou quase um dia inteiro, e as mulheres se despediram com promessas de que Neeta, a irmã de Verna, ia procurá-las caso precisassem de ajuda com o parto. Ninguém em momento algum mencionou o pai da criança, e Verna ficou de novo em silêncio quando elas chegaram à porta, como se exausta depois da estranha sensação de interagir com outras pessoas.

As bibliotecárias não esperavam ter mais notícias dela.

Naquela primeira noite, Margery O'Hare se deitou na própria cama encarando Sven Gustavsson na penumbra. Seu cabelo estava sedoso e limpo depois de um banho, a barriga, cheia, e pela janela aberta ela ouvia o som das corujas e dos grilos na escuridão da encosta, um som que fazia seu sangue circular mais devagar nas veias e dava a seu coração um ritmo tranquilo e regular. Ela e Sven observaram a menininha deitada entre eles, os bracinhos jogados para o lado enquanto dormia, a boca se movendo suavemente conforme ela sonhava. A mão de Sven repousava no quadril de Margery, que achava o peso agradável e se alegrava ao pensar nas noites que teriam pela frente.

— Você sabe que a gente ainda pode ir embora — disse ele baixinho.

Ela levantou o cobertor de algodão da menina e o prendeu sob o queixo dela.

— Embora de onde?

— Daqui. Quer dizer, aquilo que você disse sobre começar em outro lugar. Tenho lido sobre lugares no Norte da Califórnia onde estão procurando agricultores e gente para virar proprietário de terras. Acho que você pode gostar de lá. Poderíamos ter uma vida feliz. — Como ela não disse nada, ele continuou: — Não precisa ser em uma cidade. O estado é grande. Pessoas de todos os lugares vão para a Califórnia, então ninguém dá a mínima para forasteiros. Um amigo meu que tem uma fazenda de melão disse que pode me dar trabalho enquanto nos estabelecemos.

Margery afastou o cabelo do rosto e falou:

— Acho que não.

— A gente pode pensar em Montana, se você preferir.

— Sven, quero ficar. Aqui.

Sven se apoiou no cotovelo. Ele analisou com cuidado a expressão dela na penumbra.

— Você disse que queria que Virginia tivesse liberdade. Para que ela vivesse como quisesse.

— Eu sei que falei isso. E é isso mesmo que quero. Mas temos amigos de verdade aqui, Sven. Pessoas com quem a gente pode contar. Pensei nisso, e contanto que ela tenha esse tipo de amigos, ela vai ficar bem. Vamos ficar bem. — Ele não disse nada, então Margery acrescentou: — Seria... bom para você? Que a gente... ficasse aqui?

— Qualquer lugar onde você e Virginia estejam é bom para mim.

Houve um longo silêncio.

— Eu amo você, Sven Gustavsson.

Ele se virou para ela no escuro.

— Você não está ficando sentimental comigo, está, Marge?

— Eu não disse que ia ficar repetindo isso.

Ele sorriu e se deitou no travesseiro. Após um momento, esticou a mão e ela a segurou com força. Dormiram assim por pelo menos duas horas, até a bebê acordar de novo.

Foi um choque para Alice perceber a rapidez com que a alegria e o grande contentamento que sentira pela volta de Margery para casa petrificaram quando se deu conta de que nada mais a segurava ali, nada impedia sua partida. Era isso. O julgamento havia acabado, assim como seu tempo no Kentucky.

Ela ficou de pé entre as outras bibliotecárias e observou Sven levar Margery e Virginia de carro para a Velha Casa. Alice sentiu o corpo começar a enrijecer enquanto concluía o que aquilo significava. Conseguiu manter o sorriso enquanto todos se afastavam, animados, trocando abraços e beijos, e prometeu que talvez os encontrasse no Nice'N'Quick mais tarde para comemorarem. Mas seria um esforço muito grande, e quando Beth jogou a bituca do cigarro no chão e deu um tchau alegre, ela sentiu seu corpo endurecendo. Fred foi o único a reparar no que acontecia dentro dela, algo na expressão do homem refletia a de Alice.

— Que tal um *bourbon*? — ofereceu quando trancaram a porta da biblioteca e começaram a andar devagar para a casa dele.

Alice assentiu. Só lhe restavam algumas horas na cidade.

Ele serviu dois copos e lhe entregou um, e ela se sentou na melhor poltrona, com botonê e uma colcha de retalhos jogada sobre o espaldar, a que a mãe dele havia feito. Tinha escurecido lá fora, o clima agradável dera lugar a um vento frio e um tempo fechado, e Alice já estava apreensiva de sair na chuva outra vez.

Fred esquentou um resto de sopa, mas Alice estava sem apetite e sem assunto. Ela tentou não olhar para as mãos dele, e ambos notavam o passar das horas, evidenciado no relógio sobre a lareira, e o que isso significava. Conversaram sobre o julgamento. Porém, por mais que se animassem ao falar sobre isso, Alice sabia que Van Cleve ficaria mais furioso ainda a partir de então, sem dúvida redobraria os esforços para arruinar a biblioteca ou para tornar a vida dela o mais insuportável possível. Não bastasse isso, não importava o que Margery tivesse dito, Alice sabia que não poderia mais ficar na casa da amiga. Todos sabiam que Sven e Margery precisavam de um tempo sozinhos, e, quando Alice disse ao casal que Izzy a convidara para dormir em sua casa naquela noite, foi nítido que eles não tinham muito a protestar.

— Então, que horas seu trem sai? — perguntou Fred.

— Às 10h15.

— Quer que eu leve você à estação?

— Seria ótimo, Fred. Se não for incômodo.

Ele balançou a cabeça de um jeito estranho e tentou dar um sorriso, que se desfez tão logo apareceu. Ela sentiu a mesma dor que sempre sentia diante da tristeza dele, pois sabia que era por sua causa. De toda forma, que direito tinha de reivindicar para si esse homem, quando estava ciente de que tal coisa era impossível? Ela tinha sido egoísta por permitir que ele cultivasse aqueles sentimentos. Inundado em uma infelicidade que nenhum dos dois parecia capaz de abordar, o diálogo de repente havia se tornado difícil. Tomando um gole de algo de que nem sentia o gosto, Alice se perguntou por um momento se tinha sido uma boa ideia ir para lá. Talvez ela devesse ter ido direto para a casa de Izzy. Para que prolongar o sofrimento?

— Ah, recebi outra carta hoje de manhã na biblioteca. Com toda a comoção, me esqueci de entregar para você.

Fred tirou o envelope do bolso e lhe entregou. Ela reconheceu a caligrafia de imediato e deixou o envelope na mesa.

— Você não vai ler?

— É só sobre a minha volta. Planos e coisas assim.

— Leia. Não tem problema.

Enquanto ele lavava os pratos, Alice abriu o envelope, sentindo o olhar dele sobre si. Leu rápido e guardou a carta de volta.

— O que foi?

Ela levantou a cabeça.

— Por que você está fazendo essa careta?

Ela suspirou.

— É só... o jeito que minha mãe fala.

Ele deu a volta ao redor da mesa e se sentou, tirando a carta do envelope.

— Não...

Ele afastou a mão dela.

— Me deixe ler.

Ela se virou enquanto ele lia e franzia o cenho.

— O que é isso? *Nós nos esforçaremos para esquecer suas últimas tentativas de desgraçar nossa família.* O que isso quer dizer?

— É só o jeito dela.

— Você contou a eles que Van Cleve bateu em você?

— Não. — Ela passou as mãos pelo rosto. — Eles provavelmente iam pensar que foi minha culpa.

— Como a culpa poderia ser sua? Um homem adulto cismado com um bando de bonecas. Caramba. Eu nunca tinha ouvido falar de nada assim.

— Não foram apenas as bonecas.

Fred olhou para ela.

— Ele achou... achou que tentei corromper o filho dele.

— Ele achou... *o quê?*

Ela já estava se arrependendo de tocar naquele assunto.

— Vamos lá, Alice. Podemos falar sobre qualquer coisa um com o outro.

— Não posso. — Ela sentiu as bochechas corando. — Não posso contar para você.

Ela deu outro gole, sentindo o olhar dele tentando entender alguma coisa. Ora, por que ela esconderia aquilo? Aquele seria o último dia em que o veria. Finalmente, ela falou:

— Levei para casa um livro que Margery me deu. Sobre amor conjugal.

Fred contraiu a mandíbula, como se não quisesse pensar em Alice e Bennett tendo qualquer tipo de intimidade. Passado um instante, ele perguntou:

— E por que ele se preocuparia com isso?

— Ele... Eles dois achavam que eu não devia estar lendo aquilo.

— Bem, talvez ele tenha pensado que, como vocês ainda estavam em lua de mel...

— Mas essa é a questão. Não houve lua de mel. Eu queria ver se...

— Se?

— Ver se... — Ela engoliu em seco. — Se a gente tinha...

— Tinha o quê?

— Feito — sussurrou ela.

— Ver se vocês tinham feito o quê?

Ela cobriu o rosto com as mãos e soltou um lamento:

— Ai, por que você está me fazendo dizer isso?

— Só estou tentando entender a situação, Alice.

— Se a gente tinha feito. Amor conjugal.

Fred apoiou o copo na mesa. Houve um longo e perturbador momento de silêncio antes de ele perguntar:

— Você não... *sabe?*

— Não — disse ela com pesar.

— Nossa. Nossa. Espere um pouco. Você não sabe se você e Bennett... consumaram o casamento?

— Não. E ele se recusava a conversar sobre isso. Então, eu não tinha como saber. E o livro me mostrou algumas coisas, mas, para ser honesta, mesmo assim não tinha certeza. Aparecia muita coisa escrita sobre ofegar e ficar em êxtase. Mas então as coisas deram muito errado, e não era como se eu pudesse falar com ele sobre o assunto, então eu ainda não sei ao certo.

Fred passou a mão na nuca.

— Bem, Alice... Quer dizer... é... hum... difícil não saber.

— O quê?

— A... Ah, deixe para lá. — Ele se inclinou para a frente. — Você acha mesmo que pode não ter feito?

Alice se sentiu angustiada, arrependida por aquela ser a última coisa sobre ela de que ele se lembraria.

— Acho que sim... Ah, meu Deus, você deve achar que sou ridícula, não é? Não acredito que estou contando isso para você. Deve achar que...

Fred se levantou de repente e falou:

— Não, não, Alice. Isso é ótimo!

Ela olhou para ele admirada e perguntou:

— Como assim?

— É maravilhoso!

Ele pegou sua mão e começou a dançar com ela pela sala.

— Fred? O que foi? O que você está fazendo?

— Pegue seu casaco. Nós vamos à biblioteca.

Cinco minutos depois, eles estavam na biblioteca, dois lampiões tremeluzindo enquanto Fred examinava as prateleiras. Não demorou a encontrar o que estava procurando, e pediu que ela segurasse o lampião enquanto ele folheava o livro pesado com encadernação de couro.

— Está vendo? — disse ele, apontando para a página. — Se o casamento não foi consumado, então você não está casada aos olhos de Deus.

— O que isso significa?

— Significa que você pode anular o casamento. E se casar com quem quiser. E não há nada que Van Cleve possa fazer para impedir isso.

Ela olhou para o livro e leu as palavras indicadas pelo dedo de Fred. Ergueu a cabeça para ele sem conseguir acreditar.

— Mesmo? Não é válido?

— Isso! Espere... Vamos dar uma olhada em outro livro jurídico, se você quiser, só para conferir. Olhe! Olhe, aqui está. Você está livre para ficar aqui, Alice! Entende? Não precisa ir embora! Olhe! Ah, aquele idiota do Bennett... Eu daria um beijo nele!

Alice apoiou o livro na mesa e olhou firme para Fred.

— Prefiro que você me beije.

E foi o que ele fez.

Quarenta minutos depois, eles estavam deitados no chão da biblioteca sobre o paletó de Fred, os dois ofegantes e um pouco chocados com o que havia acabado de acontecer. Fred se virou para Alice, os olhos analisando o rosto dela, então pegou sua mão e a levou aos próprios lábios.

— Fred?

— Sim, querida?

Alice sorriu, o sorriso mais doce e suave, e falou como se pingasse mel de sua voz, tamanha era a alegria.

— Eu *definitivamente* nunca tinha feito isso.

28

Do corpo da pessoa amada, de sua pele pura e encantadoramente quente, que nossos instintos animais nos levam a desejar, nascem não só o deslumbramento de uma nova vida carnal, mas também a expansão dos horizontes humanos de harmonia e o brilho de uma compreensão espiritual, impossíveis de alcançar por conta própria.

— Dra. Marie Stopes, *Amor e Casamento*

Sven e Margery se casaram no fim de outubro, em um dia claro, fresco e sem neblina, com pássaros cantando alto para mostrar a beleza de um céu azul, mas também brigando, barulhentos, nos galhos. Margery disse a Sven que só aceitaria, com relutância, porque não ia aturar Sophia lamentando por ela o resto da eternidade, e só se eles não contassem a ninguém e ele *não fizesse alvoroço*.

Quando o assunto era Margery, Sven concordava com quase tudo que ela queria, mas ele ouviu essa condição e disse um *não* definitivo.

— Se nos casarmos, vai ser em público, e toda a cidade, nossa filha e nossos amigos estarão presentes — respondeu ele de braços cruzados. — É isso que eu quero. Ou então não nos casamos.

Assim, eles se casaram na igrejinha episcopal de Salt Lick, cujo pastor era um pouco menos exigente em relação a filhos nascidos fora do matrimônio. Todas as bibliotecárias estavam presentes, o Sr. e a Sra. Brady, Fred e um bom número das famílias para as quais elas haviam levado livros. Depois, houve uma recepção na casa de Fred, e a Sra. Brady presenteou o casal com uma colcha de retalhos que seu clube de costura bordara e com um manto menor, combinando, para o berço de Virginia. Apesar de pouco à vontade no vestido pérola (que Alice lhe emprestara e Sophia ajustara), Margery parecia embaraçosamente orgulhosa e conseguiu não trocar o vestido pelo culote até o dia seguinte, apesar de ser evidente que a roupa a incomodava.

Eles se serviram de pratos preparados pelos vizinhos (Margery não contava com a presença de tanta gente, ficara um pouco chocada com a grande movimentação de convidados). Alguém começou a assar um porco lá fora, e a expressão de Sven transparecia uma felicidade intensa enquanto exibia Virginia para todo mundo. Houve violinos e danças, e às seis, bem quando anoitecia, Alice deixou a festa e enfim encontrou a noiva sentada sozinha nos degraus da biblioteca, admirando a montanha, que começava a escurecer.

— Você está bem? — perguntou ela, sentando-se no degrau logo abaixo.

Margery não a encarou. Olhava para as copas das árvores. Fungou alto e só então desviou o olhar para Alice.

— Parece um pouco estranho ser tão feliz assim — disse Margery, e Alice nunca a vira tão insegura.

Alice pensou por um momento e assentiu.

— Eu entendo — respondeu, cutucando a amiga. — Você vai se acostumar.

Dois meses depois, após a família Gustavsson ter adotado um cachorro (um filhote abandonado, raquítico e estrábico, nada parecido com o cão de caça que Sven havia sugerido a princípio, mas pelo qual ele já era apaixonado), Margery voltou ao trabalho na biblioteca. Quem cuidava de Virginia quatro dias por semana era Verna McCullough, enquanto tomava conta do próprio bebê, uma criança sardenta chamada Peter. Sven e Fred, com a ajuda de Jim Horner e alguns dos outros, haviam construído uma casinha a curta distância a pé da de Margery, com dois quartos, chaminé e banheiro externo, e as irmãs McCullough se mudaram para lá de bom grado. Voltaram à antiga casa apenas para pegar uma bolsa de juta com roupas, duas panelas e o cachorro bravo.

— O resto das coisas tinha o fedor do nosso pai — explicou Verna, e nunca mais tocou no assunto.

Verna havia começado a ir à cidade uma vez por semana, principalmente para comprar suprimentos com a remuneração que recebia, mas também para dar uma olhada, e as pessoas em geral acenavam com o chapéu ou a ignoravam. Sua presença não tardou a se tornar algo comum. Neeta, sua irmã, ainda não estava muito disposta a sair de casa, mas as duas cuidavam com carinho dos bebês e pareciam gostar de socializar um pouco. Com o tempo, quem passava pela casa de Arnott's Ridge (que não era muita gente) começou a comentar que a construção havia começado a desmoronar, primeiro as telhas, depois a chaminé e, por fim, com o vento batendo nas tábuas, a casa em si, uma janela quebrada após outra. Ela acabou voltando à natureza, galhos e arbustos puxando-a de volta para a terra, da mesma forma que haviam feito com seu dono.

Frederick Guisler e Alice se casaram um mês depois de Margery e Sven, e, se alguém percebeu quanto tempo eles passaram sozinhos na casa de Fred antes de estarem legalmente comprometidos, não se interessou muito em comentar. O primeiro casamento de Alice fora anulado com discrição e quase sem alvoroço depois que Fred explicou a situação para o Sr. Van Cleve. O velho, pela primeira vez, não sentiu necessidade de gritar, mas contratou um advogado que conseguiu acelerar as coisas e talvez tenha tomado algumas providências a mais para garantir a confidencialidade. Pensar no nome do filho sendo associado à palavra anulação pareceu acalmar seu temperamento, e depois daquela reunião raras foram as vezes que ele voltou a mencionar a biblioteca em público.

No acordo, eles aceitaram que Bennett se casasse de novo primeiro. As bibliotecárias achavam que lhe deviam isso pela ajuda que ele dera, e Izzy até compareceu, com os pais, ao casamento dele. A moça contou depois que havia sido muito bonito, levando em conta as circunstâncias, e que Peggy ficara linda de noiva e estava muito feliz.

Alice mal prestou atenção àquilo. Ela estava tão ridiculamente feliz que na maioria dos dias não conseguia se conter. Todas as manhãs, pouco antes do amanhecer, ela se separava com muita relutância do marido na cama, bebia o café que ele sempre insistia em preparar, percorria o caminho até a biblioteca, abria o lugar e ligava o aquecedor, preparando o ambiente para a chegada das outras mulheres. Apesar do frio e do horário ingrato, ela era quase sempre vista com um sorriso no rosto. Se as amigas de Peggy van Cleve observavam que Alice Guisler havia se descuidado horrores depois de ter começado a trabalhar na biblioteca, com o cabelo desarrumado e os trajes masculinos (e pensar em como era refinada e bem-vestida quando chegou da Inglaterra!), Fred nem sequer percebia nada disso. Ele estava casado com a mulher mais bonita do mundo, e todas as noites, depois que acabavam de trabalhar e lavavam os pratos, ele fazia questão de reverenciá-la. No silêncio de Split Creek, não era incomum que aqueles que caminhavam por ali na escuridão balançassem a cabeça, meio divertidos, ao ouvirem os sons ofegantes e alegres que ecoavam da casa atrás da biblioteca. No frio inverno de Baileyville, não havia mesmo muito o que fazer depois que o sol se punha.

Sophia e William voltaram para Louisville. Ela não queria deixar a biblioteca, conforme disse às outras mulheres, mas haviam lhe oferecido um emprego na Biblioteca Pública e Gratuita de Louisville (na filial para negros). E como o casebre deles nunca voltou a ser como era antes das inundações e as chances de William arranjar um emprego eram pequenas, concluíram que seria melhor se os dois se mudassem para a cidade grande, em especial uma com um grande número de pessoas como eles. Pessoas com carreiras. Izzy chorou, e as outras também ficaram tristes, mas não havia como argumentar contra aquilo (e muito menos contra Sophia). Pouco tempo depois, elas começaram a receber cartas de Sophia, e junto com elas a fotografia de sua promoção no emprego novo. Elas a emolduraram e penduraram na parede, ao lado da foto de todas as bibliotecárias reunidas, e se sentiram um pouco melhor. Embora fosse preciso admitir que as prateleiras nunca mais ficaram tão organizadas.

Kathleen manteve sua palavra e não se casou outra vez, embora não faltassem homens passando por lá e pedindo para cortejá-la depois que o período de luto passou. Ela não tinha tempo para isso, conforme disse às outras bibliotecárias; havia muito o que lavar e limpar, além das crianças para cuidar. Além do mais, nenhum homem do estado chegava aos pés de Garrett Bligh. Apesar disso, quando pressionada, confessou que ficou um pouco balançada com a aparência de Jim Horner no casamento de Alice, pois ele fora a um barbeiro profissional e vestia seu melhor terno. Ele tinha um rosto bonito embaixo de toda aquela barba, e seu aspecto ficou muito melhor sem o macacão sujo. Ela não ia se casar de novo, não mesmo, insistia, mas alguns meses depois ninguém se surpreendia mais ao ver os dois caminhando juntos pela cidade com os filhos, visitando a feira local na primavera. Afinal de contas, uma influência feminina era importante para as filhas de Jim. E se havia alguns olhares curiosos e sobrancelhas erguidas, ora, era problema deles. E será que Beth poderia parar de olhar para ela daquele jeito? *Muito obrigada.*

A vida de Beth permaneceu praticamente a mesma nos meses após o julgamento. Ela continuou morando com o pai e os irmãos, reclamando com amargura deles sempre que tinha oportunidade, fumando escondida e bebendo em público. Seis meses depois, surpreendeu a todos ao anunciar que economizara cada centavo recebido e estava prestes a pegar um transatlântico para conhecer o continente asiático. A reação inicial das bibliotecárias foi rir. Afinal, Beth tinha um senso de humor incomum. Mas ela tirou a passagem do alforje para mostrar.

— Mas como você conseguiu juntar todo esse dinheiro? — perguntou Izzy, confusa. — Você me contou que seu pai pegava a metade da sua remuneração para as despesas com a casa.

Beth ficou estranhamente calada, gaguejando alguma resposta relacionada a hora extra e economias que eram só dela e disse não entender por que todo mundo naquela maldita cidade precisava saber da vida dos outros. E quando, um mês depois de sua partida, o xerife descobriu um alambique abandonado perto do curral em ruínas dos Johnson, o chão coberto de bitucas, foi decretado que as duas coisas não podiam estar relacionadas. Ou, pelo menos, foi o que disseram ao pai dela.

Sua primeira carta chegou de um lugar chamado Surate e tinha um carimbo postal exótico. Acompanhava uma foto sua usando um traje de pano que cobria todo o corpo, de cores vivas e adornos, chamado sári, e segurando um pavão debaixo do braço. Kathleen exclamou que não se surpreenderia se Beth acabasse se casando com o rei da Índia, pois a menina era cheia de surpresas. Margery respondeu, seca, que isso sem dúvida surpreenderia a todas.

Com a permissão do pai, Izzy gravou um disco. Em dois anos, tornou-se uma das cantoras mais populares do Kentucky, conhecida pela pureza da voz e pela predileção por se apresentar com vestidos esvoaçantes que iam até o chão. Ela gravou uma música sobre um assassinato nas montanhas que fez sucesso em três estados e participou de um dueto ao vivo com Tex Lafayette em uma casa de espetáculos em Knoxville. Isso a deixou emocionada por semanas, ainda mais porque ela segurou na mão de Tex durante as notas agudas. A Sra. Brady disse que, quando a canção chegou à quarta posição nas paradas de sucesso, foi o momento em que se sentiu mais orgulhosa na vida. O segundo, admitiu em segredo, foi quando recebeu a carta da Sra. Lena C. Nofcier dois meses após o término do julgamento, agradecendo-lhe pelo esforço extraordinário em favor da manutenção do funcionamento da Biblioteca a Cavalo da WPA de Baileyville durante um momento de crise.

Nós, mulheres, enfrentamos desafios surpreendentes quando escolhemos sair do que são considerados os nossos limites habituais. E a senhora, cara Sra. Brady, provou-se mais do que à altura de quaisquer desses desafios. Espero um dia poder debater essa e muitas outras questões pertinentes com a senhora pessoalmente.

A Sra. Nofcier ainda não se esforçara a ponto de visitar Baileyville, mas a Sra. Brady ficou convencida de que isso ia acontecer.

A biblioteca abria cinco vezes por semana, administrada por Alice e Margery, e durante esse período as mulheres continuaram a emprestar todo tipo possível de romances, manuais, livros de receitas e revistas. As lembranças do julgamento se dissiparam rápido, ainda mais entre os que perceberam que gostariam de continuar pegando livros emprestados, e a vida em Baileyville voltou ao ritmo normal. Só os Van Cleve pareciam evitar a biblioteca, acelerando o carro sempre que passavam por Split Creek — e na maioria das vezes pegavam caminhos diferentes para nem passar em frente àquela casa.

Assim, quando, em meados de 1939, Peggy van Cleve entrou na biblioteca, foi uma surpresa. Margery a observou durante alguns minutos andando de um lado para outro do lado de fora, como se procurasse algo muito importante dentro da bolsa, e em seguida olhando discretamente pela janela para checar se Margery estava sozinha. Afinal, a jovem não era conhecida por ser uma leitora voraz.

Margery O'Hare era uma mulher ocupada, com Virginia, o marido, um cachorro e as várias distrações que seu lar oferecia na época. Mas passou aquela noite parando toda hora para rir sozinha e se perguntar se deveria contar a Alice Guisler que a Sra. Van Cleve entrara sussurrando e, depois de enrolar um pouco e passar os olhos por vários títulos aleatórios nas prateleiras, tinha perguntado se era verdade o boato sobre um livro que ajudava com certas *questões delicadas relacionadas ao quarto de dormir*. Ou que Margery mantivera a expressão séria e respondera *sim, é claro*. Eram apenas fatos, afinal de contas.

Ela ainda estava pensando nisso, ainda tentando não rir, quando todas elas chegaram à biblioteca na manhã seguinte.

Pós-escrito

O projeto da Biblioteca a Cavalo da WPA vigorou de 1935 a 1943. No seu auge, levou livros a mais de cem mil habitantes da zona rural. Desde então, nenhum projeto do gênero foi posto em prática.

Até hoje, a região leste do Kentucky é um dos lugares mais pobres — e mais bonitos — dos Estados Unidos.

Agradecimentos

Este livro, mais do que qualquer coisa que eu já tenha escrito, foi feito com amor. Eu me apaixonei por um lugar e por seu povo, e pela história, à medida que ela era escrita, e isso fez do trabalho uma alegria incomum. Por isso, quero agradecer a Barbara Napier e a todos da Snug Hollow, em Irvine, Kentucky, sobretudo a Olivia Knuckles, vozes imprescindíveis para que eu encontrasse as vozes de minhas heroínas. A alma delas e a do vale está em todo o livro, e fico muito feliz de poder chamá-las de amigas.

Obrigada a todos em Whisper Valley Trails, nas montanhas de Cumberland, que me permitiram fazer o tipo de rota que as mulheres teriam feito, e a todos com quem conversei durante minhas viagens.

Mais perto de casa, gostaria de agradecer às minhas editoras Louise Moore e Maxine Hitchcock, da Penguin Michael Joseph, no Reino Unido, Pam Dorman, da Pamela Dorman Books, PRH nos Estados Unidos, e Katharina Dornhoefer, da Rowohlt, na Alemanha. Nenhuma delas nem sequer piscou quando eu disse que meu próximo livro seria sobre um grupo de bibliotecárias a cavalo na área rural dos Estados Unidos na época da Depressão — embora eu suspeite que elas possam ter desejado fazer isso.

Agradeço a todos vocês por continuarem me ajudando a melhorar meus livros — todas as histórias são um esforço colaborativo — e por confiarem nelas e em mim. Agradeço a Clare Parker e Louise Braverman, Liz Smith, Claire Bush, Kate Stark e Lydia Hirt, e a todas as equipes de todas as editoras, pela extraordinária capacidade de me ajudar a fazer estas histórias chegarem nas pessoas. Agradeço sobretudo a Tom Weldon e Brian Tart, e, na Alemanha, a Anoukh Foerg.

Como sempre, agradeço a Sheila Crowley, da Curtis Brown, por ser líder de torcida, guru de vendas, negociadora feroz e um apoio emocional, tudo em uma pessoa só. E a Claire Nozieres, Katie McGowan e Enrichetta Frezzato por espalharem este livro em escala global, de maneira bastante espetacular. Obrigada também a Bob Bookman, da Bob Bookman Management, Jonny Geller e Nick Marston, por manterem essa máquina funcionando em todos os tipos de mídia. Vocês todos são demais.

Agradecimentos especiais a Alison Owen, da Monumental Pictures, por "enxergar" esta história quando ela era apenas um argumento e por seu entusiasmo contínuo, e a Ol Parker pelo mesmo motivo, e também por me ajudar a moldar cenas-chave e torná-las divertidas. Mal posso esperar para ver o que você faz com isso.

Sinceros agradecimentos a Cathy Runciman, por dirigir no Kentucky e no Tennessee e me fazer rir tanto a ponto de quase sairmos da estrada mais de uma vez. Nossa amizade está nestas páginas também.

Agradeço também a Maddy Wickham, Damian Barr, Alex Heminsley, Monica Lewinsky, Thea Sharrock, Sarah Phelps e Caitlin Moran. Vocês sabem por quê.

Sou eternamente grata a Jackie Tearne, Claire Roweth e Leon Kirk, por todo o apoio logístico e prático, sem o qual eu não seria capaz de atravessar uma semana sequer, muito menos a vida. Aprecio muito isso.

Sou grata também ao Conselho de Turismo do Kentucky, por sua ajuda, a todos que me auxiliaram nos condados de Lee e de Estill. E a Green Park, por ser uma improvável fonte de inspiração.

E por último, mas não menos importante, agradeço a minha família: Jim Moyes, Lizzie Sanders e Brian Sanders. E sobretudo a Charles, Saskia, Harry e Lockie.